故事会

2007·22

(总第394–397期)

合订本

STORIES

上海故事会文化传媒有限公司　出品

(00127)

图书在版编目(CIP)数据

2007年《故事会》合订本.22/《故事会》杂志编辑部编.
—上海：上海锦绣文章出版社，2007.10
ISBN 978-7-80685-863-9

Ⅰ.2… Ⅱ.故… Ⅲ.故事-作品集-中国-当代 Ⅳ.Ⅰ247.8

中国版本图书馆CIP数据核字（2007）第156239号

责任编辑：朱　虹
封面设计：李宝强

故事会2007年合订本22
(总第394-397期)
《故事会》编辑部　编
上海锦绣文章出版社出版
地址：上海绍兴路74号
网址：www.storychina.cn
中国图书进出口上海公司发行
地址：上海市广中路88号
电话：36357888
字数280,000
ISBN 978-7-80685-863-9/G·067

394 2007 SEMIMONTHLY 上半月版 7月

STORIES

2007年7月

上半月·红版

主　编：何承伟

常务副主编：吴　伦

副主编：姚自豪（上半月·红版）

副主编：夏一鸣（下半月·绿版）

本期责任编辑：姚自豪

电子邮箱：yaobianji@126.com

红版发稿编辑：

吕　佳　周　吟　郑继文

特约编辑：

范大宇　崔新三　申之珉

美术编辑：李宝强

电脑制作：郭瑾玮

通　　联：归依玲

本社办公室电话：021-64375030

上半月刊编辑部电话：021-64332325

下半月刊编辑部电话：021-64336469

（上海市绍兴路74号　邮编：200020）

主管、主办：上海文艺出版总社

制作、发行总监：张　凯

电话：021-64313938

广告业务：上海故事会文化传媒有限公司

广告总监：张　淮

广告业务：021-34010383

广告投诉：021-64333738

广告经营许可证

沪工商广字3100320050022号

发行：中国图书进出口上海公司

刚炒股

有一只壁虎在一家证券公司门口迷了路，这时正好有一条大鳄鱼远远地爬了过来，情急之中，小壁虎上前一把抱住了鳄鱼的腿，并大声喊“妈妈”，大鳄鱼老泪纵横：“孩子啊，刚炒股三天就瘦成这样儿了？”

（刘　云）

（本栏插图：包丰一）

男　仆

一天，有个退休的上校在街上遇到了以前的勤务兵，这勤务兵曾为上校服务多年，于是上校就雇他为男仆。

早上8点，勤务兵走进房里叫上校起床，床上还躺着上校的太太，勤务兵便走到床边，伸手在上校太太的屁股上打了一下，说道：“姑娘，该回家啦！”

（流　云）

创造性的午餐

乔治是建筑工地上的一名砖瓦匠，他总是抱怨自己午餐盒里的饭菜一成不变。有一天，乔治终于忍无可忍，大叫道：“我今天回家一定要好好教训那个懒女人一顿！”

第二天吃午餐的时候，工友们都想看看乔治的妻子在丈夫的饭盒里放了什么“创造性”的食品。

乔治当着一大帮羡慕他的工友打开了午餐盒，这才发现午餐盒里装了一个椰子和一把榔头……

（白淑贤）

手机显示

小明还很小，正上小学二年级。这一天，他随爸爸出去吃饭，一会儿，他拿起爸爸的手机给妈妈打电话，刚按了两个键，手机显示“正在输入”，小明随即大声对爸爸说：“爸爸，妈妈正在偷人！”

（黄　辉）

遗忘的戒指

有一天，路易走进了公司的洗手间，他把戒指脱下，洗完手后，忘记取回戒指便离开了。

几分钟后路易发觉了，赶紧回到洗手间寻找，却找不着，这时，他遇见了清洁工，便着急地问道“先生，您有没有看见一个戒指？”

清洁工把双手一伸，十只手指几乎都戴着戒指，他问：“哪一只是你的？”

（董　行）

更　名

一家星级宾馆生意清淡，月底结账时，只有酒吧部略有微利，其余都收不抵支。

董事长召集各部门经理研究对策，会上，酒吧经理得意地说：“我们挣钱，全靠一个‘吧’字，进入酒吧，就会有一种如入仙境的感觉。”于是，会议决定，从下月开始，所有部门一律更名——

餐厅部改为“吃吧”，洗手间改为“拉吧”，卡拉OK改为“唱吧”，舞厅改为“跳吧”，住宿部改为“睡吧”，收费处改为“数吧”，而收费处后面连接出口的通道上方也赫然挂了块牌子：“滚吧”。

（方兴和）

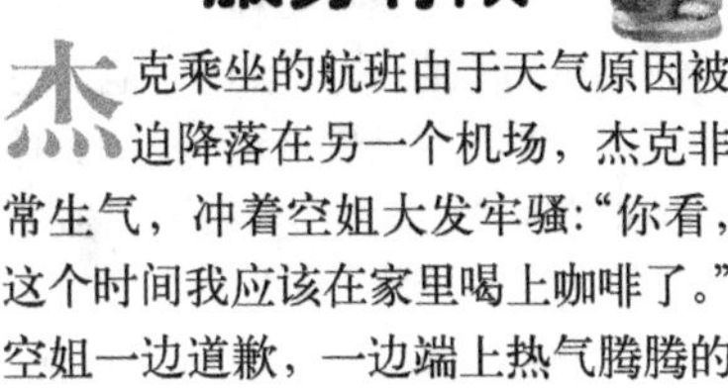

服务有限

杰克乘坐的航班由于天气原因被迫降落在另一个机场，杰克非常生气，冲着空姐大发牢骚：“你看，这个时间我应该在家里喝上咖啡了。”空姐一边道歉，一边端上热气腾腾的咖啡。

杰克继续发着牢骚：“喝完咖啡，我太太早已把晚餐准备好了。”空姐再次道歉，并将杰克带到机场餐厅。

酒足饭饱后，杰克打着饱嗝说道：“这个时间该我和太太上床休息了。”空姐听了，连忙说道：“先生，这次事故是我们的不对，但我们的服务是有限的。”　（王晶红）

·笑话·

胸脯和白肉

英国一游客去美国旅游，他来到一家供应烤鸡的餐厅进餐，那先生很有礼貌地对女老板说："我可以来点儿鸡胸脯的肉吗？"

"先生，"女老板温柔地告诉他，"我们不把这叫'胸脯'，习惯称它为'白肉'，把鸡腿肉称为'黑肉'。"那先生当即为自己的言辞不当表示了歉意。

第二天，这位女老板收到了那先生送来的一朵漂亮的兰花，兰花上附有一张卡片，上写："如果你愿把它别在你的'白肉'上，我将感到莫大的荣耀。"

（黄　力）

底牌外露

有一个人养了一只狗，那只狗非常聪明，会算术，会接飞盘，会站立，更厉害的是它会玩桥牌，主人无聊时就会跟狗玩桥牌打发时间。后来一传十，十传百，大家都知道有那么一只非常聪明的狗。

有一天，一位记者来采访那个主人，记者问："听说你家的狗非常聪明？"主人说："没有啦，它很笨。"

记者说："为什么？它不是会陪你玩桥牌吗？"

主人说："可是它一拿到好牌就会高兴得直摇尾巴呀！"

（谷　子）

我是背心

阿贵参加了中学同学的聚会，听着同学们都在介绍自己是"金领"、"白领"、"高级蓝领"，阿贵有些不自在。

有同学问他："阿贵，你现在混得怎么样啊？"阿贵的脸红了，说"我、我应该算是背心吧！"

大家都惊讶地张大了嘴巴。

阿贵说："我现在在家，没上班，算不上什么'领'，所以是背心！"

（李英梅）

·笑口常开 轻松一刻·

专款专用

一个县遇上了特大洪灾，冲毁堤坝若干，洪灾过后，上级向这个县拨了专款，用来修复水利工程。

这年年底，上级派人来检查，发现这个县并未修复一处水利工程，便责问道："你们的防洪专款用到哪里去了？"

县干部回答说："我们一共收到防洪专项拨款100万，专款专用，用80万买了一台防汛指挥车。"

"还剩20万呢？"

"组织全县局级以上干部，到香港参观，学习防洪抢险、修筑水渠的经验。" （方兴和）

暗号

一天，一位老太太走进一家银行，她要存一笔钱，柜台小姐办完后就把存折交给了她，老太太在柜台外对着存折仔细看了半天，然后严肃地对柜台小姐说："我要个暗号。"柜台小姐一愣，好半天才回过神来，她禁不住"扑哧"笑了，然后几经提示，帮着老太太设置了密码。

几天后，老太太来取钱，正巧又碰上了上次那个柜台小姐，一会儿，语音器里提示道："请输入密码。"老太太愣住了，柜台小姐赶紧提醒："暗号照旧。" （董 行）

精打细算

妻子用白灰反复地粉刷房间，丈夫生气地大叫"够了！太浪费了！"

妻子得意地说："你知道什么呀，这白灰是不要钱的！"

丈夫摇着头说："笨蛋！就算白灰不要钱，那也应该刷外面，这里面刷了一层又一层，房间比原来小多了！"

（中 人）

本栏欢迎来稿，读者、作者可将有新鲜感、有精彩细节的笑话佳作投寄给我们。来稿一经采用，最高稿费为一则100元。本期责任编辑电子信箱：yaobianji@126.com。

·第一推荐·

疼痛银行

□谢丰荣

这天，在繁华的街市上，一个中年人走进了一家银行，他走到了营业窗口前，问里面的服务小姐："听人介绍说，你们这儿是'疼痛银行'？"

"你没看见那块大大的招牌吗？"小姐居然很傲慢，这也难怪，全世界只此一家，别无分店。中年人试探着问："听说你们可以将疼痛转移？"

小姐像背台词一样滔滔不绝地介绍起来："疼痛银行有两种主要业务：第一种，你可以将疼痛储蓄起来，像存款一样，然后在你认为最合适的时候取走，零存整取、整存零取都行，当然你会为此付出一大笔费用，而且你必须在生前全部取走，否则会强制你的亲人承担；第二种，你可以将你的疼痛像转账一样转移给另一个人，前提是对方乐意接受。"

中年人正想问怎么转移，这时，窗口前又来了两个人，其中一个是大个子，他不客气地挤了中年人一下，趴到窗台上，大声说："我办理转账。"

小姐瞟了大个子一眼，乐了："如果我没记错，先生你是第三次过来办理这种业务了。"

"我有钱啊！"大个子拍拍自己的腰包，"你们这银行开得不赖，前几天我胃疼得不行，过来办了一个转账业务，咦，真是神了，现在八瓶十瓶啤酒喝下去，这胃也不疼了！"

"可另一个人会疼。"小姐打断他的话，"先生，我们已经收到接受你胃疼的那位先生的投诉，你要知道，你一喝多，他就又吐又泻，胃疼得特别难受，你不要违反双方签订的协议。"

“那是，下次我一定注意。”大个子知道自己理亏，说话低声下气了。

小姐问：“请问先生这次需要办理哪一项疼痛转移？”

“嗨，跟小姐你还不太好说，我这人什么都不怕，就怕回家挨老婆拳脚，嘿嘿，所以……”大个子的目光转向了身后的人，那是一个农村青年，老实巴交的样子，衣着朴实，看来急着用钱，这才愿意和大个子签协议办理“疼痛转移”。

“好吧，先让我将协议念给你们两人听听，考虑好了，就在上面签字，然后就一起去那边的转账中心。”小姐打印出一份协议书念了起来，大意是：兹有甲方某某某，乙方某某某，甲方愿出人民币两万元整，将其妻子打骂造成的一切痛苦转移给乙方。乙方收取此款后，应承受上述痛苦。注意事项：甲方不得故意制造痛苦让乙方承受，一旦发现，乙方可到本行投诉，甚至提出中止协议。

中年人静静地站在一边看着，那个农村来的青年，手轻轻颤抖着，像下了很大决心才咬牙签了字，办完手续，两人离开了疼痛银行。小姐目送两人走后，抬起头来问中年人：“你是来干什么的？”

“我也想办转账业务。我从小和母亲相依为命，经过多年的打拼才有了现在的幸福生活，可最近我查出自己患了绝症，我母亲身体也不好，她有心脏病，经常胸闷，随时都有生命危险……我听说了你们这个银行，就想趁我的病还没到晚期，将我母亲的痛苦转移到我身上。这样，我也就尽了一份孝心，可以让母亲安度晚年。”说完，他轻轻地叹了一口气。

中年人办好手续，他回家了，他不知道该怎么跟母亲开口。回到家后，他看见母亲似乎是神色不安的样子，好像有什么话要跟他说，后来，中年人终于先开口了：“妈，这里新开了一家医院，治疗设备非常先进，要不明天我陪您去看看，我自己也顺便检查检查。”他知道母亲不识字，他没有

编读聊天室：众手浇开故事花

山西晋城　秦　坤

每月的8日和22日，是我生活中最清晰的两天，因为新的《故事会》就是在这两天摆到书报亭里的。我盼着这两天早点到来，也暗自祈祷着老师在这两天布置的家庭作业少些，好让我一口气把《故事会》读完，这种美妙的感觉是无法用语言来表达的。每次新的《故事会》到来前，是焦急的等待和甜蜜的期盼；等拿到书后是爱不释手的激动和如饥似渴的阅读；到了第二天是无法抑制的兴奋和同学们之间面红耳赤的争论；再往后就是余韵绵长的回味。

今天又是22日，明天，我们班又是欢乐的一天！

河北沙河　魏鹏飞

《故事会》已经作了我5年的伴友了。记得一次上课，我实在累得不行，便拿出了《故事会》，不料老师见了，她便没收了，但到下午她便给了我，她说她看完了，真好看，所以她才还给了我！

宁夏银川　张先生

我在我们市西夏区开了个书报亭。在我们这地方，上半月的《故事会》会在每月23日上午12时左右上市，全市差不多，挺准时的；下半月的会在每月8日下午到。

我的书报亭上卖二三十种故事刊物，《故事会》是卖得最好的，卖200本左右。我们全家都喜欢《故事会》，创刊号都有，1964年到现在，一本不缺，我是搞书报收藏的，这些《故事会》品相特别好，我特别珍爱。

说实话，怕母亲不同意。

母亲什么也没问，只是平静地点了点头。

第二天，母子俩一起走进了那家“疼痛银行”，营业窗口的小姐热情地招呼他们：“先生来了，老人家，您也来了，请往那边去。”母子俩一起走进了“转账中心”，门“砰”的一声关上了，在暗红而模糊的光影中，几个穿白大褂的工作人员开始忙碌起来……

“转移”马上就要开始了，中年人躺在工作台上，他望着一旁工作台上躺着的母亲，满含着泪水，心里默默祈祷：“妈，祝您老人家身体健康！”

“转移”终于开始了，工作台四周各种仪器一齐闪烁着五颜六色的灯光，几分钟后，突然，中年人感到一身轻松，那感觉就像脱胎换骨一般，整个身心充满了蓬勃的生机和无尽的活力，中年人察觉有点异常，连忙起身去看一旁的母亲，却见她倒在工作台上，人事不省，他发疯一般扑到母亲身上，愤怒地吼叫着：“这到底是怎么回事？”

工作人员平静地对他说：“先生，我们答应了你母亲，要替她保守秘密……其实你母亲先于你来这儿办了转账手续，要我们将你的病痛全部转移到她的身上……”

（题图、插图：安玉民）

2007年网络流行语

- 天哪！我的衣服又瘦了；
- 以后不要在我面前说英文，OK？
- 有钱男子汉，没钱汉子难；
- 我要是妞，早爱上我了；
- 你不能让所有人满意，因为不是所有的人都是人；
- 我爱你！关你什么事？
- 你的就是我的，我的还是我的；
- 男人的谎言可以骗女人一夜，女人的谎言可以骗男人一生；
- 我不是一个随便的人，我随便起来不是人；
- 怀才就像怀孕，时间久了才能让人看出来；
- 想污染一个地方有两种方法：用垃圾，或者用钞票；
- 水能载舟，亦能煮粥；
- 子在川上曰："有船多好！"
- 骑白马的不一定是王子，可能是唐僧；有翅膀的不一定是天使，也可能是鸟人；
- 数钱数到手抽筋，睡觉睡到自然醒；
- 鸟大了什么林子都有；
- 开车无难事，只怕有新人。

（**推荐者**：余　杰）

法兰西内奸

□程天翼

第一次世界大战的硝烟已经慢慢散去了，但整个法兰西还沉浸在战争带来的惨痛和恐惧之中，战败的德国东山再起是迟早的事情，为了防御德国以后再次军事入侵，除了修建坚不可摧的马奇诺防线，在一战中饱受敌军情报战折磨的法军，也在酝酿着一个长期的间谍计划……

这天，刚从中学毕业还稚气未脱的克拉姆被秘密传唤到了法军军事情报处，约见他的是一个年长的军官，那军官示意克拉姆在办公桌对面的一张椅子上坐下，神色庄重地问道:“请问你会一直忠诚于你的祖国——伟大的法兰西吗？”

“是的，我的父母都在上次大战中被德军炸死，我要为他们报仇！”

“那好，你现在荣幸成为我国第一批赴德间谍中的一员……”

紧接着，克拉姆经过一系列的秘密安排，一个月后，他来到一个普通的德国百姓家里，并成为了一名德国公民。几年后，按照以前的指示，他顺利加入了德军。在令人窒息的和平年代，克拉姆就像一个再普通不过的德国士兵，训练、演习……他无时无刻不嗅到战争即将来临的气息，他也无时无刻不谨记自己是个肩负祖国重任的法国战士，他庆幸自己为国效力的时机终于就要到来了……

在以后的日子里，德军先后占领了奥地利和捷克斯洛伐克，又疯狂击败了波兰等国。克拉姆在战场上巧妙地为自己虚立战功，顺利地升到了中尉，他开始更加容易地掌握德军的第一手情报。

战火无可避免地蔓延到了法国，狡猾的德军绕过法国苦心经营的马奇诺防线，仅用不到六周的时间就全面击败了法军。法国向德国投降，德国大军兵不血刃地开进了巴黎。随军的克拉姆穿着德军的军服，踩着祖国受伤的土地，亲眼看着身旁的“战友”用尖刀慢慢刺进祖国的心脏，但他只能忍着，将眼泪吞到心里，法兰西独立解放军还在悄悄地积蓄力量，他们还需要他日后的情报。

入侵法国的德军刚开进巴黎，就召开了一次紧急会议，将军告诉与会的所有军官：根据近期的一系列战役来看，军队出现了情报泄露的情况，而内奸应该就在在座的军官当中。整个会场气氛紧张，大家议论纷纷，克拉姆强作镇定，内心却十分担心。散会后，将军找到了克拉姆，语气低沉地说：“中尉，关于内奸的问题，我们其实手里有些信息，希望你以后能多注意一下德尚少尉，他两年前才入伍，资料有些可疑。”克拉姆终于舒了口气，看来自己现在还是安全的。

一天早晨，将军带领军官们在巴黎大街上视察，突然，他们看到前面很吵闹，士兵跑过来汇报，说是前面有一家人抗议德军的侵略，他们的儿子失踪几年了，吵着要德军还他家的孩子。克拉姆一听，心头一沉，抢着发出了命令：“既然是平民就算了，不要伤及无辜。”然后，他就随着将军他们一起继续往前视察。一会儿，他们走到了那户人家门前，一看，是两个年迈的老人，还有一个中年女子，她应该是这家的媳妇，因为她旁边还依偎着一个十岁出头的小女孩……

这家人看到一群军官走来，显得十分惊讶，小女孩爬起来准备跑过

来，就在这时，只听“砰”的一声枪响，小女孩马上倒了下去，然后又是连着几枪，又有三个人倒在血泊之中，其中一个老人还挣扎着想要喊出什么，只见又是一枪补在脑门上，大街突然安静下来，大家都注视着——开枪的正是那个被将军怀疑是内奸的德尚少尉，此刻，他的手里还紧握着刚刚射击完的手枪!

克拉姆冲上前去，对着这个凶残的德军少尉疯狂咆哮道：“你——你怎么滥杀无辜？你这样会不利于占领区的统治！”

德尚少尉面对克拉姆毫不退缩，也大声吼叫着：“凡有公然抗议本军的，一律格杀勿论！”在一旁悄悄注视着的将军露出了诡异的微笑，他似乎从中找到了他想要的东西。

第二天，克拉姆就被关进了设在巴黎的德军临时监狱……

后来，全世界反法西斯战争全面打响，欧洲战场的局势也渐渐转变了，几年后，盟军终于解放了法国。在欢庆胜利的那天，巴黎人山人海，所有人都载歌载舞，尽情宣泄着被压抑了许久的激情。在法国独立解放战争中立功的英雄受到了前所未有的礼遇，克拉姆也由于战争初期的情报工作而被授予勋章，和他一同受到嘉奖的还有在后期解放战争中立下神奇战功的“间谍大王”，他竟然就是当年的德尚少尉!

授奖仪式结束后，克拉姆走到德尚面前，沉默了片刻，说：“原来你也是……可是当时你为什么要下手……”

德尚低下了头，哽咽着说“因为那是我的家人，我怕他们叫出我的名字，那样一切计划就完了……”说完，德尚跪倒在地上痛哭起来。克拉姆心头一酸，抱住德尚，抬头看着高楼上重新飘扬的法兰西国旗，感到它是那么的鲜艳……

（题图、插图：安玉民）

说大事、小事,普通人的身边事
讲闲话、实话,老百姓的心里话

我是警察

有一个笑话是这么说的:一个年轻的出租车司机,时常因违反交通规则而被警察罚款。这天,他回到家里,妻子见他脸色不好,知道他又被警察罚了,就说:“老公,以后我们生了儿子,就给他取个名字叫‘警察’,这样,你只要在外面受了警察的气,就可以回来打你的儿子出气……”丈夫一听就恼了:“你出的什么馊主意!儿子能打吗?警察能打吗?这马路上没了警察,我的车怎么开?”

这司机倒是说了一句大实话:警察秉公执法,你会心中有气,但你再有意见也离不了警察呀,交警、乘警、户籍警、巡警、特警、治安警,离得了谁啦?

今天,我们就来讲几个有关警察的故事……

•第一个故事•

一百一十号警察

有这么兄弟俩,弟弟叫亮子,哥哥叫明子,自小亲密无间。他俩小时候,有一天,娘给了两块钱,让哥哥带弟弟到镇子上赶集去。那时候家里穷,两块钱是很大一笔款子了,哥哥怕丢,不敢往兜里装,就一直捏在手里。到了镇上,迎面过来两个剃光头的小痞子,把弟弟撞倒在地,哥哥扑上去保护弟弟,被两个小痞子拳打脚踢,他的脑子就这样被打出了病,钱也被抢走了……

哥哥脑子有了病,有时就傻傻的,呆呆的,但他清醒的时候就对弟弟说:“长大以后一定要当个警察,治治那些坏蛋!要是哥当不上警察,你

一定要当！”弟弟从此就记住了哥哥的话，做梦都想当警察。

以后，哥哥就退学了，娘更是把心思全放在小儿子亮子身上，督促他好好念书，将来好从这穷山沟里爬出去。

后来亮子才知道，他并不是娘的亲生儿子，他刚出生不久，爹从山上

掉下来摔死了，亲娘对着亮子哭了一夜后悄悄走了，一走就没有再回来过。一个远房大娘收留了亮子，也就是后来的娘。

后来，在亮子小学快毕业的时候，亲娘来接他了，她又嫁了人，在省城安了家，就这样，亮子一步三回头，离开了对他恩深似海的娘和胜似同胞的哥，走了。到了城里，亮子读书很好，高中毕业果然考上了省城的警校，上了警校后忙着学习和训练，毕业后如愿当上一名警察，平时工作忙，竟然没顾得上再回老家看娘和哥，一晃许多年过去了。

不久，发生了这么一件事：那天刚上班不久，亮子接到110指令——群众举报说，博大商场附近发现一个穿警服的人，形迹可疑。

亮子是最先到达现场的，一看，果然发现前面有个人好像穿着警服，在人缝里乱钻，摇头晃脑，东张西望。亮子正想下手，谁知恰好在这时，发生了一个意想不到的情况：街上突然窜出一个歹徒，抢了一个女士的手包，然后就跑，紧接着，那个穿警服的可疑人就去追那歹徒。亮子顾不得多想，也追了上去。这一下，街上可热闹了：一个歹徒在前面跑，一个警察在后面追，警察的后面又有一个警察在追……

此刻，亮子为难了：一个是抢包的歹徒，一个是穿警服的可疑人，追

谁？好在这时候同伴开车赶了上来，他们去追抢包的歹徒，亮子继续去追那个穿警服的可疑人。追着追着，那人钻进了一条很窄的死胡同，亮子这才松了一口气：小子，看你还往哪里跑！

那人逃进了一个破败的小院子，亮子扑了上去，死死地摁住了他，就在亮子气喘吁吁地准备给他上铐子的时候，从屋里走出一个颤巍巍的老太太，她看见眼前的情景吓坏了："傻孩子，你怎么把警察带咱们家来了？"

那人说"我不怕他，他是警察我也是警察，我们是同行，逗他玩呢！"

是个傻子？这回轮到亮子愣怔了，再一看，只见那人胸前别着新四军的胸牌，还整整齐齐地戴着一排各种式样的军功章，亮子再回头一看那老太太，顿时惊得目瞪口呆，紧接着就扑了上去："娘，你老人家怎么会在这里？我是亮子啊！"

世上的事情竟会这么巧，眼前的老太太，竟然就是收留亮子、把他拉扯大的山里的那个娘！

娘告诉亮子：自打他走后，哥哥明子越发傻了，一天到晚嚷着要找弟弟，还闹着要买警察穿的衣服，说要穿上警察的衣服保护弟弟，有时候半夜醒来大叫弟弟又被人欺负了，他得马上找弟弟去，有一次竟然一个人跑到城里来，两天不见踪影。后来有人从一个散了的戏班子那里给他找了这身衣服，他就整天穿在身上。娘无奈，只得带他到省城找亮子，他们租了一间破屋子住下，娘平时靠捡破烂度日，娘只知道亮子在省城却没有具体地址，这么大一个地方，到哪里找人去？想不到会在这样的情况下见了面！

亮子一边给娘擦泪，一边哭着说"对不起"，他又走到哥哥跟前，流着泪说："我是亮子，哥，你还认得亮子吗？"

哥哥捧着亮子的脸定睛看着，忽然叫道："哥想起来了，你就是亮子，一百一十号警察！"

亮子一愣，随即想起傻哥哥是把"110"当成一百一十号了，他忍不住一笑，哥哥也傻笑起来……

•第二个故事•

警察，你为什么不开枪

那是正月十六，阿俊带着行李，一个人坐火车出外打工。当时正值春运，列车上人很多，阿俊只能站在车厢的过道里。站了一天一夜，他实在是太累了，刚想眯上眼睛打个盹，突然，靠近车门旁的一个男人大声叫起来："有小偷偷我钱包啦！"

偷钱包的是两个中年男人，一高一矮，这时候，他俩不仅抢走了钱包，其中一个还抽出一把长长的马刀，在众人面前挥舞着："偷东西又怎么样，老子不仅要偷，还要抢，全都不要动，拿出钱来，否则别怪老子出刀见血！”

歹徒如此嚣张，乘客们都敢怒不敢言，阿俊正在犹豫着是不是该挺身而出，突然，一声喝叫从车厢后面传来：“住手，我是警察，放下刀子！”随着话音，一个身穿便衣的年轻人挤到了前面，他手里亮着一本证件，再次重复着刚才的话：“我是警察，放下刀子！”

两个歹徒见了，一点都没收敛的意思，高个歹徒瞪着年轻人恶狠狠地说：“警察？老子就是专门跟警察作对的！”说罢，他竟然又举起刀来，对着旁边的一个妇女一刀劈去，将她的两根手指硬生生地剁了下来，妇女痛得大叫一声，昏死过去。

那青年警察见震不住两个歹徒，便收起证件，“嗖”一声拔出了一支手枪，对准两个歹徒，再次叫道：“放下刀子，否则我就开枪了！”

见警察拔出枪来，两个歹徒愣住了，车厢里的人也全都松了一口气，估计歹徒该乖乖就擒了，哪知矮个歹徒稍稍愣了一会后，突然向高个歹徒使了个眼神，嚷道：“这小子只有一个人，咱横竖都是死，哥们，做了他！”高个歹徒眼露凶光，随即操起马刀，吼叫一声，迎着青年警察的枪口扑了上去，矮个歹徒也紧随其后。

这两个真是亡命之徒啊，所有在场的人都惊呆了：难道他们不怕枪膛里的子弹？其实，两个歹徒并非不怕死，而是在这之前他们已经犯下了一桩命案，他们认为，横竖都是死，鱼死网破，或许有一线生机！

这当儿，阿俊在一旁看着，他见歹徒操刀砍向警察，立即嚷道：“开枪，快开枪！”乘客们也都这么嚷着，眼前的情形虽然紧急，却又是十分简单：那警察只要一扣扳机，“砰”地一声枪响，歹徒也就倒下了，事情也就结束了，但是眼前的情景并非这样，那警察没有扣动扳机，而是枪口一倒，改用枪托迎击歹徒的刀……

歹徒见警察不开枪，心里顿时明白了：枪里没有子弹，因为在这样的情况下，除此之外不可能有其他解释！这一下，歹徒的胆子更大了，两人一齐扑向警察，车厢里太窄，警察以一敌二，歹徒又是拼着命的，所以没一会儿那警察便身中数刀。阿俊见此情景冲上前去帮那警察，不料也被歹徒砍了几刀，当场晕了过去。就在这时，列车刚好到了一个站，两个歹徒乘机跳下车逃跑了，顺手还拿走了警察的那把手枪。

阿俊醒来的时候已经躺在医院里，那年轻警察也在，阿俊见他伤势很重，心里嘀咕着：你也太疏忽大意了，怎么会忘了在手枪里装子弹？

第二天中午，阿俊在医院里听到一个消息，说是那两个歹徒一个死一个被捕了，经过打听，才知道是这么回事：那两个歹徒逃出车站后，来到一个僻静的地方休息。这时，高个歹徒想开个玩笑，他掏出抢来的手枪，指着矮个歹徒说："我是警察，举起手来，否则我就开枪了！"矮个歹徒也知道他是闹着玩的，便故意恶狠狠地对着枪口说："警察？我怕什么？有种你就开枪吧！"

高个歹徒果然用手枪抵住了矮个歹徒的太阳穴，他知道，这枪里没有子弹，因为刚才在列车上那警察没有开枪，只有没子弹警察才开不了枪，因为没子弹，高个歹徒才有了以下的动作——他的手一使劲，扣动了枪的扳机，就在这时候，"砰"一声，这枪竟然响了，子弹穿膛而出，直直地射入了矮个歹徒的头里，他当场死亡！

高个歹徒做梦都想不到这枪里竟然有子弹，他当时惊呆了，吓晕了，直到附近的警察听到枪声，迅速围捕，他才仓皇逃窜，当然，晚了，最终他束手就擒。

阿俊知道这些后，不明白那警察当时为什么不开枪。后来，那警察也醒过来了，阿俊忍不住问他，那警察苦笑了一下，答道："那时车厢里挤满了人，那种情况下我要是开枪，一定会伤到别的乘客的。"

阿俊听了，说："可是你不开枪，伤的可是你自己，甚至死了都有可能呀！还有，你可以朝天开枪吓住歹徒呀！"

年轻警察的脸红了，他不好意思地一笑，说："我是一个新警察，当时，我真的是有点慌了……"

•第三个故事•

智者和智者的较量

陆小明三十出头，英俊潇洒，他从事的却是一种见不得阳光的职业，那就是替人洗钱，所以他经常出入地下钱庄。这天，陆小明正在一家钱庄的客厅里和老板谈生意，突然，一个持枪的蒙面歹徒冲了进来，叫道："听着，我身上有炸药，谁也别乱动，否

则一个也跑不了！”陆小明仔细一看，果真发现歹徒腰间鼓鼓囊囊的，左手还握着一个类似MP3的微型遥控起爆器，于是他不敢乱动了，老板也吓坏了，接下来，老板按歹徒的吩咐乖乖打开了保险柜……

歹徒准备从保险柜里取钱，在取钱之前，他透过窗户，往外观察，就在这一瞬间，他发现对面的屋顶上布满了荷枪实弹的警察，原来，警察早就暗中监视了这个地下钱庄，今天正是准备收网的日子，可关键时刻却突然闯进一个歹徒，这意外之变让警察有些头痛，他们不敢轻举妄动，立即调来了特警队，包围了这座房子。

这个歹徒的脸色变得苍白起来，他实在弄不明白：没人报警，警察怎么会从天而降？歹徒知道自己已经无路可逃，决定走一步险棋，于是拉上窗帘，突然用枪逼着陆小明，让他用绳子把老板绑在厨房里，用胶带封住老板的嘴巴，然后打开煤气，关上了门窗。

歹徒回到客厅，恶狠狠地问陆小明：“你知道我为什么不杀你吗？”陆小明说：“你要拿我当人质。”“错了，恰恰相反，我是你的人质！”歹徒说完，脱下自己的黑色头套套在陆小明的头上，然后又把没装子弹的手枪交给陆小明，说：“从现在起，我俩就绑在一块儿了，你架住我的脖子，用枪抵着我的腰间，和我一同离开这所房子！记住，你是歹徒，我是人质，如果你演错了角色，就别怪我不客气了！”说完，歹徒扬了扬手中的起爆器，然后敞开外衣，露出了绑在腰间的那一排炸药。

其实，歹徒身上的炸药是假的，握在手中的那个起爆器也不过是普通的MP3，一切都是用来吓唬人的，但陆小明并不知道这点，他只知道歹徒阴险狡猾，想让自己成为替罪羊，死在警察的枪口下，可陆小明没有选择的余地，他只能走一步算一步了。

陆小明不亏是个聪明人，他把眼前的这一场“戏”演得十分逼真，他装模作样地架着“人质”走出了房子，而“人质”的表演更为出色，只见他双手缩在衣袖里，一副瑟瑟发抖的可怜样。房子外面全是防暴警察，所有的枪口都瞄准了陆小明的脑门，这时，陆小明冲他们吼道：“统统退后，否则我就起爆人质身上的炸药！”警察一看人质身上真有炸药，立即让出了一条通道。

走出房子不远，是一片绿油油的草地，周边也没有什么建筑物，相对来说是一个击毙罪犯的最佳场合，再往前就是闹市区了，机不可失，警察决定开始行动，于是疏散了所有围观的群众，同时，防暴队长开始向陆小明喊话，要求他放下手中的武器，投案自首。陆小明哪敢呀，他要是放下武器，就等于引爆那个假“人质”身上的炸药，于是他高声叫道：“少啰嗦！有种就冲我开枪吧！”陆小明的回答正中歹徒的下怀，歹徒之所以让陆小明假作“歹徒”，自己扮作人质，就是在等待机会让警察把陆小明击毙！

防暴队长看陆小明并无悔意，立即向狙击手发出了击毙命令，只听“砰”的一声枪响，戴着黑色头套的陆小明应声倒地，“人质”看到陆小明被击毙，心中一阵暗喜，随即假装瘫倒在地上。

警察和急救人员立即围了过来，警察小心地解除了那个假“人质”身上的炸药，结果发现是假的，危险解除了，随即，假扮“人质”的歹徒被送上了救护车，开往医院急救。

在车上，歹徒暗自得意地想：自己的一步险棋算是走对了，两个能够证明他犯罪的人一个已被煤气毒死，一个已被警察打死，死无对证，自己只是一个受害的人质。

一会儿，车停了，车门打开，迎接他的不是穿白大褂的医生，而是死而复生的陆小明，身后还有戴手铐的钱庄老板，再一看，这里根本不是什么医院，而是公安局！

这回歹徒真的吓瘫在地上了，他做梦也没想到，陆小明是一个调查地下钱庄的卧底警察，为了取证，他的身上装有微型窃听器，歹徒抢劫钱庄、劫持人质所发出的一切声音，都直接反馈到指挥中心，但指挥中心和陆小明一样，无法判断歹徒身上是否真有炸药，于是决定来个将计就计，果断“击毙”陆小明，成功“解救”出身绑炸药的假“人质”，同时也救出了关在厨房里的那个钱庄老板……

“一百一十号警察”作者：雪含冰；“警察，你为什么不开枪”作者：吴吉烛；“智者和智者的较量”作者：王国玫。 （题图、插图：刘斌昆）

擦鞋的男孩

□周　葳

那是在15年前，我到这个城市出差，谈完生意，我去商场给同事买些礼物。平时，我逛商场时喜欢随身带一些硬币，因为商场附近有时会有乞讨的人，给上一两块硬币我心里会踏实些。这天也是这样，口袋里依旧有些硬币，于是我就将十几块硬币散给一帮乞讨的小乞丐。就在这时，我看见一个男孩高高举着一块牌子看着我，无疑，他想引起我的注意。我朝他走过去，看到他约摸十三四岁，衣着破旧却很干净，头发也梳得整齐。他不像别人手里拿个搪瓷缸，他的牌子一面画着一个男孩在擦鞋，一面写着——“我想要一只擦鞋箱”。

那时我正在做投资生意，反正还有时间，我便问男孩需要多少钱，男孩说：“125元。”

我摇摇头，说他要的擦鞋箱太昂贵了。男孩说不贵，还说他已经去过批发市场四次，都看过了，要买专用箱子、凳子，好的清洁油，好的软毛刷，十几种鞋油，没有125元就达不到他的要求。男孩操着方言，说得有板有眼。

我问他现在手里有多少钱，男孩想都没想，说已经有35元，还少90元。我认真看着男孩，确定他不是个小骗子，便掏出钱夹，拿出90元，说：“这90元钱给你，算是我的投资。有个条件，从你接过钱的这一刻起，我们就是合伙人了。我在这个城市呆五天，

五天内你不仅要把90元钱还给我，我还要一元钱的利息。如果你答应这条件，这90元现在就归你。”

男孩兴奋地看着我，满口答应。男孩还告诉我，他读六年级，每星期只去上三天课，另外几天要放牛、放羊、帮母亲种地，可他的成绩从没有滑下过前三名，所以，他是最棒的。我问他为什么要买擦鞋箱，他说家里穷，他要趁着暑假出来，攒够学费。

我以一种欣赏的心理看着男孩，然后陪他去批发市场选购了擦鞋箱和其他各种擦鞋用具。男孩背着箱子，准备在商场门口摆下摊位。我摇摇头，说，作为他的合伙人，为了收回自己的成本，有义务提醒他选择合适的经营地点。商场内部有免费擦鞋器，很多人都知道。男孩认真想了想，问："选在对面的酒店怎么样？"我想，这里是旅游城市，每天都有一车一车的人住进那家酒店，他们旅途劳顿，第二天出行时，肯定需要把鞋擦得干干净净。想到这些，我就答应了他。

于是，男孩在酒店门口附近落脚了，他把擦鞋箱放到了离门口稍远的地方，他看看左右无人，对我说："为什么不让我现在付清一元钱利息？你也应该知道我的服务水平。"我"扑哧"笑了，这小家伙，真是鬼得很，他是要给我擦鞋，用擦鞋的收费抵那一元的利息。我欣赏他的精明，便坐到他的板凳上，说："你要是擦得不好就证明你在说谎，而我投资给一个不诚实的人就证明我的投资失败。"男孩的头晃得像拨浪鼓，说他是最棒的，他在家里练习擦皮鞋练了一个月。要知道，农村并没有多少人有几双好皮鞋，他是一家一家地让他们把皮鞋拿出来，细心地擦净擦亮的。

几分钟后，看着皮鞋光可鉴人，我满意地点头。我从口袋里拿出红笔，在他的左右脸颊上写下两个大

字:“最棒”,男孩乐了。正在这时,有一辆中巴车载着一车游客过来了,他连忙背着擦鞋箱跑过去,指着自己的脸对那些陆续下车的旅客说:“这是顾客对我的奖赏,你想试试吗?我会把你的皮鞋变成镜子的。”就这样,男孩忙碌起来了……

第二天,我来到酒店,看到男孩早早来守摊了,他兴奋地告诉我,他昨天赚到了50块钱,除去给我18元,吃饭花3元,他净剩29元。我拍拍他的头,夸他干得不错。他说昨晚没睡地道桥,而是睡了大通铺,但没交5块钱铺位钱,我疑惑了,怎么会不付床铺钱?这时,男孩得意地笑了:“我帮老板和老板娘擦了十来双鞋子,今晚我还能不用掏钱住店。”

五天过得很快,我要离开这个城市了,这五天里,男孩每天还18元,还够了90元。男孩知道我在北京一家投资公司做经理,说是等他大学毕业,会去北京找我,说着,他伸出小黑手,我也伸出了手,两只手紧紧握到一起……

弹指一挥间,竟是15年。

我离开了当初的投资公司,自己开了一家贸易公司。这天,我正在办公室忙得焦头烂额,公司因为意外损失了一大批货物,周转资金面临困难,四方都在催债。刚放下电话,秘书进来了,说有个年轻人约我中午吃饭,我头也不抬地问是谁,秘书拿出一枚钥匙链,放到我桌上,看着这钥匙链,我愣住了,那上面是一个玻璃小熊,小熊的脑门上刻着三个字:“我最棒”。

我想起来了,这钥匙链,是15年前我和那个擦鞋少年临别握手时塞进他掌心的礼物。

到了中午,我走进酒店,预订好的座位上站起一个西装革履、英气逼人的年轻人。他含蓄地微笑,朝我微微弯一下腰。从他脸上,我略微找到了当年擦鞋少年的影子。喝茶时,他拿出一张五百万的支票,说:“我想投资到你们公司,五年之内利润抵回。”

500万,正是雪中送炭!

年轻人笑吟吟地说:“15年前,你教会了我以按揭的方式生存。从那个擦鞋箱起,我完成了一次又一次的积累。现在,我有了自己的公司,这500万投进去,我有权利要求一笔额外利息。”

我抬起头,问他要多少,他不动声色地回答:“一元钱。”

我靠到椅背上,脸上露出微笑。这无疑是我投资生涯中最成功的案例,90元,回报500万。看着他递过的名片,我第一次知道他的名字:马龙,但这个名字,我已经听说过无数次,一匹投资界从容稳健的黑马,一个难得的商界奇才。

(题图、插图:魏忠善)

剥离灵魂的最后一层

□张国心

情感世界里的致命搏杀

大牛是个出租车司机，一年前的一个傍晚，他妻子单单刚把三岁的儿子从幼儿园接出来，就遇到了一场车祸，儿子受了重伤，在众人的帮助下，儿子被送进了医院，可是却碰到了一个丧失良知的医生，他置伤者于不顾，捧着电话打个没完没了，硬是错过了挽救一条生命的最宝贵的时间。那医生叫吴新，事后，他还编出了理由为自己辩解，但最终还是受到了医院的严厉处分，那吴新在医院呆不下去，后来就辞职了。

儿子死后，大牛极度悲痛，他想儿子，想得发疯；他恨吴新，恨得切齿，他心中暗想，等我有一天见到了那个王八蛋，一定要血债血还！

真是冤家路窄，这天，大牛送一个客人去城外，空车回来时，在郊区一处僻静的地方，远远看到一个人，一手扶着一个大肚子的孕妇，一手向大牛的车拼命地招手，这个人竟是吴新！大牛是个好司机，从没拒过载，可今天，坐车的是他的仇人！大牛想，我拉谁也不能拉你，要不是有你老婆在，今天我非卸下你一条腿不可！大牛一踩油门，出租车从吴新的面前呼啸而过。

这一路上行人不多，再没人截大

牛的车，大牛由于出了胸中郁积的恶气，心里舒坦，他就一边开足马力，直向城里奔去，一边打开了收音机。当地广播电台有一档子“交通在线”节目，是专门为的哥、的姐开办的，节目采取互动的形式，生动活泼，大牛每天都要收听，电台正在播放《祝你平安》，大牛情不自禁地随着广播哼了起来……

突然，收音机里的歌声戛然而止，主持人的语调变得严肃而沉重：

“各位的哥的姐，下面播报一件令人震惊的事，就在二十五分钟前，在郊区小石桥附近的路边，有一位孕妇即将临产，正巧一辆出租车从这里路过，那孕妇的丈夫就在路边招手截车，可那个司机见是个要生产的孕妇，连速都没减，夺路而去！后来，那孕妇只好在路边把孩子生了下来，有人记住了那辆出租车的牌号，牌号是……”

大牛的脑袋“嗡”地响了一下，这说的不正是自己吗？他做梦也没想到事情竟会搞得这样大，当时也只是一时赌气，要是换了别的乘客，别说是孕妇，就是产妇，就是把孩子生在自己的车里，自己也决不会拒载的呀！天哪，这可怎么好啊？大牛已经意识到了事情的严重性。

一石激起千重浪，自从那个令人震惊的消息播出后，打进电台的电话接连不断，那真是一片叫骂声，有的骂道：“那个司机没有一点人性，应该把他从出租车司机的队伍中清除出去！”还有的说：“这个人，踏破了人的良知的底线，天理难容，他会遭到报应的！”

紧接着发生的情况更令人瞩目：消息播出之后，在短短的十分钟里，就有32辆出租车主动开到小石桥去接产妇，母子被平安送进了医院……

大牛听到这些，大脑里一片空白，他把车开得飞快，要上哪，他不

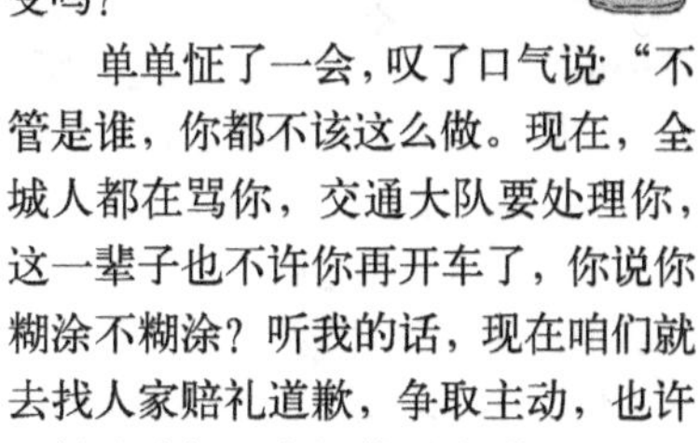

知道；要干什么，他也不知道，大牛精神恍惚，只觉得自己的车不听使唤了，窗外的房屋、树木、行人一晃而过，车子像一匹脱了缰的烈马，突然，他觉得眼前一片火光，就什么也不知道了……

最卑鄙无耻的小人

大牛醒来的时候，已经躺在医院里，妻子单单一脸木然地坐在身边，他明白出了车祸，叹了一口气，问道："车呢？""还车呢，如果不是好心人冒着生命危险把你从车里救出来，连你都得和车一起烧成了灰，你呀你……"单单说着，眼泪顺着她的脸颊流了下来。

大牛闭上了眼睛，回想着刚才发生的一切，难道这就是报应吗？因为大牛开车时系着安全带，所以伤得不是很重，吊了几瓶水就能拄着拐下地了，但他不知怎么向单单说那件事，可又不能不说，纸终究包不住火呀，正当他为难的时候，单单说话了："大牛，你不是那样的人呀，你怎么能做出那种事情？"

大牛问："你、你说什么呢？"

单单不满地说："你就别瞒我啦，交通大队的人都找过我了……"

原来单单已经知道了这事，大牛只好如实说了经过，他说："单单，你知道那人是谁吗？他是吴新，那个女人是他的老婆，他丧尽良知，让咱们没了儿子，你说，我能让他好受吗？"

单单怔了一会，叹了口气说："不管是谁，你都不该这么做。现在，全城人都在骂你，交通大队要处理你，这一辈子也不许你再开车了，你说你糊涂不糊涂？听我的话，现在咱们就去找人家赔礼道歉，争取主动，也许这样能减轻一点你的罪名。"

在妻子的搀扶下，大牛拄着拐，一瘸一拐地走出了病房。他们买了很多礼品，一家一家医院打听，终于在一家医院找到了那个产妇。

大牛一见那产妇，"扑通"一声跪在地上，说："大嫂，我就是拒载的那个司机，不管你家大哥以前怎么对不起我，我都不该拒载，我错了，是打是骂随你的便。"

那个女人强撑着身子坐了起来，说："快起来快起来，这是怎么说的，我压根就没有怨你，谁愿意拉我这样的人，要是把孩子生在车上，那是会给你带来晦气的，嗨，都怪我呀，离预产期还有十天呢，谁知道今天就来了，让你跟着背了个不是……怎么，我们家的那口子得罪过你？"

这时，一个农民大哥端着一碗粥进了病房，那产妇虎着脸对他说："哎，你是什么时候得罪这个兄弟的？"

那农民大哥瞅了瞅大牛，又看了看单单，一头雾水，说："没有哇，我

们从不认识呀！”

大牛问：“这位大哥是……”产妇说：“他就是我男人呀，你不是说……”

大牛急着说：“不对呀，当时扶你截车的那个人不是他呀！”

产妇一听，神情变了，她激动了，喃喃地说：“你是说那个人呀，他是过路的，他见我要生了，就扶着我打车，车还没有打到，可我已经不行了，那个人就帮着我在路边把孩子生了下来，给广播电台打电话的人还以为他是我的丈夫呢。他把我们送进了医院，又给交了住院费，之后就走了。他一定是个医生，他可是个最好的人啊，可是，我现在连他的名字还不知道呢！”

也是巧了，这时候，一个护士来打针，她听到了这话，就接过话头说：“你是说送你来的那个人呀，我认识，他叫吴新，原来是二医院的大夫，有一回因为打电话耽误了上手术台的时间，患者死在手术台上，被患者家属告了，后来在医院呆不下去，就辞职了，嗨，他也真是有点冤哪！”

大牛气呼呼地说：“一个医生，玩忽职守，造成重大事故，他即使不辞职，医院也该开除他，有什么可冤的？”

护士一边给产妇打针一边说：“理是这个理，可吴大夫当时是在给偏远山区的一个患者家属打电话，那个患者旧病复发，生命垂危，吴大夫是在用电话指导病人家属实施抢救，这才保住了那人的命，可好多人都不相信吴大夫说的是事实……”

闻听此言，大牛的心里翻江倒海地折腾起来，他低下了头，深深地忏悔着——他是在拷问自己的灵魂，此时此刻，他真的感到自己才是这个世界上最卑鄙、最无耻的小人！

（题图、插图：魏忠善）

王小姐走眼

□梅旁吹笛

王小姐今年二十多岁，长相出众，人很聪明，尤其善于从生活的细节中洞察蛛丝马迹。王小姐最近和一个叫方必同的台湾老板在谈朋友，此人自称在台湾拥有多家公司，想到内地寻找自己的事业和爱情，是一个标准的“钻石王老五”，王小姐对他十分满意，两人的关系进展顺利，已经快到了订婚的阶段。

这天下午上班时，王小姐和自己公司的顶头上司吵了一架，于是她怒气冲冲地出了公司的门，想到咖啡厅散心。王小姐刚走进咖啡厅，抬眼一看，只见一个僻静的座位上坐着一男一女，正偎依在一起卿卿我我，王小姐仔细一看，正是方必同和一个陌生的年轻女人！一气之下，王小姐冲上去对着方必同就是两个响亮的耳光，方必同见势不妙，拉着那女人仓皇而逃。王小姐觉得今天真是倒霉透了，心情坏到了极点，双腿软软的，一步都懒得走了，于是就在这个座位上坐了下来，要了杯咖啡。

一杯咖啡快要喝完的时候，进来一个小伙子，西装革履，气度不凡，他走了过来，在王小姐对面坐下。王小姐很意外，吃惊地打量着他，小伙子自顾自地说起话来：“小姐您好，我叫金泽平，这是我的名片。”他一边说着，一边从口袋里拿出一个精致的名片盒来，取出一张，递给王小姐。

王小姐以为是搞推销的，鄙夷地接过来，漫不经心地看了看。这一看，她立刻神色大变，眼神马上变得温柔

起来，原来眼前这个小伙子竟然是一个著名跨国公司中国市场部的人事经理，那可是一家名震四海的大公司啊，能在那里工作，月薪准是五位数。王小姐开始对小伙子感兴趣了，她吩咐侍者再来一杯咖啡，还主动问小伙子："你想喝加糖的还是加奶的？"

那个"金泽平"笑吟吟地摆了摆手，说："不急不急，请先让我把话说完，然后你再作决定是请我喝咖啡还是把我赶走。"王小姐点点头，摆出一副洗耳恭听的架势。

金泽平说："是这样的，说起来也许你不信，我已经找过好多人了，但是他们都不相信我，无奈之下，我来找你，我觉得你是一位善良的姑娘，可能会对我今天遇到的事情感兴趣吧！"王小姐笑笑，示意他继续说。

金泽平说，他今天到这里出差，刚下飞机，想找个宾馆住下，于是打了个的士，想让司机把他带到国际假日酒店。中途他忽然内急，要上厕所，于是司机把车停在路边，指着一个胡同说，里面有公厕，还给了他十块钱，让他顺便给带一包烟回来。他相信了司机，就拿着这十块钱进了胡同。没想到这胡同七拐八拐的，等他找到厕所、从胡同里走出来的时候，出租车早已不见了，车里还放着他的手提箱，里面有手机、笔记本电脑和钱包，车牌号也没有记清楚，所以，他现在是身无分文……

听着听着，王小姐的表情变得冷酷起来，但又不失礼貌地挤出一丝微笑，说："本来我就要相信你了，可你忽略了一个细节。"

金泽平问："什么细节？"

"你给司机买的烟呢？司机不是给你钱了吗？"王小姐笑眯眯地盯着他，看他能否从身上瘪瘪的口袋里掏出一盒烟来。

金泽平开始翻自己的衣袋，一边翻一边说："是啊，我记得买了呀，放哪了？"所有的口袋都翻了个遍，也没有找到那盒香烟，王小姐冷冷地看着他，说："你这种人我见得多了，别演戏了吧！"金泽平尴尬地笑了笑，灰溜溜地走了。

王小姐为自己的小胜利所陶醉，心情似乎也好了很多，不觉跷起了二郎腿，就在这时，"啪"的一声，脚尖好像踢到了什么东西，低头一看，只见一盒香烟，还没有拆开包装，正静静地躺在咖啡桌下面！王小姐心想，肯定是刚才金泽平翻口袋的时候掉下去的，于是她急忙拿起那盒香烟，急匆匆地冲出了咖啡厅，向四处张望，这时，金泽平并没有走远，正在一个十字路口等红绿灯，王小姐跑了过去，拿着香烟连连说对不起，并从自己的钱包里拿出了一千块钱，硬是塞到了他的手里，还递给他一张自己的名片，说以后什么时候还钱都行。

其实王小姐也不是善心大发，她也有自己的用意，因为刚刚和公司的顶头上司吵了一架，王小姐就萌生了"跳槽"的想法。临别时，王小姐对金泽平说："是我错怪了你，希望你别介意哦！同时，我还有个小小的请求，希望能有机会为贵公司效劳，你看可以吗？"金泽平连说了四五个"没问题"，接着"拜拜"一声，跳上一辆的士绝尘而去。

金泽平刚走，王小姐的手机响了，是公司顶头上司打来的电话，他说的是工作上的事，说得很不客气，如果是在十分钟前，王小姐还会"忍"，但此刻就不同了，她有金泽平这层跨国公司的关系了，一通酣畅淋漓的大骂之后，王小姐痛快地提出了辞职。关掉手机后，王小姐心满意足地迈步来到了咖啡厅，想接着喝她那杯还没有喝完的咖啡。

走进咖啡厅，突然，王小姐看见刚才的座位旁站着一个人，正撅着屁股在咖啡桌下面东看西看，王小姐走过去一看，正是方必同，王小姐柳眉倒竖："你在干什么？你还有脸回来？"

"我……我刚才走得急，掉了一包香烟。"

什么？刚才的那盒烟是方必同掉的？王小姐的脸色顿时变得煞白……

（**题图、插图**：谢　颖）

·中国新传说·

帮老乡一把

□许申高

谭晓是张家界人，他在别人的鼓动下，借钱去藏北做药材生意，结果在火车上被人骗了个精光，连回家的路费也没有了，再说他也不敢回家。当时已是初冬，举目四望，冰天雪地，谭晓走出格尔木火车站，在刺骨的寒风中冻得一个劲儿直哆嗦，在这个人生地不熟的地方，他不知自己下一步该往哪儿走。

这时候，从西宁开来了一辆列车，车上下来不少人，其中一个中年人边走边打电话，从穿着打扮看，是个有钱人；从口音上听，也是张家界人，到了眼下这绝人之境，谭晓实在没法了，就走上前去，用家乡话向那人说了自己的窘境。那中年人从上到下打量了谭晓一眼，然后把他带进旁边一家小饭馆里，叫了两碗热腾腾的拉面。那会儿谭晓确实又冷又饿，见到眼前这面，心里一下暖和了好多，眼泪也落了下来，想说什么，却一句也说不出。

中年人告诉谭晓，他叫卓峰，在格尔木承建工程已有多年，已在这儿安了家。

谭晓随卓峰来到了他的家，卓峰和他的爱人对谭晓都很热情。以后的日子里，卓峰带谭晓足足跑了一个星期，四处寻找工作，但冬季太冷，找工作不容易，所以始终不见希望。

卓峰的家就在他承建的工地旁边，每天早上，卓峰要去工地上转转，这天谭晓也跟着去了。因为冬季不能施工，工地上不见一个人，显得特别冷清。谭晓刚走到栅栏门边，突然，一条高大的藏獒狂吠着窜出来，好在有一条长长的铁链套住了它，要不然，准会冲出栅栏扑向谭晓。

“小黑！”卓峰在一旁呵斥道，然后将带来的猪肺扔给它。谭晓听了，不解地问道：“一条纯白的藏獒，怎么叫小黑？”

卓峰笑道：“这是一个秘密，等它撒尿的时候，你仔细看它的腿，那腿弯上有块豆大的黑疤，是被一个小偷用钢筋戳伤后留下的疤痕。”

回来的路上，卓峰饶有兴味地说：“多亏了这条藏獒，谁也不能躲过它的防范闯进我的工地，如果没有它，我就得雇人看守，一个冬季少说也要几千元开支。”

原来如此。难怪这些日子里每次听到藏獒的叫声，卓峰和他老婆就会打开朝向工地的窗户张望，这的确是一条很好的藏獒。

以后几天，卓峰为谭晓找工作四处活动，可每天回来都是一身的疲惫和一脸的无奈。这天，卓峰听说一家钢窗厂正在扩建，需要大量工人，而且待遇不错，忙带上谭晓去找老板，老板说：“还早呢，要等明年三月新厂建成投产后才招工。”卓峰无奈地叹了口气，说：“那就等吧。”

可谭晓心里有自己的想法：明年三月，屈指算来，快有半年光景，心急如焚的他怎能安然处之呢？何况，他不愿白吃白喝赖在卓峰家里。回去的路上，他对卓峰说了决意要走的想法，卓峰见谭晓决心已定，也不好强留，便诚恳地说：“好吧，那就玩几天再走，行吗？”

过了四天，谭晓收拾好行李，向卓峰借了路费，准备次日起程去西安。就在这天，两人照例去喂藏獒，走近工地，竟意外地没有听到藏獒的叫声，过去一看，只见铁链系在脚手架下，而“小黑”却不见了！

卓峰急奔过去，捡起地上的那段铁链一看，惊叫道：“天！环扣脱了。”他抬起头，无奈地望着谭晓说：“走，我俩去找找。”

雪地上有藏獒清晰的脚印，它没跑多远，也许还在附近，两人顺着足迹赶到公路上，足迹就不见了，茫然中，只得一条街一条巷地去寻找，最终仍无结果。返回的路上，卓峰沮丧地说：“肯定找不到了，看上我这条藏獒的人不少，不会有人将它送回来的……现在最要紧的就是找人看工地。”

谭晓觉得这个机会再好不过了，一方面他可以为卓峰解燃眉之急，也算是一种报答，另一方面他也能心安理得地呆下来，于是忙说：“我不走了，就让我来看吧。”卓峰没吱声，沉默了好久，他恳切地望着谭晓说：“我实在想不出一个可靠的人为我看守工地，你留下来帮我看一阵子也是好

事，只是委屈你了。”

事情就这么定了下来，从此以后，谭晓一直守候在工地上。几乎每天，卓峰都会过来和谭晓坐一会儿。在温暖的火炉边，他俩下棋聊天，或者煮一锅羊肉，开怀痛饮。如果没有卓峰相伴，谭晓就倚在炕头读一些杂志，日子过得悠闲自在，一晃就到了冰雪消融的三月。

工地开工的那天，卓峰给谭晓开了三千六百块钱的工资，这让谭晓很意外，他没想到守四个月的工地会有那么多的钱。他心存感激，决定留在工地上为卓峰干活，可卓峰却说：“这儿全是力气活，你身体单薄，不适合你，你还是去那个钢窗厂上班，下午我就陪你去报到。”

第二天，谭晓就到钢窗厂上班了，活儿不错，待遇也不低，谭晓很满意，庆幸自己当初留了下来，要不然，不知现在还在哪儿漂。也就在这天，他去邮局给家里寄钱，拐进一条巷子时，突然听到身后有狗“汪汪”地叫，回头去看，只见一个青年牵着一条高大的白色藏獒，那藏獒正在路旁撒尿，它后腿弯上正好有着一块豆大的黑疤，啊，这不正是失踪的小黑吗？唯一不敢确认的是：比起记忆中的小黑来，这狗好像瘦了一大圈，眼神也显得很忧郁。为了进一步证实，谭晓忙走上前去，装作漫不经心的样子问：“这藏獒真可爱，叫啥名字？”青年答道：“叫小黑。”

谭晓心中暗喜，有意问道：“一条纯白的藏獒，怎么叫小黑？”青年接着告诉谭晓：“我也不知道，卓峰叔叔就是这么叫的，这是他寄养在我家的藏獒，我正要给他送去。”

那一刻，谭晓恍然大悟，他弯下身子，抚摸着瘦了一圈的小黑，禁不住泪流满面……

（题图、插图：刘斌昆）

·中国新传说·

还有一个

□卢卫平

那天，张月峰开完会，没参加会议组织的参观，自己就回来了。到家时已经很晚了，他看到三楼家里的灯还亮着，也就在这个时候，他发现自家的阳台外好像有个男人正用手攀着，他怕搞错了，就又数了数，那确实是自己家的阳台，那么，那个男的一定是小偷了！张月峰想喊，但是又怕吓着了妻子，于是，他轻轻地走了过去。正在这时，那男人从阳台上摔了下来，张月峰走到那男人面前，这时，他看清了，那是一个四十多岁的男人，而且，那男人不像小偷，文质彬彬、像模像样的！

那男人看到了张月峰，并没有害怕，小声地说："大哥，求求你了，把我送到医院吧，我会给你钱的。"张月峰不动声色，冷冷地问了一句："你怎么了？"那男人说："我的腿好像动不了。"于是，张月峰把那男人扶了起来。

那男人借助张月峰的身体，向大门口走去。张月峰看看离自己的家远了，于是就说："你先在这里等一下。"那男人估计张月峰去叫救护车，就放心地坐在那里等。不一会，张月峰就带回了120的医生，也带来了110的警察。那男人一看到警察就慌了："你这是做什么？"张月峰语气决然地说："因为你是小偷。"警察也对那男人说："你说说，你是怎么入室盗窃的。"

那男人惊异地叫了起来："我没有啊，我是去那家串门的啊！"警察又问："这么说你是客人了，那你怎么到阳台上去了？怎么又从那里掉下去

了？”那男人一看自己说不清了，就说：“你们要是不信，我们就去和那家女主人对质吧。”警察回过头看了看张月峰，张月峰点点头说：“好吧。”那男人经过医生的简单处置，也没大事了，能自己走动了，于是，这些人一起去找那家的女主人对质。

那男人径直来到了张月峰的家，他开始敲门，可是敲了一会，那门就是不开。张月峰上前提醒那男人说：“是不是走错了？”那男人肯定地说：“不会的，我经常来的。”过了好半天，那门才开，开门的自然是张月峰的妻子，但张月峰闪在一边，他妻子没看到他，却看到了眼前的那男人和警察，她立马就慌了。这时，那男人无奈地说：“没办法啊，警察都来了，说我是小偷，那我不就完了？所以，我也顾不了那么多啦……你说句公正话。”

那个女人一听说是这事，就笑了，似乎想开口证明那男人不是小偷，可是那话还没出口，张月峰快步来到了妻子面前，笑着说：“他是你朋友吗？”张月峰的妻子猛然间见了丈夫，又听了张月峰的这一句话，顿时吓了一大跳，一下子就愣住了，不过，她反应很快，上去就给了那男人一个耳光子，气咻咻地对张月峰和警察说：“我根本就不认识他，他是个小偷！”那男人一愣：“你怎么了，你不知道我是谁吗？”可是，张月峰的妻子不管他说什么，嘴里就是一句话：“他是小偷。”警察冲着那男人笑了笑：“怎么样，没话说了吧？”

那男人知道自己被当成小偷的后果，为了证明自己不是小偷，便掏出了身上的证件。警察一看，原来还是一个机关的处长呢，那男人知道此时不说出真相是不行了，于是，他就说：“我和这个女人是情人的关系。”警察又冲他一笑：“那你走楼梯啊，干吗从阳台上下来啊？看看你摔的这个样子！”

那男人有点委屈地说：“我们正在屋里相会时，她丈夫回来了，她就让我先到阳台上去躲一躲，于是，我就躲到了阳台上。本来，我是想等他们睡着了自己再从门里走的，可是，我发现她丈夫要来阳台上取东西，没办法，就爬到了阳台外，用双手攀住阳台的边，身子在外边。她丈夫倒是没发现，可我没多大的劲，时间一长，就摔下来了。”那男人说完后指了指张月峰：“好在遇到了这位好心人，才帮我找来了救护车，但是，没想到他又叫来了你们警察。”

这时，张月峰走到了那男人面前，平静地对他说：“我就是这个女主人的丈夫。”那男人笑了：“别逗了，我从门缝里看到了她的丈夫，肯定不是你！”

张月峰不动声色地对妻子说：“那你说说，你丈夫到底是谁啊？”张月峰的妻子生气地说：“你别听小偷胡说。”于是，警察对那男人说：“没有人能证明你不是小偷，这样的话，我们得先带你去看病，然后接受我们的调查。”那个男的还是不服气，一再地说张月峰不是女主人的丈夫，警察又气又好笑，说：“人家女人都说是丈夫，你凭什么说不是啊？要不要再看看人家的结婚证啊？”

警察不再听那男人啰嗦，带着他就要走，这时，张月峰却叫住了警察，语气肯定地说：“我家还有一个小偷，说不定正在阳台上呢！”

警察笑了：“怎么了，你家中了五百万的大奖了，接二连三地来小偷？”警察嘴上这么说，但还是带人闯进了屋，这当儿，张月峰的妻子怔怔地站在那里，脸色煞白……

（题图、插图：刘斌昆）

·中国新传说·

古城的玩家

□何　晓

为了那件稀世珍宝

在西南边陲有一座古城，城里有一户古玩世家，姓曹。曹家有个世代相传的规矩：每当主事的老爷子告老“退休”时，他就会选择一个中秋节举办赛宝大会，请西南三省的古玩商人聚会，让儿子们将最得意的藏品摆出来，谁的宝贝最有价值谁就能继承曹家的老招牌。

这一年，曹家的老爷子要“退休”了，他要在两个儿子当中选择接班人，这件大事自然成了古城人茶余饭后津津乐道的话题：听说曹家老大雪道这十多年里捣鼓到了不少好玩意，而老二雪德却没留意到什么宝贝，只看到他一门心思在下新街397号跟周麻子学下棋——难道他不想要祖传的老招牌吗？

雪德似乎没有意识到赛宝大会就要到了，眼看着满城的桂花树已经在打花苞了，他依然一吃过午饭就端起紫砂茶壶出了门。

周麻子摆好棋盘，远远地看到雪德来了，挥着手高声喊“听说你今天上午用两幅板桥真迹换了一幅吴道子的观音拓片，是不是真的？”

雪德走过来轻声回答：“周伯伯，那观音是吴道子来我们这古城时画的，很珍贵呢。”

“你傻呀？看看你哥哥雪道，过手的宝贝哪样不是上得了《收藏》杂志的？可你的东西虽和古城有关，但值不了多少钱呀……唉！”

周麻子的老宅位于下新街的中心，是明代古城和清代古城的交界处，来这里旅游的人常会在这里停下脚步，拍照留影，也有人探头探脑，想透过周麻子家开着的大门看一看古城的民居，每当这时，周麻子总会随手把两扇大门合拢。

此刻，游客遗憾地离开后，雪德对周麻子说：“我爸爸来你家摆龙门阵、我一放学就跑来看热闹，那些日子，像是昨天呢。对了，你打算什么时候去你儿子那里享福呀？”

周麻子瞪了雪德一眼，说“我早就想去了，可这祖传的宝贝……唉，也够难为你了，十多年了，好吧好吧，从今天起，我老周家的宝贝就是你的了。”

这番话，他们两人心知肚明，旁人却是丈二和尚摸不着头脑：老周家到底藏着什么惊天动地的宝贝呀？翻来覆去想不明白，只好眼睁睁地盼着赛宝的日子快点到：既然雪德为这个宝贝陪周麻子下了十几年的棋，赛宝那天他肯定得把宝贝拿出来！

转眼中秋到了，西南三省有头有脸的古玩界前辈全都聚首在曹家的大厅里，厅外的天井里还站着来看热闹的古城本地人，因为前阵子他们听到了很多有关曹家两兄弟的消息，说是老大雪道早就准备好了一件稀世珍宝，老二雪德也从周麻子那里得了一个宝贝。

满院子的人正议论得热火朝天，曹老爷子在两个儿子的陪同下进了大厅，端坐在正中的太师椅上。雪道、雪德分别站到大厅左右，面前各有一个长案，来赛宝会观礼的前辈们也都纷纷入了边座。

一声鼓响，赛宝会开始。曹老爷子不紧不慢地端起茶碗，品了口茶，对雪道说“长幼有序，老大你先亮宝吧。”

“是，父亲。”

雪道回话后，得意地走到大厅中央，转身向里屋击掌三声，只见从内房出来俩伙计，手捧宝箱，稳稳当当地放在雪道面前的长案上……这箱子有50厘米见方，箱面用红绸覆盖。雪道打开箱子，小心翼翼地取出一件用红绸包裹住的宝贝……

在场的人屏住呼吸，伸长了脖子，直勾勾地盯住了那一大块红绸。雪道把红绸一掀，众人眼前“刷”地一亮：托盘里装的是一尊由整块金丝楠木雕琢而成的观音坐像，它面带微笑，衣袂飞扬，观之顿生宁静、平和之心。江湖上有传闻，说这是慈禧老佛爷的宝贝，八国联军进北京城那年被遗落在了去热河的路上，一百多年都没消息，不承想这宝贝居然从北到南、现身在这小小的古城里，怎不叫在场的古玩商们拍案叫绝、深感意外？众人欣喜之余不禁齐声赞叹雪道

高超的玩宝道行。

曹老爷子轻轻咳嗽了两声，众人连忙住了口，现场又静了下来。

亮出你的宝贝来

这时候，弟弟雪德慢慢地走到了长案前，他没有像哥哥那样神采飞扬，只是漫不经心地挥了挥手，两个伙计也从里屋捧上了一个箱，和刚才那个一模一样，有红绸覆盖着。雪德慢条斯理地掀下红绸，打开箱子，众人乍一看，箱里竟空无一物，曹家大厅里顿时一片骚动，行家们心生狐疑：这是怎么回事？

雪道见弟弟拿不出宝贝，讥笑道：“老二，你的宝贝呢？不会就是这红绸吧？”

雪道此语一出，在场众人顿时哄然大笑。雪德没计较哥哥的话，他依然慢条斯理地说：“哥哥眼力了得，不妨再好好看看。”

雪道走近长案，伸出头来，对着箱子仔细探看，这才发现箱内放着折叠起来的一张纸，因年代久远，这纸已经泛黄了。

雪道将纸从箱内拿了出来，展开一看，惊讶地对大厅里的长辈们说：“这是下新街397号的房契。”

众人将房契传看了一圈，都不知道雪德是什么意思，最后，这房契传到了曹老爷子手里，曹老爷子看了看，想了想，问雪德：“你买了周麻子的一套老房子？”

雪德微笑着回答父亲：“不，那不只是一套房子。”

雪道听了弟弟的话，便振振有词地呵斥起来："这'赛宝'会历来赛的都是名贵的宝物，周麻子家一贫如洗，你把他的破屋子拿到'赛宝'会上来，不是玷污我们曹家的颜面吗？"

雪德不慌不忙地回敬哥哥："周家确实有宝，而且是古城最值钱的宝。"

"这古城有什么宝我曹雪道心里像明镜似的，周家怎么会有宝？"雪道疑惑，众人也都一头雾水。

曹老爷子挥挥手，待众人都安静下来后，他平静地问小儿子："你倒是说说，究竟是什么宝？"

雪德上前挪动一步，望着父亲回答道："就是周家的一段院墙。"

曹老爷子沉默了好久好久，才拍了拍太师椅的扶手，断然说道："老二，曹家的招牌是你的了！"

在场的众人一片哗然，一下子全都站了起来，大儿子雪道更是惊讶万分，大步走到曹老爷子身前问道："这是什么意思？"

曹老爷子稳稳地坐着说："正因为你不明白，所以曹家的老招牌不能给你！"

雪道还是没弄明白内中的玄机，曹老爷子开口说道："老大，记得你周伯伯家的那段院墙吗？那可不是普通的墙呀，那是历史，那是古城人的魂，几百年来，古城的铮铮男儿，父老乡亲，为了保卫家园，洒下了多少热血。清朝初始，官府要将这段明城墙全部拆毁，周家祖上在一位乡绅的帮助下，暗中傍着一段城墙修了周家大院，那段城墙就因为是周家的后院墙，才得以保住了。后来，周家十几代人一直恪守祖训守着老屋，为的就是要守住这段墙呀！"

大厅里的客人一时间交头接耳、啧啧称奇。

曹老爷子没有理会众人的反应，他突然问雪德："这古城墙的秘密只有我和你周伯伯知道，你是怎么发现的？"

雪德笑道"爸爸，您忘记了？当年您和周伯伯指着那城墙谈古论今的时候，我在您身边呀，那个帮助周家的乡绅，就是我们曹家祖上嘛！"

曹老爷子"哈哈"大笑，站起身来说道"我果真没看错你。这个秘密原本早就应该公开的，可惭愧得很，我当年只有真心没有耐心。雪德，你能花十几年的时间去琢磨那段城墙，这就说明你已经不是一个普通的古玩商人，而是一个真正的玩家了。"

三年后，下新街397号挂上了一个新匾额：古城历史博物馆。在这个古城最吸引人的旅游景点里，有曹雪德这些年收集的和古城有关的典籍、印鉴、铜器、瓷器、陶器、木器，还有那段明代的城墙……

（**题图、插图**：黄全昌）

·中国新传说·

毛病出在轿工上

□王道庄

王道旅游高专毕业后，看到花果山景区有个招聘广告，说新增了一个旅游服务项目，急需招聘经理，于是就赶往应聘。新增的项目是给游客抬轿子，王道就做了“抬轿经理”。

抬轿点设在花果山景区大门内，共有8顶藤椅做成的简易轿子，16个轿工。

上任的当天上午，王道给轿工开会，宣布说：“你们16个轿工自愿结合为8对，一对一顶轿子，一次一个游客，轮流抬送，按次数提取抬轿费。”轿工们表示没有意见。

到了下午，王道的电话响了，对方是个女的，声音怒气冲冲：“经理，我要投诉！”王道急匆匆赶到抬轿点，一个女游客气呼呼地质问道：“轿工为什么不抬我？”

没等王道开口，过来一个轿工，把王道拉到一边，小声说道：“经理，不是我俩不抬，是你的规定不合理。”他说着又偷偷指了指女游客，“她的重量，一人能抵两个，山路崎岖遥远，按一个人提成，我们不是太亏了？”王道暗暗地一看，果然，这个年轻的女游客身材高大而肥胖，一人顶俩绰绰有余。

有人坐轿轿工不抬，于是引来不少游客围观，王道无奈，只好私下许诺增加提成，两个轿工这才勉强答应。

上任第一天就出了问题，王道始料未及，他暗自思忖：来坐轿的游客，高矮胖瘦都不一样，总不能按体重收费吧？再发生争执怎么办？忽然，他想起了读旅游高专时的好朋友张路，张路比自己早毕业一年，在另一个景区做轿工经理，听说干得很出色。电话一联系，张路“哈哈”笑道：“嗨，这个问题很好办。”

王道大喜，想问问张路用的什么妙计，那头只回答了一句：“你来看看就知道了。”于是王道当即赶了过去。

这是个叫“常青山”的自然风景区，王道见到张路后急于取经，便让张路陪着到了常青山抬轿点。这时还没有游客，王道一瞧，这里也是8顶轿子，16个轿工，一问，也是按抬轿的次数提成，那么，门道在哪里呢？张路说：“你先看看轿子。”

王道看去，轿子和自己那边的相同，两根竹竿一个躺椅，上面撑了个帆布篷，不同的是，帆布前面都有醒目的大字：4顶写着“苗条美女轿”，4顶写着“丰满美女轿”，旁边还有免费给坐轿人照相的摊点。张路见王道一直盯着这些大字，便提醒道：“坐‘苗条轿’还是‘丰满轿’，游客任选，收费一样，但是，轿工提成不一样……”

王道顿时明白了：轿工提成，给“苗条轿”的低一些，“丰满轿”的高一些，问题不就解决了？他豁然开朗，便要告辞，张路劝阻说：“等一会，你再看看坐轿的。”

门道已经掌握了，王道操心着自己的抬轿点，害怕再出乱子，便匆匆辞别。

王道回到花果山景区后连夜如法炮制，8顶轿子，4顶写上“苗条美女轿”，4顶写上“丰满美女轿”，8对轿工也作了分工，4对身材瘦小的抬“苗条轿”，4对高大强壮的抬“丰满轿”，并且也安排了免费照相。一切准备停当，天已大亮，只见几个女游客正向轿子走来，王道便躲在一旁观看起来……

几个年轻女子来到了抬轿点，有的走到“苗条轿”前，有的走到“丰满轿”前，轿工马上迎了上去，奇怪的是，女子瞅了几眼轿子和轿工，头一摇，却不坐了。等了整整一个上午，8顶轿子，没有一个生意！

王道纳闷了：为什么常青山的诀窍，在花果山失灵了？无奈，他又给张路打电话求教，张路卖了个关子：“谁让你昨天急着要走？”王道没法，只得又赶了过去。

上午，张路陪着王道来到了常青山抬轿点，刚停住脚，便有几个年轻女游客想坐轿子，张路示意王道：“注意看！”这一看不要紧，看得王道目

第三届“梅陇杯”法制故事大赛征文启事

为扎实推进“五五”普法工作，深入探索群众喜闻乐见的法制宣传方式，司法部法制宣传司、上海市法制宣传教育联席会议办公室、上海市闵行区法宣办、上海《故事会》杂志社和闵行区梅陇镇人民政府决定共同举办第三届“梅陇杯”法制故事创作大赛，面向全国征集优秀法制故事作品。此次征文活动有关事项如下：

一、征文要求：围绕公民学法、用法、守法、护法，以及社会公德、家庭美德、职业道德、与违法犯罪行为作斗争等内容,以日常生活中常见的具有典型意义的涉法案例为基础创作的法制故事。要求故事法理性强，与相关法律有紧密关联；故事情节曲折生动，语言有口头文学特点；作品未在省地级以上报刊发表过。字数一般在5000字以内。

二、奖项设置：本次活动将聘请有关专家组成评委会，设一等奖一名，奖金5000元；二等奖2名，奖金各3000元；三等奖10名，奖金各1000元；创作奖50名，奖金各500元。个调税均自理。部分优秀作品将陆续在《法制宣传资料》刊物或《故事会》杂志上发表，并结集出版。

三、征文时间：即日起至今年9月底截止，11月底评出获奖作品并专函通知获奖作者。

四、来稿方法：1、从邮局寄发，请在信封上注明“法制故事征文”字样，地址：上海市绍兴路74号《故事会》杂志社，邮编：200020。2、通过电子邮件发至fzhgushi@126.com，电子邮件主题请标明“法制故事征文”字样。

瞪口呆：这几个女游客来到轿前，瞧了瞧轿上的字，又瞧了瞧轿工，身材肥胖臃肿的，反而都上了“苗条美女轿”；而苗条单薄的，却坐了“丰满美女轿”，起步时，“美女”们笑嘻嘻的，都让照了免费相。

看着王道瞠目结舌的样子，张路笑了笑，说：“坐轿旅游属于高档消费，一次上百块钱，中老年人舍不得，只有那些有钱的年轻女郎，可她们的思维和一般人不同，都想趁着在外旅游，新奇一次，时尚一把，尝试一遭，苗条的，想丰满丰满；丰满的，想苗条苗条……”

王道听张路这么一说，渐渐地醒悟了：毛病出在轿工上！你看，在这里，抬“苗条轿”的，全是彪形大汉；抬丰满轿的，全是瘦小男子。那些身材肥胖的游客，想“苗条”一把，于是就上了“苗条美女轿”，但因为抬轿的是彪形大汉，一衬托，她们反而显得不肥胖了，真的好像很“苗条”了；而那些坐“丰满轿”的苗条女子，在瘦小轿工的陪衬下，也倒显得很“丰满”了……

王道看到这里，“扑哧”一声笑了：自己花果山那边情形恰恰相反，瘦小男子抬“苗条轿”，彪形大汉抬“丰满轿”，生意能好吗？

（**题图**：谭海彦）

诡异的刀

□王　辉

宝刀现形

永定城西北角有条小巷子叫平民里，这里住了一个叫阿桂的刽子手。阿桂五十出头，孤身一人。这天晌午，阿桂有事出去了，有个贼，绰号“一阵风”，此刻正在那条小巷子里走，见他家大门紧闭，门上了锁，一时起了邪念，便翻墙进院，钻进房里翻箱倒柜地找起银子来。

“一阵风”无意中找到一个长形木匣，打开一看，里面横躺着一把鬼头大刀，那刀身寒光闪闪、阴气森森，直吓得他打了个激灵，“啪”地一下扣上了盒盖。恰在这时，院门开了，正是房主人阿桂回来了，“一阵风”怕这时逃出去会和他撞个满怀，情急之下，飞身上了屋梁，一动不动地趴在上面。

刚才，阿桂到集市上向一个杀鸡的店家讨回了半碗公鸡血，他是要用这公鸡血喂刀的。什么叫喂刀？这是当时刽子手这个行当中的一个规矩，就是在出红差——也就是斩犯人的前一天，用公鸡血把刀抹一遍，因为那时处斩人犯被认为是“阴事”，抹一遍雄鸡的血是为了给刀壮阳气。

接着说阿桂喂刀的事：这时候，阿桂坐在屋门口的一个小马扎上，盛着鸡血的碗和盛刀的木匣就放在脚

边。阿桂用手拍拍木匣，嘴里又叽里咕噜地念叨了几句，接着他打开匣盖——这当儿，怪事来了，阿桂并没有从木匣里拿出那把鬼头大刀，而是从里边牵出一个胖乎乎的小娃娃来，这娃娃光着屁股，只穿了一件大红肚兜。阿桂抱着他坐在腿上，又拿小勺舀起碗里的血，朝他嘴里喂去……

那躲在梁上的小偷把这一切全看了个真真切切，顿时直吓得魂飞魄散!

这时，那娃娃一口叼住了勺子，阿桂一抽，冷不防那血从勺里泼了出来，阿桂呵叱娃娃几句，娃娃这才勉强含了一口；待阿桂再舀起第二勺，娃娃就将刚含在口中的血“噗”地一下喷出来了，那娃娃张大嘴巴，神色悲切，如同蒙受了天大的冤屈一样，却苦于发不出声来，急得直瞪眼。看到这情状，阿桂也愣住了。

其实，这是一把非同寻常的鬼头刀，每次喂刀，这刀都会化成一个小娃娃的形状，其实这正是第二天待斩人犯的童身；如果这时喂他鸡血，他安安稳稳吃了便罢，否则，这人犯身上必有隐情!

也就在这个时候，忽听见“扑”的一声，梁上摔下一人来，摔下来的正是小偷“一阵风”！

刚才，“一阵风”见鬼头刀化成小娃娃喝血的情景，便吓得昏死了过去。阿桂喷几口凉水把“一阵风”弄醒了，那贼睁眼一看，也弄不清面前的是人是鬼，跪在地上磕头如捣蒜，阿桂令“一阵风”起来，站在一旁，对他说 离此地三百里有一陈州，朝廷大臣包拯正在那里查办放粮一案。包拯日能断阳，夜能断阴，明日那个被斩人犯有冤屈，如能请包拯断案，冤情必能昭雪。因自己在衙门当差，无法脱身，所以想让他去给包大人送封信。“一阵风”当即答应了，于是阿桂取过纸笔，当下修书一封。

接着，阿桂取了十两银子，对“一阵风”说：“你拿这银子去置匹快马，速去陈州把这信交给包大人，务必要在明日午时前赶回！若是误了事或你一走了之，那刀的诡异之处你早已见识过了，你跑到哪里它也饶不了你！”

“一阵风”哪敢不从？唯唯诺诺，急忙拿了银子急速离去……

刀下冤魂

第二天上午，犯人就被押到了刑场，刑台四周也挤满了看热闹的人。那人犯发髻零乱，五花大绑，跪在刑台上，背后高插“犯由牌”，他早已心如死灰，只等引颈受死了。

这人本是一个书生，犯的是杀人罪，但他又确实有冤：他和受害的小姐本有私情，那天晚上在小姐绣房宿到半夜才走，后来小姐却死在了自己房里。家人第二天发现报官，后来找到了题有书生姓名的一把折扇，官府便把书生捉了。那书生此时知小姐已死，为了保全小姐的名声，悲痛之下便索性承认是自己入宅行凶。县令见他招了供，又熟知小姐房中情形，便结了案报上去了，上面依例判斩刑，定于今日开刀问斩。

那当儿，午时三刻已经到了，三声追魂炮过后，监斩的县令抽出令牌扔到地上，大喝一声：“斩讫报来！”阿桂猛听到监斩官令下，心中一凉：去陈州送信的人还未来呀，而此时副手早已摘了那人的“犯由牌”，阿桂万般无奈亮出了刀，挥手斩去……正在这千钧一发之际，忽听有人高喊：“刀下留人！”

阿桂心头惊喜，然而此时手中的快刀已出，想撤却撤不回来了，那人犯本是挺着脖子的，情急之下阿桂朝他大喝：“低头伏法！”那人头一低，刀锋却还是照着头上砍去，黑糊糊的一团血肉在半空里旋着飞出老远，据说这种情况只有被斩者怨气冲天时才会出现，飞出的人头常常会一口咬住某个看客，这一团飞着的血肉“叭”地一声落在监斩官的桌上，监斩的县令顿时吓得大惊失色……

此刻，阿桂见一团血肉飞出，人犯“扑通”一下栽倒在地上，顿时全身的冷汗“刷”地一下淌了出来，他大叫一声“已斩”，却面如死灰一般呆在原地……

眨眼间，两匹快马已飞奔到监斩的县令面前，其中一人跳下马来，他正是包公的随从马汉，他手持尚方宝剑高喊：“包大人有令，斩刑停止，人犯暂行收监以备再审发落！”监斩的县令只是发呆，那刑台上的人犯却“呼”地一下挺起了上身，仰天高呼：“青天大老爷……”阿桂凝神再看，原来那人只是被削掉了那块带着发髻的头皮，阿桂看着，倒吸了一口冷气：

阿桂封刀

刑场人散之后，阿桂和“一阵风”一起回了家，“一阵风”向阿桂说了见到包公的情形：他赶到陈州时，包公查办的放粮舞弊案已经了结，正要回京复命，见到阿桂的信后，也是将信将疑，但人命关天，宁可信其有，便命随从马汉骑了快马、带了出京时天子所授的尚方剑先来法场救人，包公随后已从陈州动身，今天晚间便能到这里了……

这时，阿桂松了一口气，对“一阵风”说：“按例，午时有人高喊刀下留人，我该停止行刑，可这刀已变成一把嗜杀的鬼刀，再也不听使唤了！今夜包公来了正好，我今日用刀失误，正好当面去请罪封刀。”

阿桂望了望“一阵风”，又说“这把鬼刀身上事关一桩阴案，须包大人亲断，而且，要想封刀，也需用包大人的朱笔按刑律的规矩先行勾决了它，我方能收刀。”两人商议一番，只等包大人来了便一同去见他。

包公果然在晚些时候到了永定县衙，一到衙门，包公先提审了那名人犯。那书生见包公亲审，知道隐瞒不得，便承认那天他半夜走后，小姐被杀之事他的确不知。审罢书生，包公和县令刚到后堂落座，忽听大堂上有人击鼓，便命县令再次升堂查看。

公堂上已是灯火通明，三班衙役也已站好，堂下正跪了阿桂他们两人。包公一问，阿桂便把事情的来龙去脉禀报了一遍，还把鬼头刀呈了上去。包公接刀在手，又令人近前掌灯细细观看。

灯火之下，那刀身上却清晰地出现了一张人脸，包公一惊，定神再看，那面目竟有些面熟，再定睛一看，刀上那人影，正是堂下跪着的那个送信人“一阵风”，也就是那天阿桂喂刀时躲在梁上的那个小偷！包公知道内中必有隐情，便命衙役将刀递到“一阵风”面前让他观看，“一阵风”早吓得浑身颤抖：“小的犯有死罪……”他这么一说，众人都有些惊奇，包公命他细细说来。

“一阵风”跪着讲了缘由：那书生一案中死去的小姐正是为他所杀，当夜，那小姐刚送走书生后不久，躺下还没睡熟，这小偷便溜进小姐房中行窃，把小姐惊醒了，小偷怕她呼喊，便拔刀杀人后逃跑了，没想到那日中午又鬼使神差，跑到阿桂家中行窃，却目睹阿桂喂刀，被吓死过去，不料那刀神异得很，早把他这个杀人凶手的面目摄于刀中……

包公又细细问了他杀人时的情状，命人过来让他画了押，那人又跪在地上磕头，请求留个全尸。包公准了，那人听完，便一下子栽在地上再不起来，衙役过去一摸，此人早已全身冰凉、气息全无。这时阿桂说，其实，这人那天从梁上摔下来时早就吓死了，让他去送信，不过是让他还魂走尸、把包大人请来，而且他死了，这就成了一桩阴案，只有包大人能决断，可是，阿桂也没想到是他杀死了那位小姐，这倒又是一桩阴案。

包公命验尸官过来查看尸身，果然那尸体已呈现死去多时的征象。正查验间，那人的脑袋忽然从脖子上滚下来了，那脑袋滚在地上还在说话：“鬼刀，你好大胆！包大人已经答应留我全尸，你却还要杀我！”

此时，大堂上一片寂静，只有那数盏灯火在忽明忽暗地闪着光，片刻后，阿桂轻声提醒包公：“包大人，这刀已成了一把嗜杀的鬼刀了……请您先勾决下来，我该收刀了……”

包公猛然惊醒，整了整衣冠，高声喝道：“取朱砂笔来！”下面有人取了笔，包公擎笔在手，阿桂双手捧刀，刀柄向着包公递了过去，包公的朱笔落在了刀面上，阿桂又顺势向后一拖，一道朱砂已竖向画在了刀身上，两人的行止正好和刑场上斩人前用红笔勾了“犯由牌”一样。

包公弃笔在地，阿桂神情肃穆，捧刀向后退了几步。这时，猛听阿桂一声高喊：“——已斩！”众人吓得一哆嗦，只见阿桂站处亮光一闪，那刀已断成了两截跌落在地，阿桂此时却踪迹全无，再看断刀旁边，赫然多了一柄刀鞘！

众人这才醒悟过来：阿桂原来却是那鬼头刀的刀鞘！

后来，据说包公回京后请旨打造了三口铡，有龙头铡虎头铡，还有狗头铡，可以说，铡刀就是刀和鞘连在一起的一种刀。

（题图、插图：黄全昌）

无敌小女子

□赵晓波

新来的女生

那天早上，东城中学的陈校长带着一名女同学，推开了闹哄哄的高三（3）班的教室门。谁都知道东城中学高三的几个班里，（1）班尖子（2）班瘟，（3）班都是小混混。看着乱糟糟的教室，陈校长微微皱了皱眉头。

那女同学走到了讲台边，用甜甜的声音开了口：“大家好，我叫李莫言，可别叫错了，我可不是‘神雕侠侣’中的李莫愁，我可是无敌小女子李莫言哦！”全班哄堂大笑。有个男生叫杨木子，刚才正昏昏欲睡，听到笑声抬起了头，看着眼前这个扎着马尾辫的女生，一愣一愣的。

陈校长关切地问李莫言想和谁同桌，李莫言扫视了一遍教室，最后把目光落在了杨木子的脸上，她说“就他吧！”于是，陈校长亲自调了座位，让李莫言坐到了杨木子旁边。

这时，在教室的一角，一双嫉妒、怨恨的眼睛一直看着李莫言，那就是汪小小，她正和杨木子好着呢。杨木子以前成绩很好，可后来因为父母婚姻破裂，给他打击很大，于是他开始厌学，上网，又和班上的班花汪小小谈起了恋爱。其实班上喜欢杨木子的女同学很多，因为他长得帅，又是校篮球队的主力，而且他父亲是个商人，家里很有钱。

自从这个“无敌小女子”李莫言来了之后，一切都变了样，首先是高三(3)班的男同学整天都围着李莫言的桌子转，而且很多女生也和她交上了朋友，更让人惊异的是最近的一次考试，李莫言竟进入了全校第六名，这可是他们班有史以来的破天荒，以前连前六十名都没有进入过哦!

杨木子渐渐对李莫言有了兴趣，可是李莫言却对他视而不见，这使一向飞扬跋扈的杨木子郁闷极了。这天，杨木子正在篮球馆里打篮球，汪小小惊慌失措地跑进来，拉着他就走，来到校园的张贴栏前一看，只见大红的海报上面写着：“李莫言VS杨木子，篮球赛！”一群同学都围着海报谈论着这重大新闻。

杨木子刚一转身，李莫言在一帮同学的陪同下大步向他走了过来，她用挑衅的语气说“杨木子，你敢来应战吗？”杨木子拍拍手中的篮球自信地答道：“怎么比，你说吧，别说我杨木子欺负女生！”

“当然啰，你‘海拔’一米七八，我‘海拔’一米六五，硬拼是不行的，我们投篮比赛，每人五十次投篮，谁得分多谁赢；如果平分也是我赢，因为我坐庄，如果你输了，你就答应我一个条件。”说到这里，李莫言狡黠地眨了眨眼睛。

“什么条件？”

“到时再说。”

“如果我赢了呢？”

“随便你，杀人不过头点地，小女子李莫言怕过谁？”于是，一群同学簇拥着两人来到了篮球馆……

这场比赛的结局实在出乎大家的意料，杨木子竟然输了，他像一只斗败的公鸡，对李莫言说：“我输了，你说什么条件吧。”

李莫言调皮地背着手，一跳一蹦地走到杨木子跟前，附到他耳边说：“你告诉汪小小，说你喜欢我李莫言。”“你……”杨木子惊呆了，他万万没有想到李莫言费了这么大的劲居然是要拆散他和汪小小！难道她喜欢自己？不可能的，这小女子搞什么鬼呢？从第一天开始他就感觉她不是一个简单的人，想到这里，杨木子犹豫了……

李莫言逼视着杨木子，说：“怎么？说话不算数？我只要你说这句话，又没叫你真的喜欢我，你怕我吃了你啊？”

杨木子终于下了决心，他让汪小小过来，然后低着头对她说：“我……我喜欢李莫言。”汪小小一听，傻了，她可从未受过这样的委屈呀，她一下子就哭了，捂着脸冲出了篮球馆。杨木子知道，他真的伤了汪小小的心。

从这以后，杨木子索性真的追起了李莫言，当天放学后，杨木子把李莫言叫到一边，死皮赖脸地说：“你要赔偿我的爱情。”李莫言“咯咯咯”一阵大笑，高高扬起头，说：“好哇，你想追我，首先功课不要挂红灯哦！”

其实，杨木子基础不错，只是不用心，现在经李莫言一闹腾，劲头就上来了，半个月后一考试，几门功课全都及格了。

你到底是谁

这一天放学时，杨木子要李莫言陪他到街上走走，李莫言一笑，说："那你先把这十道题做完了再来，我在音乐广场等你，别让我失望哦！”

杨木子没办法，只得在教室里做李莫言交给他的那十道题，这是十道数理化的题，可不简单，杨木子做了几个小时也没有做出来，他绝望了，颓然地收拾起书包，一看表快到八点了，杨木子跑到音乐广场，远远就看见了李莫言，她捧着一本书还在等他。杨木子那个时候的心情呀，真是酸甜苦辣啥滋味都有，他不敢走上前去，便隐身在一边，又过了好长时间，才见李莫言看了看表，然后合上书，向四周看了看，惆怅地走上了公共汽车。

回家后，杨木子拿出那十道题琢磨了一晚上，终于做完了，第二天他红着眼把题交给李莫言，说："对不起，我交迟了。”李莫言接过本子，看了看，平静地说："那好，今天还有十道题，做完了，老时间老地方，我等你。”

放学后，杨木子又在教室里做题，天忽然阴了下来，一会儿就下起雨来，他突然想起李莫言，便跑到音乐广场，看见李莫言正顶着书站在一块广告牌下躲雨，见此情景，杨木子的眼泪突然流了下来，但他没有走上去，他心情沉重地回到家里，又熬了半夜把题做完了。第二天，李莫言没来上课，病了，杨木子知道一定是昨天淋雨感冒了。

从那以后，杨木子下定决心刻苦用功，渐渐的，李莫言每次出的十道题他都能做了，而且越来越轻松了。期末考试他居然考到班上第三名，李莫言第一，第二名是一直沉默的汪小小。

高三下学期，离高考越来越近，杨木子的成绩已经提高到全校三十名了，而原先被人称为“小混混”的整个高三（3）班的成绩也直逼高三（1）班了，这让全校师生大跌眼镜……

一天下午，汪小小突然来找杨木子，神秘兮兮地说："我怀疑李莫言可能和你爸爸有关系，我看见两人经常在一起，每次你爸爸都会给她钱，是不是你爸爸包养了她，现在有钱人很流行这个……”

“混蛋！”杨木子再也听不下去了，他给了汪小小一个耳光，汪小小哭着，跑了。

这一天放学后，杨木子很晚才回到家，他一走进客厅，见了父亲劈头就问：“爸爸，李莫言是怎么回事？”杨父见杨木子神色异常，便让他坐到身边，说：“儿子，其实我早该告诉你了——李莫言是我安排在你身边的卧底。”

“什么……卧底？”杨木子愣了，觉得这简直是天方夜谭！

杨父诉说起了事情的真相：有一天，杨父在街上遇上了李莫言，那时她面黄肌瘦，憔悴不堪，倒在街上。她说她是大一的学生，还拿出了学生证给杨父看。在交谈中才知道，原来她来自一个小县城，父母双双下了岗，而父亲又查出尿毒症，需要花很多钱治疗。她想退学，可她父亲说如果那样他就自杀，无奈之下，李莫言偷偷

在外打几份工，又苦又累还省吃俭用，终于饿昏在街上。

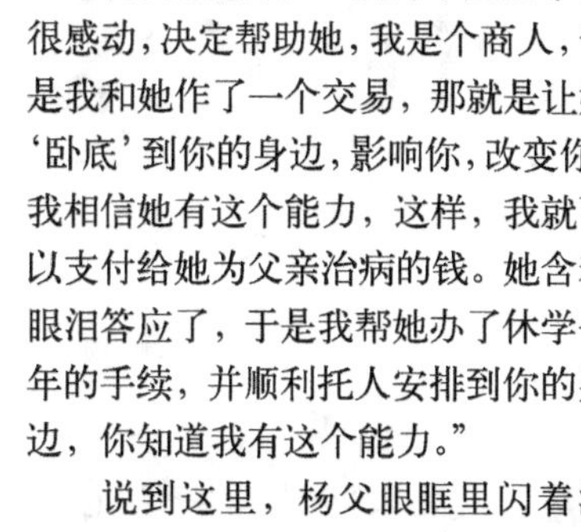

杨父接着说：“我听了她的事情很感动，决定帮助她，我是个商人，于是我和她作了一个交易，那就是让她‘卧底’到你的身边，影响你，改变你，我相信她有这个能力，这样，我就可以支付给她为父亲治病的钱。她含着眼泪答应了，于是我帮她办了休学一年的手续，并顺利托人安排到你的身边，你知道我有这个能力。”

说到这里，杨父眼眶里闪着泪光“儿子，因为我和你妈感情不和影响了你，我一直很内疚，想不到李莫言真的不负我所托，彻底改变了你，而你的成绩也突飞猛进……”后面的话杨木子一句也没听进去了，他心里自责地一个劲儿喊：“莫言，莫言……”

第二天，李莫言的位子空了，只有一张杨木子的照片孤零零地放在抽屉里……

九月里的一天，李莫言拖着沉重的行李又回到了她那魂牵梦萦的大学，刚走到校门口，一个高个子新生和她撞了个满怀，她想躲也躲不掉，回头一看，那男生大声地、坏坏地说“无敌小女子李莫言，我来了……”

李莫言的眼泪一下子就流了出来……

（题图、插图：安玉民）

一路追杀

□老　三

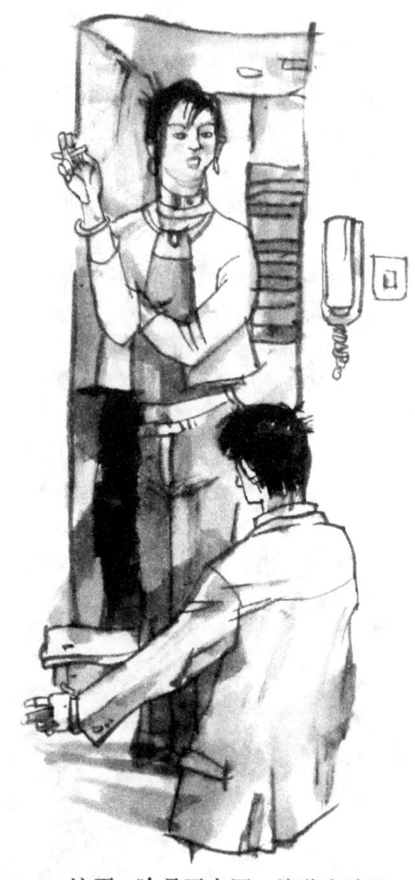

不速之客

五一节七天假期最后一天的上午，喻昌平的网上老婆杀上门来了。事情是这样的：四十岁的喻昌平是个公务员，副科长，他算是个胸无大志的人，唯一的爱好是上网，是个标准的网虫；唯一的心愿是把老科长熬退休，他好接班。

一年前，喻昌平化名“平淡”，在一个名叫“爱情公寓”的网站注册。这是一个“虚拟社区”，现在网上时兴这个，在这种虚拟社区里，现实生活中有的它都“有”。进入那里后，喻昌平分到了公寓四楼的一套房。开始，住宅里空空荡荡，家徒四壁，为挣钱，他每天晚上上网，辛辛苦苦地在虚拟的“社区”里打工，剪草坪啦，“除四害”——也就是打老鼠苍蝇蚊子啦，捡垃圾啦，挣到钱后就买冰箱、彩电、沙发、席梦思床……很快，他的套房里就琳琅满目、像模像样了。

这天，喻昌平上网，他欣喜地发现邻居家住上了人，他立即欢天喜地前往拜访。屋主是个漂亮女郎，芳名叫“浅浅”。两人聊了一阵——当然是通过键盘打字，相互之间很有好感，便决定“结婚”，于是向“网管”申请，结为了秦晋之好。浅浅是个急脾气，新婚的次日，她就为丈夫生下了一对双胞胎女儿。从此，喻昌平更忙了，他要养家糊口，要给女儿们买奶粉尿片，给浅浅买时装、化妆品……他只好花更多的时间上网干活。

网站上时间过得快，一个月顶一年，转眼双胞胎女儿10岁了，喻昌平的负担就更重了，主要原因是浅浅过于懒惰，从来不肯去“除四害”、“捡垃圾”挣钱，衣来伸手饭来张口，喻昌平要是不上网干活挣钱，给她们买吃的，她和女儿们就得饿着。就在五一节前，喻昌平出了趟公差，有四天没上网，等他回来上网一瞧，浅浅和女儿因为饥饿过度，被网站的社区医院收治了，欠下了6万多元的巨额账单。

喻昌平真的火了，一怒之下退出了网站，去别的网站注册游玩去了。五一节七天假，他一直没登陆“爱情公寓”，也不知浅浅和女儿们的景况。

就这样，在七天假期最后一天的上午，喻昌平在家时听见了急促的敲门声……

毒杀妻女

喻昌平开门一瞅，是一位陌生的妇人，她一见喻昌平就高声说道：“‘平淡’，我是‘浅浅’，我找你！”

喻昌平吓死了，他惊愕地说道：“你是怎么找到我的？你怎么知道我就是平淡？”

妇人扭着细细的腰肢，一扭一摆地迈进门来，她没有回答喻昌平的话，却娇滴滴地说：“老公，我好想你哟！”说着就往喻昌平的怀里扑，喻昌平吓得连连后退，说：“浅浅，在网上玩玩，解解闷就行了，你怎么真的找来了？”

浅浅不干了，把杏眼一瞪，说：“谁让你不正经玩的？为找你，老娘花了1000块钱，从网上找了个高手，这才把你的真实身份搞清楚的。你真的不打算要我们了吗？这些天我和孩子住在社区医院里，已经欠下10多万元了！这些钱谁来还？”

喻昌平心里那个急呀！昨晚妻子打来电话，今天上午十点多她带女儿就回来了，万一她们一进门，浅浅在这，他就算浑身是嘴也说不清啊，必须先把这女人支走！想到这里，喻昌平便赔着笑脸，骗她说，他决不和她离婚，他立即上网干活挣钱去，让她们过好日子。就这么连哄带骗、好说歹说的，才把浅浅打发走。

浅浅临走前，暧昧地告诉喻昌平，她就住在本市，是个有钱的寡妇，网络就是她全部的生命。如果喻昌平觉得在网上玩乐不过瘾，只要上网知会她一声，她就请他去她家。

喻昌平气不打一处来：在网上的虚拟世界中过过家家、消消闷解解愁也就罢了，竟然找上门来，这样下去早晚要出事！他可不是那种敢在现实生活中乱来的人。他决定一不做、二不休，干脆在网上整死她们，好让浅浅彻底死心。

浅浅走后，喻昌平很快登录了“爱情公寓”，埋头剪了阵草，挣了几十块钱。他带着钱去了社区超市，买了包子、烧鸡、饮料等食物，又去一家小杂货铺买了瓶砒霜，偷偷把砒霜兑进饮料里，然后回了家。浅浅和女儿们果然早在家等着呢，喻昌平把食物和饮料分给她们，她们快乐地吃喝着。不久，药性发作，浅浅和女儿们就一命呜呼了……

办完这一切，喻昌平的妻子、女儿也旅游回来了，在外面敲门。喻昌平下了线，关了电脑，开门迎接她们，但他心里总感到惴惴不安、心惊肉跳的。

伺候老婆、孩子吃完午饭洗完澡，她们午休了，喻昌平禁不住又打开电脑，隐身登陆了“爱情公寓”网站。他想瞧瞧，浅浅和女儿们的惨死，会给网站带来什么影响，又出什么事了没有。

来到社区广场，喻昌平吓了一大跳：社区的居民们居然正在给浅浅和双胞胎女儿开追悼会，谴责、声讨、发誓要砸烂喻昌平狗头的帖子铺天盖地，最要命的是，有人把他的真实身份曝了光，连他家的电话号码都没落下。

显然有高手侦查到了喻昌平正隐身登录，他的电脑开始受到病毒攻击，他慌忙想下线关机，可是已经迟了，只听到主机箱里“砰”的一声响，显示器一黑，死机了……

身败名裂

喻昌平玩电脑多年，知道自己中了一种最厉害的病毒，这种病毒，能把电脑主机里的主板给烧毁，唉，看来这次电脑算是完了。就在这时，外面有人按门铃，他忙跑去透过猫眼一看，是两个警察。他开了门，警察进来，亮了亮证件，问他：“你家没出事吧？”

喻昌平纳闷了，回答道：“没有啊！”“你老婆孩子呢？”“刚旅游回来，累了，在卧室休息呢。”“对不起，我们要看一下她们。”

喻昌平只好叫醒了老婆，警察看了看喻昌平的老婆，生气地嘟哝着：“哼，又一个报假警的。”警察解释道：刚刚他们接到报警，说是喻昌平家发生了凶杀案，丈夫杀死了妻子和一对双胞胎女儿。

喻昌平的妻子说：“肯定是报假警！我们只有一个女儿，哪来的双胞胎女儿？”

只有喻昌平晓得是怎么回事：一定是“爱情公寓”网站的网民在整他。

警察前脚离开，喻昌平家的电话就开始响个不停，包括他家的座机，他和妻子的手机，全都在响，都是陌生人打来的，上来就骂喻昌平是个十恶不赦的杀人狂，不是人，是杂种，禽兽不如……一直骂到他祖宗十八代。

妻子害怕至极，追问喻昌平惹着谁了，得罪哪路神仙了，为什么这么多人打电话来叫骂，喻昌平只推说他也不清楚，他清清白白的，谁也没惹，谁也没得罪。最后他们不堪骚扰，手机关机，座机插头拔下来，才得到片刻清静。

过了个把小时，喻昌平小心翼翼地打开自己的手机，“手机小秘书”发来短信，这一小时里，他竟然有二百多个未接电话。他翻看着那些号码，其中有五六个是他单位里的好朋友小乔打来的，于是他马上给小乔打电话，小乔激动地说：“喻哥，你快上网，上咱们单位的局域网，天啊，出大事了！你快上去看看吧！”

喻昌平的台式电脑已经损坏不能用了，好在妻子还有台笔记本电脑，他赶紧用笔记本电脑上网，登录自己单位的局域网一瞧，他彻底傻了：有人把他在“爱情公寓”的资料张贴在局域网上，包括他与浅浅“同房”、“空中做爱”时敲打上去的那些淫言秽语，简直不堪入目。

妻子见了这些，气得脸色铁青，咬牙切齿地说“好啊，好啊……你真行啊！背着我在网上娶小老婆，和人乱搞——你真让我恶心！”她不由分说，叫醒了女儿，带着女儿回了自己的娘家，还坚决要和喻昌平离婚，不和他过了。

与此同时，喻昌平单位的局域网因遭到黑客攻击，被迫关闭。领导了解了事件的经过后异常震怒，连夜作出批示：喻昌平身为副科级公务员，道德败坏，在网上娶二奶，造成恶劣影响，应予以党纪政纪严厉处分。

次日一早，处分决定就下来了：喻昌平被撤职，降两级工资，调离机关科室，下放边远基层……

（**题图、插图**：谭海彦）

·海外故事·

不可原谅的错误

□一　冰

巴拉特和莎娅都热爱大海，因此他们决定把他们的蜜月之行放到大海上。婚礼后的第二天，他们登上了一艘游轮，开始了浪漫之旅。很多人看来枯燥乏味的海上生活，他们却在爱情的装点下倍感快乐温馨。

没有人知道，一场灾难正在向他们袭来……

旅程进行到第十八天，这天白天还风平浪静，可到了傍晚，一眨眼间，天空顿时乌云密布，狂风大作，海上掀起了十几米的巨浪，庞大的游轮成了一叶听任摆布的小舟。人们纷纷躲进舱房，惊魂未定之际，忽然又听到一声巨响，船身随即颠簸了一下，大家都明白——游轮触礁了！果然，不一会儿，船上的广播宣布了游轮触礁的消息，船长让大家保持冷静；紧接着，游轮停止了前进，因为它的动力系统遭到毁灭性的撞击，船体也被撞出几个大洞，正在不停地涌进海水，游轮也开始倾斜。船长和水手们开始为旅客分配逃生设备，广播里反复提示儿童、老人和妇女可乘坐救生船逃生，而男性青壮年则只能得到一件救生衣或一个救生圈——这就意味着：巴拉特和莎娅将面临着分手！

一艘艘的救生船开走了，但莎娅就是不肯上船，她说一定要跟巴拉特死在一起。巴拉特劝说了很久，最后在水手的帮助下，才把莎娅推到了救生船上。

莎娅走了，这时，一种绝望的痛苦才向巴拉特袭来：在这片海域，救生衣和救生圈这样的救援设备其实形同于无，如果能获救，简直就是奇迹或上帝显灵，所以很多男人们都放弃了逃生，他们很平静地站在甲板上，或者沉默，或者为离去的亲人们歌唱，表现出了一种视死如归的气概。这些，巴拉特却做不到，巴拉特哭了，其实他不怕死，他怕的是失去莎娅……

莎娅同样痛不欲生，她最后决定上船的原因是她的肚子里已经有了两人爱情的结晶，为了孩子，她必须活着。

六个月后的一天，莎娅的临产期到了。她躺在病床上，泪流满面，因为据调查，那次海难，除了登上救生船的人，其余的无一生还，她不得不承认这么一个事实：和巴拉特的重逢将是来世的事了！

一天，天气出奇的好，阳光明媚。突然，有人像一阵风，疾速进了病房，扑到了莎娅的床前，莎娅简直难以置信，她愣了一下，惊叫起来“巴拉特，真的是你吗？”

巴拉特笑了起来：“亲爱的，是我。”巴拉特告诉莎娅，船沉之后，他在冰冷的海水里不知道漂了多久，后来是附近岛上的渔民救了他。他随同那里的渔民到了他们居住的小岛，但因为语言不通，无法跟他们交流，所以一直未能回到陆地。两个月前，他才上了一艘路过小岛的货轮，然后辗转回到了家乡。

莎娅听到这里，紧紧地拥着巴拉特，哭了：“上帝呀，这真是个奇迹！”

巴拉特成功逃生的消息很快传遍了全市，人们争相前来看望，记者纷纷赶来采访，报社还请了专家测算巴拉特逃生的几率，在那种情况下，巴拉特逃生的几率仅有十亿分之一！巴拉特有如此好运，所以很多人都劝他去买彩票，但巴拉特对自己的奇迹并不在意，他关注的是莎娅和刚出生的孩子，他要弥补自己不在时欠下的感情。

这天晚上，莎娅从外面回来，脸色很不好看，巴拉特问她怎么了，她冷冷地扔给他一份报纸，说：“你自己看！”

巴拉特打开报纸，看到头版头条是一个大标题：“巴拉特的逃生是个奇迹吗？”再一看内容，不由大吃一惊，报纸上说，巴拉特回来后，很多人都不相信那是奇迹，于是就对那次海难进行了详细的调查。根据记录，全船共有689人，其中小孩、老人和妇女是317人，救生船是为这三类人提供的，而乘坐救生船获救的却有318人，也就是说，有一个男性青壮年乘着混乱混上了救生船，他是谁呢？他是如何蒙蔽了别人混上船的？他就是本市知名的化装师巴拉特先生……

“胡说！”巴拉特气得满脸通红，他对莎娅说，“你要相信我，我说的都是真的。”

莎娅含着泪说："我相信你，但我知道，你的确是个化装师，你化了装，连我都认不出来——巴拉特，你知道吗，你犯了不可原谅的错误！"

听了这些话，巴拉特顿时无法辩驳了。

第二天，莎娅跟巴拉特离了婚，她不能让孩子生活在屈辱之中；巴拉特走出家门，可四周全是鄙视的目光，孩子们都向他投掷石块和臭鸡蛋，大声骂他："巴拉特胆小鬼！巴拉特胆小鬼！"他想去酒吧喝杯酒，可是酒吧的人把他赶了出来，说是不会卖给他任何东西……

第三天，巴拉特自杀了，他死在市中心的那条小河里，他死后报社又配发了一条新闻，用的是嘲讽的语气："看，巴拉特连那条小河都蹚不过，怎么有能耐在大海里逃生？"

巴拉特死后的一天下午，一个脸色憔悴的中年男子来到巴拉特的住所，他按响门铃后就跪在地上。莎娅打开门，那男子痛哭流涕："你们错怪巴拉特了，那个胆小鬼是我！"

很快，报社的记者赶来了，那男子向记者诉说道：海难那天，巴拉特送走莎娅回到船舱，走到一个楼梯口，听到一个男人的哭声。他去安慰那个男人，那男人说他自幼家境贫困，父母多病，他在外面闯荡了十年，就是想挣点钱让家里人过上好日子。十年间他没见过父母，没见过妻儿，他很想见他们，哪怕一面也行，可没想到碰上了海难。巴拉特沉默了一会儿，就把他化装成老人，又把他送上了救生船……这个乔装后获救的男子，就是眼前的他！为了证明身份，那男子还出示了当时的船票。

一切真相大白了，巴拉特是冤枉的。那天晚上，全市所有的人都自发地汇集在市中心的小河边，点上蜡烛，为巴拉特祈祷；报社也出了号外，上面只有一条声明"巴拉特，我们犯了一个不可原谅的错误，我们向您郑重道歉！"

（题图、插图：佐　夫）

·外国文学故事鉴赏·

根据美国作家马德里·拉尔夫的作品改编

空药瓶

□龚　昊　改编

布莱德认为自己的婚姻是一场灾难，妻子爱菲尔多疑、自私，他烦透了，于是他准备谋杀妻子。布莱德认为自己的计划很完美：他喜欢绘画艺术，在他的一再恳求下，爱菲尔终于答应陪他去波士顿，好让他看看那里正在展出的毕加索的画，而爱菲尔在那里住几天后就先回家。布莱德只要事先在爱菲尔的药瓶里放两片毒药，当她一人独自吃下那些药片时，布莱德则在遥远的波士顿，有着铁一般的不在现场的证据，布莱德暗自赞叹：这真是完美的计划！

现在，爱菲尔正在外面收拾旅行用的东西，布莱德则悄悄走进洗手间，开始实施自己的计划：他取出柜子里的小药瓶，倒出所有的棕色保健药片，然后将两片表面酷似保健药的剧毒“的士宁”片放入药瓶，再将药瓶放在梳妆台上。

“亲爱的，我们该走了！”门外传来了爱菲尔的声音，布莱德急忙走出来拥吻她：“噢，亲爱的，感谢你赐予我这次艺术之旅。”

夫妻俩乘车到了波士顿，在那里玩了两天后，爱菲尔先回了家，正如布莱德所料，爱菲尔回去的第三天，警方就打来长途电话告知布莱德：他的太太死了……

布莱德见到爱菲尔的尸体时几乎要“晕”过去了，他甚至无法停止双手的颤抖：“为什么会这样……”负责调查这个案件的肖恩警官和其他一些人不住地劝慰布莱德，过了好一阵子，

布莱德才冷静下来，他对肖恩警官说：“我不想耽误您的调查取证工作，但现在请让我先休息片刻，或洗把脸，行吗？”

肖恩点点头：“我理解您的心情，请便吧。”

布莱德走进洗手间，把门锁住，然后四处寻找那个小药瓶，梳妆台上没有，浴室里也没有，当他打开柜子时终于发现了它，布莱德欣喜地拿起药瓶，轻轻摇了几下，不料药瓶里竟然发出了声响，他顿时吓得面如死灰：怎么？瓶子里还剩有毒药？这可是他谋杀妻子的罪证呀！布莱德倒了倒瓶子，一片棕色药片“哧溜”滚了出来，静静地躺在他的手中！

布莱德的心里很乱，他强迫自己不胡思乱想，并努力调整着思维：爱菲尔只吃了一片药就死了，幸好另一片没被警方发现，在自己手中，所以肖恩警官暂时不会怀疑到我头上。布莱德的自信压过了恐惧，他镇静了下来，将那片药藏在手帕内放入口袋，洗了把脸，从洗手间走了出来。

布莱德坐下后，肖恩警官便介绍了这起命案的大致情况，布莱德静静地听着，最后，肖恩说：“验尸报告指出，一种含‘的士宁’的剧毒药片是导致您太太死亡的唯一原因。”说到这里，肖恩警官紧紧盯住布莱德：“不过，我们认为，你有害死爱菲尔的嫌疑，会不会是你设法使她误服了毒药？”

布莱德激动了：“我害死她？笑话，您有证据吗？”

“别太自信，年轻人，”肖恩警官的脸上没有丝毫表情，神色显得十分平静，“你太太临死前曾大声喊叫，说这事一定是你干的，这一点，你的邻居可以作证，还有，我们找到了一个保健品药瓶，当然，里面还剩一片药，也就是说，你事先放了两片毒药，可你太太只吃过一片！”

布莱德听到这里大惊失色，他跌坐在沙发上，惨笑道：“很好，公正、

2007年《〈故事会〉最有影响力的故事》征文启事

四大奖励措施　稿酬外追加千字1000元奖金

为鼓励多出优秀作品,《故事会》杂志社决定继续举办2007年《〈故事会〉最有影响力的故事》征文大赛，并对优秀作品实行四大奖励措施:

1. 入选作品除在杂志上发表外，还将收入《〈故事会〉2007年最有影响力的故事》一书。2. 入选作品可得两笔稿酬: 在《故事会》杂志发表的作品，首发稿酬每千字400元; 获"《故事会》最有影响力的故事"优秀作品奖，再追加每千字1000元。3. 入选作品均颁发奖励证书。4. 本刊将邀请有关作者参加年底的颁奖大会,所有费用均由编辑部承担。

征稿范围: 1、具有现实感、新鲜感且可读性强的中短篇（包括超短篇）原创作品; 2、故事性强、有口传性、能引起读者兴趣的推荐作品。

超短篇（如幽默故事）的字数一般在1500字以内，短篇（如中国新传说）的字数一般在5000字以内，中篇故事的字数一般在15000字以内。

来稿方法: 1. 从邮局寄发，请在信封上注明"征文大赛"字样，本刊地址: 上海市绍兴路74号《故事会》杂志社，邮编: 200020。2. 从网上传递，可寄以下信箱: wulun@vip.sohu.net，请在主题上注明"征文大赛"字样; 也可直接与有关责任编辑联系,本期责任编辑的信箱是: yaobianji@126.com。

尽责的肖恩警官，我承认，是我干的。"

布莱德掏出手帕擦拭着额头上的冷汗，那片药被趁机放入嘴里，只需三分钟，三分钟后，布莱德的恶梦将永远结束了!

这时，一位警察进了洗手间，把空药瓶拿出来递给肖恩警官，肖恩接过来看了一眼，对布莱德说: "现在，我们才确定你就是凶手。"布莱德惊愕地望着肖恩: "现在才确定? "

"是的，"肖恩解释说，"你太太临死前的确大喊大叫，说是你害死了她，但我们并没有你投毒的证据，更何况，我们也不能肯定'的士宁'药片到底是不是放在那个药瓶里。"

布莱德不明白了: "可是我发现药瓶里明明还剩一片药啊，你们完全可以拿去化验。"

"不，当时药瓶是空了的，里面没有任何药。"肖恩很狡猾地笑了，"其实，爱菲尔死前把两片药都吃掉了，所以，为了试探你，我们把一片外形和'的士宁'酷似的普通药片放入那个空瓶子，如果你真的害死了爱菲尔，必定会去察看那个药瓶，并把那片药取走，年轻人，你露馅了，我想现在药丸就在你嘴里吧，它没有毒，可是很苦! "

布莱德皱了一下眉头，的确很苦，看来，他的恶梦才刚刚开始……

（**题图**、**插图**: 佐　夫）

每个人都是命运的建筑师，可有人建造的是宫殿，有人堆砌的是坟墓……

异乡的金洞

□蜀 江

1. 不祥之兆

世上有很多种金矿，也有很多种采金的方法，西北的断云河一带出产沙金，这儿的淘金人采用的是一种十分简便的方法：选好矿点，砌上金槽，引来河水，炸矿取沙，沙中淘金，就这么简单。

柴老板就在断云河边开了这么一个金矿，眼下手里有三十多号人马。跟断云河边大多数矿点一样，柴老板采的是明矿，也就是露天开采。这天，柴老板突然从矿上带了十个人，沿河而上，爬上一处石崖，来到一方平台，指着一个黑乎乎的洞口，宣布了他的决定："你们十个人，从今以后就在这洞子里干！"

话音刚落，就有人"扑通"一声坐在地上。这个人姓赵，快五十岁的人了，伛偻着腰，他在工地上年龄最大，大伙儿就叫他老赵。老赵仰起头，看着眼前的情景直发呆：面前泥土和沙石堆成的峭壁遮掩了大半个天空，好像随时都会崩塌，再看那洞口，悬着一些大石头，不知什么时候就会坠落下来，不由得满脸惊恐地说："我看这儿太危险了，还是别干吧？"

柴老板脸上陡然阴下来，鼻子里"哼"了一声。他的明矿虽然也有油水，但他觉得挣钱不过瘾。前些时候他听人说，断云河边有一处前人采金留下的洞穴，含金量极高，而且有人采出过拳头大的金疙瘩，于是带着人在山上转了好几天，找到这个洞子，又钻进洞里，弄了一些沙子去淘，果然发现含金量比自己的明矿高多了。他感觉这就是别人说的那个金洞，当即决定调来一帮人开采这个洞子，为此他还准备好了洞中采矿所需的矿灯及充电设备，没想到这个瘦猴儿似的老汉，居然敢跟自己唱反调！

柴老板一“哼”，就有人说话了，这人长得五大三粗，满脸络腮胡子，因他在工地上管事，大伙儿都叫他“二当家”。二当家鼓起牛眼睛，指着老赵的鼻子吼道：“你他娘的要造反？活了一大把年纪，还不知道端谁的饭碗、受谁的管？”

二当家扫了几个民工一眼，见大伙耷拉着脑袋，又说：“想干不想干，都放个话，小兔子，你他娘的先说！”

小兔子是南方人，长得白白嫩嫩的，刚十六岁，还没发育好，显得瘦小单薄，因为好动，时常蹦蹦跳跳，大伙儿就给他送了“小兔子”这么个绰号。小家伙儿嘴甜，整天这个“叔叔”那个“哥哥”地叫，因此，在工地上人缘不错，对柴老板、二当家这些人，他也不怎么害怕，见二当家问他话，就笑着说：“二哥，干这‘地下工作’，老板是不是要多给点儿钱呀？”

柴老板笑笑：“我当着大伙儿表态，谁在这儿干，每月净拿一千五！”

小兔子一听，一下兴奋起来：“哇！比干明矿高多了，我当然要干嘛！”他来自一个偏僻的小山村，家中只有病恹恹的老娘和他这一根独苗，那里很穷，他要努力实现自己的理想：买一辆二手农用车，然后赚钱、成家、养老娘、过日子。

“你小子还有点站着撒尿的样子！”二当家说，“老子也在这儿陪着你们干，不愿干的趁早滚！”

其他几个人都表示要干，其中有两人是二当家的亲信，只有老赵把脸藏在裤裆里，不吱声。柴老板说：“老赵，你最稳重，是工地上最好的炮手，在这洞里爆破，技术要求高，交给别人我不放心，你也为大伙考虑考虑吧。”老赵听他这么一说，又想到自己要挣钱供儿子上大学，终于点头答应了。

柴老板安排好金洞这边的事后就回了明矿，随后，二当家带着这帮人砌好金槽，搬来工具、炸药、粮食等，在这里安顿下来。先前的淘金人在这儿挖了不少住人的窑洞，他们就分散住在几个窑洞里。二当家和他的亲信晚上要看守金槽，就住金槽旁边的窑洞；老赵和小兔子最要好，单独住一个窑洞。

一干人在二当家的指挥下，每天钻进金洞里，贴着岩石取沙石。这个洞口有一人多高，一米多宽，里面还有数不清的岔洞，迷宫一般。老赵每天负责爆破、做饭、给矿灯充电，干点杂活儿，其他人清理出沙石料，用架子车推到平台边上往金槽灌。柴老板每隔两三天过来一次，看看采金的情况，或者支开其他民工，留下二当家等亲信取金槽，然后带上金子离开。

干了十来天，小兔子胆也大了，有一次，别人歇息的时候，他钻进一个岔洞，过了一阵出来，对大伙儿说："你们猜，我拾到一个啥东西？"几支矿灯照过去，只见小兔子双手背在后面，脸上笑吟吟的，老赵问："拾到金疙瘩了？"小兔子说："就是！"说着亮出手中的东西，老赵看了当即吓得闭上眼睛——那是一具惨白的骷髅头！

有个民工，有些文化，他接过骷髅头，仔细看了看，叹了一口气："可怜无定河边骨，犹是春闺梦里人！"

小兔子没听明白，问道"你说的啥意思，好像念什么诗似的？"

那民工说："是两句古诗，唉，前一辈的人留在这儿了，后一辈的又来了，不知道谁还会留在这里，变成这个样子。"

老赵越听越不是滋味，骂道"你们这两个不知好歹的东西，一个干蠢事，一个说不吉利的话，这矿上非出事不可！"

老赵一语成谶，矿上果然出事了！

2. 厄运当头

他们这个工地，平台到下面的金槽，有近二十米高。这天，小兔子推着一车沙石料出了金洞，因为是下坡路，他跑得快了，该停车时却没能停住，那架子车借着惯性，一路冲了下去。小兔子悚然一惊，拚命抓住车把，想把车子拽住，但他没有这么大的力气拽回车子，反而被车子拖下了斜坡，小兔子只好撒手，那架子车冲下斜坡，越过金槽，扎进河里，小兔子也在斜坡上一路翻滚，摔进了金槽，幸亏老赵正在洞子外面，看到这情景后把小兔子救了起来。

二当家得知小兔子丢了架子车，对他一顿臭骂，说是要罚小兔子一千块钱。小兔子说，这车是用半边旧铁皮油桶和架子车轱辘做成的，根本不值几个钱。二当家说，这车轱辘和铁皮桶运进山里容易吗？丢了车还影响干活，那损失还不止一千元呢！小兔子听了这话，气得只能张嘴，不能说话。

这时已是秋季，摔伤了的小兔子躺在阴凉、晦暗的窑洞里，心头猫抓似的难受。他本来想着再干一段时间，买二手农用车的钱差不多了，就结了账回老家，没想到遇上这么一件倒霉事，不但伤了，反而要倒贴一千块钱！想起摔下金槽的情景，他又十分后怕，当时要是摔进河里，这辈子恐怕再也见不到老娘了！想到老娘，他更是不安，这里与世隔绝，上山几个月来无法得到老娘的一点消息，她现在怎么样了？会不会生了重病、正盼着儿子回家？想起这些，小兔子一会儿长吁短叹，一会儿哭哭啼啼。

工地上有人备着治疗跌打损伤的白药，老赵找来白药给小兔子治伤，小兔子几天后就基本恢复了，他打定主意：结账回家。

这天，小兔子见柴老板过来了，就要求结账。眼下正是用人之际，柴老板哪里肯放他？小兔子苦苦相求，说了一大堆好话，见柴老板怎么也不松口，犟脾气就上来了："我又没有卖给你，结账走人还不行吗？"柴老板沉下脸来："前面几个月我赔着老本打底子，为的是大家都挣一点，现在干到中途，今天你要走，明天他要走，你们把钱拿了一走了事，我怎么办？"这时二当家也在旁边，对小兔子喝道："光想老板贴钱养你们，有这样的好事吗？还是那句话，不听话就滚，一个子也别想！"

小兔子原来以为自己和柴老板、二当家相处得都不错，他们不会为难自己，没想到自己在他们眼里啥也不是！有句话说"兔子急了也咬人"，小兔子此刻就急了，脱口就说"算我瞎了眼，误上了贼船！我一分钱也不要了，下了山再说，我不相信没有王法了！"

"你想造反！"二当家也被激怒了，操起一把铁锹就要砍小兔子，老赵他们连忙劝阻，柴老板也瞪了二当家一眼，二当家这才住手。

柴老板上上下下地打量着小兔子，脸上青一阵白一阵的，嘴唇都在颤动。小兔子的话戳到了他的痛处：前些年，这里允许个人办证采金，但办证的少，采金的多，到处劈山开炮，把断云河两岸糟蹋得不成样子，于是政府严禁采金，出动公安和武警多次清山，才将淘金热压了下去，柴老板还因此进过县城的看守所，好在当时他没干几天，就被从轻发落了。后来，这里淘金的人几乎绝迹了，柴老板打听到好久没人过问这里的事情了，今年春上才壮着胆子，偷偷拉起一帮人马，在这儿重做他的黄金梦。从这些

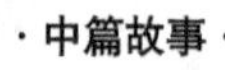

天的情形来看，这个洞子确实能圆他的梦，但如果放小兔子下山，这小子真把这事捅出去，这梦不就破了吗？

想到这里，柴老板对小兔子笑笑：“既然你执意要走，我也不挽留了，过几天吧，等我卖了金子，就给你结账！”

小兔子一听高兴了，甜甜地说：“柴叔叔，你真是大好人！”

柴老板说：“看来你的伤也好得差不多了，在这儿等工钱，还不如再帮我干几天，你自己也多挣点钱回去。”小兔子想想也是，又回到洞子里干活儿。

二当家私下里问柴老板：“你真的要放走他？”

柴老板冷笑了一声，说“吃屎的还能治住屙屎的？”

3. 暗箭难防

这天，二当家安排民工们去明矿那边搬运粮食和炸药，他说这活儿累人，小兔子伤刚好，就不要去了。民工们都走了，小兔子想，二当家这人还是挺有人情味的，就满怀感激地对二当家说，他也不能闲着，还是到洞里干点活儿吧。

二当家带着小兔子进了洞子，对小兔子说“咱们今天不干活儿了，就选选矿线吧。”小兔子更高兴了，这选矿的事情，一般的民工是不能参与的，可见二当家对自己的信任，他兴冲冲地跟着二当家在岔洞里转。

进了一处岔洞，里面很低矮，二当家对小兔子说“看这地势，是一个金窝窝，你个子小，先钻进去，把底子上的石头扒开，看看有没有金子。”小兔子钻了进去，翻了半天石头，便喊道：“二当家，再往前就是洞底了，连一片麸皮金也没看到哇！”话说了，却没听见二当家回话。小兔子回过头来，顺着矿灯看去，只见二当家蹲在岔洞口，正往一个小洞里装炸药，小兔子飞快地闪过一个念头：炸药一响，自己岂不是要被埋在这个岔洞里？小兔子大吃一惊，扑向二当家，拉着他的手，瞪大眼睛问道：“二哥，你要干什么？”

二当家一把推开小兔子：“小兄弟，下辈子再见吧。”

小兔子十分惊恐“二哥，这是为什么？为什么呀？我做错了什么？你说呀！”

二当家阴沉着脸，气恼地说“你装什么蒜！你自己说了啥还不知道？你不是要背后捅老板的刀子吗？”

死亡的恐怖就像一桶冰水，浇得小兔子从头皮凉到脚心，他的泪水一下子涌了出来，对着二当家哭喊道：“二哥，我那是气话，你们可别当真呀，饶了我吧……”

“晚了。”二当家冷冷地说，“这事不怪别人，只怪你太不会做人了。你要知道，这世上的人分三六九等，修炼不到一定火候，有些人是不能得罪的。”

小兔子一下子跪在地上：“是我错了！我不懂事，我给你和老板赔罪！我不要工钱，也不会在外边胡说！求求你们放过我吧，我才十六岁呀，我死了我娘也活不成了啊……”

“你不要说了！”二当家觉得自己有些动摇了，赶紧阻止小兔子，“跟我说啥也没有用，我也是端人家的饭碗、帮人家消灾的。”

小兔子情急之中，突然有了主意，他对二当家说：“二哥，要不你悄悄放我走吧？谁也不会知道的！只要你放我出去，你让我干啥都行，我一辈子都不忘你的大恩大德！”

二当家一下来气了：“你要我出卖老板？告诉你，我不是不忠不义的人！”二当家说着，又接着装炸药。

小兔子知道再说什么都无济于事，眼前的险境激起了他求生的本能，他抄起一块石头，猛地砸向二当家的脑袋，随后夺路而逃，二当家一闪身，那石头只擦着他的胳膊，并无大碍，就在小兔子要从他身边挤过时，二当家已将小兔子抓住了。

小兔子拼尽全力，又踢又撞，奋力挣脱，二当家用力一摔，将小兔子扔在地上；小兔子又往洞里面钻，二当家怕他再用石头砸人，追过去抓住他，卡着后脖颈摁在地上。小兔子继续哀求，鼻子嘴巴都挤在石头上，说出话来含混不清，只有双手和双脚在扭动。二当家说：“我本来想装好炸药再动手的，看来你等不及了。”说着，顺手捡起一块石头，砸在小兔子头上，小兔子“嗯”了一声，停止了挣扎……

几分钟后，二当家点燃了导火线，爆炸过后，当他再次过来查看时，那个洞子已经被炸塌的沙石封死了。

老赵傍晚回来，没见到小兔子，就去问二当家，二当家一脸惊诧地反问：“他说在回老家之前，要去看看明矿那边的朋友，我就让他去了，咋

的？你们没见到他？”

老赵说“看来我们走岔路了。”

晚上，老赵仍不见小兔子回来，想到山路危险，担心小兔子出事，心里忐忑不安，睡不着觉，就出了窑洞。他隐约听见金槽那边有点动静，就悄悄走到近处，看见月光下面，二当家他们几个人正在取槽子。老赵不明白这些人为什么要晚上干，又不敢到跟前去，就悄悄回了窑洞。

第二天一早，二当家大喊大叫，说金槽被人偷了，清点工地上的人，唯独少了小兔子，派人到明矿那边打听，那人回来说，小兔子压根儿就没有过去，二当家一跺脚：“他娘的，小兔子这个王八蛋，偷了金槽，跑了！”

4. 怪事连连

柴老板闻讯赶来，当众对二当家训斥一通，声称要扣除二当家一个月的工资，二当家担心老赵和其他民工起疑，也装模作样地对民工们说：“你们谁知道那个小王八蛋的地址？我跟他没完！”

老赵不相信小兔子会悄悄走掉，想到昨晚二当家他们偷偷取金槽的事，知道这内中必有隐情，他感觉到小兔子出了大事，心里暗暗叫苦，却不敢多说什么。

大家继续干活。下午，二当家看柴火不多了，就吩咐老赵去树林子里拾柴火。到了晚上，工人们收工吃饭，到伙房一看，却是冷锅冷灶的，烧饭是老赵的事，今儿个他要让大伙儿饿肚子？二当家有点犯嘀咕：这老家伙是出啥事了？还是对小兔子的事情起了猜疑，悄悄跑了？会不会有什么后患？想到这里，他坐不住了，连夜到明矿那边，向柴老板作了汇报，要求自己带人立即下山追老赵。

柴老板淡淡一笑，说：“他这人，放不出什么响屁，你放心回去吧。明天到树林里找找，要是见他摔在哪儿动弹不了，就挖个坑悄悄埋掉算了。”

二当家听柴老板这么一说，像是吃了定心丸，心里马上踏实了。

第二天清早，老赵拄着一根木棍，突然回来了。他的脸色十分难看，心有余悸地说：昨天出去拾柴火，在树林里一转，就迷了路，怎么也转不出来，还跌了几跤，直到天快亮的时候，才发现自己一直在那一片林子里转……

有个民工嘀咕说：老赵遇到“鬼打墙”了！

二当家听到“鬼打墙”三个字，心里就有点儿不自在。

上午，老赵继续上班。这次装了五炮炸药，工人们照例到洞外避炮，听了半天，只响了两炮，到里面查看，果然有三炮没有炸，二当家怒气冲冲地质问老赵：“你是怎么搞的？”

老赵一脸恐慌，结结巴巴地说：

"我是不是……真的……中邪了？"

之后几天，二当家亲自爆破，也经常出现哑炮。工人们私下里纷纷议论，都说工地上出了怪事。二当家心里有些发虚，莫非小兔子阴魂不散，在搞什么鬼？会不会到了某一天，当自己装炸药，或者排哑炮时，炸药突然爆炸……

二当家越想越胆怯，便继续让老赵爆破。这天，二当家带人出来避炮，等了很长时间，没见老赵出来，也没听见炮响。二当家安排一个民工进去看看，那民工不敢去，让别的民工去，这些民工你看看我，我看看你，没一个肯进去。二当家又等了一阵，还是没见什么动静，想想实在不能这样耗下去，就把心一横，自己进了洞。

二当家提心吊胆走进去，到了离工作面不远的地方，只见老赵坐在那里，一只手里拿着香烟，一只手拨打火机。二当家这才放了心，看来老赵要用点燃的香烟来点导火索了，他就站在那儿，准备等老赵点燃导火索后再往外跑。站了一会儿，老赵却没有点烟，只是把打火机在空中晃动，嘴里还大声说："甭客气嘛，你是老哥，你先点！"二当家定睛一看，老赵旁边空无一人，这是在和谁说话？心里不由得"格登"一下。这时，老赵把打火机放在地上，又拾起一块石头，捧在眼前端详一阵，惊喜地说："老哥你真是好人，送我这么大的金子，我听你的，明天就走！"二当家看得毛骨悚然，大叫一声："老赵，你在干啥！"

老赵回过头来，看了二当家一眼，喜气洋洋地说"我发财了，你看，这是老哥给我的金子，好大一块！"

二当家又气又怕，哆嗦着说："你……看看究竟是啥？"

"我的金子呢？怎么变成石头了！"老赵低头一看，十分惊诧，又四周看看，说"老哥，你咋不见了？哪儿去了？"说着又疑惑地看看二当家，忽然一声惊叫，站起来就往洞外跑。

老赵出来后说，有一个衣着怪异的人，跟他说了很久的话，声称这个洞子是他们的地盘，他们在这里干了一百多年了，让老赵告诉大家，不要跟他们争，并送给老赵一块金子……

工地上的人听了，一个个心惊胆战，惶恐不安。

晚上，二当家翻来覆去睡不着，到了后半夜才迷迷糊糊合上眼。忽然，一阵阴风刮进窑洞，隐隐约约地带着啼哭声，让人心里发麻。二当家想坐起来，身上却软绵绵的，一点劲儿也使不上；想喊醒窑洞里的其他几个人，嗓子又不听使唤，怎么也喊不出来，心里恐慌极了。那股阴风在眼前吹来吹去，最后化作一个人形，正是小兔子！只见小兔子满脸污血，笑嘻嘻地说："二哥，你还认识我吧？"

二当家战战兢兢地说：“兄弟，不要找我呀，是老板让我害死你的，千万别怪我！”小兔子突然脸色大变，瞪着血红的眼睛：“你说什么？我死了吗？我才十六岁，为什么要我死？”二当家吓坏了，不敢再说话。小兔子突然止住哭声，龇牙咧嘴地怪叫：“我要报仇！”说话间，已举起一具骷髅头，照着二当家的头顶砸了下来！

二当家大惊，清醒过来，原来做了一场噩梦。洞外，清冷的月光洒落进来，断云河的流水声，如同无数人在一起嚎哭。二当家心里好像揣了一团乱麻，他有些后悔到这个地方来了。

清晨，二当家第一个走出窑洞。他看见自己昨晚晾在石头上的衣服落在窑洞口了，以为是夜风吹下来的，就伸手去捡，却发现衣服里裹着什么东西，打开看时，正是一具骷髅头，黑洞洞的眼眶对着他！

二当家一屁股坐在地上，汗水大颗大颗往外冒，半天说不出话来。

二当家的老家在北方一个农村，家里那几亩薄地，不够他父亲一人侍弄，也养不住一家几口。他十几岁起就在外面漂来漂去谋生，娶妻生子后也安顿不下来，在外面出了不少苦力，也干了不少见不得人的事情。前年，他进了山脚下这个县城的看守所，在里面认识了因为私开金矿被抓的柴老板。柴老板出来后，见山上管得松了，决定重操旧业，二当家便给他物色民工，做了矿上的二把手。

二当家干掉小兔子时，心里并不怎么害怕，相反，还有点快感，觉得自己能主宰别人生死，还真是个人物了。干掉小兔子后，二当家的快感慢慢消失，多了一些不安。工地上接连出现怪事后，他发现自己害怕了，觉得自己似乎面临着一场灾难。他忽然想起自己年轻的媳妇和刚会走路的儿子，又想起那个民工说的两句话：“可怜无定河边骨，犹是春闺梦里人”，觉得自己现在懂得了这句话，反反复复想了两天，二当家打定主意：不干了！

5. 魂断异乡

傍晚，二当家去找柴老板说回家的事，正走到半路，柴老板却从对面过来了。柴老板脸上阴沉沉的，看看四周无人，就非常恼怒地对二当家说："我放的金子不见了！"

柴老板平时取了金子，就悄悄地分别藏在外面，一个月左右带了金子下山一次，从来没有失过手，但今天上午，他发现最近一次藏金子的地方有点异样，过去查看时，那些金子已经不翼而飞！金子虽然不多，但想到有人敢对自己下手，柴老板心里就像扎了一根刺。明矿那边的人他一个个揣摩了，认为都不可能干，他打算到金洞这边住两天，看能不能查出个眉目来。

于是，二当家又随着柴老板折回来。路上，柴老板问二当家到明矿那边有什么事，二当家就把回家的打算说了。

柴老板听了十分意外："这里哪能没有你？"

二当家叹了口气，感慨地说："天下没有不散的筵席，咱们还是好聚好散吧。"

柴老板没有说话。

二当家说："现在出了偷金子的事，我暂时就不能走了，等这件事情有个头绪再说吧。"

两人到了二当家的窑洞，天已经黑透了，二当家安排其他人到另一个窑洞睡觉，自己和柴老板单独住这个窑洞。两人说了一会儿话，柴老板到窑洞外方便，不一会儿回来，对二当家说："这边果然有人搞鬼！走，看看去！"

二当家一惊，急忙抓起一只矿灯，跟着柴老板出了窑洞。两人到洞外一看，果然见不远处有一个黑影，顺着山坡爬上了金洞的平台。柴老板示意二当家不要开灯，两人悄悄跟着上了平台。这时候，又见那个黑影在金洞边张望了一下，迅速钻进洞去，在里面打开矿灯，然后一拐弯就没了踪影。从灯光映出那人背影的一瞬间里，二当家认出他正是老赵！

二当家说："是不是这个老家伙偷了金子，到里面藏去了？我得去看看！"说着，他就要跟进洞去，柴老板一把拉住二当家，说"万一惊动了他，他把金子随手一塞，我们哪里找去？"二当家说："他藏好金子出来，又不承认咋办？"柴老板"哼"了一声，从兜里取出一把手枪"还能由着他？"说着，柴老板带着二当家就进了金洞，摸了一段路，前面有几个岔洞，柴老板说老赵出来必须经过这儿，就在这儿等。这会儿，二当家想起了当初干掉小兔子的情景，明白了柴老板的另一层意图：如果要干掉老

赵，在这儿动手不会惊动其他民工。

又等了一阵子，前面一个岔洞里出现了亮光，老赵提着矿灯过来了。柴老板侧身藏在另一个洞口边，示意二当家后退几步。老赵走过柴老板身边时，二当家突然打开矿灯，雪白的灯光“刷”地一下照在老赵脸上，老赵陡然一惊，木偶一般僵在那里，脸上满是恐慌。

二当家一看老赵那副似乎是做贼心虚的模样，便断然喝问：“深更半夜，你偷偷摸摸的，干啥去了！”

老赵胆战心惊地说：“我没……没事……转转……”

二当家甩手给了老赵一个耳光：“你他娘的还敢撒谎！没事瞎转啥？老实一点，把你偷的金子交出来！”

老赵汗如雨下：“我没……没有偷，不知道……金子在哪儿……”

二当家拎起老赵，浑身上下搜索，没有发现金子，又照老赵脸上挥去一拳，吼道“藏在哪里了，快说！”

老赵的鼻血流了出来，惊恐万状地说：“我……没有……”一边说一边往后退。这时，后面传来一个声音：“你还想溜掉吗？”老赵回头看时，柴老板正用枪口对着他的脸，他顿时双腿一软，瘫在地上。

“两条路，你自己选，要么交出金子，要么交出你的老命！”柴老板咬牙切齿地说，见老赵不吭声，又将枪头向老赵脑袋戳去：“快点说！”

“我给你们取金子。”老赵捂着脑袋缓缓站起来，向洞子里面走去。

柴老板和二当家跟在老赵后面，在洞里转进转出，渐渐的，柴老板看出了异样，这老家伙是在漫无目标地瞎走，根本不像是带他们取金子，便对着老赵大吼一声：“站住！”老赵却闪身拐进另一个岔洞，弓起腰向前猛跑，柴老板不再多想，扬起手中的枪，“砰、砰、砰”连发三枪，老赵一声惨叫，栽倒在洞中。

柴老板和二当家过去看时，老赵脸上浮起一点笑意，用最后的力气说："金子是我偷的，我不会交给你们。我活着不敢惹你们，死了再找你们……算账！"

二当家心里一颤，手中的矿灯掉在地上。

柴老板回过头来，问二当家："你害怕了？"

二当家说："我原来想……想吓唬吓唬他，他就把金子交出来……"

柴老板冷冷地说："有个规矩，偷金子的人，只有死路一条！"二当家听了，不再吭声。

说着，柴老板朝四处看了看，见旁边有个很小的岔洞，就和二当家将老赵的尸体塞进去，然后，用石头将洞口掩起来。刚掩了一半，二当家感觉有些异样，转过身来，却看见柴老板站在旁边，将乌黑的枪口指向他，二当家这一惊非同小可："你……"话音未落，枪声响了，二当家腹部中弹，颓然倒下，他忍着剧痛，用迷惑不解的目光看着柴老板："大哥……这是……为啥？"

"对不起了，兄弟，告诉你吧，我刚才突然想明白了一些问题。"柴老板仍然冷冰冰地说，"你提醒过我，说天下没有不散的筵席，这是对的，这世上也没有永久的兄弟。小兔子和老赵的事情，只有你我知道，我们俩都活着出去，今后谁心里都不会踏实。"

二当家心里五味俱全，眼泪"哗"地流了下来，对柴老板说："你咋这样想呢，我会让这些事情烂在肚子里的。"

"只有这样才是最保险的办法。"柴老板说，"还有一个问题，快入冬了，工地上又老出怪事，这帮人都会嚷嚷着结账回家的，算下来得不少钱。我干的本来就不是正道儿，为啥要按规矩付这些钱呢？"

二当家明白，柴老板想赖工钱了。这些民工是从车站等处零零星星找来的，分别来自好几个省份，唯一知道柴老板一点底细的，只有他二当家。可是，知道他二当家底细的，还有他带来的几个老乡，也许他的老乡还把他的情况告诉过别人。总之，别人找不到柴老板，就会找他二当家，而如果二当家彻底消失了，谁也无法找到柴老板！想到这里，二当家陷入巨大的痛苦之中："看来我早就注定要走这条绝路了，咋就没想到呢？"

"明白就好，上路吧。"柴老板说道，又举起手枪，对准了二当家的脑袋……就在这时，洞子里突然出现了亮光，柴老板大惊，以为是民工们发现了意外，进洞寻找他们来了，他慌乱中朝二当家头上开了两枪，转身往外走去……

6. 又见白骨

柴老板这两枪打偏了，二当家的脑袋没有中弹，他腹部血流不止，疼痛难忍，无法行走，他见柴老板走了，就一手捂着伤口，一手支在地上，往洞外爬去。这时，有人提着矿灯走了过来，到跟前时，二当家认出了来人，不由得“啊”地一声惊叫……

来人是谁？小兔子！

小兔子也认出了二当家，两个人四目相对，都愣在那里。

二当家心惊肉跳地说：“你……”

小兔子回过神来，害怕二当家再次杀他，就想撒腿跑开，又见二当家歪在地上，身上有很多血迹，痛苦不堪，胆子就大了一些，问道：“你这是怎么了？”

二当家忽然悲愤失色，哭了起来：“小兔子，老板也向我下手了，我们其实是一样的命呀，就一块儿做鬼吧！”

小兔子“呸”了一声：“谁跟你一块儿做鬼，我还要好好活着呢。”

小兔子没有死，二当家当时只是把他砸昏了，小兔子在往洞子里面逃命时，离开爆破点有一段距离，炸下来的石头在洞里飞不远，也没有伤着他，而且，他所处的位置也没塌方，他侥幸活了下来。他醒来后，发现洞底那儿有流水的声音传来，于是就拚命去扒沙子，扒开后才发现这个洞子并非死胡同。他在里面爬呀，爬呀，不知爬了多少个岔洞，终于看到了光线，爬出了洞。他出去的那个洞口，原来在工地的另一面，很隐蔽，工地上的人都不知道。他不敢回工地，藏在那边山上不知所措，有一回，他偶然看见了前去拾柴火的老赵，两人意外相逢，当天晚上，老赵悄悄潜回工地，为小兔子带了衣服、馍馍，还有以跌跤为借口弄来的白药……

二当家听小兔子说起这些，忍不住问道：“老赵偷金子，也是为了你？”

小兔子连忙说：“不是老赵，是我干的！我知道拿不上工钱，就跟踪柴老板，看见他藏金子的地方，自己动手弄了点，你们千万别冤枉老赵！”

二当家心里一阵刺痛，这时他已经很虚弱，觉得自己快要死了，应该把真相告诉小兔子，就指了指后面那个没有掩住的洞口：“老赵他……姓柴的冤枉他了！”

小兔子冲了过去，发疯一般扒开洞口，他看见了老赵的尸体，抱着老赵放声大哭。二当家从小兔子的哭诉中听明白了：小兔子这段时间就住在那边洞子里，因为洞里晚上比较暖和。老赵的“鬼打墙”和跟“鬼”说话，其实是他编的、装的；哑炮是老赵故意把部分雷管引信弄湿造成的；窑洞门口的骷髅头是老赵放的，这样做的目的就是让大伙儿害怕，不要再干下去了，都平安回家。小兔子偷了金子，要分给老赵，说是两人一块儿回家，老赵说不能用偷来的东西供儿子读书，要等发了工资再走。刚才，老赵给小兔子送馍馍、衣物和充好电的矿灯电池，劝小兔子趁着黑夜离开这里。小兔子本来要走，又听见这边有声音，担心老赵遇到什么事，就过来看看……

小兔子大声哭叫，不停地用手猛捶自己的脑袋:“赵叔叔，要不是为了我，你也不会死呀！你是世界上心肠最好的人哪！”

小兔子哭了一阵，想起二当家，怒从心头起，捡起一块石头，走过来，举在头上，恶狠狠地对二当家说:“我本来不想恨你了，可是你们杀了赵叔叔，我要砸死你！”

二当家哭着说:“你砸吧，让我死得……痛快点……”

小兔子听了这话，手中的石头落在地上，哭道:“我没有你们这些人狠毒！”两人你望我，我看你，沉默了好一会儿，小兔子见二当家腹部正淌着血，就掏出一个药瓶，从里面取出一粒红色的药丸，喂进二当家嘴里，这药丸叫做“保险子”，用于急救，每瓶只有一粒。小兔子又哭诉道:“这还是赵叔叔给我的，我没舍得吃，没想到会给你用吧？”

“我……”二当家惭愧极了，不知说什么好。

小兔子见二当家声音微弱，呼吸急促，脸色苍白，就说:“你伤得太重，我们快出去，再给你找一颗‘保险子’！”二当家说“我……不行了，你……走吧。”小兔子说:“我不能丢下你！”他说着背起二当家就往外走。二当家实在太沉，小兔子又很虚弱，走了没几步，就走不动了，小兔子发现这样太浪费时间，就放下二当家说:“你等着，我去找人来！”

小兔子走后，二当家昏昏沉沉地躺了一会儿，听到洞里有什么声响，他猛然想到：一定是柴老板在岔洞里迷了路，还没转出去！他当即来了精

神，摸出一只打火机，打着了火，一看周围的环境，认出就在这几天采矿的工作面附近，他一阵暗喜，向前爬去……

里面的人正是柴老板，他真的迷了路，但也遇到了一件意想不到的好事：当时他转到一个岔洞里，有两具尸骨抱在一起，挡在他面前。他很恼火，用力踢开尸骨，就在这个时候，突然“当啷”一声，好像是有什么东西碰在石头上，一看，却是一把生锈的尖刀，柴老板想，一定是这两人为什么事情在这里同归于尽了，但他没有再想下去，因为这时他发现，在尸骨下面的地上，有一大堆黄澄澄的东西，定睛一看，天哪，全是金子!

柴老板激动不已，疑心自己看花了眼，然而，地上散落的，的确就是金子，有麸皮金、颗粒金，而且还有核桃大的金疙瘩！金子上面有不少尘土，还有一些腐烂后的什么东西，幸亏自己刚才这一脚，让金子露出了本来面目。柴老板大喜过望，脱下一件衣服，将那些金子捧起来，提在手上，有好几公斤重。他看看这两具尸骨，心里估摸着一定是因为这两人的火拼，才给他留下了这么一大笔财富……

柴老板提着金子继续寻找出去的洞口，并握紧手枪，十分警惕地注视着四周，这时，他发现自己的生命特别珍贵。不久，柴老板知道自己找对了路，因为他看出附近就是这几天工人们干活的地方，他狂喜不已，做了很久的黄金梦，以这种最快捷的方式，圆了!

正当柴老板在心里为自己欢呼时，突然旁边的岔洞里扑出一个人来，将他死死抱住，这个人就是二当家！柴老板连忙扣动手枪扳机，然而，他的胳膊已经不能自由活动，那些子弹“啪啪啪”都打在地上。柴老板知道二当家有伤，试图用力挣扎开来，二当家却拚尽全力，将柴老板压在地上。柴老板喘着粗气说：“你放开我，我给你……金子，我们还做……兄弟……”二当家说：“我这辈子……最……后悔的，就是……跟你做……兄弟！”说着，二当家腾出一只手，打着了打火机，他衣服里面，还有一包炸药和几个装了导火索的雷管，而这些，正是二当家刚才从附近的工作面上偷偷取来的……

小兔子带着几个民工走到洞里时，只见前面十几米远的地方，二当家和柴老板正倒在地上，搂在一起扭动，两人身体中间还“滋滋滋”吐着几根火舌，还没等小兔子他们明白过来，忽然响起震耳欲聋的爆炸声。他们转身就跑，感觉到洞里的沙石一段段、一块块紧随着塌过来……

第二天，小兔子和民工们下了山，他们要回家了……

（题图、插图：杨宏富）

与陌生人同桌

有一家老式旅馆，餐厅很窄小，里面只有一张餐桌，所有就餐的客人都坐在一起，

彼此陌生，都觉得不知所措。

突然，一位先生拿起放在面前的盐罐，微笑着递给右边的女士：“我觉得青豆有些淡，您或者您右边的客人需要盐吗？”女士愣了一下，但马上露出笑容，向他轻声道谢。她给自己的青豆加完盐后，便把盐罐传给了下一位客人。不知什么时候，胡椒罐和糖罐也加入了“公关”行列，餐厅里的气氛渐渐活跃起来，饭还没吃完，全桌人已经像朋友一样谈笑风生了，他们中间的冰层被一只盐罐轻而易举地打破了。

第二天分手的时候，他们热情地互相道别，这时，有人说：“其实昨天的青豆一点也不淡。”大家会心地笑了。

有人曾慨叹人与人之间的隔膜太厚，其实，这隔膜很脆弱，一个微笑、一只盐罐就能打破它。

（**作者**：王　悦；**推荐者**：寒　心）

柿子的价值

美国的一个摄制组来到了越南的一个村里，想拍一部纪录当地农民生活的片子。他们找到一位柿农，说要买他1000个柿子，请他把这些柿子从树上摘下来，谈好的价钱是20美元。

这位柿农同意了，他找来一个帮手，一人爬到柿子树上，用绑有弯钩的长杆一摘，柿子就掉了下来，下面的一个人就从草丛里把柿子找出来，放到一个竹筐里。两人一边采摘一边高声地拉着家常，在一旁的美国人把这独特有趣的采摘方式全拍摄了下来。

美国人付了钱却没有带走柿子。一个柿子在市场上只能卖一次，而那美国人带走的“信息产品”却可以卖一千次、一万次。那位柿农不明白美国人为何买了柿子却不带走，柿农很地道，很质朴，但这些却不是在现代化的市场中驰骋天下的决定性力量。

（**推荐者**：常　坤）

悬着的酒杯

甲和乙是同一个剧团的女演员，甲年轻漂亮，平时在舞台上出尽风头，她很瞧不起乙，时常对乙冷嘲热讽："你呀，只配在舞台上给我提鞋！"

一次演出时有这样一幕：甲担任主角，演一个全神贯注打电话的角色，而乙扮演的是一个一闪而过的角色——她搁下正喝着的一杯香槟酒悄然退场，可事情就出在杯子上：她好像随便地将酒杯搁在桌子的边缘，一半在桌面上，一半悬在桌外。观众的注意力都集中到酒杯上了，紧张得连气都不敢喘，生怕它掉下来，就这样，主角的戏很少有人注意了。

事后，扮演主角的甲才发现那酒杯的底上粘了块胶布，酒杯才"悬"在桌沿上。是啊，生活中智慧的力量是无穷的，所以，弱者是可以击败强者的。

（**推荐者**：大　兵）

我必须回去一趟

一个公司的老总住在郊区的镇上，每天早上，他都会由秘书开车送他去城里上班。

这天早晨，老总起得晚了，漱洗完后匆匆赶去上班。当车子开到半路的时候，他突然说忘了一件十分重要的事，必须回去一趟。秘书告诉他，今天有一份重要的合同等着签，如果迟到的话后果非常严重，然而老总执意要回去。

车子返回了老总的家，车刚刚停稳，老总就急匆匆地跳了下去。这时，秘书发现老总的妻子神情忧郁地站在家门口，当她看到老总匆匆地向她跑过来时，她突然像个孩子一样扑进老总的怀里哭了起来。老总轻轻地捧起妻子的脸，然后又轻轻地在她的额头上吻了一下，说："亲爱的，对不起……"妻子用手捂住老总的嘴，说："亲爱的，我知道，你肯定会回来的。二十多年了，你每天早晨都要吻了我再走的，从来没有忘记过……"

老总在秘书惊讶的目光中吻别了妻子后，才一头钻进汽车，示意秘书开车。秘书说："如果再晚一些的话，我真担心那份合同签不成了。"老总沉默了一会，说："对我而言，签合同的机会还会有很多，但我的妻子却只有一个。"

（**翻译**：沈岳明；**推荐者**：彭德林）

（**题图**：安玉民）

·东方夜谈·

玩具娃娃，谁见了都喜欢，它的微笑，就像天使一样，但是，我们今天讲的故事中的一个女人，她遇到的玩具娃娃却不是天使，而是魔鬼……

复仇的芭比娃娃

□杨辉素

这天，也是梅姨出门的第一天，说来真奇怪，她刚进旅馆，就在地上看到了一个漂亮的芭比娃娃，金黄的头发，洁白的公主裙，更令人奇怪的是竟然没有人来认领这个价值不菲的玩具娃娃。梅姨把它放进了行李箱里，准备回家送给十岁的女儿，女儿一定会喜欢的。

夜里，梅姨做了一个梦，她梦到一个小女孩推着她的胳膊，说："梅姨，我找不到鞋子了，我要穿你的鞋子。"梅姨正困，她翻了个身，不耐烦地说："穿吧。"说完，她又进入了梦乡。

第二天，梅姨下床时，发现自己的鞋子找不到了，她找遍了旅馆的房间，还是没有，猛然，她惊呆了：天哪，桌子上的那个芭比娃娃，脚上穿的不正是自己的鞋子吗？只是鞋子缩小了，穿在它脚上不大不小正合适。

梅姨顿时觉得脊背上一阵发凉：它怎么会自己跑到桌子上？又怎么会穿了她的鞋？梅姨猛然想起了昨晚的梦，她尖叫着逃离了这个房间。

梅姨办了退房手续，不大工夫，她就到了车站的售票口，她要回家，一刻也不能停！她买了车票，不多一会儿就上了车，在火车轻轻的晃动中，梅姨睡着了，恍惚中，她听到一个稚嫩的声音说："梅姨，你怎么丢下我、让我一个人在旅馆呢？我要跟你回家。我是爱美的娃娃，我要穿你的衣服。”话音刚落，梅姨猛地感觉到有一个娃娃爬上了她的膝头，她一惊，奋力想推开它，但它的力气却似乎出奇的大，任她怎么推，它也纹丝不动，还冲她嘻嘻地笑。梅姨惊叫一声，她醒了，发现周围的乘客都在用异样的眼光看着她。

梅姨掩饰住自己的慌乱，与此同时，她再次惊叫起来，她看到那个被她丢弃在旅馆的芭比娃娃竟然正坐在她的双膝间，它的身上，穿的正是自己前两天才买的一件漂亮的粉红套裙，只是那裙子变小了，几乎是为它量身定做的一样！

怎么会这样呢？它怎么可能像孙悟空一样从旅馆来到了火车上？它又是怎么穿上自己的衣服的？梅姨用颤抖的手打开了行李箱，她发现，前两天买的那件粉红套裙真的不见了！

此时，那个芭比娃娃身上穿着梅姨的衣服，脚上穿着她的鞋子，正得意地看着梅姨，它那双蓝眼睛里，充满着挑衅的光芒。梅姨被这挑衅的眼神激怒了，她也不知哪来的勇气，猛然一把抓起那个芭比娃娃，拉开车窗，狠狠地把它扔了出去，然后又迅速地关好了车窗。

梅姨摁着扑扑跳的胸脯，长长地吐出了一口气，这才感到稍稍轻松了些。这次她不敢轻易睡着了，她怕一睡着，那芭比娃娃又会回到她的梦里来，但这一次她的担心多余了，那娃娃没在梅姨的梦里出现，她后来就睡着了。

梅姨睡得正香，一阵急促的电话铃声惊醒了她，看一下来电显示，是她生意上的伙伴。伙伴说，他又接了一宗生意，让她赶紧回来，事成之后给她五万元的报酬。

梅姨动心了，这可是笔不菲的收入呢，于是，所有的害怕都抛在了脑后，她改变了主意，在下一站下了车。梅姨背着行李包，在一条街上走着，突然，一个五六岁的小女孩奔了过来，她哭泣着，跑得很急，撞到了她的身上。

梅姨扶住了那女孩，弯下腰，和

颜悦色地问："小姑娘，你怎么啦？"

小女孩哭着说"阿姨，我找不到妈妈了，你能带我去找妈妈吗？"

梅姨热心地说："你跟阿姨走吧，阿姨保证能找到你的妈妈。"小女孩破涕为笑，小嘴甜甜地说："阿姨真好。"说着，她就乖乖地跟在梅姨身后，俨然母女一般。

梅姨找到一家小旅馆，她告诉小女孩，现在天晚了，等明天我们再去找你妈妈吧。小女孩开心地搂着她的脖子，在她脸上亲了一口，说："谢谢阿姨。"梅姨笑了一下，不知为什么，她觉得这个吻冰冷冰冷的。

半夜里，梅姨被一种声音惊醒了，原来是那个小女孩爬到了她的床上，她撒着娇，钻进了她的怀里，伸出一双细细的小胳膊搂住了她的脖子，说："阿姨，我要和你一起睡。"梅姨本想推开她，但不知为何，她突然想起了留在家里的女儿，她忘了已经有多久没有搂着女儿睡觉了，于是，她的心软了，说："乖，睡吧。"好像依偎在怀里的，就是自己的女儿。

不久，梅姨沉沉地睡着了，睡梦中，她又看到了那个芭比娃娃，和以前不同的是，它这次没有穿她的衣服，而是在她怀里"咯咯"地嘻笑着。梅姨一惊，想要推开它，可它的一双小手却死死地勒住了她的脖子，它一个劲地"咯咯"笑着，手上的劲儿却越来越大。梅姨拼命地挣扎，可它的手却像绳子一样越勒越紧。梅姨渐渐不能呼吸了，她一双眼睛暴突，手停在空中……

第二天，旅馆服务人员发现了梅姨的尸体，她脸上恐怖的神情让人毛骨悚然，令所有人感到奇怪的是——死者昨天带来的小女孩已不知去向，而死者怀里，却紧紧抱着一个漂亮的芭比娃娃！

警方搜查了死者的遗物，在一个笔记本上，记载了2006年5月至今拐卖儿童的数目，警方根据这些记载，抓获了一个特大拐卖儿童的团伙，一些孩子被成功解救。

只是，作为团伙成员之一的梅姨，她是怎么死的？是谁杀害了她？这成了警方至今无法破解的悬案……

（题图、插图：安玉民）

征稿

本刊发表的作品分原创和推荐两种，推荐性质的栏目有笑话、3分钟典藏故事、快乐辞典、故事中国网文精粹、第一推荐等；

凡原创作品均应有新鲜、奇巧的情节、细节；推荐、改编均应注明，凡抄袭或变相抄袭者一经查实将严肃处理；

来稿务必提供详细联系方式；来稿可从邮局寄发，也可直接发至我刊各责任编辑的电子信箱，本期责任编辑的电子信箱是：yaobianji@126.com。

·情节聚焦·

惊心动魄的手术

□华　凯

阿牛的妻子难产，接生婆毫无办法，叫快送医院。山里交通不便，要走三小时羊肠小路，才能到达通车的大路，然后再搭车去县城，这一路上坑坑洼洼、颠颠簸簸，咋办？接生婆想了想，说，去县城太远了，不如去乡卫生所。阿牛一听，心想：乡卫生所是比县城近得多，翻过一座山就到，但那里条件很差，能应付难产吗？阿牛拿不定主意。

接生婆知道阿牛的心思，说“前天我到卫生所，看见他们添了很多新设备，还来了一些新医生，医生亲口说，他们做剖腹产、胃切除手术都没有问题。”

听接生婆这么一说，阿牛的心里乐开了花，他连忙叫来邻居帮忙，两根竹杠一张躺椅，抬起妻子就翻山，接生婆带着衣服紧紧跟随。

两个钟头后，他们来到乡卫生所，一看，只有一个女孩在晒太阳，阿牛急巴巴地问女孩：“医生呢？”女孩见抬来一个孕妇，早吓呆了，结结巴巴地说：“我……我就是医生，两个医生下乡了，就剩下我了……”接生婆向屋里望了望，发现里面空荡荡的，于是就问：前天看见的那些医生哪去了？那些新添的设备哪去了？女孩说：“前天市里的领导来视察，那些医生、设备都是临时从县医院借的，领导一走，就还回去了。你们快去县医院吧，别耽误时间！”

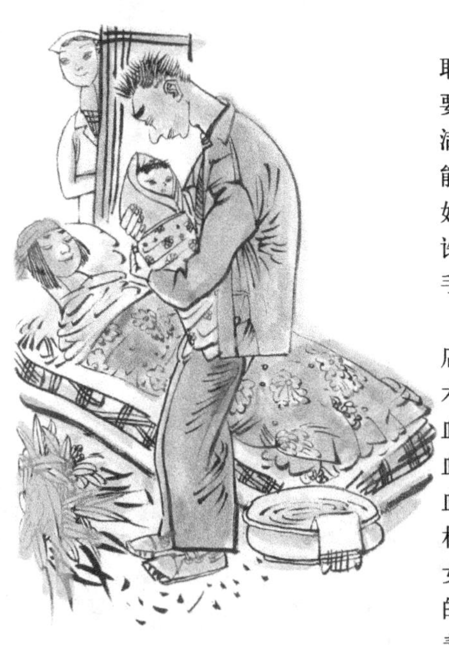

刚才的两个钟头，走的是和县城相反的方向，从乡卫生所去县医院路更远，即使坐车也得三四个小时，何况这山沟旮旯里，很难找到车。阿牛暗暗叫苦，不知如何是好，就在这时，接生婆看了看孕妇，焦急地说："来不及了，必须马上做手术。"阿牛听了，"扑通"一声在那个女孩面前跪下，求她给妻子做手术，女孩惊慌地说："我不敢，我从来没做过手术。"

孕妇已经奄奄一息，看样子真的不行了，这当儿，阿牛看见妻子的嘴唇动了动，就把耳朵凑过去，听她有什么吩咐，妻子气若游丝地说："你不是会……会阉猪吗？快把孩子取……取出来，不要管我，孩子要……要紧……"阿牛泪流满面地喊道："桂花，你不能死，你不能死啊！"接生婆想了想，说："你媳妇说得对，这是唯一救命的办法，兴许大人孩子都能活。不要哭了，快动手吧！"

阿牛赶紧擦干眼泪，到附近的小店买来刀片、丝线，准备给妻子动手术。卫生所的女孩提醒说："还要准备血浆，你妻子身体这么弱，肯定要输血。"阿牛撩起衣袖，叫女孩快帮着抽血，女孩问阿牛的血型和妻子是不是相同，阿牛说："管它同不同，抽！"女孩说："血型不同，你妻子会没命的。"阿牛叫女孩快验血，可女孩哆嗦着嘴唇说："我……我们这里检验血型的仪器昨……昨天坏了……"接生婆见女孩说话时脸都白了，便沉住气说："我是孕妇的姑姑，血型最有可能相同，抽我的吧。"女孩说这太冒险了，接生婆说："冒险总比等死好。"

抽好血，就开始动手术。阿牛亲自主刀，女孩和接生婆给他打下手。一个小时后，孩子的啼哭声就在山谷里响起来了，血也输了，阿牛的妻子也保住了性命，手术居然成功了。阿牛长长地吐出了一口气，说："谢天谢地，幸好我会阉猪。"

几个人正为手术成功高兴，山那边又抬过来一个难产的孕妇……

（**题图**、**插图**：安玉民）

博客上的狗大使

□郭振宇

在一所中专学校里，教数学的林老师开了“博客”，经常让他的学生去浏览，可没有几个学生去。

一天，林老师发现博客的留言板上粘了一只卡通狗，下面署名李小名，李小名是林老师班里一个很淘气的学生。见有学生光临博客，林老师很高兴，第二天，林老师在课堂上表扬了李小名：“李小名同学昨天去看我的博客了，这很好，不过，有一点我不明白，李小名，你为什么在上面留了一只卡通狗啊？”

李小名“嘻嘻”一笑，说：“老师，那只狗是我的大使，我实在没有工夫再去看您的博客了，以后它就全权代表我了，它替我看您的博客，您有什么话就和它说吧。”同学们哄堂大笑，林老师的鼻子差点气歪。

快期末考试了，李小名很着急，书还一眼没看呢，弄不好又“挂”了，他和几个死党一商量，决定让老师透露些题，他们第一个瞄上了林老师，因为数学是他们最薄弱的科目，他们把林老师拽到了饭店，林老师也没客气，大吃起来。席间，几个同学转弯抹角地问起了考试题的事，林老师很爽快，说：“不要问了，我知道你们是什么意思，想及格好说，明天你们上我的博客去看一看就可以了。”

几个同学欣喜异常，第二天一早，他们迫不及待地就打开了电脑，找到了林老师的博客，可是上面根本就没有什么考试题，他们找到了林老师，说道：“博客上没有考试题啊！”

林老师很惊讶：“考试题和答案我已全告诉李小名的大使了，它没有告诉你们吗？”

雨中的女孩走过来

□苏子文

小刘年纪轻轻，长得人高马大，足有1米87。这天，他到附近一片山上游览，山岭连绵起伏，高大的杉树郁郁葱葱，景色如同仙境。小刘一口气登上了山峰的最高处，不料天气说变就变，刚才太阳还晒得暖融融的，不一会天色立刻阴沉下来，一大片浓云飘了过来，紧接着就刮起了风、下起了雨，要下山是不可能了，只好等雨停。

小刘哆哆嗦嗦地站在山头上，浑身湿淋淋的，又冷又累，更糟糕的是雨越下越大，还打起了雷，轰鸣的雷声一阵紧一阵，小刘差点吓破了胆，只剩求老天保佑的份了。

这时，小刘突然听到有人欣喜地叫道："太好了，快，到他那去!"他奇怪地看看身旁，见是几个姑娘，让雨淋得十分狼狈，顿时乐了：哈哈，这几个女孩肯定是害怕了，看着我高大威武的样子，比较有安全感，才想到我这里寻求保护。小刘想到这里，只觉一股热血直窜脑门，也不觉得冷了，腰板也挺得直直的，忍着风吹雨打一动不动。

几个女孩子走了过来，小声地说着："有他在就好了。"

小刘心里乐开花了，使劲忍着才没笑出声，心想，过一会儿和她们几个谈谈，要个电话号码，没准一段"雨中情"就此开始了，嘿嘿嘿……

正在这时，一阵风把女孩的几句悄悄话刮了过来："想不到在这山头上还有这么一根'避雷针'，嘻嘻，要劈也是先劈他，咱们不用害怕了！"

不合算

□宁书科

四旺进城打工快一年了，钱挣了一些，文明习惯倒没学到什么，他尤其喜欢随地大小便，来往男女对他嗤之以鼻，他却假装没事人一样。

星期天，四旺和老乡二根逛街，在离公厕三米远时，他又内急了，二根劝他花五毛钱进去方便，四旺不悦地说："尿一泡尿花费五毛钱多不划算！"他躲到公厕背后，旁若无人地"哗哗"起来，响声引来了守厕的老大爷，上前一把抓住他，说要罚款十元。四旺说没钱，老大爷便唤来了保安，四旺将身上四个兜全翻开给保安看，四个兜只有两块钱。保安教育他一顿后，便罚他打扫公厕。

接受这次"惩罚"后，四旺还是不肯花钱进公厕。这天夜里，四旺又和二根逛街观夜景，一会儿，四旺又感到内急了，前面正好有公厕，可他还是舍不得五毛钱，他发现远处有一个建筑工地，黑咕隆咚的，便慌忙跑了过去，猫腰钻进围墙……

二根等了半天不见四旺回来，于是前去寻找，过去一看，只见黑暗里躺着一具"死尸"，吓得他"哇"地大叫一声，工地的保安闻声赶来，拧亮手电一看，只见四旺躺在地上挣扎，忙将他送到附近的医院……

事后才知四旺正蹲着大解，尿撒着了铺在地上的旧电线，电线淋湿后漏电了，四旺顷刻被电流击倒……

四旺住院一星期，花了三千元，将半年的工钱全交给了医院。出院时，二根搀着四旺说："本来花五毛钱就能解决的问题，你偏要花费三千元，你说合算不合算？"

"还有更不合算的了……"

"什么？"

四旺哭丧着脸说："医生说，我这个……这个没用了……"

见鬼

□江 薛

大强在网上认识了一个很漂亮的女孩，她叫小美。在大强无可抵挡的强势进攻下，小美终于羞答答地答应和大强约会了。大强激动不已，兴致勃勃地带着小美来到一家新开的法国餐馆。

到了餐馆一看，里面一对对恋人都在享用美味的法国菜肴，气氛幽静、浪漫，可是一张空桌也没有。小美建议换个地方，大强觉得换地方没了面子，于是一拍胸脯说："看我的！"他环顾四周，见靠墙的地方有一张桌，一对情侣正等着上菜。大强冷笑一声，走上前去，冲着男子身旁的一张空位笑嘻嘻地伸出了手："这么巧啊，玉环，咱们有好些天不见了吧？"

那一男一女见大强突然走来，又如此举动，惊呆了：这人怎么啦？这位子上没人坐呀，哪来的"玉环"？大强装模作样地和"空气"握了一会儿手，随即又把手伸向那对情侣，自我介绍说："两位好，我叫大强，是玉环的朋友。"那一对情侣目瞪口呆，看看大强，又望望身旁的空位子，想着空位子上的那个所谓"玉环"，这……这不是见鬼了吗？两人脸都吓白了，拉着手跑了。

大强乐不可支地让小美坐下，他正要点菜，小美突然右臂伸直，仿佛被谁拽着似的，然后她就站了起来。大强一惊，忙问："怎么了？"小美满脸惊慌，没有答话，只是使劲甩动胳膊，好像是被对方越拉越紧的样子，然后一步一步地往门口走去。

大强惊呆了，这是怎么啦？没人拉小美呀！他正张大了嘴巴不知所措，却见小美已经被"拉"到了门口，她回过头来，冲大强大叫一声："大强，不是我要走的，是、是我男朋友拉的呀！"

（**本栏题图、插图**：顾子易　王　俭）

《绝对小孩》： 朱德庸20年最好玩的一本书
最新全彩系列四格漫画
由上海故事会文化传媒有限公司隆重推出

有可能

395
2007
SEMIMONTHLY
下半月刊
7月

欢迎登录本刊主办的"故事中国网"（www.storychina.cn）

故事会
—STORIES—
2007年7月
下半月刊·绿版

主 编：何承伟
常务副主编：吴 伦
副主编：姚自豪（上半月·红版）
副主编：夏一鸣（下半月·绿版）
本期责任编辑：夏一鸣 杭 帆（见习）
电子邮箱：hangfan1102@126.com
绿版发稿编辑：
夏一鸣 邢 悦 王雅静 朱 虹
特约编辑：
范大宇 崔新三 申之珉
美术编辑：李宝强
电脑制作：郭瑾玮
通 联：归依玲
本社办公室电话：021-64375030
上半月刊编辑部电话：021-64332325
下半月刊编辑部电话：021-64336469
（上海市绍兴路74号 邮编：200020）
主管、主办：上海文艺出版总社

制作、发行总监：张 凯
电话：021-64313938
广告业务：上海故事会文化传媒有限公司
广告总监：张 淮
广告业务：021-34010383
广告投诉：021-64333738
广告经营许可证
沪工商广字3100320050022号
发行：中国图书进出口上海公司

·笑话·

约会

一个年轻女孩与朋友约会。可等了一个半小时，朋友还没来。她以为朋友失约了，就脱下礼服，换上睡衣和拖鞋，准备了一些爆米花，打算一边吃一边看电视。

不料，女孩刚在电视机前坐下来，门铃就响了。

女孩打开门。她的朋友站在门外，上下打量她一眼，惊讶道“我迟到了两小时——你还没有准备好吗？”

（李荷卿）

（本栏插图：包丰一）

军迷结婚

同事小李是个海军迷，他择偶的标准是：希望女朋友身材像巡洋舰一样修长，胸怀像航空母舰一样宽广，做家务像鱼雷快艇一样迅速，而性格像潜艇一样文静。

小李结婚后，有人问他“婚后的感觉怎么样？”小李叹了一口气，说“没想到她是个空军迷，吃起东西来像运输机，花起钱来像轰炸机，监视我的行动像侦察机，发起脾气来像战斗机，坐在家中一动不动像直升机。”

（彬　彬）

北极小姐

小张最近新交了一个女朋友，同事老王关心地问：“小张，听说你恋爱了，说说看，那姑娘怎么样？”小张答道“别提了，这姑娘是北极小姐。”老王听不懂了，说“北极小姐？她在北极工作？”“不是，我是说，她对我的态度冷淡得像冰一样，却又像磁石一样吸引我。”

（张志国）

丢人

在一个景区，一群游客正在准备上车，导游小姐则在一旁清点人数，可点了两遍，她还是没点清。导游小姐急了，拿起高音喇叭，大声喊道："快看看，大家有没有丢人？有没有丢人？"

景区门口的游人闻听纷纷朝这边望过来。这时，旅游团中有人又喊了一声："我们没有丢人！"

（叶 丹 推荐）

该怎样惩罚

一个80岁的老人和他妻子的关系很不好。一次，他因为在商店里偷东西被逮捕了。当老人被送到法官面前时，法官问他："你偷了什么？"

老人回答："一罐桃子。"法官问他为什么偷桃子，老人回答说他饿了。

法官见老人很可怜，就问他罐子里有多少个桃子。老人回答说有六个。然后法官就说："那么，我判你蹲六天牢房吧，一个桃子一天……"

法官还没来得及说完话，老人的妻子就站起来："法官先生，我能为自己的丈夫说两句吗？"

法官欣然同意。

只听老人的妻子说："他还偷了一罐豌豆。"（彬 彬）

扣紧安全带

一名乘客坐飞机旅行，他注意到飞机飞得特别平稳，但"扣紧安全带"的信号灯一直亮着。

飞机即将着陆的时候，这名乘客就询问女乘务员为什么这么做。

"噢，"女乘务员解释说，"机舱前面坐着17名女大学生，后面坐着25名正在休假的海军小伙子。在这种情况下，你会怎么做？"

（李荷卿）

·笑话·

如此折腾

这天，皮特进机场候机厅，坐在3号门的座位上等待登机。突然，他听到广播里通知说：“很抱歉，为您带来不便……555号航班现改从5号门登机。”皮特一骨碌爬起来，拎起行李急忙搬到5号门。没过几分钟，广播里又说，555号航班还是从3号门登机。他只好再次收拾行李，回到原来的登机口。皮特正纳闷呢，这时，只听广播里传来一个甜美的声音：“亲爱的乘客，感谢您参加三角洲航空公司的愚人节特色有氧健身活动。”（济　南）

为难小学生

父亲眼睛不太好使，填表的时候，便让刚上小学的儿子帮着念身份证号码。可小家伙盯着看了半天都没念出来。父亲纳闷了，问道：“不是都会加减法了吗？怎么连数字也不会念呢？”儿子急了：“您这不是为难我吗？老师只教了一千以内的数，可身份证位数这么多，我又没有学过，我怎么念？”

（志　国）

那家伙是谁

强盗老大、老三在分赃。老三一边贪婪地数着钱，一边心有余悸地说：“大哥，钱这东西真神啊！我们竟敢冒抢银行的风险，想想都有点后怕。”

老大咂咂嘴回答说：“怕什么？有了钱，天王老子我都不怕，到哪里都可以花天酒地。”

“就是，就是，”老三不住地点着头，“有了钱，十个人里起码有九个人要买我们的面子。”

“怎么只有九个？”老大把眼一瞪，“你说，那个不识相的家伙是谁？看我不做了他！”

老三吓得不敢吱声。

“说，不说我就先做了你！”

“那，那个人是警察。”

（徐怡捷）

一定是卖保险的

小丽新交了一个男朋友，妈妈不放心，非要先把把关不可。她要来那男孩的电话，问长问短地和那男孩聊了起来。说完话，挂了电话，妈妈一脸严肃地对小丽说："我说，这小伙子一定是卖保险的！"

小丽惊讶地问："哇，你怎么知道的啊？"

妈妈哼了一声："打了半个小时的电话，他总共才说了四句话，主题就一个'一定能让您终生受益'……"

（法　学）

穿裙子的饺子

外婆给小明做早饭，她问："宝贝，想吃什么？"

小明揉揉睡眼惺忪的眼睛，说："外婆，我想出去吃，我们学校附近有家小吃店，那里的东西可好吃了。"

外婆摸摸小明的头说："那有什么好吃的？你不是喜欢吃饺子吗？外婆今天就给你包香喷喷的饺子！"

小明噘起小嘴回答说："不嘛，我不吃家里的饺子，我要吃学校的那种穿裙子的饺子。"

外婆感到很奇怪："什么穿裙子的饺子？"

小明得意地说："外婆，你真笨，连这个都不知道！穿裙子的饺子，就是馄饨呗。"（鞠俊洁）

原始人

一位人类学教授正在上课，讲到原始人的时候，只见教授眉飞色舞地说："原始人很狡猾，他决不会把自己的名字告诉你，因为怕你用咒语害他——"

讲到这儿，教授看到一个学生正在埋头看报，于是停止讲课，问道："坐在后排看报的那个同学叫什么名字？"那学生见老师是在问自己，忙抬起头来："谁，您指我吗？"

教授嘿嘿一笑，继续对其他学生说："怎么样，我刚才说的没错吧？"

（董　行）

（本栏目欢迎来稿。来稿可从邮局寄发，也可从网上传递。如为电子邮件，请发以下信箱：hangfan1102@126.com）

一百元的豪赌

□赵展召

这天，我下晚自习回到家，见桌上摆着一碟花生米，几根黄瓜，爸爸和孟叔正在喝酒，看他们面红耳赤的样子，好像已经喝得差不多了。

孟叔家跟我家是邻居，孟叔靠蹬三轮车养家糊口，和爸爸处得跟亲兄弟一样，两人没事就凑到一起小聚。孟叔的儿子叫孟志强，也在读高一，跟我是同班同学，天天一起上学放学，就像我们的父亲一样，我和志强也是“哥儿们”。

我跟爸爸和孟叔打了声招呼，就准备回房间休息，没想到，爸爸一拍桌子，喝道“等一下，你回来得正好，我有事问你。”

爸爸瞪着眼睛，喷着酒气，一副很生气的样子，倒吓了我一跳。我赶紧站住，只见孟叔推了爸爸一把，埋怨说：“你那么大声干吗？想吓坏孩子呀？”他的舌头也大了，转头对我挤出一个笑容，“你爸想问你，你学习成绩是不是比孟志强好？”

我愣了，这是什么问题啊？就算我的成绩比孟志强好，当着孟叔的面，我也不可能直说。更何况，我和孟志强都是班里的尖子生，要说谁学习好，很多时候是取决于运气。我心里暗暗埋怨爸爸，嘴上却含糊地说：“文无第一，武无第二，谁比谁学习好，那都是暂时的，关键还得看以后。”

听我这么说，爸爸好像有些意外，他愣了一会儿，对孟叔说“老孟，你看我儿子多懂事，他怕你不好意思，所以才这么说……哈哈，你还记得吧？上学期期末考试，我儿子考第二，你儿子才考第三。”

孟叔的脸色一变，“啪”地把酒杯往桌上一扔，大声说：“那你忘了？上学期的期中考试，我儿子考第一，你儿子才考第四！算了，算了，你不是不服吗？咱让事实说话，就按刚才说好的，我跟你赌一顿饭局，最低消费不能少于一百元。反正再有半个月他们就考试了，看看到底他们谁争气！”

我呆立一边，不知道该怎么办。这俩老哥们儿，喝点酒就吵吵闹闹的，较劲的事情也没少干过，却从来没像今天闹得这么大。一百元的赌注对他们来说，可不是个小数字。正想劝他们几句，却见我爸瞪着被酒精烧红的眼睛，喊道：“还不进屋学习去？到时候可别给老爸丢脸。”

我犹豫了一下，欲言又止。这要在平时，他们或许还能听我劝。但在他们喝多了的时候，这两人就变成了两头老犟牛。我可没本事改变他们，于是便乖乖地学习去了。

第二天，我和孟志强像往常一样结伴上学。路上，孟志强跟我说：“兄弟，你知道那俩老头子拿我们当赌注的事儿吧？赌注还不小，咱俩真得拼一下呢——你说咱俩谁能赢？”

我没好气地看了他一眼，没有说话。孟志强讨了个没趣，便装作不在意的样子，继续说：“别管谁赢，等考完之后，咱俩都可以吃顿大餐。这俩抠门的老头子，总得有一个破费的。哈哈哈……”

是呀，要是真能吃一顿一百元的大餐，那可太棒了，我不禁咽了口唾沫，但随即想起，要是我不争气，那一百块就得从爸爸口袋里掏出去，那可够他挣好几天的了。我心里不由得颤抖了一下，暗暗下定决心，这段时间一定加把劲，无论如何也不能让老爸输掉这笔钱。从那天起，我学习更努力了。虽然孟志强好像若无其事，但每天我临睡前，总能看到孟志强房间里还亮着灯，我知道，这家伙也在憋着劲呢……

时间过得飞快，转眼就到了期中考试，工夫不负有心人，我自我感觉考得不错。果然，当看到成绩单的时候，我兴奋得差点跳了起来，我考了个全班第一。孟志强这次也考得很好，只不过比我少了1分，屈居第二！

回到家，我跟爸爸一说，爸爸兴奋得一把将我抱起来，转了一个圈，哈哈大笑起来：“好儿子，你可真给老爸争气。这回，看他老孟还敢跟我吹？走，咱俩去找那老东西去！”

还没等我们出门，门一开，孟叔领着孟志强进来了，孟叔的老脸通红，一副悻悻的样子：“老赵，这回是我输了，算你牛。不过你也别得意，这

次虽然你赢了，下次可就不一定了，我儿子也是有实力的。”

我爸听了，咧开大嘴笑着，也许是太高兴了，他竟意外地不计较孟叔话里的刺，反而谦虚地说：“我儿子也是侥幸，才赢了1分，不算赢。下次志强一定行……走吧，咱们该去大吃一顿了吧？”

我们找了一家中档饭店，推让了一番后，孟叔坚持让爸爸点菜。爸爸拿过菜单，递给孟志强说：“还是把这个权力交给你们俩小子吧，别管价钱，挑爱吃的点。”

孟志强犹豫了一下，说“我点一个……锅包肉，再来一个……”他翻了翻菜单，“再来一个小鸡炖蘑菇。”

我听了高兴，因为我也愿意吃这两道菜。这时爸爸又将菜单递给我，我的目光一扫，见锅包肉是十二块，小鸡炖蘑菇要四十块，我心里不禁打了个突，我的妈呀，两样菜就五十二块？虽然是孟叔花钱，我也替他心疼。我想了想，合上菜单说：“再来一个家常凉菜吧。”

爸爸赞许地看了我一眼，却说：“儿子，愿意吃啥，继续点。”我摇摇头说这就可以了。爸爸接过菜单：“那我就代劳吧，再来一条清蒸鱼，溜一个肥肠，还有……红焖肉。”

我暗自咋舌：老爸真够黑的！这些菜，哪个都不便宜，这顿赢来的免费大餐，他是不想给孟叔省钱了。我正想着，老孟大着嗓门说：“老赵，这都是肉菜，咋吃啊？还是换两个素的吧。”

我一听就明白了，素菜便宜，肉菜贵，看来孟叔舍不得钱了。只听爸爸哈哈大笑：“拉倒吧，咱肚子里都没啥油水，难得吃一次还不吃好的？再说，这些菜也就一百左右，也不算太贵。”

孟叔张了张嘴，不再说什么，可脸上表情却有种肉痛的感觉，看得我直好笑。等菜摆上桌子的时候，我和孟志强互相看了一眼，不约而同地伸出筷子狼吞虎咽起来，这也不怪我们，长这么大，也没在饭店吃过一回，好不容易有这样的机会，当然要吃个痛快。等到我们吃得肚子溜圆，爸爸喊道："服务员，算账。"说着，伸手从口袋里掏出一把皱皱巴巴的钱来。

我吃了一惊：明明是我考试赢了，这顿饭不是应该孟叔请吗？怎么爸爸却要埋单？我疑惑地看着孟叔，只见他心安理得地坐在那儿，没有一点付账的意思，就好像他才是赢家。这时服务员已经走过来，说："一共一百二，您给一百一吧！"

看着爸爸一张张地数钱，我终于忍不住了，疑惑地问："爸，孟叔，你们……这是怎么回事啊？不是我爸赢了吗？"

"是你爸赢了，"孟叔笑嘻嘻地说，"但我们赌的规矩不一样。你想啊，你和小强不管谁考得不好，我们这当爸爸的心里都不好受，再花钱请客，那不更惨吗？所以我们约好了，赢家就赢个心情，饭局得由赢家请。这样一来，输家虽然挺难受，但总还是能吃到一顿大餐，皆大欢喜啊。"

"可不是嘛，"我爸接过话说，"其实，我们两个老家伙一方面是扯淡，另一方面呢，也是想让你俩再加把劲学习，果然你们的成绩都提高了不少。这顿饭虽然挺奢侈，但你们学习那么累，就当是犒劳你们了。再说，我和孟叔谁花钱谁高兴，是不是老孟？"

孟叔一个劲儿地点头，并用责备的目光去看孟志强。孟志强张口结舌，显然是和我一样，刚刚得知真相。原来，刚才孟叔不是为自己心疼钱，而是替爸爸心疼钱啊。

看着两个老头得意的样子，我突然有种想哭的感觉：

其实，这次孟志强才应该是第一名。在这次数学试卷上，有一道填空题我写错了小数点，可是老师在判卷时，却没有看出来。那道题的分值是2分，如果没有这2分，孟志强的成绩就比我高1分！

当时我想：老师判错题，是绝无仅有的事，偏偏在这关键时刻出现，这不是天意是什么？我没有理由拒绝啊。

可现在，我却后悔得直想哭。如果这次考试可以再来一次，我一定会去找老师说明情况，当然，不是为了帮助爸爸省下那一百多块，而是我知道，父亲们苦心经营的这场豪赌，要的是我们努力上进，而决不是我们虚假的成绩。

（题图、插图：安玉民）

绿版编辑部各编辑邮箱：

夏一鸣：gshxym@163.com
邢　悦：simyyue@126.com
王雅静：wyjing833@sohu.com
朱　虹：zhong98305@sina.com
杭　帆：hangfan1102@126.com

阿P当伯乐

□钱 岩

阿P这两年做生意狠赚了一笔钱，在小城也算是个“大款”了。可大款也有个闹心事，就是念小学的儿子小P实在不争气，每次考试，总是班上最后一名。

这天，接完儿子班主任的电话，阿P那个气呀，扬起巴掌就要打小P的屁股，哪知爷爷奶奶把孙子护在怀里，生气道：“考试不好就打，天下哪有这个道理？一个班总得有一个人在后面掌舵呀！再说了，村上那些念书成绩好的，现在哪个如你？有的穷得连老婆都讨不上！”

阿P见来硬的不行，就决定曲线救国，他找到了小学同学“刘笔杆”。这刘笔杆早年与老婆离异，家徒四壁，却养了个争气的儿子，儿子刘书毫每次考试都是班上第一。阿P热情地拉刘笔杆上了饭店。两杯酒下肚，就打起了小算盘。常言道：跟好学好，跟狗学咬！阿P是想让刘书毫和自己儿子小P吃住在一起，学习在一起，这可比请家教有效果。阿P装着惋惜的样子，问道：“刘笔杆，你文化比我高，好歹也是个人才，就甘心这么一辈子蹬三轮？”

刘笔杆眼泪一下子就流出来了，叹息道：“我早就想出去闯荡闯荡，就是不放心儿子。儿子这么小，唉，再过几年，等儿子大了再说吧。”

阿P觉得有门儿了，赶紧趁热打铁说：“什么？再过几年？那黄花菜早凉了！你没听说人过四十，一钱不值。要想干一番事业，就得赶早！你不就是放心不下儿子吗？这样吧，你把儿子放在我家，我家小P吃什么，你儿子就吃什么！你想，我们是老同学，关键时候不伸手帮你一把，什么时候帮？”

刘笔杆听阿P这么一说，心头一热，说道：“阿P，我儿子放在你家，那好比上天堂了，我有什么不放心的。”

阿P听了心中大喜，一拍掌，大声说：“好，那就这么定了，你儿子就放在我家，你放心出去闯荡就是了。你儿子成绩好，正好帮帮我家小P，这是双赢，你儿子成才，我儿子也成才！”

不久，刘笔杆外出打工，而刘书毫来到阿P家。还真是的，阿P走了一步好棋，自己儿子小P跟了刘书毫后，还真有了不小的变化，学习认真了，作业也能按时做了，只是事事都听刘书毫的，像个跟屁虫。阿P私下开玩笑地问儿子为什么呀？谁知小P嘴一撇，说道：“人家是班长，不听他的听谁的呀！”

一天，阿P在报上看到一则消息，说一个下围棋的，一年挣了一百多万。阿P吃惊了，他不懂围棋，但看到人家手里抓把黑子，朝板上轻松地按按，一年就是一百多万！这可是条来钱快的路。阿P于是叫来儿子，问他想不想学围棋？小P的回答倒很干脆：“刘书毫去学我就去学，刘书毫不去学我也不去学。”阿P只好又去问刘书毫，刘书毫说：“阿P叔叔，我倒是想学，可我爸爸没钱给我缴这学费。”阿P从皮夹子掏出一张银行金卡，炫耀道：“你爸没钱，可阿P叔叔有的是钱呀，我帮你缴学费！”

这样，每个星期天，小P和刘书毫都到少年宫去学棋，你还别说，两个人学棋的劲头还很足，一有时间，就在房间里下个你死我活，这让阿P看了心里很舒坦。更让阿P想不到的是，培训班结束后，儿子还拿回来一张奖状，上写：奖给优秀学员小P。阿P有些奇怪，刘书毫比小P聪明，他咋没得奖？他去问刘书毫，刘书毫脸红了，说道：“阿P叔叔，我辜负了您的期望，我棋下得没小P好！”

阿P大度地摆摆手：“没事，没事，重在参与嘛。”到了晚上，阿P还有些不相信，又找到少年宫向老师打听。老师说：“真的，你儿子小P悟性好，是个好苗子，你得继续让他学下去！”

阿P又问：“和小P在一起学棋的还有一个叫刘书毫的，他是不是下棋的料？”

老师脸色马上变得很难看，说：“学棋主要靠孩子的悟性，刘书毫和你儿子相比，那差到太平洋去了。”

阿P听了那可是心花怒放，人都快站不住了：“老师说得太对了，您瞧小P他爸我这脑袋，比地球还圆，遗传，遗传呀。”接着阿P立马又给儿子和刘书毫报了提高班。之所以还给刘书毫报，没办法，没有刘书毫继续陪，儿子不干嘛。提高班学完后，阿P又给他们报了加强班，阿P钱没少花，儿子也真为他争气，这不，被选拔参加市少儿围棋大赛，结果又是一路过关斩将，获得了第三名。看着红彤彤的获奖证书上写着儿子小P的名字，阿P欣喜若狂。哈哈，我有钱，干脆带着儿子上北京找聂卫平，拜他为师！

阿P主意打定，就准备给刘笔杆打电话，现在刘书毫没用了，让他回去得了。可小P是死活不同意，说："真要去，那就必须和刘书毫一块去！否则宁死不去北京学棋！"

为了儿子的前途，阿P几乎要跪下来解释："儿子，这到北京学棋，可不是在家里，花费可大着呢！再说，下棋靠悟性，刘书毫他爹没你爸聪明，让他跟着你，不是耽误人家吗……"

还没等阿P把话说完，小P就"哇"地一声大哭起来。阿P忙上来问儿子干什么哭，小P哽哽咽咽一说，阿P这才明白，其实获市少儿围棋大赛第三名的，根本不是他儿子小P，而是刘笔杆的儿子刘书毫！原来，儿子小P不是下棋的料，从一开始他们的名字就调了包，在老师那里：小P其实是刘书毫，刘书毫变成了小P。

阿P知道了事情真相，气得脸铁青，可扬起的巴掌还没落下来，爷爷奶奶又是往前一站。阿P气急败坏，冲着父母嚷："你们天天送他们上少年宫学棋，比赛时又陪在身边，难道一直都不知道这俩小子干的好事？"

谁知阿P的父母听了，竟不屑一顾："你嚷嚷啥呢！告诉你，这主意还是我们出的呢！我们就是想让刘书毫这小子为我们孙子挣个好名声，当然了，也是为了让你高兴，不要整天对小P吹胡子瞪眼。"

阿P长叹一声，感觉这真是棉花掉到水里——没谈（弹）头了。心里不顺，晚上就多喝了几杯。谁知酒下了肚，阿P又高兴起来了：我明天就给刘笔杆打电话告诉他，他儿子是个围棋天才，这可是我阿P发现和培养出来的呢，一定要他请我上饭店喝酒！　（**题图、插图**：顾子易）

黄玫瑰，紫玫瑰

□杜爱斌

情人节这天正好是刘咏梅和丈夫林忠尧结婚十周年的纪念日。

林忠尧在机关做处长，今年三十六七岁，可说得上是前程似锦。两人结婚这么多年以来，更是夫唱妇随、恩爱有加。今天是结婚十周年，当然更要隆重庆祝一下。

为此，这天刘咏梅早早就从单位请了假，把儿子送到姥姥家，自己回到家，又是煎炒又是烹炸。收拾完一切，刘咏梅又洗了个澡，换上一件性感的衣服，从橱柜中拿出一瓶红酒，等待着丈夫回来。

按照往常时间，丈夫早该回来了。难道丈夫外面有应酬？刘咏梅想打个电话问问，想想还是算了，刘咏梅相信，就是有天大的事情，丈夫都会回来和自己一起过结婚纪念日的。

时间一点一滴地过去了，刘咏梅打开红酒，斟到高脚杯里。菜也凉了，却还是没有丈夫的影子。刘咏梅有点生气：他要是敢忘了这个日子，今天晚上回来，我就跟他没完！

就在这时，电话响了。刘咏梅拿起电话就问："喂，你在哪？"

电话里一个声音说："你是林忠尧的妻子吗？你丈夫出了车祸，请你马上到医院急救处来，记着，带好足够的现金！"电话那头不等刘咏梅回话，就挂了电话。

刘咏梅顾不得别的，取了钱就直奔医院。到了医院，林忠尧已经不行

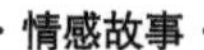

了。弥留之际，林忠尧的手里还抓着一把鲜花。看到刘咏梅进来，他张张嘴想说句什么，却没有说出来就闭上了双眼……

医生对刘咏梅说："是110把你丈夫送来的，据说是有位女士打电话向110报警的。你丈夫是被一个酒后驾车的司机撞伤脑颅造成死亡的，我们已经尽了全力抢救。刘女士，你节哀吧。"

以后的几天，刘咏梅简直不知道是怎样过来的，巨大的悲痛把她变成了一具木偶，不吃不喝，眼看着丈夫的遗体被推进火化炉，刘咏梅的泪水流进了心里。

安葬完丈夫，刘咏梅的眼前一直在闪现着丈夫手里拿着鲜花的影子：忠尧一定是赶着去给自己买鲜花的时候，被汽车撞了的。都是那个喝酒的肇事司机，他毁了我们的爱，我们的家庭，我们的幸福！刘咏梅恨死了那个喝酒肇事的司机！

刘咏梅找到那天出警的110，警察对她说："那天我们赶到的时候，你丈夫已经倒在血泊里，手里死死攥着那把鲜花。肇事司机已经逃逸，因为救人要紧，我们没有来得及去追肇事车辆。现在我们也在全力搜捕肇事者。目前我们唯一的线索就是那个报案的女士，她肯定是目击证人。"

刘咏梅急切地问："那你们找到她了吗？"

警察耸耸肩："报案人是使用公用电话报案的，根本无法查找。我们也通过多种手法寻找目击证人，可惜这么多天过去了，一点消息都没有。"

刘咏梅问："如果我找到目击证人，你们能将肇事者绳之以法吗？"

警察说"你说的什么话，我们是干什么的？不过，要是你自己出面寻找目击证人也有比较有利的地方，你可以以情打动她，叫她站出来。我们猜测，她一定知道不少线索。从目前来看，我们多方查找，她都不肯出来，也许是有什么顾虑，怕惹麻烦。"

"好，"刘咏梅发誓，"我一定把目击证人找出来，决饶不了那个该死的肇事司机！"

刘咏梅找到一家小印刷厂，印了上千份小广告，然后到丈夫出事的地点附近，见到电线杆和墙壁就张贴。刘咏梅在广告里承诺：只要目击证人站出来指认肇事车辆牌号或者提供其他有价值的线索，必当重谢，就是倾家荡产也在所不惜。以往，刘咏梅上街，对街上乱贴的小广告恨之入骨，现在，为了找到能够指认凶犯的证人，刘咏梅也顾不上那么多了。

可广告贴出去一个多月，仍然没有什么回音。

刘咏梅疑惑不解：目击证人既然能打110找警察救人，为什么就不肯站出来帮助警察指认肇事车辆和司机呢？难道她跟肇事司机有关系？或者是害怕报复？

刘咏梅认定，每天在出事地点来来去去的人中间，一定有那位目击证人。她做出了一个惊人的决定：每天晚上八到九点，去丈夫出事的地点跪着，一直跪到那个证人出现为止！

于是城市的街头，出现了这么一幕：无论刮风下雨，每天晚上八九点钟的时候，就有一个三十多岁的妇女跪在路边，手里拿着一个牌子，上面详细写着自己丈夫遇难的情况。最后，企求知情人能够仗义执言，帮助指认肇事车辆或者提供线索……

刘咏梅的下跪，立即引来了无数观看者。有人是看热闹，有人看完长叹一口气，也有人谴责那个目击者……

这天晚上，天飘着绵绵细雨，街上冷冷清清的，刘咏梅就像一尊雕塑，跪在那里，任雨水从她的发际淌落。

有好心人想拉她到对面的屋檐下去避避，刘咏梅只是摇摇头，依然跪着，手里举着牌子。

有人主动地为刘咏梅撑起雨伞。刘咏梅感激地看了一眼，依旧跪着。

一位报社记者来到刘咏梅的面前："我已经看了你的牌子，对你的遭遇我深表同情，请问，你还准备这样跪多久？"

刘咏梅说："不知道。"

"你觉得那个目击证人一定会出现吗？"

"不知道，但我会一直等到她出现。"

记者把刘咏梅的事情写成报道，在当地晚报的头版刊登出来。文章的最后，记者深有感触地写道："刘咏梅用她的下跪拷问着那个目击证人的良知和灵魂，也在拷问着我们整个社会。我们这个社会怎么了？那个目击证人，还不出来吗？"

文章在市民中引起了强烈的反响，人们都在谴责那个故意躲着不肯出来的目击证人。

这天晚上，刘咏梅跟往常一样，

又跪在了路边。刚跪下不久，身上的手机响了。刘咏梅急切地揿下接听键。

电话里响起一个女人的声音：“我就是目击者。刘咏梅，你不要折磨自己了，可以吗？”

刘咏梅一字一句地说“可以，只要你出来作证。”

电话那头沉默了半天，没有回话。接着，“啪”地挂了线。

几天后，公安交警通知刘咏梅，由于一位女士的举报，肇事司机已经被拘留，将依法受到法律的惩处。

刘咏梅从心里感谢这位目击证人。可是，令她不解的是，为什么她开始不肯出来指证肇事者呢？其中一定有什么隐情，一种强烈的好奇，使她想见到这位神秘的证人。

刘咏梅几次去交警分局询问，都被委婉地拒绝了。刘咏梅不死心，还是一趟一趟地跑。交警被她磨得没办法了：“好吧，我们征求一下那位女士的意见，你回去等消息吧。”

这天晚上，刘咏梅接到了那个女士的电话，约好了在一个叫海天酒吧的地方见面，为了便于辨认，女士说她手中会拿一张《城市晚报》。

晚上，刘咏梅如约来到海天酒吧，一眼就看见靠窗的位置上坐着一位女士，手里拿着一份《城市晚报》。

刘咏梅走过去，问：“谢谢你对我的帮助，但是我不明白，为什么一开始你不肯出来指证肇事司机？这到底是为什么？”“你确定一定要知道实情吗？”女士问。“我确定。”刘咏梅坚定地回答道。

女士犹豫了一下，说：“好吧，那我就告诉你事情的真相。你知道吗？很久以来，我一直在悄悄追求你的丈夫。他是个好人，对我的追求视若无睹。情人节那天，我打电话叫他陪我来这个酒吧喝咖啡，他说要回家陪你。我就威胁他说，如果他不来陪我，我就死给他看。最终他答应与我见最后一次面。那天，他因为给我买花来晚了，急着赶过来，过马路时正好被一个酒后驾驶的司机给撞了。那天我就坐在这里，看到了一切。”

“不可能，”刘咏梅根本不信，“你不是真正的目击证人。我丈夫手里的花是给我买的！那天是我们结婚十周年的纪念日。”

女士说：“我就是目击证人，因为我看到了这一切，就是我打电话报的110。你想想，你喜欢的是黄玫瑰，我喜欢的是紫玫瑰。那天，你丈夫手里拿的花是什么颜色？”

刘咏梅顿时觉得浑身一下子失去了支撑。因为她清楚地记得，丈夫死的那天，手里紧握的那束花的确是紫玫瑰。

女士长长叹了一口气，说：“可那花，是我要求，他才给我买的。”

（题图、插图：安玉民）

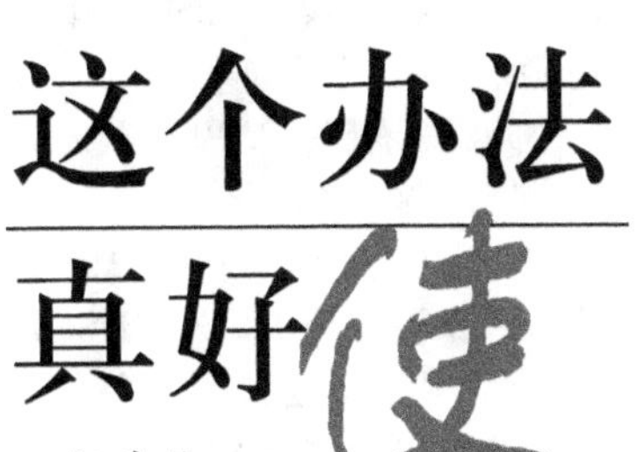

这个办法真好使

□胡秀欣

老话说得好：万事孝为先。王大妈这个人有个特点，就是为人特别孝顺。虽然她和老伴都已年过花甲，但平时有什么好吃的都先让着婆婆。老太太脑不呆，耳不聋，身子骨比王大妈还硬实。一家三口，日子过得虽然有些拮据但很和美。

王大妈有三个儿子，都已娶妻另过，平时无事三个儿媳妇都不常回婆家。新年快到了，王大妈发现了一件怪事：近些日子，不知是什么原因，无事不登三宝殿的三个儿媳妇，总是有事没事地往婆家跑，而且个个唉声叹气，不是生意赔了，就是下岗了。每每听到这些，王大妈心里就堵得慌，有时就会犯心脏病，只好赶紧摸几粒速效救心丸，塞进嘴里。

这天，王大妈搀着婆婆在楼下晒太阳，正好有几个老太太在闲聊，说的是给儿媳妇买转运珠的事。王大妈愣了，忙问什么叫转运珠。有人告诉她，这转运珠其实就是用黄金打造的比黄豆略大的小珠子，带一些花纹或简单的图案，用编织好的红丝线从中间穿过，可戴在手指上或做项链坠。因为今年是猪年，“珠”与“猪”谐音，所以，婆婆都要给儿媳妇买金珠转运，让儿媳妇新年交好运呀！王大妈一听，想想儿媳妇近来的反常表现，顿时恍然大悟，原来，她们是想要转运珠呀！

王大妈手里攒了一千多块钱，本来想留给自己看病用的，一直没舍得花。这一回，派上用场了。她赶紧上楼拿了钱，到金店买了三颗转运珠回来。

晚上，她把三个儿媳妇都叫了来，拿出转运珠分给她们。一见转运珠，三个儿媳妇都乐了，喜笑颜开地马上戴在手上。这时，王大妈猛觉得心口一阵疼痛，脸上冒出了虚汗。她知道自己的心脏病又要犯，忙回身想找药，婆婆的手伸了过来，递给她几粒速效救心丸。婆婆疼爱的眼神让王大妈觉得心里热乎乎的。

小儿媳妇看到王大妈吃药，脱口说道："妈，这一年你身子老有毛病，你应该让我奶奶给你买个转运珠，你也是儿媳妇呀！"王大妈苦笑道："妈都这么大岁数了，还戴什么转运珠，再说你奶奶手里又没有钱。"

见三个儿媳妇笑呵呵地走了，王大妈总算松了口气。可没想到，到了吃晚饭的时候，婆婆却耍起了脾气，躺在床上谁叫也不起来，说自己不饿，不想吃饭。王大妈心里觉得好笑，这老太太，像个老小孩，一定是三个孙儿媳妇的话让她觉得不舒服，跟自己使性子呢！王大妈也没太往心里去。可没想到第二天早上，婆婆还是不吃饭，王大妈左哄右劝，好歹才喝了半碗粥。以后，老太太仍是这样，每顿只喝半碗粥，只吃点咸菜，原来喜欢吃的红烧肉，现在她碰都不碰。

王大妈着急了，说婆婆是不是得了什么病呀？和老伴商量着，得送她去医院看看。老太太一听说要上医院，火了，说自己没病，坚决不去。

婆婆每顿只喝半碗粥，身子是越来越虚弱，卧在床上，连走路的力气都没有了。王大妈看在眼里，急在心上。她让老伴上诊所请来了大夫，看看老太太到底是怎么了？大夫拿出听诊器，想给老太太检查检查。可她一点都不配合，一个劲说自己没病，直撵大夫走。看来是老糊涂了，大夫只好先给她挂上点滴，可刚扎上针，老太太就给拔了，说她没病打什么针。大夫无可奈何地摇摇头，一副爱莫能助的样子。

一晃，大半个月过去了，婆婆坐都快坐不住了。王大妈一看，再不能由着她的性子了。于是，赶紧打电话，把三个儿子儿媳都叫了回来，要强行送老人去医院。

一家人正合计着办法，就听老太太在房间里大叫一声："好了！"大家连忙跑过去，只见老太太眼神发亮，正咧着嘴笑呢！看着老太太一脸兴奋的表情，大伙你瞅瞅我，我看看你，都愣了。

王大妈关切地问："妈，您觉得怎么样，我看还是上医院吧！"老太太张了张干裂的嘴唇，有点迫不及待地说："我想吃饭！"

一听老太太想吃饭了，众人都很高兴。王大妈赶紧端了一碗粥过来，用羹匙往她嘴里喂。

老太太大嘴张着，一匙接一匙地，几乎不嚼就往肚子里咽，还一个劲催王大妈快点喂，看样子真是饿急了。很快，一碗粥就进肚了，老太太说还要。王大妈又喂了她一碗，怕她撑着，不敢再给她吃了。

儿子儿媳窃窃私语，说老太太大概是回光返照，看来是够呛的了。

听了儿子儿媳的议论，王大妈心里酸酸的，一边用毛巾给婆婆擦着嘴角，一边就不由得流下眼泪来。老太太一看王大妈哭了，忙把一只手伸到王大妈跟前，把手一张，说："这个给你。"众人细瞧，老太太手里握着的是一个金镏子，就是用金子打的一个金箍，戴在手指头上，跟戒指差不多，但接头间没有缝隙。王大妈一眼就认出了，这正是婆婆手指上一直戴了多年的，忙问："妈，你把它摘下来干什么？"

老太太指着手里的金镏子，喃喃地说"这是我婆婆临死的时候，给我的。那时候，我长得瘦，戴了几年后，我身子胖了，这个东西也就拿不下来了。我没有钱给你买转运珠，就想把这个给你，去打个珠子，转转运气，省得你老有病。寻思来寻思去，最好的办法就是少吃饭，把身子饿瘦了，手指头自然就细了，也就能拿下来了。别说，这个法子还真好使……"

还没等老太太说完，屋里就有人抹起了眼泪。王大妈顿时涌上一阵揪心般的难受，她心疼地攥着婆婆的手，哭着说"妈，您老怎么这么傻呀，转运珠都是年轻人跟风戴的，我这么大岁数了还赶什么时髦？"

老太太抬起瘦得满是皱纹的手，一边替王大妈擦眼泪，一边说"你在妈眼里，不管多大，都是我的孩子啊！"

（题图、插图：魏忠善）

当回乡长真过瘾

□赵　新

你犯了那么大的错

杨老万是个放羊的。老万不老，今年才32岁。今天早晨放羊时，不小心让羊啃坏了村长家的两棵小树苗。村长二话没说，虎着脸牵了两头羊就要走。

杨老万怕事情闹大了不好，就满脸堆笑地拦住村长说：“村长，实在对不起，我没把自家的羊管好，啃坏了您家的树苗，我向您赔礼道歉！”

村长说：“光赔礼道歉有什么用，你知道今天犯的是什么错吗？”村长咽了口水，煞有介事地说：“你今天最起码犯了三大天条，一是对抗政府号召，破坏绿化造林。二是破坏生态环境，危害全村百姓，三是……”

村长的话还没说完，杨老万的额头早已冒出汗来，忙打断村长的话说：“村长，您别无限上纲了，我给您重新栽两棵，不，给您栽十棵总行了吧。”可村长仍旧不依不饶，说：“你犯了那么大的错，光栽几棵树可不行，还得罚款！”

杨老万想，罚款就罚款，那两棵小杨树高不满一米，粗不及小拇指，最多也就值一元钱一棵，我就算你5元钱一棵。想着，就掏出10元钱递到村长面前。

村长见了，把眼睛瞪得似小鸡蛋，吼道：“杨老万，你是在哄三岁小孩，还是把我当叫化子呢！”杨老万问：“那您说要多少？”村长说：“既然是罚款，就是带惩罚性的，罚轻了你以后能吸取教训？每棵至少100元！快回家去拿钱吧！”说完，昂着头，牵着羊就走了。

杨老万那个气呀，那两棵小杨树做烧火棍都没用，能值200元吗？他想冲上去评理，但他知道村长平时利用职权，横行霸道，欺压百姓，与他讲理等于对着石狮子放屁！那怎么办呢？他脑子一转，办法有了，去找能管他的人，让乡长来管管他！

说来也巧，一个月前才调来的这位新乡长，叫杨新。不仅与杨老万同姓，而且和杨老万同年同月同日生，还是高中时的同班同桌同学，是铁哥们。后来杨新考上大学，杨老万落榜，再后来杨新当了乡长，杨老万在家放羊。杨新调到这个乡来当乡长，还悄悄地请杨老万喝过一次酒，说了许多知心话，其中有句话是：“老万，你放你的羊，我当我的乡长，别让别人知道咱俩是同学，要不大家都麻烦。”

杨老万理解乡长和他说的悄悄话，可是，现在村长如此欺压他，他能咽得下这口气？杨老万给乡长挂了电话，约定了见面的时间。

难道我不像乡长吗

这天，杨老万特地穿上了平时都不舍得穿的中山装，头发也用梳子沾了水梳理得整整齐齐的，往镜子前一站，人还挺精神的。收拾停当，杨老万蹬上自行车风风火火地就直奔乡政府。到了乡政府一问，秘书告诉他乡长正好有急事出去了。不过，乡长临走前有交代说如果杨老万来了，先让他在乡长办公室里等会儿。

秘书把杨老万带进了办公室，招呼他坐下，又端上了茶水，然后把门带上出去做事了。

杨老万头一遭进乡长的办公室，感觉很新鲜。东瞅瞅西摸摸，看见乡长办公桌上放着一摞文件，心想 这乡长平时都忙些啥，我老万今天倒是要来开开眼。于是，杨老万轻手轻脚地在办公椅上坐下，抬手翻看起那摞文件。杨老万发现最上面的这份是红头文件，内容是县委关于转变干部作风的。

杨老万很有兴趣地看了起来，这一看可把他高兴坏了，因为这个文件尽是为老百姓说话的，对有些乡村干部欺侮老百姓的粗暴作风提出了严厉批评！文件上还说，凡屡教不改的，就坚决把他们撤掉！

杨老万觉得自己的腰杆子硬了：村长不是想要200块钱吗？好啊，你朝县委要去！

这时候，门“咣当”一声被推开了。进来的是一位60岁左右的老汉，气喘吁吁，满头大汗，一进门就问：“你是……你就是杨乡长吧？”

杨老万吓了一跳，赶忙连连摆手说：“不不不，我不是，我是……”

话还没说完，老汉一把拉住杨老万的手：“杨乡长，我终于找到你了，你就不要推辞了，我不是来要求救济的，我今天是来告状的。”杨老万还想辩解什么，那老汉又抢白道：“杨乡长啊，我是柳河村的，你不知道啊，我们村的村长实在太不讲理了……”

杨老万一听是柳河村来的，心想自己曾经去过柳河村，那个只有百八十户人家的小村庄藏在山坳里，离乡政府足足有三十里地，山路又很难走。那老汉从这么远的山区跑来，肯定有天大的冤屈。于是杨老万先请老汉坐下，然后四下里打量了一下，走到窗台边给老汉泡了一杯热茶，又从口袋里掏出香烟来递了一支过去，然后说“大伯，你走累啦，你先歇歇气。来，喝口水把气顺了，慢慢再说。”

老汉愣了，瞅着杨老万给自己敬烟端水，满脸疑惑地问：“你，你是乡长吗？”

杨老万看了看自己，呵呵一笑，反问道：“大伯，难道我不像吗？”

老汉忙说：“像，像。不过，我听说当乡长的脾气都很暴，一个个横眉竖眼，招惹不得……”

杨老万说：“大伯，耳听为虚，眼见为实。你见过几位乡长啊？”

老汉说“除了你杨乡长，我是一位也没有见过！我成天在山上放羊，离乡长很远很远！”

听说老汉是个放羊的，杨老万心里倍觉亲切，就把椅子搬过来，和老汉肩并肩地坐在了一起。

我不告我们村长了

喝了那杯茶，抽了那支烟，老汉的心情平静下来，一字一板地和杨老万诉说起了自己的委屈。老汉说今天早晨他的一只羊跑进村长的菜园地里，吃了村长的两颗白菜，村长先是牵走了他的羊，后是让他到村委会谈话。他向村长赔礼道歉也不行，赔给村长白菜也不行，按行情给村长掏钱也不行；村长扔给他20元钱，非要买了他那只肥羊不可！他说：“村长，我这么大一只羊，就值20元钱吗？”村长说："我罚你180元钱，再给你20元钱还少吗？"他问："村长，为什么非要买这只羊？"村长说："我想买，你管得着吗？"后来才有人悄悄地告诉他，说中秋节就要到了，村长买了这只羊是要给乡长送礼！老汉义愤填膺地说："村长这不是逼我吗？你买我的东西，总得买卖公平，总得经过我的同意呀！"

杨老万听了老汉的诉说，觉得柳河村的那个村长就是自己这个村的村长，而浑身散发着羊腥气息的老汉就是自己。杨老万浑身热血沸腾，决定假冒一次乡长，给老汉一个满意的答复！

于是就对老汉说："大伯，你说的情况真实吗？经得住调查吗？"老汉说："我要有一句假话，我就是一只四条腿的狗，就遭天打五雷轰！"

杨老万笑着说："大伯，你言重了。"

杨老万拿起桌子上的那份文件，递到老汉眼前说："大伯，你别着急，别上火，别丧气。你看上边出了文件，县委和中央都给咱老百姓撑腰做主，不会让个别人胡作非为！"

老汉的眼睛瞪大了："我的官司能赢？"

杨老万说："肯定能赢！一会儿我就给你们村长打电话，让他把羊还给你。不过你也有错，你应当把你的羊管理好，不能让羊糟蹋别人的庄稼，你得赔你们村长两颗大白菜。"

老汉听了，"扑通"一声跪在杨老万面前，抬起头来时已是满眼泪水。

眼下已经是中午十二点了，乡长还没有回来。杨老万送老汉走出乡政府大门时，本来想请老汉在附近的饭馆里吃顿饭，可是身上钱不够，只好给他买了五个馒头一瓶饮料，让老汉在路上吃。想不到那老汉又是"扑通"一跪，杨老万怎么拉他都不肯起来，老汉说："杨乡长，你得答应我一个要求，要不我就不起来。"

杨老万说："老人家，你说吧，我答应你。"

老汉说"我不告我们村长了，也不要我家那只羊了。"

杨老万奇怪地问："这是为啥？"

老汉说"你是一个好乡长，我心甘情愿让村长把那只羊送给你，你也别处罚村长了。"

这一回杨老万的泪水汹涌地流出来，打湿了脚下的黄土地。

杨老万回到乡长办公室时，乡长还没有回来。杨老万决心等到乡长回来，给他汇报老汉的事情，让他马上给柳河村的村长打电话，还那老汉一个公道。

（题图、插图：黄全昌）

（本栏目欢迎来稿。来稿可从邮局寄发，也可从网上传递。如为电子邮件，请发以下信箱：hangfan1102@126.com）

· 中国新传说 ·

他只雕人，雕的大多是军人；偶尔也雕"神"，都是远古的人……

根雕

□叶　梓

朱师傅有一手根雕的绝活儿。他雕出的作品，活灵活现，栩栩如生。靠着这手绝活，朱师傅一年能挣十几万。

不过，朱师傅这些年爱上了旅游，每年都要外出一个月，一下子就花光他一年的积蓄。有人猜测，别看朱师傅是单身，其实外面有个女人，每年都去看她。

这年，朱师傅又出去旅行了，回来时没带回女人，却带回来一个少年。这少年名叫李娃，看上去十六七岁，一张脸好像永远都洗不干净，脏兮兮的，样子桀骜不驯。

朱师傅送李娃去上学，没想到李娃把头一梗，说不愿意。朱师傅生拉硬扯地把他拉进学校，呆了没两天，班主任就找上门来了，对着朱师傅气呼呼地说："这娃怎么手脚不干净？偷遍了我班里的每个学生。今天，在他的书包里，居然还发现了这个——"说着，她将一张纸放到朱师傅跟前。朱师傅拿起来看，一下子气红了脸。那是一张清单，上面竟然列着，要将哪些学生的东西据为己有。

说到这里，班主任显得很激动，对着朱师傅大声说："我的班里决不要这样的害群之马，不能让一粒老鼠屎坏了一锅粥。"说完，甩门就走了。

朱师傅垂着头，手抖个不停……

天黑时，李娃回来了。朱师傅强压着怒火问他："娃儿，你为什么要偷别人的东西？"

李娃侧过头，可就是一声不吭。

朱师傅急了，朝李娃吼起来:“你缺什么我给你买，你想要什么可以直接跟我说，为什么非要当贼啊？”

李娃把头转过来，一梗脖子，大声地说:“因为我不想读书，我想跟你学根雕！”

朱师傅愣住了。他呆呆地看了李娃半晌，无奈地叹了口气，点点头。

从那天起，朱师傅收李娃做了徒弟。可李娃的心像一匹野马，哪儿坐得住？起初他还东刻一刀西刻一刀，可没过一个月，他烦了。趁朱师傅外出，他偷走了店里最值钱的根雕——美髯公关羽，然后逃得无影无踪。找不到李娃，朱师傅既心痛又无奈……

时间过得很快，一晃就是半年。这天，朱师傅正忙着，突然接到邻县公安局打来的电话，说李娃偷窃时被人打断了腿。朱师傅握着听筒，半晌没说话，心里却在抖:李娃啊李娃，难道你真是一块不可雕的朽木？

把李娃接回了家，朱师傅什么话也没说。他让李娃洗澡换衣服，然后做了一桌丰盛的饭菜。等李娃吃饱喝足后，朱师傅递给他一把刻刀，说:“过去的事一笔勾销，以后就跟我好好学根雕吧。”

可李娃把嘴一抹，看也不看一眼刻刀，恶狠狠地说:“你少假惺惺的，你养我是应该的，当年要不是我爹救你，你早死了，我爹是替你死的！”朱师傅脸上的肌肉抽搐着，抬手想要给李娃一巴掌。可手举到半空，却又收了回来。他默默地垂下头，躲在一边吸烟，耳边似乎又响起战场上的炮声……

李娃吃住都跟着朱师傅，学根雕却是三天打鱼两天晒网。这天，他看到朱师傅从一个柜子里拿出一个背包，念叨着什么，好半天才放回去。李娃心里痒痒的，他想那里面一定是值钱的宝贝。常言说：不怕贼偷，就怕贼惦记。李娃心里惦记着背包，等朱师傅一出门，他就偷偷溜进了卧室。

李娃撬开柜子上的锁，将背包掏了出来。把背包打开往床上一倒，竟倒出一堆乱七八糟的小玩意儿：打火机、肩章、铜戒指、剃须刀、烟斗、钥匙链、细长的竹雕……李娃翻翻检检，没有一样是值钱的。他感到失望，师傅藏的竟然是一堆破烂儿？李娃正要把背包放回去，突然发现师傅不知道什么时候站在了门口。

朱师傅气得脸色铁青，胸口上下起伏不停，大口大口喘着气。他上前一把抢过背包，指着李娃吼道:“滚！你给我滚！”

李娃一脸的不屑，脖子一梗，一跛一跛地走了。朱师傅仔细地收起那些小东西，小心翼翼地捧在手里，每一件，在他看来都是珍宝。

天黑了，却一直不见李娃回来。朱师傅有些着急，饭也没吃就出门去找。有人对朱师傅说，看到李娃沿着

河堤走，不知道要去哪儿。河堤边有个树林子，说不定李娃就藏在那儿。

朱师傅一听，急忙来到河堤边，一边喊着李娃的名字，一边摸索着向前找。可走着走着，他突然脚下一滑，身子一个趔趄，顺着河沿滚进了水里。朱师傅在水里挣扎着，大声喊道："救命哇，救命！"就在他快要被水淹没的时候，李娃从河堤边的一棵大树后走了出来，他望着在水中挣扎的朱师傅，咬咬牙，一个猛子扎入水中。经过一番努力，李娃终于带着朱师傅游到了岸边，这时，听到呼救声陆续赶来救助的人们，帮着李娃将朱师傅放到河堤上。

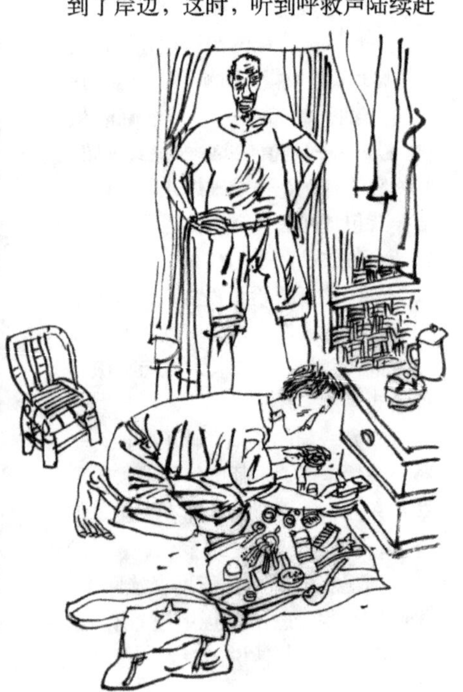

回到家，朱师傅躺在床上拉着李娃说："你爹娘不在了，我才把你领回来的。以后，你就当我儿子，安心跟我学根雕吧。"在场的人也纷纷点头，觉得李娃还算有良心，认可了他。李娃却挣脱了朱师傅的手，别过头去。朱师傅叹了口气，说："当年在猫耳洞，我这手艺还是跟你爹学的，你现在跟着我学，也算是家传。"

李娃回过头，盯着朱师傅，问道："我娘说我爹救了你的命，但我爹到底是怎么死的？"朱师傅躲开李娃的目光，低声说："在战场上牺牲的。"

从那天起，朱师傅一边教李娃根雕的手艺，一边没日没夜地雕"野战连"。他已经雕了几个月，完成了99个，今天再雕完最后一个就完工了。朱师傅望着雕完的战士，心里默念着他们的名字，眼里露出一丝温情。野战连，是他的一个大心愿。

这一天，天大亮，李娃却不见朱师傅的屋里有动静。他悄悄进到屋子里，却看到朱师傅倒在地上，手里拿着一个雕好的战士，身边撒落了一地的药丸。李娃一惊，忙上前去扶，这才发现他的身体已经冰冷了。原来，朱师傅半夜突发心肌梗塞，去世了。

这消息很快传了出去，没多久，四里八乡的人们纷纷赶来，他们伏在朱师傅的棺材前放声痛哭。

傍晚，一个穿军装的老人捧着大花圈来了。看到李娃，他愣住了。半晌，那老军人试探性地问李娃：“你是不是李详林的儿子？”

“你认识我爹？”李娃惊讶地问。

“认识，认识！你跟你爹长得太像了！”老人激动地说。“那，那我爹是怎么死的？”李娃急切地问。

老军人叹了口气，缓缓地说：“你爹太喜欢根雕了，在猫耳洞闷了两天两夜，实在憋不住，出去寻找树根。刚露头，就被敌军发现了……”

李娃呆住了，他喃喃地说：“不对，我爹应该是救朱师傅才死的呀。我娘就是这样说的，朱师傅也承认的呀！”

老人摇摇头说，这些年朱师傅几乎走遍了连里所有牺牲战友的家，他对每家都说战友救过他的命。老朱是个英雄，那次战斗中，全班的人都炸死了，他身上也中弹十几处，却硬挺着活了下来。他说他一定得活着，替死去的所有战友活着。他雕的这些人，每一个都是死在战场上的战友。他有一个挎包，里面装着每一个战友留下的遗物。

李娃张大了嘴巴，心突突狂跳。他想起了师傅小心翼翼地收拾那些宝贝，想起了师傅像在对那些宝贝说着什么。原来，师傅心里，一直念念不忘那些牺牲的战友啊！李娃正要再说什么，却见院子里突然来了许多学生，他们每人胸前戴着一朵小白花。其中有十个人手里还举着旗子，每面旗子上都写着不同学校的名字。

几个教师模样的人走过来，对着朱师傅的遗体深深弯下腰，齐声说：“谢谢您，朱师傅！”

李娃疑惑不解，这些人和师傅又是什么关系？一名老教师的话解开了他心里的谜团。他说和朱师傅见过几次面，老朱，好人哪！他每年出门旅行，一是去接济战友的家人；二是为战友贫困的家乡捐资建校。这十年，他用所有的积蓄建了十所学校，而学校全部以牺牲战友的名字来命名。

看着满院子越聚越多的人，李娃被深深地震撼了。李娃转过头，见老军人已经坐下来，他说要替朱师傅守一夜的灵。李娃想劝阻他，老军人摇摇头说：“老朱救过我的命，我应该送他最后一程。当年在战场上，我掉进深水沟，是老朱救了我。现在想想，老朱虽然水性好，但他也是冒着生命危险救我的呀！”

李娃彻底惊呆了。师傅会水？那次师傅掉进河里，难道是为了“救”他？他呆呆地转过身，突然“扑通”一声跪在朱师傅的灵前，放声痛哭……

朱师傅下葬那天，天下起了雨。可送葬的队伍却有几里长，一眼看不到头。

（题图、插图：魏忠善）

墙壁为谁留

□郁林兴

最近，黄晓钰一下遇到了两件喜事：一是，丈夫周清荣升为建设局长；二是，她终于拿到了一套新房的钥匙。

黄晓钰是周清的第二任妻子，两人结婚好几年了，但一直都住在周清的旧房子里，那里到处弥漫着他亡妻的气息。特别是他书桌对面的墙壁上，一直都挂着他亡妻画的一幅《山竹拔翠》图。周清的前妻是小有名气的画坛新秀，可惜因为车祸离开了人世，她留下的画作很多，可周清最爱书桌前挂的这一幅。空闲下来，周清经常注视着那幅画陷入沉思，黄晓钰知道他是睹物思人。每当这时，她都觉得心里酸溜溜的。

现在，他们有了新房，黄晓钰很想把新家好好装修一番，淡化丈夫前妻的痕迹。可想不到的是，周清说，所有的装潢都由黄晓钰说了算，只是他书桌对面的墙，必须空着，由他处理。黄晓钰的心一下暗了下来，她知道丈夫的意思。

就在黄晓钰独自伤心时，老同学张浩打来了电话。这张浩与她四年同窗，两人差一点就结婚了，可最后还是没有走到一起。现在，张浩已是一个建筑公司的老板。由于是多年的老同学了，两人都把对方当作好友。

情绪低落的黄晓钰听到张浩的声音，顿时像委屈的孩子遇到了亲人，伤心地哭了起来。电话那头的张浩吓了一跳，忙问怎么了。黄晓钰说："这么多年过去了，我还是不得不生活在她的阴影里。"接着她告诉了张浩画的事情。张浩沉吟良久，才为难地说"以我的身份，本来不便介入你们夫妻的事情。不过，既然你信任我，作为朋友，我建议你给他来个李代桃僵。"

"李代桃僵？"

"对，他不是喜欢国画吗？你不妨给他挂一幅大家名作，想来他会顾及你的感受。即使他有点不舒服，也不会责怪你。"黄晓钰连连点头："是个好主意，只是……"她又犹豫起来，"大家名作动辄几万、几十万，我可买不起啊。"

张浩哈哈一笑："这你就不用操心了，我恰好有个朋友，仿制名人画作堪称一绝，特别擅长临摹齐白石的大作，足以以假乱真。周清虽然爱画，但他毕竟不是专业人士，未必能够分辨出来。"黄晓钰想想说："倒也是个办法。那就拜托你跟那位朋友联系一下，尽快画出来吧。"

只过了两天，张浩就把画送了过来。"这是一幅《茶具梅花图》，你要得急，还没来得及装裱，你先看看吧。"张浩说着，把画展开到书桌对面的空墙上，让黄晓钰站到书桌后面看效果。黄晓钰眯起眼睛一看，只见画面上是两杯冒着热气的清茶，茶杯上方横逸着一枝红梅，寥寥数笔，却清淡幽静，给这书房里平添了一种古朴雅致的氛围。黄晓钰兴奋地点着头说："不错，真不错，跟书房的整体风格非常协调！估计这下周清就没话说了。"

张浩把画收起来，交给黄晓钰说："我还有其他事情，这画你自己拿去装裱吧。听说纳宝斋的装裱工艺十分地道，这画交给他们正合适。我给了朋友一千块钱做润笔费，我也不怕庸俗了，你把这一千块钱给我吧，免得你们担上受贿的罪名。"本来黄晓钰还为付钱的事为难呢，现在张浩说

得这样直率，就放心地把钱数给了他。

送走张浩，黄晓钰立即赶到纳宝斋。老板把画接过去，一边拿着放大镜仔细鉴赏，一边不住地点着头："画得好，深得白石老人的神韵！相信装裱以后，不是专业人士就很难辨其真伪了。"很快，那幅画经过装裱后，就挂在了周清书桌对面的墙壁上。

这天，黄晓钰兴冲冲地拉着丈夫去看新房的装修效果。周清不住地夸奖老婆品位高，等进到书房时，黄晓钰暗暗紧张起来。果然，周清抬头望见了墙壁上的那幅《茶具梅花图》，立即变了脸色。

周清厉声说："这是怎么回事？不是告诉过你，其他地方怎么装修都随你，这面墙一定要给我留着吗？"黄晓钰委屈得险些落下泪来，不过今天她不打算让步："怎么，难道齐白石的画作，还比不上你前妻的吗？"

周清愣了一下："你又胡思乱想了，我不是那个意思……"随即，他快步走上前去，仔细分辨着画面上的笔触和题款印章。因为周清的前妻特别喜欢齐白石的画风，受她熏陶，周清对白石老人的手法也算熟悉。

周清越看脸色越凝重，最后终于抑制不住地怒吼起来："胡闹，简直是胡闹！我不是告诫过你，我现在是个局长，要洁身自好，你不是要当好我的廉内助吗？我的书房里，挂不起这么名贵的字画，谁送来的，你给谁退回去！"黄晓钰也生起气来："周大局长这才荣升几天啊，就官僚主义了！你怎么知道这画是别人送的？你凭什么就认定我是个贪内助呢？！"

周清"哼"了一声，说："咱们那点家底我还不清楚，把咱俩全卖了，也买不起这么名贵的东西！不是别人送的，难道还是偷来的？"这下黄晓钰理直气壮了，她夹枪带棒地说："你整天对着你前妻的遗作用功，我还以为你早就修炼成专家了呢，原来不过是附庸风雅。你就看不出这是一幅仿作吗？告诉你吧，这是我同学的朋友临摹的，一千块钱的润笔费我分文不少地给了人家！而且，还是我亲自送到纳宝斋装裱的呢！"

周清吃了一惊，再次专注地观察起那幅画作，良久，他才将信将疑地说："如果真是仿作，那位模仿者的技艺也真是出神入化了，我都看不出半点破绽。你哪位同学有这样一位朋友，我怎么没听说过？"黄晓钰说："就是我的老同学张浩啊。"

"张浩？就是那个建筑老板？他不会有其他用意吧？"周清警觉地问。黄晓钰一听他这样说，压抑已久的怒火一下子蹿了上来："这么多年你对前妻念念不忘，我说过什么？怎么一轮到我的同学，就来路不正了呢？人家知道你们当官的敏感，那一千块钱的润笔费还是他主动要的呢，人家就是怕你多心！”周清刚要跟她争辩，手机响了，说市里有个紧急会议，让他赶快过去参加。

周清一边挂上手机，一边往外走，走到门口，又回过头来丢下一句话，说：“即便你说的是真的，这画也要摘下来。你可以挂到任何地方去，但这面墙一定要给我留着！”

黄晓钰欲哭无泪，绝望地跌坐在沙发上，她想不到夫妻这么多年，周清竟如此绝情。自己始终无法代替他的亡妻，想到这里，她觉得两人还是先分开一段时间比较好。于是，黄晓钰提起笔，给周清写了一封短信，告诉他两人最好先分开一段时间，甚至可以重新考虑他们的婚姻。她自己先回老房子住了，等他有时间，两人再谈。

黄晓钰回到家一直等了三天，周清都没动静，她的心彻底冷了下来。就在这时，周清满脸倦容地推门进来，他什么都没说径直递过一张纸给黄晓钰。黄晓钰刚刚扫了一眼，就吃惊地大叫起来：“啊，不会吧？那可是我亲手送去装裱的啊！”原来周清递过来的是一张鉴定书，好几位知名专家签了名，确认那幅《茶具梅花图》确实出自齐白石之手！

“这是怎么回事？”黄晓钰呆呆地望着周清。周清苦苦一笑说：“那天我见到这幅画，就觉得不像是赝品，所以怀疑它来历不明。也怪我当时太急躁，没有向你解释清楚。后来见到你留下的纸条，我才意识到误会很深了，可我再说什么你也不会相信，只好带上那幅画东奔西走找到几位专家，让他们帮忙做了鉴定。知道吗？你当时送到纳宝斋的那幅画确实是临摹之作，但纳宝斋交给你的，却是齐白石的真品！”

“啊？”黄晓钰好不吃惊，“他们，他们为什么做这种赔本的生意？”

“纳宝斋当然不会做赔本的生意，其实齐白石的真品早被人买下了，然后

第三届“梅陇杯”法制故事大赛征文启事

为扎实推进“五五”普法工作，深入探索群众喜闻乐见的法制宣传方式，司法部法制宣传司、上海市法制宣传教育联席会议办公室、上海市闵行区法宣办、上海《故事会》杂志社和闵行区梅陇镇人民政府决定共同举办第三届“梅陇杯”法制故事创作大赛，面向全国征集优秀法制故事作品。此次征文活动有关事项如下：

一、征文要求：围绕公民学法、用法、守法、护法，以及社会公德、家庭美德、职业道德、与违法犯罪行为作斗争等内容,以日常生活中常见的具有典型意义的涉法案例为基础创作的法制故事。要求故事法理性强，与相关法律有紧密关联；故事情节曲折生动，语言有口头文学特点；作品未在省地级以上报刊发表过，字数一般在5000字以内。

二、奖项设置：本次活动将聘请有关专家组成评委会，设一等奖1名，奖金5000元；二等奖2名，奖金各3000元；三等奖10名，奖金各1000元；创作奖50名，奖金各500元。个调税均自理。部分优秀作品将陆续在《故事会》杂志或《法制宣传资料》上发表，并结集出版。

三、征文时间：即日起至今年9月底截止，11月底评出获奖作品并专函通知获奖作者。

四、来稿方法：1. 从邮局寄发，请在信封上注明“法制故事征文”字样，地址：上海市绍兴路74号《故事会》杂志社，邮编：200020。2. 通过电子邮件发至fzhgushi@126.com，电子邮件主题请标明“法制故事征文”字样。

授意他们调包给了你。”

“什么？难道是……张浩？”

周清点点头：“正是这个人。张浩也是生意人，他当然不会做赔本买卖，他如此费尽心机地送这么贵重的东西给我们，当然是需要回报的。相信不久，他就会有其他要求提出来，如果我们不通融，这幅画就会成为他要挟我们的筹码！到头来，损失的是党和人民的利益啊！”

黄晓钰想不到自己险些酿成大祸，后怕得冷汗“刷”地冒了出来。周清动情地抚摸着她的头发，顿了顿，继续解释道：“晓钰，原谅我以前疏忽了你的感觉，其实我留下前妻的那幅《山竹拔翠》图，不仅仅是对她的怀念，更重要的是它能时时提醒我做人要清白，为官要正直。再说你不也是一直这样告诫我吗？”说着周清展开了原先墙上的那幅国画，语调真诚地说，“晓钰，我想你会理解我的，我们还是挂这幅吧！”

此时，黄晓钰才明白周清执意要留着那面墙壁的真正用意，这一次她才认真地品赏起这幅曾经无数次让她妒忌的画来：苍竹郁郁，依山而起，枝直挺拔，叶秀清翠，而在原来的题款边，新添了一个落款“晓钰同勉”，上面盖有自己的印鉴，朱红朱红，煞是醒目。看到这里，黄晓钰不好意思地把头深深地埋进了丈夫的怀里。

（**题图、插图**：刘斌昆）

揭画

□冰　儿

·中国新传说·

聊城市中心南侧，有十几家画廊，专卖文房四宝和字画，有不少人来此淘宝。这里领头的是“野渡无人”画廊的店主郑重。别看平时数这儿最冷清，可郑重每个月都要举办一次画友会。画界的朋友，淘宝的商人都聚到这儿，买的卖的，评画说字，可热闹啦。

这年三伏天，郑重坐在画廊里热得直冒汗，正打算要洗把脸，就见店外进来一个人，一口的外地口音，说是要见郑重，郑重看看不认识，估计是出货的，便连忙客气地让座、上茶，然后轻言道：“我就是郑重，先生您——”

那人说：“噢，郑老板，您看这画怎么样。”说着，从身边拿出一个报纸包，慢慢打开，郑重一看，心里“咯噔”一下，又打量一下来人。他怎么也没想到，此人竟有我国著名山水画大师傅抱石的画《舟眠图》，这可是傅大师上世纪四十年代金刚坡时期的作品，现在市价已经开到七十万。

“野渡无人舟自横”，郑重心里嘀咕了一句，心想：自己的野渡无人画廊来了一幅《舟眠图》，难道真是天意吗？他稳了稳神，拿出放大镜，足足看了十多分钟，轻声说道：“你开个价吧？”“三十万！一分钱不多，一分钱不少！”郑重觉得这个价格不算高，为慎重起见，他再次拿起放大镜，又足足看了二十分钟，最后一拍桌子，

说“就这么定了。”接着，就取钱付钱，银货两讫。

等那人一走，郑重立即让伙计关上门，然后，开灯细看起来。他越看越高兴，当即打电话给小孙，请他来喝酒赏画。这小孙，虽然今年三十岁不到，但品画的眼光甚是刁钻，是郑重的忘年好友。没一会儿，小孙就赶来了，看过画后，也确认是真品。突然，小孙一拍脑袋，说：“郑大哥！明晚我们带画去黄城根看一个人……”

真假莫辨

第二天日落西山，郑重和小孙一起去黄城根拜访收藏界的前辈丁老，丁老可是个高人，家中专收齐白石的字画，坊间流传，像傅抱石、齐白石等人的字画，他闭着眼睛凭气味就能断明真假。可越是这样，郑重心里越不踏实，就怕自己手里的画有问题。

好不容易进了丁老的家门，客套一番之后，郑重便把画打开，移到丁老面前。

丁老看后，先是一愣，然后神情凝重地问道：“这画是从什么地方来的？”当他听郑重说了画的来历后，没吭声，又细看了一会儿画，然后把脸转向窗外。

郑重见状，心惊了，头上冒汗了。小孙也忍不住了，着急地问：“丁老，您看这画……”丁老说，是真的，但他的脸色却依然很沉重。

郑重一听急了，小孙也急了，说“丁老，您到底是什么意思？”丁老转过身说：“这画就值十万、八万，还得要碰到买主。”郑重一听，晃了几下，小孙一把扶住了郑重，然后说：“丁老，您可别开玩笑，郑大哥这么大岁

数的人了，可受不了这个。”

丁老说：“我从来不开玩笑，这事也能开玩笑？”小孙问：“那这画到底什么地方有问题？”丁老说：“这个也许你们不懂，这是揭画。”

郑重一听揭画，当时就愣住了。他听说过揭画，高手可以将一张画作一层一层地揭开，一共可揭到七层，最绝的每一层都可以独立成画。当然揭画的风险很大，如果揭不好，这画就败了，落得个一文不值。

丁老见郑重还在发愣，就接着说：“这张画是真迹，这没问题，但这是揭画，揭的是第二层，从揭的程度上来看，不只是揭了两层，看来高手出现了。”郑重一听，顿时就倒在了地上……

郑重醒来的时候，已经躺在自家的凉床上了，小孙在身边安慰说：“郑大哥，你别着急，丁老不说还能卖十万块吗？”郑重说：“这画不能卖，我要的是脸面！”

第二天，郑重就关闭画廊养病去了。

萍海寻踪

几天后，丁老竟登门拜访。他赞扬了一阵郑重注重名节、不贪钱财的品德后，叮嘱郑重千万别一生气把那画毁了。丁老说，他有办法让这画复原。他告诉郑重：他们家有祖传的揭画技术，但能揭到七层的，到他这辈只有两个人会，除了他，还有就是他的表哥钱榆。因此可以怀疑这幅画是钱榆做了手脚。

郑重急着说：“那我们还不快找他去？”丁老摇摇头说：“这老头行踪飘忽不定，很难找到他。”见郑重一脸的沮丧，又安慰道：“你放心，我会帮你找到钱榆的。”

两个多月后的一天，丁老来电，让郑重和小孙过去，见了面，丁老什么话也没说，只是给了他们一张纸条，然后就关上了门。两人一看纸条，上面写着：钱榆在沈阳宾海画廊。

郑重和小孙一商量，事不宜迟赶紧坐飞机去沈阳，不料找到沈阳宾海画廊时，钱榆已经走了，他们在画廊看到了一幅《舟眠图》，细一看和郑重手里的那幅一模一样，看样子也是揭画。他们赶紧与丁老通电话，丁老要郑重出价八万，把那幅画收下，并告诉他，快去长春，他估计钱榆一定去了长春。

郑重和小孙马不停蹄赶到长春，找了两天也没找到钱榆，但在一家画廊里又见到了一幅《舟眠图》。

郑重和小孙终于摸清了钱榆的路子，便一路跟踪追了下去，可是他们跑遍了东三省，总是见不到钱榆，却找到了六幅一模一样的《舟眠图》。

这天，丁老打来电话说：“你们回来吧，钱榆手里那张画不会出手了，他已经知道有人在收画了。告诉你们

吧，只要收到七张画，我就能让它复原，可以卖八十万。钱榆真是狠呀！他把每张揭画以三十万卖出，然后让另外一个人花十万买回来，真是太聪明了，不过，郑重，你手里的画是揭的第二张，记住了，钱榆会想方设法把你那张画搞回去的，你一定要拿住了，如果没有第二张，他就无法复原。”

郑重回到家，就等着钱榆派人来收画，可是这一等就是半年，愣是没有人问起他的那张揭画。郑重到这时，才慢慢醒悟过来，自己倾其所有花三十万买下《舟眠图》，实际上是上了人家的圈套，钱榆是绝对不会再来收回这幅画的，因为光这七张揭画他就卖了两百一十万，他根本就没有必要再冒着风险把揭画收回去。郑重坐在家门前的椅子上，思前想后，不禁老泪纵横，他打算再过个三五天就把店子转让了，然后回老家了此残生。

意外收获

这天，郑重心灰意冷地把那张《舟眠图》揭画拿了出来，打算毁掉。这时，从外面进来一个人，那人不声不响，竟大大咧咧地坐到椅子上。郑重回头一看，是个陌生人，就说：“请便吧，从今天开始，‘野渡无人’就真的无人了。”那人笑了一下，说：“我看不见得，你手里不是有件宝贝吗？”郑重一愣，说：“不要开玩笑，老朽承受不起。”那人站了起来，说：“你那幅《舟眠图》，我买下了，三十万。”郑重顿时一愣，半天才说：“我马上就要毁掉了，那是一幅揭画，不能再坑人了。”那人说：“我知道是揭画，而且是二揭。”郑重又是一愣，说“这事让我考虑一下，明天你再来吧！”

那人走后，郑重马上叫来小孙，小孙一听，说：“机会来了，你千万不要错过了！”小孙顿了顿说，“不过这画你得再多要二十万。”郑重一愣，说：“行吗？”小孙说：“这个人有可能是钱榆让他来的，我估计没问题。”第二天，那个人准时来了，当郑重开价五十万的时候，那人犹豫了一下，很快答应了，说晚上来取画。

郑重送走那人，心里这个高兴呀，他弄了两个菜和小孙喝上了。他们正喝得欢时，小孙告诉郑重，《舟眠图》已经在网上炒起来了，现在的价格已经达到了二百多万了，并说在下个月金秋画展中展出、拍卖。郑重呆了，说这绝对不可能，这幅画就是复原也要一个月的时间，何况一张还在我这里呢！小孙眼睛亮了，说“郑大哥，我明白了，这事肯定有人在后面操作，我们可以把画价再提。”郑重说：“别是什么套吧？”小孙说：“管不了那么多了，只要钱到手，再大的套也和咱们没关系。”

晚上，那人来了，他见小孙在场，

就愣了一下，什么话也没说，把两包用报纸包着的钱放到桌子上，然后坐下来。这时小孙开口了：“郑老师说画不卖了，这事太坑人，他认了，我劝到现在也劝不动。”那人又从包里拿出十万块来，说：“就这么多了。”

郑重点了点头，把画递到了那个人的手里，那人拿了画就走……

欲擒故纵

不久，郑重消失了，一个月后，金秋画展如期开展，那幅《舟眠图》成了人们关注的热点，那里是里三层外三层围了很多人，几乎都是一等一的高手，他们在品评着那幅画。小孙也凑了过去，他一看，不禁目瞪口呆，他没想到《舟眠图》竟然完好如初，根本就看不出被揭过七层。灯光也打得恰到好处，小孙再仔细看，一下就呆了，在《舟眠图》的下面，有一个小标签，上面写着此画已售，四百二十万。

就在小孙发呆时，只见丁老和一个人说说笑笑地走了过来。他听到丁老叫那人表兄，心里顿时明白过来，丁老旁边的人就是钱榆。他气坏了：原来设套的竟然是这两个人！小孙“腾腾”两步走了过去，丁老也看到小孙了，乐呵呵地把他扯到一边说：“老郑没来吗？”小孙说：“你还有脸问？你竟然拿他当托手！”丁老忙低声说道：“你跟老郑解释一下，当初那张揭画卖给了他，确是我和表兄一起合计的，不过，我们并没有坑人，我们卖了画，都是按着原价收回的。我们的目的不是赚钱。现在不是时兴炒作吗？我们是怕这揭画的手艺失传，所以特地安排这么一次炒作，现在揭画已经得到了社会认可。这次老郑受了不少罪，所以那张画我给了他六十万。老郑也挺让人敬佩

编读往来：你的问题我来答

江苏读者徐小林：我从故事中国网上看到咱编辑部在上海成功举办了第12届故事理论研讨班，真是羡慕之至！我很想参加下一届研讨班，请问有什么具体要求吗？

绿版编辑部：好的。第12届故事理论研讨班普遍反应收获很大。类似的活动，本刊迄今已成功举办了12届，研讨班因此被故事界形象地称之为“黄埔军校”。如没有特殊情况，它将一如既往地办下去。限于人力、物力，这个研讨班目前还不能满足所有的故事作者。但我们相信，只要你有志于故事创作，并有一定的创作实力和潜力（如在我们杂志上发表过若干有质量的作品、编辑手中目前还留存一定数量的故事作品），我们会邀请你参加的。还有一年的创作时间，希望在下次的研讨班上见到你！

辽宁读者沈英文：我很喜欢5月下《看谁更像海明威》，能否问一下海明威到底长得什么样？

绿版编辑部：呵呵，问题很有趣。应该说，海明威各个时期的相貌是不一样的。但根据故事人物的年龄，此时的海明威当处于壮年期，我们查了一下有关海明威的传记，海明威的形象特征是：“长得壮实，是个大胡子”。

北京读者李频：俗话说，万事开头难，故事开头有没有什么讲究？

绿版编辑部：开头的确很重要，好的开头应从起笔就能吸引读者的眼球。一般而言，故事开头有三个要求：1. 开门见山，一针见血。2. 形象引人，抓住读者。3. 定出调子，引出下文。有材料说《华尔街日报》的编辑，对作品不但要求有好的“新闻眼”，更有甚者，还要求每篇作品提供20多种开头以供选择。你不妨多试几次，然后选择一个最满意的。

（本栏目欢迎读者提供新鲜活泼、有代表性的问题，一经采用，即致薄酬。）

的，只是这最后，竟然要了这么多的钱……”小孙的火已经上来了，说：“你可真够聪明的，不过，你想过没有，揭画这个手艺从来都是骗人的，它一点好处也没有，我看你这个手艺不传也罢，省得让更多的人家破人亡！”

就在这时，进来一个人，手里捧着一大包东西，交给了丁老，丁老打开一看，竟然是三十万块钱，里面还有一张纸条：“还你三十万，我只拿了我应该拿的，不过我还是劝你，做人还是与人为善比较好，一会儿会发生一件事，算是对你的教训吧！”落款是郑重。

丁老一下冲出去，但他没找到郑重，却发现大厅里乱了起来。丁老急急走了过去，只见《舟眠图》已经慢慢龟裂成了网纹状，而且开始一点点地剥落，变得面目全非了。丁老愣了很久，突然狂笑不止，道：“归于天道，归于天道！”

画展当然关门了，《舟眠图》消失了。丁老知道是郑重弄的，他在第二张揭画上动了手脚，用画界失传几十年的“老龟寿尽”手段，毁了这个骗人把戏……

（题图、插图：黄全昌）

忠实的守候

埃克是一位年轻的美国警官，在一次抓捕持枪歹徒的过程中，他身受重伤，被枪击中多处。在抢救过程中，医生从他的身上共取出了三枚子弹，两枚是从他的心脏取出来的，另一枚取自他的头部。埃克的命是保住了，但随之而来的并发症却时刻折磨着他。

埃克出院后不久，相处三年的女友也弃他而去，他的身边只剩下一条叫波比的狗。

波比是四年前埃克在路上捡到的。那天晚上，埃克正在巡逻街道，发现了被人遗弃在垃圾筒旁的波比。那时的波比出生仅一周左右，已经奄奄一息了，于是埃克把波比带回了家。

在埃克的精心照料下，波比渐渐长成了一只健壮的猎犬。并且，波比乖巧而聪明，是埃克日常生活中的好助手。比如，它会在埃克手机铃声响时，迅速把手机叼给埃克；它会在埃克下班回家后，用爪子扒开冰箱门，叼出一罐冰镇啤酒递到埃克面前；它甚至会叼着埃克的脏衣服，一件一件塞进滚筒洗衣机里。平时，它不仅会陪埃克外出购物，而且还能负载一些较重的购物袋。

波比喜欢外出，它喜欢埃克带它到寓所附近那片空旷的河堤上飞快地奔跑，这是一天当中最令波比兴奋的事了。

但自从埃克出院后，波比的外出也随之被取消了。因为受伤后的埃克总是感到头如灌了铅一般重，胸腔里像有团火不停地灼烧着，所有行动都必须坐在轮椅上完成。行动的不便和身体的疼痛让他整日焦躁不安，更糟糕的是经常彻夜难眠，他不得不开始

服用一些催眠药物。

那天晚上，埃克服下了催眠药后躺在床上准备入睡，波比则卧在床下的地毯上发出微微的酣声。不知过了多久，埃克沉沉地睡熟了。突然，他感到一个冰凉潮湿的东西在脸上拱来拱去。他努力睁开睡眼，看到波比趴在床边歪着头看着他。

“你感到有些无聊是吗?”埃克轻轻地抚摸着波比的头说，“快睡吧!明天我陪你玩扔飞盘，好吗?”很快，波比顺从地趴在地毯上睡了。

不知过了多久，沉睡中的埃克再一次被波比推醒，他极不耐烦地推开了波比。当他再次进入梦乡时，波比竟然狂吠起来，接着扑上前，叼住他的衣袖不停地晃动着。

这一下困倦难挨的埃克真火了，他指着波比呵斥道：“滚出去!不要再闹了!”波比被突如其来的喊声吓了一跳，于是，它乖乖地走到卧室门口，面朝埃克趴在了地上。

然而，埃克再次入睡后，又被波比推醒了。这次，它轻轻地咬住了埃克的脚趾。就这样，整整一夜，埃克始终没睡上个安稳觉。

第二天上午，睡眠不足的埃克感到头部昏沉，坐在轮椅中看着电视竟不知不觉地睡着了。但每一次，波比都用不同的方式将他唤醒。

一连数日，埃克被波比搅扰得始终无法入睡。每一天醒来，他都感到头痛欲裂。“为什么?为什么你不让我安静地睡一会儿?”埃克冲着波比大声怒吼着。

可每当埃克发火时，波比却好像什么也没发生过一样，趴在地上眯着眼睛打起盹来。埃克更加生气了：“狗东西，你不让我睡，你却偷偷睡起来!”

一天，埃克见波比正在睡觉，捡起地上的一只拖鞋抛到卧室外面，然后大声地对波比喝道：“去!波比，把它捡回来。”

波比懒洋洋地睁开眼睛，头贴在地板上望着埃克。埃克加重口气说：“快去!波比，捡回来。”波比无奈地缓缓站起身，走到门口，叼起了拖鞋。

看着它那副懒懒的样子，埃克更是恼怒，他将轮椅挪到卧室门口，伸手重重地将波比关在了门外。

埃克怎么也想不通，从前乖巧的狗为什么现在变得如此让人厌烦。

“一定是因为我不带它出去散步，它才用这样的方式来报复我。”埃克越想越生气。

此时，房门外很安静，埃克猜想波比肯定是在门外睡着了。于是，他猛地拉开房门，看到波比正摇动着尾巴坐在门口，嘴里依然叼着那只拖鞋。

瞬间，埃克的心软了下来，心想和我这个残疾人在一起，对波比来说是不公平的。我明天还是把它送到宠物收容所去吧，在那里生活，它会自由和快乐些。

最后这一夜，埃克还是继续被波比用各种不同的方式唤醒。埃克强忍着怒火，安慰自己说：再坚持几个小时，天亮以后你就熬过去了。

第二天早晨，埃克忍着困倦把食盆、水罐、玩具球、飞盘等等收进一个大袋子中，然后带波比走出了家门。埃克吃力地挪动轮椅前行，而波比则很不情愿地跟在他的身后。

“波比，我们在一起五年多了，其实，我真的舍不得送你走。”埃克一边挪动轮椅，一边含泪说道，“但现在我身体不好，没力气再照顾你了，送你去收容所，在那里你也许会更快乐一些。”

走在埃克身边的波比好像听懂了主人的话一样，鼻孔里不时发出伤感的“呜呜”声……

正在这时，埃克的手机突然响起来了，电话是埃克的主治医生打来的，他说发现了一些新问题，要埃克马上到医院来复查。

没办法，埃克只好先带着波比来到了医院。主治医生看了看埃克说：“埃克，你的脸色看上去很差啊。”

“是啊，我已经很久没有好好睡着觉了。”埃克满脸倦怠地回答道。

医生拿出几天前埃克的脑部检查报告说：“你的脑部情况很不好，已经出现大脑性麻痹及多发性硬化症。刚才我检查你的鼻腔和咽喉时，发现你患上了严重的睡眠呼吸暂停症，这病很危险，你在熟睡中可能会突然停止呼吸，如果不马上唤醒你，你很可能会因心脏病发作和中风而导致猝死。”

“你搞错了吧？”埃克惊讶地问，“我睡眠中并没有什么不适的感觉啊。”

“我也感到很奇怪，你的病情如此严重，你又从没有接受过相关的治疗，竟然没有出事，真是一种奇迹。”医生说。

瞬间，困惑中的埃克明白了：原来爱犬将他从熟睡中吵醒，并不是

"报复"，而是要一次次唤醒睡梦中已停止呼吸的主人。

这天晚上，埃克被医生临时安排在观察室里监测。他的身上接了许多观测仪器的电线，以观测他入睡后的情况。

波比被医生破例安排在埃克的病房里。这一夜，埃克依然无法入睡，因为波比仍然不时地将他唤醒。

第二天早上，医生来到埃克的病房，对他说："你的监测结果出来了，昨天夜里，你共停止了15次呼吸。"

"多么可怕而惊人的数字啊！"埃克几乎惊呆了，"这足够让我死15次!"

"波比!"埃克含泪轻抚着正在熟睡的波比。听到主人的呼唤，波比立即站了起来。"不，波比，你继续睡吧，没有人会来打扰你。"波比摇了摇尾巴，舔了舔埃克的手趴下继续睡觉。

第二天，埃克正式住进了医院。医生给埃克配置了一根氧气管，以保证他在睡觉的时候调节呼吸。那天夜里，埃克笑着对波比说："波比，有了氧气管，今晚我们都可以安心睡了。"

但是半夜时分，熟睡中的埃克再次被波比唤醒了。

"怎么了，波比?"埃克刚坐起身，却发现波比从地上叼起了那根塑料管子，送到埃克的手边。原来是氧气管从埃克的鼻子中滑落到地上了。埃克不由得倒吸了一口凉气。

埃克将氧气管重新插进鼻孔里，这一夜，波比再也没有吵醒他。经过医生的精心治疗，埃克的病情逐步有了缓解。出院后，波比依然日夜守候在主人的身边，虽然此后埃克夜里时常有美梦相伴，但爱犬波比依然是埃克生命中最有力的支撑。

（**作者**：刘会敏；**推荐者**：韩明伟）

（**题图、插图**：佐　夫）

成全善良

有位妇女搀着老父亲的胳膊艰难地上了公交车。车上早就人满为患，这时一个小姑娘站了起来，微笑着对老人说："大爷，您来这里坐吧！"可那位老人却说："谢谢了，姑娘，我站站没关系，你坐吧。"

那位姑娘没想到会这样，有些尴尬，再次说："您坐吧，大爷，尊老爱幼是我们年轻人应尽的义务。"那个搀着老人的妇女似乎想说什么，但老人朝她摆摆手，说："好，好，孩子，那就太谢谢你了！"说完，慢慢走到座位前坐下，小姑娘脸上流露出笑意。

奇怪的是：那个妇女明显不高兴，似乎是在责怪父亲。

公交车继续朝前开，突然一个急刹车，那位老人"哎呀"一声，紧皱了眉头，好像强忍着身体某处的不适。

小姑娘在一旁不禁替老人暗自庆幸，亏他坐下了，如果一直站着，不知要遭多少罪。

下面一站就是医院，那父女俩下车了，巧的是小姑娘也是在这一站下车。小姑娘听到那位妇女在埋怨："爸，你也真是的，明知自己臀部有伤口，不能坐，还要坐！伤口疼了吧？"

老人乐呵呵地说："人家小姑娘一片好意！我硬是拒绝她，也许以后再遇到这样的事，她就会有顾虑了……"

是的，成全别人的善良，这何尝不是另一种善良。

（作者：李文勇）

别站在伞沿下

有一个女孩，大学毕业后，到一家大公司做销售。公司里有很多精英，而她因性格直率，经常与上司顶撞，结果第一年公司考核，女孩排在最末位，被扣了奖金和工资；第二年，女孩咬着牙好好干，而且出色

完成了任务，但年终考核下来，她仍然排在了最后面。

女孩觉得自己的处境不妙，她已陷入了一种十分被动的境地，她在公司是一个被排斥者，她努力想融入，却有一股无形的力量将她挤出来。

这一天，她和妈妈、妹妹一起上街，回家时，天空中飘起了细雨。妈妈拿出一把伞，三人相偎着慢慢回家，也许伞太小的缘故，女孩经常站到伞沿下，结果那些雨水全部浇到了女孩的身上。妈妈说："你快躲进来呀，别站在伞沿边。"

女孩突然有所顿悟，她想：自己的处境不正像三人同在一把伞下，因为伞太小了，肯定会有人被挤到伞沿下，结果那些伞面上的雨水全部浇到了自己的身上，而且三人挤在一把伞下，相互掣肘，行走十分困难。

不久，女孩向公司辞了职，进入另一家收入较低的公司。但她却在公司里如鱼得水，一年后，她就升职为销售主管，得到公司上层的器重。

如果你不能挤进雨伞中间，而只能享受头顶的雨水，那么，还不如选择离开这把雨伞，去寻找属于自己的那把伞。

（作者：陆勇强）

父亲的名片

父亲来城里不久，忽然对儿子说"把你的名片拿给我看看，改天我也去印几张。"大家都愣了，父亲印名片干啥？父亲尴尬地一笑，说"这段时间，我出去闲逛也认识了一些朋友，大家挺投缘的。可是见过面后，我就很难再遇到他们了，于是我就琢磨着大家能否相互留个联系方式，好以后常约出来玩。"

一席话，把儿子和儿媳都说乐了，儿子忙从包里取出自己的名片。孙子听说爷爷要印名片，也惊喜地从书房跑了出来。

名片上面究竟应该印些什么内容呢？一家人纷纷开动脑筋，为父亲出谋划策。儿子出主意说：“爸爸听力不好，上面应该注明，‘请对我大声说话！’”……最后，只剩下联系人一项内容需要讨论了，大家还是个个争先恐后。孙子说：“我是爷爷的独孙，应该写上我。”儿子说：“我是家里的顶梁柱，也不能落下。”儿媳也不甘落后，说：“我在外面开出租车，整天大街小巷跑，有事找我最方便。”

父亲笑呵呵地说：“一张名片，哪容得下那么多东西？我们应该抓重点、取精华，留下实用的就行了。”

于是，在父亲的要求和建议下，大家又开始了新一轮的讨论……

这张名片，不仅是老人的个人标志，更是他的护身符。因为它上面凝聚了后辈对他所有的爱和关怀！

（**作者**：英子香）

走在你身后的人

小宋和小兰恋爱的时候，总是走在小兰的身后。小兰不明白这是为什么。

婚后，小宋仍然缩头缩尾，老是走在小兰的身后。小兰问小宋：“你什么意思啊？”小宋小心翼翼地说：“你走在前面，我跟着就是了。”小兰觉得小宋缺少男人味，于是，便多了争吵。后来，小兰提出了离婚。

小兰在外租了房，小宋时不时地打来电话，问小兰有没有困难，软叽叽的样子让小兰更瞧不起小宋。

有一天，小兰生病卧床不起，身边没有其他人，她感到自己一下子很无助。就在此时，有人敲门，小兰打开门一看，竟然是小宋，只见他手里提着一包中药，说：“听说你病了，我买了一帖药，你收下吧。”小兰很奇怪，就问：“你怎么知道我病了？”小宋憨厚地一笑，说：“因为我喜欢从后面关注你啊。”小兰的心一动，怔怔地看着小宋。

后来，小兰和母亲走在一起，母亲也绕到了小兰的身后，小兰感到奇怪：“妈，走在别人的后面有什么好处呢？”“孩子，这样可以把你整个人放在眼里啊。”

小兰突然想起了小宋，心头一热，眼泪就忍不住地流了下来……

生活中，并非人人都爱走在你的身后，走在你身后的人，应该就是那个将你整个人放在眼里的人。

（**推荐者**：张志国）

（**本栏插图**：安玉民）

吹口哨的女人

伦敦有一个名叫克鲁斯的小伙子，爱上了漂亮姑娘安娜，可是因为家里穷，不能像有钱人那样，给心爱的姑娘送这送那的，于是他采取了一种独特的求爱方式，每天在安娜经过的路口等着，只要安娜一出现，他就跟在她身后，吹口哨给她听。

克鲁斯每天都吹着同一支曲子，那声音婉转优美，悦耳动听，安娜以前从来没有听到过，有一次她忍不住问起，克鲁斯就告诉她，这是自己编的曲，曲名叫“等着你，宝贝”。

安娜每天都听这支“等着你，宝贝”，听着听着，就渐渐喜欢上了，克鲁斯用美妙的口哨声打动了安娜的芳心，两人相爱了，而且不知不觉中，安娜也学会了吹这支曲子。

不久“二战”爆发，克鲁斯应征入伍，上了前线。安娜日夜思念着心上人，每天都上教堂祈祷，求上帝保佑克鲁斯平安回来。可半年后传来了坏消息：克鲁斯所在的部队打了败仗，几乎全军覆没，克鲁斯在战场上失踪了，生死未卜。

安娜承受不了这样的打击，病倒了。住院期间，有位名叫爱丽丝的年轻护士对她悉心照顾，安娜于是就将自己与克鲁斯的爱情故事讲给爱丽丝听，还每天吹“等着你，宝贝”的口哨，仿佛克鲁斯能听到似的，慢慢地，就连爱丽丝都学会了。

安娜出院后，每天吹着这支“等着你，宝贝”的口哨，到军人出没的车站码头或者酒吧去寻找克鲁斯，她相信她的克鲁斯不会死，只要一听到这熟悉的口哨声，就会来到自己身边，可遗憾的是，克鲁斯一直杳无音讯。

这天，下着倾盆大雨，天地间灰蒙蒙一片，安娜正走在大街上，突然看到前面有一个熟悉的背影。是克鲁斯？安娜激动得全身的血液都往头上涌。可克鲁斯为什么不来找自己呢？再细一瞧，克鲁斯的两只袖筒空空荡荡的，她顿时明白了，心上人是因为没了胳膊，怕拖累自己，才故意躲起来。

顿时，泪水模糊了安娜的眼睛："克鲁斯！亲爱的！"安娜充满深情地狂喊起来，不顾一切地追了上去，可偏偏这时候，一辆卡车从安娜跟前急驰而过，将她撞翻在地。

安娜被送进了医院，终因伤势太重不治而亡。临终前，安娜才知道，她那天追的那个男人，其实并不是她心爱的克鲁斯。安娜求赶来看望她的爱丽丝，一定要帮她找到克鲁斯，并告诉他：今生今世做不成他的新娘，下辈子也一定要嫁给他。

不久，士兵们出没的场所又出现了一个吹口哨的女人，她就是爱丽丝。

这天，有位过路的军官听到爱丽丝的口哨声，惊讶地问她："你吹的是不是'等着你，宝贝'？"爱丽丝眼睛一亮"没错，您以前听到过？""是的。"军官告诉爱丽丝，他指挥的部队在一次战役中救了几名被德国人围困的英军士兵，其中有一名下士叫克鲁斯，后来加入到他的部队作战。战斗间隙，他曾经听克鲁斯吹过这支曲子，因为喜欢，所以印象特别深。爱丽丝激动得跳了起来："那后来呢？"

军官说："后来由于仗打得非常激烈，部队被打散，我自己也被打昏过去，醒来时已经在战地医院里了，从此就再也没有了关于克鲁斯的任何消息……"

爱丽丝显得格外沮丧，难道克鲁斯已经不在这个世界上了？几个月后，爱丽丝所在的医院要抽调一部分医务人员上前线，爱丽丝头一个报了名，她希望能找到克鲁斯，完成安娜的遗愿。很快，爱丽丝就如愿以偿地来到前线战地医院，她一面投入紧张的救治伤员的工作，一面抓紧每一个机会向那些伤病员打听克鲁斯的下落，还深情地向他们吹起"等着你，宝贝"的口哨。

一天，医院里送来一名头部严重受伤、一直昏迷不醒的上士。据送他来的士兵讲，这个上士是他们在回队路上偶然发现的，很有可能是从德国战俘营里逃出来的，但目前无法进一步提供他的真实姓名以及其他情况。因此，医院特意指派爱丽丝对他加强看护。

几天后，上士在爱丽丝的悉心照料下终于苏醒过来，但他的情绪却十分低落，加上受伤的眼睛一时无法治愈，整天被厚厚的纱布蒙着，看不到眼前的一切，所以他动不动就发脾气找碴儿，甚至还拒绝医院对他的治疗，爱丽丝想尽办法劝他，也无济于事。

但奇怪的是，这一天当上士听到爱丽丝吹出“等着你，宝贝”的口哨时，身子突然像被子弹击中一样，一动不动，失声问道：“安娜？你是安娜吗？”

爱丽丝一听他喊出“安娜”，禁不住愣住了，难道这个人就是安娜当时日思夜想的克鲁斯？她激动不已，流着泪扑上去，紧紧抱住他，哽咽着喊道：“克鲁斯，是你吗？真的是你吗？终于找到你了！安娜……”这“安娜”两个字刚出口，爱丽丝就突然打住：此时此刻，如果把安娜已死的消息如实告知，克鲁斯能接受得了吗？

不行！一个念头在爱丽丝的脑海里闪过：反正现在克鲁斯的眼睛看不见，先瞒住他再说。于是她紧紧抱住克鲁斯，喊道：“克鲁斯，亲爱的，我就是安娜啊！”

克鲁斯显得非常激动，情不自禁地和爱丽丝一起吹起了熟悉的“等着你，宝贝”的口哨来。顿时，优美的口哨声在偌大的病房里回荡起来，几乎所有的人都屏息静听，这一刻，大家几乎都忘记了该死的战争，心中充满了对温馨浪漫的幸福生活的向往。

爱情的力量是巨大的，爱丽丝充当安娜的意外出现，促使克鲁斯从此一直很努力地积极配合医院的治疗，所以他的伤势好得很快。眼看克鲁斯受伤的眼睛马上就可以重见光明了，爱丽丝不由担心起来：克鲁斯深爱着安娜，如果当他突然发现站在面前的女人不是自己心上人时，他的精神会不会崩溃？该怎么对克鲁斯说出这一切呢？

爱丽丝悄悄找院长说出了事情的真相，她实在不愿意看到刚刚伤愈的克鲁斯马上再遭受一次更严重的精神创伤，她想让时间来帮助克鲁斯慢慢抚平这一切。爱丽丝和院长商量后决定，在克鲁斯眼睛纱布还没揭开之前，把她调往别的医院工作，离开克鲁斯。

爱丽丝来到病房，故作平静地对克鲁斯说："亲爱的，我要调动工作了，等战争结束，咱俩回到伦敦再见吧！"

克鲁斯显得出乎意料的冷静，他紧紧抓住爱丽丝的手，深情地说："安娜，请你记住，无论活着还是死去，克鲁斯的心永远和你在一起。"

听着这席话，爱丽丝泪如雨下，她克制住自己的情绪，又一次和克鲁斯一起吹起了"等着你，宝贝"的口哨，婉转美妙的曲调再一次在医院的上空回荡，歌声荡涤着人们心中战争的阴霾，大家看到的是一片和平安宁的曙光……

战争终于结束了，爱丽丝回到了伦敦。她回来要做的第一件事，就是去安娜坟前，告诉九泉之下的安娜：克鲁斯还活着。另外，爱丽丝还要鼓起勇气说出自己的心愿，那就是：她愿意代替安娜，去陪伴克鲁斯度过一生。

当爱丽丝在安娜墓前喃喃说着这一切的时候，一位英俊潇洒的英军少尉出现在她的身后。少尉凝视着爱丽丝的背影，突然吹起了"等着你，宝贝"的口哨。爱丽丝心里猛一动，回过头来，奇怪地问："请问你是谁？你认识安娜小姐？"

少尉摇摇头："不，我不认识安娜小姐，但是，爱丽丝小姐，我认识你。你还记不记得当年战地医院里那个受重伤的上士？就是我啊！"

爱丽丝惊呆了。原来这名少尉叫易康迪，战争期间曾被德国人俘虏，后来在战俘营结识了同样被俘的克鲁斯，两人成了知心朋友。克鲁斯向他讲述了与安娜的爱情，并教他吹口哨。他俩每天都吹那支"等着你，宝贝"来打发时间。后来，他俩和其他战俘一起越狱突围，克鲁斯为掩护易康迪不幸中弹身亡。身负重伤的易康迪获救被送进医院，当爱丽丝吹起熟悉的口哨时，易康迪以为她就是安娜，但他同样不忍心说出克鲁斯已经牺牲的真相，便也充当起克鲁斯来，打算等出院的时候，再将一切和盘托出。所以后来当他请求院长将真相转告安娜时，院长说出的爱丽丝所做的一切更让他震惊不已，他被爱丽丝那颗善良的心深深地打动了，并发誓等战争一结束，就立即去寻找爱丽丝，向她表达自己的爱慕之情。

易康迪缓缓诉说着这一切，爱丽丝早已泪流满面。两颗真挚善良的心，此刻紧紧贴在了一起……

（**作者**：徐　彦；**推荐者**：冯利刚）

（**题图、插图**：佐　夫）

（本栏目欢迎来稿。来稿可从邮局寄发，也可从网上传递。如为电子邮件，请发以下信箱：hangfan1102@126.com）

一只风筝如有生命，即使没有线，也能飞上天。

无线风筝

□吴宏庆

风筝传人

提起“蝴蝶坊”，徽州城里无人不知，无人不晓，它是城里最大的风筝作坊，主人叫王伯许，是个地地道道的“风筝王”。风筝王有个独子叫王长方，长得是一表人才，如今已接下了店里的招牌。

这天，城中富商李百万派媒人为女儿婉如提亲，风筝王见对方是李百万，乐得当下就应下了亲事，可儿子王长方却皱起了眉头，原来这青年早就有了意中人，但他是孝子，见父亲答应了，也只得点头默认。

两家很快就为这对新人操办了婚宴。新婚之夜，新娘婉如坐在床上等新郎为她揭开红盖布，却左等右等不见人。直到第二天天亮时，丈夫才回来，婉如忍不住哭了起来。

风筝王听说此事，气得咆哮如雷。王长方当即跪了下来，立下毒誓：“以后如不听父训，天叫我双腿残废！”可从此之后，他对新娘更加冷淡，一心一意只做他的风筝。

这天，城门上贴了个告示，说徽州城将举办风筝大赛，得胜者将进京为皇上表演。王长方听到消息很兴奋，因为能去京城为皇上表演，是一件光宗耀祖的大事。

风筝大赛的日子到了，比赛采取三局两胜，每天一局，由知府及城中中，却看到父亲也坐在院子里。父子俩无言地看着满天纷飞的风筝，甚是心酸。

这时，一阵风吹过，那只比赛用的蝴蝶风筝竟随风飘落在王长方的怀里。

王长方叹道："唉，莫非你还想要上天去？罢了，你要去便去吧！"说着，便把风筝使劲抛了出去。

只见那风筝在空中晃动着，却没有落到地上，而是被风托着一般，飞出院子，飞上天空，它在空中一边做着翻飞的动作，一边稳稳地越飞越高。

不多时，有人发现了它，惊呼道："快看，没有线的风筝！"风筝像是听到了大家的话，猛地在空中掉落下来，就在快要落地的时候，又"呼"地飞了上去。有人已经看到了它身上"蝴蝶坊"的标记，叫道："是王家的风筝，天啊，它不用线也能飞上去！"

那只风筝在空中自由地飞动，穿梭在各色风筝中间，像只美丽的蝴蝶，在花丛中翩翩起舞。很多参赛的人只顾观赏这只神奇的风筝，却忘了操作自己的风筝线，很快那些风筝就相互绞线，不多时就像中箭一般纷纷掉落下来。

青衣也看到了，她忙扯动手中的风筝线，让她的风筝飞得更高一些。

无线的风筝很快追上了青衣的风筝。青衣见状，又使出绝活，让自己的风筝倒栽下来，想摆脱它的纠缠。没想到无线风筝也滑落下来，而且速度更快，"扑"地一下，两只触角扎在了青衣的风筝上，顿时就扯出了个大口子。

青衣忙拉着线跑，想将它升起来，却哪里升得了，那风筝一头栽在了地上，再也爬不起来了。无线风筝却在离地面几尺的地方"呼"地一转身，又飞上了蓝天。在天上转悠片刻后，又飞回王家，掉落在院中……

众人跟着风筝来到王家，却看到王长方跪在一口井旁，旁边是一具湿漉漉的女尸和那只神奇的风筝。

原来刚才风筝掉下来，正好落在了井中，王长方让人去捞，却捞出了妻子婉如的尸体。想必是昨晚骂过她之后，一时想不开就投井自尽了。

可是那天青衣却为什么说婉如来找过她？还有这只无线的风筝是怎么回事呢？王长方抚着婉如冰冷的尸体，失声痛哭起来……

第二天的风筝大赛王长方夺魁，第三天也就不必再比了，因为没有人会做出比无线风筝更好的风筝来。

知府大人派人来通知王长方去京城献艺，却发现王家已经空无一人……

（**题图、插图**：王申生）

（本栏目欢迎来稿。来稿可从邮局寄发，也可从网上传递。如为电子邮件，请发以下信箱：hangfan1102@126.com）

·传闻逸事·

雌雄剑

□成　方

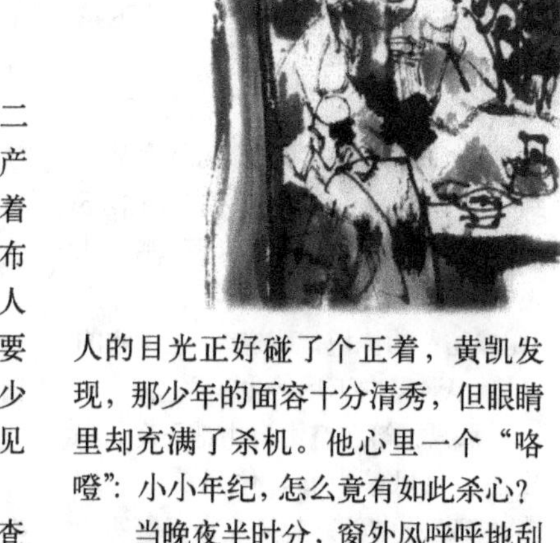

纵火疑凶

清朝末年，莱州府重镇金城接二连三发生命案：先后有几名产妇在生下孩子几天后突然被劫，接着就被抛尸郊外。经勘验，她们身上布满了道道剑痕，作案手段之残忍令人发指，然而其动机却又颇费猜疑：要说是淫贼劫色，为什么不劫那黄花少女？要说是图财害命，为什么又不见有任何勒索钱财之举？

为此，莱州府特派名捕黄凯调查此案。黄凯来到金城，入住城中心的“金城客栈”，他看中这客栈来往人多，消息灵通。

他刚踏进客栈大门，只见迎面走来一少年，身着灰布衣衫，头顶紫色方巾，肩上斜背着一只长方形紫色木匣，匣面上的紫漆已斑斑点点脱落了许多。就在他们擦肩而过之时，两个人的目光正好碰了个正着，黄凯发现，那少年的面容十分清秀，但眼睛里却充满了杀机。他心里一个“咯噔”：小小年纪，怎么竟有如此杀心？

当晚夜半时分，窗外风呼呼地刮得正紧，黄凯躺在床上翻来覆去睡不着，白天在客栈门口看到的少年那双充满杀机的眼睛老在他眼前晃。突然，他听到外面一阵骚乱声，接着就有人高喊“救火”，他“呼”地从床上跃起，抓过长剑冲出门去。

大火已经在客栈房上蔓延开来，风助火势，火借风威，客栈里乱成一没揭开之前，把她调往别的医院工作，离开克鲁斯。

爱丽丝来到病房，故作平静地对克鲁斯说："亲爱的，我要调动工作了，等战争结束，咱俩回到伦敦再见吧！"

克鲁斯显得出乎意料的冷静，他紧紧抓住爱丽丝的手，深情地说："安娜，请你记住，无论活着还是死去，克鲁斯的心永远和你在一起。"

听着这席话，爱丽丝泪如雨下，她克制住自己的情绪，又一次和克鲁斯一起吹起了"等着你，宝贝"的口哨，婉转美妙的曲调再一次在医院的上空回荡，歌声荡涤着人们心中战争的阴霾，大家看到的是一片和平安宁的曙光……

战争终于结束了，爱丽丝回到了伦敦。她回来要做的第一件事，就是去安娜坟前，告诉九泉之下的安娜：克鲁斯还活着。另外，爱丽丝还要鼓起勇气说出自己的心愿，那就是：她愿意代替安娜，去陪伴克鲁斯度过一生。

当爱丽丝在安娜墓前喃喃说着这一切的时候，一位英俊潇洒的英军少尉出现在她的身后。少尉凝视着爱丽丝的背影，突然吹起了"等着你，宝贝"的口哨。爱丽丝心里猛一动，回过头来，奇怪地问："请问你是谁？你认识安娜小姐？"

少尉摇摇头："不，我不认识安娜小姐，但是，爱丽丝小姐，我认识你。你还记不记得当年战地医院里那个受重伤的上士？就是我啊！"

爱丽丝惊呆了。原来这名少尉叫易康迪，战争期间曾被德国人俘虏，后来在战俘营结识了同样被俘的克鲁斯，两人成了知心朋友。克鲁斯向他讲述了与安娜的爱情，并教他吹口哨。他俩每天都吹那支"等着你，宝贝"来打发时间。后来，他俩和其他战俘一起越狱突围，克鲁斯为掩护易康迪不幸中弹身亡。身负重伤的易康迪获救被送进医院，当爱丽丝吹起熟悉的口哨时，易康迪以为她就是安娜，但他同样不忍心说出克鲁斯已经牺牲的真相，便也充当起克鲁斯来，打算等出院的时候，再将一切和盘托出。所以后来当他请求院长将真相转告安娜时，院长说出的爱丽丝所做的一切更让他震惊不已，他被爱丽丝那颗善良的心深深地打动了，并发誓等战争一结束，就立即去寻找爱丽丝，向她表达自己的爱慕之情。

易康迪缓缓诉说着这一切，爱丽丝早已泪流满面。两颗真挚善良的心，此刻紧紧贴在了一起……

（**作者**：徐　彦；**推荐者**：冯利刚）

（**题图**、**插图**：佐　夫）

（本栏目欢迎来稿。来稿可从邮局寄发，也可从网上传递。如为电子邮件，请发以下信箱：hangfan1102@126.com）

一只风筝如有生命，即使没有线，也能飞上天。

无线风筝

□吴宏庆

风筝传人

提起“蝴蝶坊”，徽州城里无人不知，无人不晓，它是城里最大的风筝作坊，主人叫王伯许，是个地地道道的“风筝王”。风筝王有个独子叫王长方，长得是一表人才，如今已接下了店里的招牌。

这天，城中富商李百万派媒人为女儿婉如提亲，风筝王见对方是李百万，乐得当下就应下了亲事，可儿子王长方却皱起了眉头，原来这青年早就有了意中人，但他是孝子，见父亲答应了，也只得点头默认。

两家很快就为这对新人操办了婚宴。新婚之夜，新娘婉如坐在床上等新郎为她揭开红盖布，却左等右等不见人。直到第二天天亮时，丈夫才回来，婉如忍不住哭了起来。

风筝王听说此事，气得咆哮如雷。王长方当即跪了下来，立下毒誓：“以后如不听父训，天叫我双腿残废！”可从此之后，他对新娘更加冷淡，一心一意只做他的风筝。

这天，城门上贴了个告示，说徽州城将举办风筝大赛，得胜者将进京为皇上表演。王长方听到消息很兴奋，因为能去京城为皇上表演，是一件光宗耀祖的大事。

风筝大赛的日子到了，比赛采取三局两胜，每天一局，由知府及城中知名人士评审。今天是第一局，王长方一大早就带了精心制作的风筝参加比赛。

天空风筝点点，地上人群熙攘。王长方的风筝顺着风很快就上去了，越飞越高，渐渐超过了其他人的风筝。突然，就在蝴蝶坊风筝的不远处，有一片小小的云朵在飘动，再定睛一看，却不是云，而是一只风筝，而且还是一只蝴蝶风筝，这本来是他王家的招牌啊。

王长方心中一惊，再看那风筝的飞行技巧，用的却是他王家的绝技，只是那风筝像是空中的精灵，飞得比王家的风筝还高还稳。

正在这时，那风筝忽然掉转头，一个猛子扎下来，眼看离地面越来越近了，就在要碰到树枝的一刹那，却又鬼使神差般逆风而上，渐渐跃上了天空。

观众一片喝彩声！这只风筝毫无争议地成了今天的“风筝状元”。

王长方沮丧地回到家中，老父此时已是老泪纵横，他见儿子回来了，一摆手说：“儿啊，快去把那人找来，我要向人家拜师学习！”

头牌歌妓

实际上，王长方不用找也知道那风筝的主人是谁了：他的意中人青衣姑娘。

青衣是长乐楼的头牌歌妓，过去王长方与青衣相识时，为博美人一笑，曾把祖传的绝活告诉过她。谁知道她竟然留了心，不仅学会了，而且比他做得还好！

这下，王长方心里很是矛盾，其实他也很想念青衣，想去见她一面，但是他又想起了自己的毒誓……

婉如却不知丈夫的心思，见王长方愁眉不展的样子很是心疼，便安慰他：“输了一场没什么，还有两场再比回来啊。”

王长方听了火冒三丈：“我的事不要你管！若不是因为你，青衣便不会恨我，也不会用我教她的手艺与我比赛！”

婉如是个聪明人，一听就知道是怎么回事了，便委屈地哭了起来：“你既然喜欢青衣，为什么又要娶我？”

“还不是因为你家来提亲，我有什么办法？”

婉如“哇”地扑在桌上伤心地哭了起来，第二天一早她就不见了踪影。王长方以为她回了娘家，也就没有放在心上……

王长方一番梳洗后，却没有去赛场，而是径自来到了长乐楼的门口。他望着门前高挂着的红灯笼，深吸了一口气，一咬牙走了进去。

青衣像是知道他要来一样，也没有去参加比赛，见他进来，哈哈笑道：“你果然来了，你可知我等你很久了？”

"等我？你知道我会来？"

"如果不来，你也就不是蝴蝶坊的传人了。你知道我为什么要参加这次风筝大赛吗？"青衣告诉他，这几年来，多少富家子弟信誓旦旦地要来赎她，可她一个也没有答应，她只等着王长方能兑现诺言娶她过门，然而誓还在，情已薄……

前些日子，她听说徽州城要举行风筝大赛，知道王长方一定会参加。于是，她就用王家的手艺，结合自己的心得，专心做了青衣风筝，要在这次风筝大赛中打败他！

说到这里，青衣又说："我知道你父亲的脾气，比赛输了之后，他一定会逼着你来取经的。只不过没料到，你为什么要先叫老婆来探路呢？"

王长方一脸惊诧："婉如来过这里？"

青衣说"对，昨天晚上她跪着求我，可是她也不想想，我会答应吗？"说到这里，她忿忿地说，"你真不是男人，自己不敢来，竟然要女人来求我！"

王长方心中一惊，想起结婚以来自己对妻子的态度，以及妻子对自己的忍辱负重，心中不免有些触动。他长叹了一口气，抬眼望着青衣说："我知道我对不住你，可我确实有难言之隐，希望你看在过去的情分上，能到我家中见见我父亲。"

青衣"咯咯"怪笑起来，说："你发过毒誓的，踏入长乐楼便要断了双腿，誓言不守，怎么可以做男子汉大丈夫，还是我帮帮你吧！"

说着，冲门外大喊道："来人！"话音刚落，就见从门外冲进来几个彪形大汉，二话没说，将王长方按倒在地，只听"喀嚓"一声，王长方一声惨叫，便晕死过去……

冰心化蝶

王长方醒来时已经在家中了，风筝大赛正在进行，但他已经不可能再去参加了。王长方让家人把他扶到院

中，却看到父亲也坐在院子里。父子俩无言地看着满天纷飞的风筝，甚是心酸。

这时，一阵风吹过，那只比赛用的蝴蝶风筝竟随风飘落在王长方的怀里。

王长方叹道："唉，莫非你还想要上天去？罢了，你要去便去吧！"说着，便把风筝使劲抛了出去。

只见那风筝在空中晃动着，却没有落到地上，而是被风托着一般，飞出院子，飞上天空，它在空中一边做着翻飞的动作，一边稳稳地越飞越高。

不多时，有人发现了它，惊呼道："快看，没有线的风筝！"风筝像是听到了大家的话，猛地在空中掉落下来，就在快要落地的时候，又"呼"地飞了上去。有人已经看到了它身上"蝴蝶坊"的标记，叫道："是王家的风筝，天啊，它不用线也能飞上去！"

那只风筝在空中自由地飞动，穿梭在各色风筝中间，像只美丽的蝴蝶，在花丛中翩翩起舞。很多参赛的人只顾观赏这只神奇的风筝，却忘了操作自己的风筝线，很快那些风筝就相互绞线，不多时就像中箭一般纷纷掉落下来。

青衣也看到了，她忙扯动手中的风筝线，让她的风筝飞得更高一些。

无线的风筝很快追上了青衣的风筝。青衣见状，又使出绝活，让自己的风筝倒栽下来，想摆脱它的纠缠。没想到无线风筝也滑落下来，而且速度更快，"扑"地一下，两只触角扎在了青衣的风筝上，顿时就扯出了个大口子。

青衣忙拉着线跑，想将它升起来，却哪里升得了，那风筝一头栽在了地上，再也爬不起来了。无线风筝却在离地面几尺的地方"呼"地一转身，又飞上了蓝天。在天上转悠片刻后，又飞回王家，掉落在院中……

众人跟着风筝来到王家，却看到王长方跪在一口井旁，旁边是一具湿漉漉的女尸和那只神奇的风筝。

原来刚才风筝掉下来，正好落在了井中，王长方让人去捞，却捞出了妻子婉如的尸体。想必是昨晚骂过她之后，一时想不开就投井自尽了。

可是那天青衣却为什么说婉如来找过她？还有这只无线的风筝是怎么回事呢？王长方抚着婉如冰冷的尸体，失声痛哭起来……

第二天的风筝大赛王长方夺魁，第三天也就不必再比了，因为没有人会做出比无线风筝更好的风筝来。

知府大人派人来通知王长方去京城献艺，却发现王家已经空无一人……

（题图、插图：王申生）

（本栏目欢迎来稿。来稿可从邮局寄发，也可从网上传递。如为电子邮件，请发以下信箱：hangfan1102@126.com）

·传闻逸事·

雌雄剑

□成　方

纵火疑凶

清朝末年，莱州府重镇金城接二连三发生命案：先后有几名产妇在生下孩子几天后突然被劫，接着就被抛尸郊外。经勘验，她们身上布满了道道剑痕，作案手段之残忍令人发指，然而其动机却又颇费猜疑：要说是淫贼劫色，为什么不劫那黄花少女？要说是图财害命，为什么又不见有任何勒索钱财之举？

为此，莱州府特派名捕黄凯调查此案。黄凯来到金城，入住城中心的“金城客栈”，他看中这客栈来往人多，消息灵通。

他刚踏进客栈大门，只见迎面走来一少年，身着灰布衣衫，头顶紫色方巾，肩上斜背着一只长方形紫色木匣，匣面上的紫漆已斑斑点点脱落了许多。就在他们擦肩而过之时，两个人的目光正好碰了个正着，黄凯发现，那少年的面容十分清秀，但眼睛里却充满了杀机。他心里一个“咯噔”：小小年纪，怎么竟有如此杀心？

当晚夜半时分，窗外风呼呼地刮得正紧，黄凯躺在床上翻来覆去睡不着，白天在客栈门口看到的少年那双充满杀机的眼睛老在他眼前晃。突然，他听到外面一阵骚乱声，接着就有人高喊“救火”，他“呼”地从床上跃起，抓过长剑冲出门去。

大火已经在客栈房上蔓延开来，风助火势，火借风威，客栈里乱成一

片，女人哭，男人叫，大家纷纷自顾夺路逃命。黄凯手执长剑，正考虑该怎么办时，突然隐隐闻到大火中夹带着一股煤油味。难道有人纵火？黄凯的目光不由自主地移向了客栈东头，因为他临睡前已注意到，那少年就住在客栈东头的厢房内。

大火已经烧到了东头厢房的屋顶，可厢房门却依然紧闭，不见里面有任何动静。黄凯飞身蹿去，一脚把房门踹开，只见一股浓烟顿时滚滚而出，黄凯急忙用手一挡，就在这时候，厢房的窗户突然“砰”地开了，一个黑衣蒙面人贴窗飞出。黄凯伸手去抓，谁知对方身子一溜，躲开黄凯的同时，却反手扣住了黄凯的手腕。仅仅这一个照面，黄凯就感觉到了对方的厉害，当下抖擞精神，使出浑身解数，与那黑影较量起来。

黄凯无法看清蒙面人的面孔，但凭着对方的身材以及肩上背着的长方形木匣，他觉得这蒙面人应该就是那少年无疑。没想小小年纪竟有如此功夫，黄凯心里不得不叹服。不过这少年看来无心恋战，他使出一招“叶底偷桃”直奔黄凯裆部，趁黄凯抽剑去挡的时候，中途又改成“黑虎掏心”的架势，把黄凯击倒在地，然后一个腾身悠然而去。

黄凯躺在地上，眼瞅着少年远去的背影，心里真是又恨又感叹：这少年的功夫，决非一般啊！正感慨间，他耳旁突然传来一声凄厉的呼喊：“救命啊，救命！”抬眼一看，发现大火已经烧到了客栈老板女儿住的绣楼，喊“救命”的正是老板的女儿。黄凯顾不得自己的伤痛了，挣扎起身子，踉踉跄跄地就向绣楼扑去……

新仇旧恨

就在黄凯扑向绣楼的同时，一个身影犹如一只轻捷的燕子，突然掠过他的头顶，几乎是踏着烈火飞身上了绣楼。黄凯惊呆了：看这背影，不是那少年是谁！这到底是一个什么样的人呢？黄凯心里涌起阵阵谜团。

转眼间，那少年已挟着老板的女儿落在了黄凯面前，黄凯发现，此时少年脸上布满了自责的神情，握紧拳头，悔恨地说：“没想到我刚来这里，就引出如此大祸。唉，今晚我真不该出去，要能够趁机把这个放火的恶贼擒住，那该有多好！”

黄凯冷笑一声：“你别装了，谁放的火自己心里清楚，用不着在这里演戏！”

那少年听黄凯这么说也不生气，微微一笑道：“原以为府里派来的名捕有多么神通广大，却原来也是一个有眼无珠的货色。”

黄凯脸一红：“此话怎讲？”

少年说：“你一定以为我就是放火的恶贼。是的，我和他的身影非常

相像，可我们完全不是一路人！我要真是放火的恶贼，我为什么现在还要回来？不过……”少年转而对客栈老板说，“老板，不瞒你说，这场祸确实是因我而起，所以你放心，我自然会给你一个交待。”

黄凯瞪大了眼睛：“因你而起？他和你的身影相像？这么说，你知道放火的人是谁了？”

“那当然，我本是要来擒拿恶贼的，没想让他盯住了我的行踪……”少年正说着话，一支雕翎镖不知从何处“啪”地打过来，直奔他的面门。少年不慌不忙伸手一接，只见镖上插着一张纸，上面歪歪扭扭地写着：明晚二更天云峰山上决一死战。

黄凯问少年：“他就是放火之人？”

少年点点头：“哼，来得好，我正好新仇旧恨一起算了！”

黄凯听出少年话里有话，试探着追问道：“你是说，放火和产妇命案，是一人所为？”

少年一脸悲愤，忍不住向黄凯讲起了自己的身世。

这少年姓韦，名佩弦，父母乃当年江湖上赫赫有名的雌雄剑夫妇。十八年前，佩弦母亲被杀，雌剑被夺，佩弦父亲悲痛不已，当即携雄剑退出江湖，不久就郁郁而死。临终前，父亲把雄剑交给儿子佩弦，含恨叮嘱道：“记住，雌剑重现江湖之日，便是你为母亲报仇之时。”佩弦含泪葬了父亲，心里暗下了报仇的决心。十多年来，他一直隐居深山，潜心苦练剑术，等待时机，直到最近得知城里接连发生产妇命案，佩弦料定雌剑即将重现，报仇的机会终于要来了，这才下得山来。

黄凯对佩弦的话越听越糊涂：为什么产妇命案出现，就一定预示着雌剑要重现呢？

佩弦轻声给黄凯解释说：“家父临终前告诉过我，江湖中有句传言，即所谓‘剑以血溅，溅血越多，剑越锋利’的说法，这其实就是针对雌雄剑而言的。雌剑要重现江湖，必定要以女人之血以溅剑锋，而女人血中尤以产妇之血为最。所以对产妇命案，外界觉得离奇，我却心知肚明。只是让我始料不及的是，我才刚住进客栈，就被这恶贼盯上了行踪，恶贼一定是想放火引开我，趁机盗走我的雄剑。赶巧的是我夜半突然出了门，躲过了此劫，只是这场大火让大家受难了。”

黄凯这才明白了事情的来龙去脉。他思索了一阵，问佩弦：“你明天去云峰山和那小子较量，有必胜的把握吗？”

佩弦摇摇头：“雌剑已用血溅过，而雄剑则要以壮士之血溅之，才能力克雌剑，而我不能以这个理由去滥杀无辜啊！能不能胜他我现在心里没底。不过我会誓死一搏，恶贼毕竟作恶多端，他心里虚得很呀！”

黄凯点点头，拍拍佩弦的肩，说“明天我和你一起去！”

“不！”佩弦一把推开黄凯，“此去凶多吉少，再说你又有伤在身……”

“不行！”黄凯拉起佩弦的手，“捉拿凶犯是我分内之事，我虽不才，总可以多个帮手……”

黄凯诚恳的目光，终于让佩弦改变了主意。

决一死战

第二天，到了约定的时间，佩弦和黄凯准时来到云峰山。只见树林中“刷”地惊起一片野鸟，紧接着，一个头戴斗笠、肩背木匣的弯腰乞丐向他们走来。佩弦一阵冷笑：“别装了，还是快快现出你的原形吧！”对方果然一阵长笑：“韦少侠，好眼力！”说着挺身掀了斗笠，黄凯一看，竟是一位满脸凶相的和尚，身材倒确实和韦佩弦相差不多。

仇人相见，分外眼红！佩弦和凶和尚迅速解匣抽剑，怒吼着向对方刺去。道道寒光在黄凯跟前闪过，和尚执雌剑，闪出的是青光，佩弦执雄剑，闪出的是白光。激烈的打斗中，白光渐渐减弱，青光却越来越强。

黄凯情知不妙，正要拔剑相助，只见白光和青光刹那间碰撞在了一起，“当啷”一声，声音显得异常清脆，然后白光被青光弹了出去，顷刻之间，佩弦重重地摔在了黄凯的脚边。

“佩弦！”黄凯惊叫了一声，挥剑就向凶和尚扑了上去，那凶和尚根本就没把黄凯放在眼里，身子一弓，一掌打在黄凯的背上，接着仗剑就奔黄凯的头部刺来。佩弦急得一个挣扎从地上跳起来，一只手死死用雄剑抵住凶和尚雌剑的剑锋，另一只手抓住黄凯的衣服，硬是把他拉了回来。

凶和尚放声大笑："韦少侠，难道你爹临死前连剑要以血开锋都没告诉过你吗？真是老天保佑啊，你这把雄剑我盼了十八年，今天终于要到我手啦！"

佩弦一听凶和尚说"十八年"，心中的复仇之火一蹿百丈高！为了给父母报仇，十八年来他何尝不也盼着这一天？他怒目圆睁，两眼瞪着凶和尚……

以往传说中的雌雄剑，今天竟是这样神奇而惨烈地出现。现在雌剑已落入凶和尚之手，如果再得雄剑，那么他以后必将横行江湖，后果不堪设想。想到这里，黄凯头上渗出阵阵冷汗。

此刻，凶和尚的笑声更加放肆："韦少侠，我可是有备而来的，你就乖乖等死吧！"佩弦的牙齿咬得"格格"响："你这个恶贼，休得做梦，我今天就是死也不会把雄剑留给你！"说着，挣扎着身子又要扑上去。

黄凯一把拉住了他："佩弦，你先杀了我，用我的血溅你雄剑的剑锋，再和他决斗。"

"你？！"佩弦惊愕地盯着黄凯。

"佩弦，没有时间了，赶快动手吧！能为你的父母和那些死去的百姓报仇，我黄某又何惜一具躯体？"黄凯说这些话的时候，神色非常坦然。

凶和尚一听黄凯这话，脸色霎时变得惨白，挥起雌剑就大喊着冲了过来。

黄凯急了，猛地抓住佩弦的手，把雄剑捅进了自己的胸口。顿时，一股股红的鲜血沿着雄剑的剑锋汩汩地流了出来，壮士的热血把剑锋染得鲜红。

佩弦和凶和尚都被黄凯的举动惊呆了。

黄凯欣慰地笑了："佩弦，我相信你……"话没说完，他已经微笑着闭上了眼睛。

"黄大侠——"佩弦惊天动地一声喊，他怒目瞪着凶和尚，"呼"地从黄凯胸口抽出雄剑，发疯般地向凶和尚直刺而去，那剑锋冷气森森，寒光逼人。

直打到天色微明，青气终于渐渐减弱，而白光却越来越锐利。最后，猛听得"咔"的一声，青气被划为两段，而白光却直射对方的头顶。凶和尚跪拜在地，连连向佩弦告饶："韦少侠，饶命！饶命啊！"可是已经来不及了，白光从凶和尚的头顶直插了下去！

随后，佩弦举起手中的雄剑，猛地把它折为两截，扔进了无底的深渊。他急步来到黄凯身旁，俯下身，轻轻地抱起这位壮士……

（**题图、插图**：黄全昌）

（本栏目欢迎来稿。来稿可从邮局寄发，也可从网上传递。如为电子邮件，请发以下信箱：hangfan1102@126.com）

康妮的邀请书

□唐雪嫣

真相只有一个!

怀才不遇

科尔出身豪门,从小就痴迷音乐,二十岁出头,已经是巴黎小有名气的钢琴家。和别的艺术家不一样,科尔还特别爱财。

这一年,科尔的父亲去世了,他伺机向弟弟比尔发难,企图独占亿万家财。没想到,弟弟比尔早有准备,科尔打输了官司,只得了300万法郎,就被扫地出门。

科尔离开巴黎,来到世界音乐之都维也纳,他设想得很美,只要在音乐界混出名堂来,就不愁赚不到钱。然而,意想不到的是,一晃十年过去了,他依旧一事无成。

这天,科尔怀着一肚子牢骚来到一家小酒吧,要了杯酒慢慢喝着,恰在此时,一阵琴声悠悠响起。

科尔回头望去,只见一个小伙子正在台上弹奏钢琴。在维也纳这座城市,有无数带着梦想而来的年轻人,大多默默无闻,潦倒一生。科尔也不在意,自顾自想着心事。可不知不觉中,他竟被小伙子的琴声吸引住了。

科尔知道,这个小伙子的技法或许还不够炉火纯青,但琴声里流淌出来的那股灵性,表达出来的那种意境,却是无数音乐家穷其一生也无法达到的。待小伙子演奏完毕,科尔便急不可耐地走上前,拍拍手说:“小伙子,弹得不错哇!你还有其他曲子吗?”

小伙子抬起头,见有人欣赏他,

便兴奋地说："有，有！我有一首致我女朋友康妮的钢琴曲，不过——"见小伙子犹豫，科尔忙接过话茬，说："不要紧，你尽情地弹吧，酒吧老板是我的好朋友。"

小伙子说声"谢谢"，向科尔恭恭敬敬地鞠了一躬，然后转过头去，向酒吧一角点点头。

科尔顺着小伙子的视线望去，只见酒吧西北角有个女郎，身材火辣，浑身带着一股桀骜不驯的野性。她见科尔望过来，也微微点头示意。

小伙子开始弹奏起来。琴声舒缓，带着无尽的缠绵爱恋，好像在诉说着一个美好的爱情故事。到了后来，隐隐流露出淡淡的忧伤。更令科尔惊讶的是，听着耳边的乐曲，他仿佛看到了蓝色的多瑙河，看到了河里起伏的波浪。

科尔沉浸在那种美好的感觉里，直到一曲终了，他才缓缓睁开眼睛，情不自禁地鼓掌拍手。小伙子说："我叫迈克，是为了实现音乐梦想，才带着康妮来到这里的。这支曲子是我在多瑙河畔，在康妮的低语里，在悠悠的流水声中创作出来的。"

科尔内心震撼不已，迈克太厉害了，他竟能把心里的爱和眼中的事物，都融会到他的乐曲里，并且能让人们清晰地感觉到。科尔来到维也纳这么多年，还没有遇到过这样的天才呢。

心怀鬼胎

突然，科尔的心里升起一个念头，他装作若无其事地说："迈克，你很有天分，不过，为什么要在这种地方演奏呢？时间久了，它会磨灭你的灵气啊。"

迈克听后，神情有些黯然，他告诉科尔，本以为来到维也纳，能凭借自己的才华出人头地。可是一番闯荡下来，才知道并不是那么简单。以他这样没有名气没有背景的人，人们根本不给他机会。这也是他的乐曲里蕴含忧伤的原因。为了生活，他不得已在酒吧找了份临时工作。

科尔大喜过望，心想，以迈克的状况，哪怕自己向他甩出空鱼饵，他都会上钩的。科尔故意沉默了一会儿，然后轻描淡写地说："真不忍心看着你这样有前途的年轻人沉沦下去，我倒有个提议，你可以和你的女友住到我家里，集中精力创作音乐。或许你不知道，在音乐界我有很多有实力的朋友，我会帮你寻找机会的！"

迈克感动极了，不住口地向科尔道谢。当天，他便和康妮来到科尔家里。

经过更深的交流，科尔肯定了自己的判断，迈克绝对是一个有潜力的人。不过，他目前的实力还不足以震惊世界。因为，他缺少艺术创作所需要的感情力量。那种力量，只能在情绪的爆发和突破中产生。

其实，科尔根本就不想把迈克引见给任何人，更不想给他任何机会。因为，他想借助迈克，完成自己的梦想。但他不能等，而应该“帮助”他完成灵感的升华。科尔苦思冥想了好几天，终于，一个大胆的计划出炉了。

科尔有三辆车，他把其中的一辆红色跑车赠送给迈克使用。但迈克潜心于创作，几乎没有时间用到这部车，倒是康妮经常驾车出去兜风。

这个漂亮的女孩儿喜欢飙车，体会速度的快感。一次，科尔在和康妮聊天的时候，故意露出口风，说有一条山路，是飙车者的极乐世界。

说者有心，听者也有心，康妮第二天就驾车赶到那里去玩，她没有想到，在极速飞驰的时候，刹车突然失灵，车子翻倒了，康妮身受重伤。当科尔和迈克闻讯赶到医院的时候，康妮已经断了气……

迈克抱着康妮的尸体，哭得死去活来，他失去的不仅仅是康妮，还有她肚子里两个月大的孩子。科尔也装作满脸悲伤的样子，帮助料理完康妮的后事。

然后，科尔安慰迈克说：“不要悲伤，我的朋友，康妮在天国里面，也不希望看到你一蹶不振。如果你真爱她，就用你的成功来报答她吧，完成你未竟的梦想，让她在天国里为你骄傲。”

迈克不知道科尔的用心，反而对他感激不已。从此，迈克全心投入创作中去，决定要让音乐成为康妮的安魂曲。于是他把自己关在屋子里，整整呆了一个月，谁也不见，屋里不时传来断断续续的琴声。

等迈克步伐踉跄地走出房间时，只见他的眼窝深陷，眼中布满血丝，人都瘦了一圈，像变了个人一样……

天堂之唤

科尔见迈克出来，忙问：“怎么样？曲子写好了吗？”

迈克无力地点点头：“是的，我终于写完了这首曲子。只是，它还没有

名字。我希望你，我的恩人，能做这首曲子的第一个听众，并且帮我为这首曲子命名。”

科尔答应了，他取出一瓶早已备好的红酒，兴高采烈地说：“我相信，这首曲子必将震惊世界。等我听完你的曲子，就让我们庆贺一下，来告慰康妮的在天之灵。”

迈克不禁苦笑一声，缓缓地坐下，手指按上了琴键。

科尔闭目聆听，只觉得琴声似乎带着一种神秘之感，好像从幽深的地下传来，仿佛被抛弃的婴儿无助的哭泣，又好像是失去孩子的母亲撕心裂肺的呐喊，曲子是那样的悲伤。科尔的心里，不由得泛起一股浓浓的哀伤之情。

迈克五指如飞，蓦地，乐曲的节奏开始风云变幻，这一次，科尔的眼前浮现出他父亲临终前的样子，父亲告诉他，要和弟弟比尔相亲相爱，可是，自己却丧心病狂，妄想霸占全部家产。可比尔也不是什么好东西，根本就不顾念手足之情，只给了他区区300万，逼迫他流离失所，弄得他在维也纳打拼多年，也没能实现音乐巨人的梦想……

生命如此痛苦，活着还有什么意思？科尔的眼泪爬满了双颊，他只觉得万念俱灰。

终于，迈克的演奏结束了。科尔睁开眼睛，直勾勾地望着迈克，木然地说：“迈克，你成功了！不过这种成功令人窒息，令人绝望。如果你不反对的话，我建议这首曲子叫做《康妮的邀请书》。因为听了它，我好像听到天堂的呼唤。”说完，科尔拿起那瓶红酒，一口气灌了下去，然后慢慢地倒在了地上……

原来，这瓶红酒有毒，本来是科尔给迈克准备的。只要这首曲子是惊世之作，迈克的使命就完成了。他准备杀死迈克，独占这首曲子，借以完成多年来的愿望。

可科尔没有想到的是，迈克确如他所想的那样，把所有的悲伤都化作了灵感，有如神助一般，创作出了伟大的作品。只是，这首悲伤的曲子让人感同身受，让听者不能自已。科尔首当其冲，被引发了内心深处的绝望，他无法抵抗这种魔力，于是饮下毒酒自尽。

而迈克经过一点一滴的创作历程，已经把那种悲伤化作了生命的一部分，反而没有像科尔一样产生自杀的念头。

望着科尔的尸体，迈克百思不得其解，他不知道，他呕心沥血创作的曲子，竟然无意中为自己的女友康妮报了仇……

（**题图**、**插图**：佐　夫）

（本栏目欢迎来稿。来稿可从邮局寄发，也可从网上传递。如为电子邮件，请发以下信箱：hangfan1102@126.com）

·中篇故事·

一份来自未来的报纸提前宣判了死亡的日期，相关的预言一一兑现，死神的脚步声响起来了……

死亡通知书

□ 刘鹏程

1．奇怪的患者

杜克是临江市人民医院心脏科的主治医师，由于他首创的“杜氏疗法”，吸引了海内外的心脏病患者，因此刚过四十的杜克，在全市几乎无人不晓，自然也就成了这家医院的一块金字招牌。

杜克现在的事业如日中天，忙得很长时间没有陪女儿出去玩了，气得女儿一见到他，就小嘴撅得老高。这天，他好不容易盼来了空闲假期，准备陪妻子和女儿去野外郊游，以弥补一下自己的亏欠。

正当杜克忙着收拾东西准备出游时，门铃却突然响了起来。开门一看，竟是医院的张院长，在他身后还站着一个陌生的年轻人。张院长突然登门，这让杜克感到十分意外。倒是张院长开门见山：“杜医生，我先介绍一下，这位年轻人叫凌宇，刚从美国留学回来，是欧阳震天的公子。”

说到欧阳震天这个名字，在临江市可谓是声名显赫。他创办的震天集团财势雄厚，曾多次资助公益事业，单单欧阳震天五十岁生日的那天，一下子捐助一百名失学儿童的大手笔，便已经让杜克又敬又畏了。不过，自己和欧阳老先生却毫无关系呀！

看到杜克一脸疑惑，凌宇赶忙开了口：“是这样的，家父近些日子，身体每况愈下，他又十分迷信，根本不

肯到医院求诊，每次身体不适，他总是请几个著名医生上门会诊。这次，经我好说歹说，他才总算松了口，同意到医院接受治疗。我在国外，早就听说杜克医生的大名，所以特来登门拜访。”杜克听了，想起这些天的郊游计划，本想张口回绝，但看到站在一旁满脸期待的张院长，杜克只得点了点头。

两人离开后，杜克一脸歉意地望着女儿，女儿小嘴一撅，转身跑回了自己的房间，他只好求助地望着妻子。一向善解人意的妻子笑了笑说：“你去忙吧，女儿的思想工作交给我。”杜克的妻子叫唐希，是报社记者，她能抽出一天时间去郊游也很不容易，现在郊游作罢，她却毫无怨言，这多少让杜克有些欣慰和感激。

等杜克匆忙赶到医院，已经是中午时分了。他快步走进了特护病房，这病房的落地大窗，正对着曲折蜿蜒的东江，有山有水，风景如画，微风轻吹，环境幽雅。杜克进入病房，仔细打量了一下躺在病床上的欧阳震天。只见他双鬓挂霜，神态显得有些疲倦，但是眉宇间仍然透着一股威严。不知为什么，这种目光竟然让杜克有些不寒而栗。

欧阳震天似乎不太欢迎杜克，一副爱理不理的样子，杜克只简单地询问了几句病情之后，病房内便沉默了。站在病床前的凌宇一见这情况，赶忙过来招呼：“杜医生，家父的病，就全拜托杜医生您了。”杜克扫了一眼凌宇，心想：欧阳震天唯一的儿子怎么姓凌？不过这疑问只是一掠而过，随即他微笑着说：“我们医生的天职就是救死扶伤，我一定竭尽所能。”凌宇听了这几句话，若有所思地点了点头，而欧阳震天只是望了望杜克，又望了望凌宇，一句话也没说，却把头扭到了里侧。杜克见了，心说：看来父子俩的感情并不是十分融洽呀！

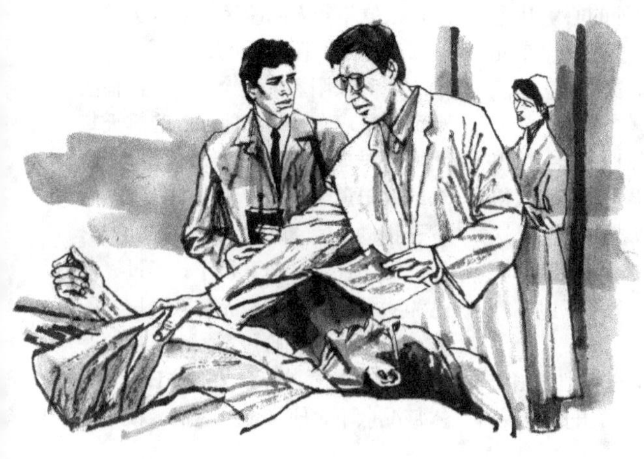

杜克和凌宇说了几句客套话后，正准备抽身退出病房时，欧阳震天却突然发话了：“杜医生，麻烦你每天给我两粒安眠

药。”杜克一愣：“安眠药？可是，你的心脏病，根本不能……”但欧阳震天又把头转向了里侧，不再理会杜克的话，这让杜克十分尴尬。凌宇朝杜克点了点头，示意他只要照做就行。杜克从来没见过如此霸道的患者，差点摔门而去，但他还是努力克制住了自己的情绪，很有礼貌地退出了病房。

杜克离开后，凌宇似乎有些不满：“爸，你刚才……也太过分了吧？”欧阳震天粗暴地吼道：“你不要管，你只要把公司管好，其他的事你都不要插手！”凌宇一听这话，瞪着红红的眼睛说：“公司，公司，在你的心里全部都是公司，难道就没有一些其他的东西？”看到儿子竟敢顶撞自己，欧阳震天愤怒了：“你出去，我不想看到你！”紧接着，便是凌宇摔门而出的声音。

欧阳震天的病确实不轻，但在杜克的精心治疗下，欧阳的病情不但日渐好转，连他的脾气也渐渐地好了起来，常常和杜克有说有笑，而凌宇，却很少来医院，即便是偶尔来一次，也是匆匆而来，匆匆离开。关于欧阳家族的家事，杜克也多少有了一些耳闻，至于更具体的缘由，杜克也不得而知，也不便细问。他只是觉得，原来家家有本难念的经，连赫赫有名的欧阳家族也有烦心事儿。这么一想，杜克不由得暗自庆幸自己家庭的温馨，想起心爱的妻子，可爱的女儿，杜克心中不由涌上一股喜悦和满足。

这天，杜克像往常一样来到欧阳震天的床前，简单地帮他做了全身的检查之后，欣慰地对他说：“欧阳老先生，恭喜你啊，你的身体一切正常，各方面都恢复得很好。如果不出什么意外的话，相信很快就能出院了。”欧阳震天只是笑了笑，而站在一旁的凌宇倒有些意外地问：“杜医生，你是说家父的病，很快就能出院？”杜克一脸欣喜地点了点头。可是凌宇却没有想象中那么开心，刹那间他的脸色变得苍白，随口“哦”了一声，便走了出去。

2. 神秘的包裹

这天是星期天，杜克正在家里休息，门铃忽然响了起来。杜克开门一看，是一位邮递员站在门口：“请问你们谁是杜克先生？这里有他一个包裹。”杜克感到诧异，虽说以往也曾经有过患者寄来一些譬如土特产之类的东西，但杜克从不接受患者的礼物，患者寄来的东西，他总会原封不动地退回去。更何况，杜克的家庭地址是保密的，怎么会有人直接把东西寄到家里来呢？带着种种的疑惑和不解，杜克接过包裹，回到里屋，他要看一个究竟。

包裹不大，里面只有一张破报纸

和两张照片。一张照片上是一辆墨绿色的本田轿车，停在一处墓园的门口；另外一张照片则是一家专营店的特写，门口是几只舞狮，场面非常热闹，显然是一家刚开业的新店。再看报纸的顶部却写着“天国的召唤”五个隶书大字。杜克手捧着这几样东西，不由感到丈二和尚摸不着头脑了：“这是什么意思？怎么会有人寄来这几样莫名其妙的东西？”

杜克的眼光不由又落在那张破报纸上，《临江晚报》，那是自己再熟悉不过的报纸，杜克曾经化名“风语”，在上面发表过多篇文章，但他实在搞不懂寄张报纸有何用意。但当杜克看到报纸的标题时，他的脸色顿时变得惨白。报纸上的消息不多，但是大标题上却清楚地写着《著名医生杜克先生，今日凌晨离奇死亡》。他一下子明白了“天国的召唤”这句话的含义。杜克当然不会随便相信这些鬼神之说，他努力使自己平静下来，自我安慰道：“也许只是某些人的恶作剧吧。”可当他看到报纸的出版时间时，他再次愣住了，报纸是三月十号的，而今天，才刚刚二月十号，也就是说，这是一份一个月后的报纸，是一份来自未来的报纸。

这一天，杜克是在神情紧张迷茫中度过的。等到妻子女儿全都睡着了以后，杜克悄声下床，来到了自己的书房，重新拿出那个包裹，仔细端详起来：上面没有寄信人地址，自然查不出包裹是从哪里寄来的。他又重新看了看报纸，在那个让杜克触目惊心的标题下面，还有两则快讯：一则的内容是“大型公益植树活动落下帷幕，两周辛苦换来百年平安”；另一则的内容是：“震天集团董事长欧阳震天，在杜克医生近一个月的精心治疗下，已于近期出院。”

杜克心里清楚：凭着自己的精湛医术，欧阳震天痊愈出院是迟早的事情；而眼下正值初春，植树也未必没有可能。想到这里，杜克不由得心烦意乱起来。这时候，妻子唐希悄无声息地走了过来，她看到了桌子上的包裹，好奇地走上前去：“咦，这是什么东西？”杜克赶紧把那些东西塞进了书桌里，望着妻子惊讶狐疑的目光，他突然心不在焉地说了一句：“唐希，如果我死了，你怎么办？”唐希赶忙捂住了他的嘴，嗔道：“傻瓜，不许你胡说。”杜克望着自己心爱的妻子，只好把话又咽了下去。

看着欲言又止的杜克，唐希心里明白：杜克不肯对自己说明事实的真相，肯定有他的苦衷。凭着记者职业的特殊敏感，她觉得这件事情肯定非同寻常。

很快一周过去了，并没有出现什么反常情况，杜克的情绪也渐渐平静了，他想，可能真是某些人的恶作剧吧。想不到自己一个无神论者，竟然也相信起了宿命安排。杜克不由暗自嘲笑起自己来。然而紧接着发生的一件事情，让杜克重新陷入了极度的恐慌之中。

这天午后，正在实验室里工作的杜克，接到了一个陌生男人的电话。电话里，那男人十分焦急，话也说得结结巴巴，杜克听了半天，才听明白男人的意思。原来那男人的八十岁老母亲突然犯病，但家住在离这里一百多里的郊区，怕在路上长途颠簸老人会受不了，所以希望杜克能够出诊。杜克是从来不提供上门服务的，但他听了那男人的哀求，稍稍犹豫了一下，还是破例同意了。他向男人问了一下地址，立马挂了电话，匆匆下楼，直奔医院的停车场。

杜克有一辆私家车，那是一辆银白色的旅行车。杜克喜欢这部车。每次和妻子女儿出门旅行，杜克总会装满一车东西。杜克想起自己的爱车，嘴角总会露出一丝笑意。

可是让杜克万万没想到的是，当他到了医院的停车场，却发现宝贝爱车的四个车胎，竟无缘无故地爆掉了。

车子从来没有出现过这样的毛病，加上事情紧急，杜克一时不知如何是好。他估计出租车是不会愿意去那种偏远的鬼地方的。慌乱中，他只好给最近的修车厂打了个电话。修车厂的拖车很快到了。工作人员一检修才发现，不只是车胎爆掉，还少了好些零件。为了救人，杜克心急如焚，无奈之下，杜克只得找到维修厂的经理，向他说明情况，要求借辆备用车。可是，当杜克填好单子，跟随经理来到车库，看到那辆备用车辆时，他的眼睛一下子直了：在他眼前是一辆墨绿色本田轿车，竟然和照片上的那辆一模一样!

杜克一下子呆了。旁边的经理歉意地说："不好意思啊，另外一辆桑塔纳已经被刚才的一位顾客给开走了，就只剩下这一辆轿车了，你总不能开着卡车去救人吧？"杜克觉得眼下时

间就是生命，他已经不能再犹豫了。

开着这辆本田车，杜克如坐针毡，想不到天底下真有这么巧的事情，自己还是鬼使神差地开上了照片中的车。难道这真是上天的安排？杜克不禁又心慌意乱起来，以至于连路口的红灯都没有看到，差点撞到了前面的车上，他紧急刹车，才避免了一场交通事故。

杜克长舒了一口气，稳了稳神，开车疾驰，没过多久，他就来到了清波路。这里是远郊，四周冷清偏僻。但奇怪的是，杜克沿着清波路，开了一圈又一圈，却始终找不到73号，而这条清波路的尽头也仅仅是70号而已。杜克迷惘了，他问了路边的修鞋匠，修鞋匠抬起头，眯着眼，看了看杜克："你找73号啊？沿着这条街一直走，走到尽头也别停下，你就能找到了。"杜克立即启动车，继续往前开。

不一会，杜克眼前就出现了一大片空地，全是苍松翠柏，一股肃穆气氛。当杜克的车经过一处大门时，他突然心惊肉跳起来，胡乱地猛踩了一下刹车，他的车正好停在了大门旁边。只见大门上清清楚楚写着——"73号公墓"几个大字。原来这里根本没有清波路73号，只不过这座公墓位于清波路的尽头，所以当地的居民，习惯性地把它叫做"清波路73号"。

杜克的头仿佛炸了一样，他不禁感到了一阵眩晕。第一个预言已经兑现了，杜克似乎已经听到了死神的脚步声。

显而易见，是有人故意把自己引到这里来的。杜克望着阴森肃穆的陵园，心里气恼烦躁和惊恐，他疯狂地按着喇叭，任凭这刺耳的声音响个不停。但他却没注意，在他的车子后面，还跟着两辆车。

3. 兑现的预言

那天夜晚，杜克翻来覆去地思考着。回想起这些天的离奇遭遇，几乎一夜不能入睡。

杜克一夜难眠。可他没注意，还有一个人也是一夜没睡，那就是他的妻子唐希。

第二天，杜克向医院请了一天假，准备好好休息一下，妻子唐希却一大早便出了门。面对空空的房子，杜克怎么也平静不下心绪，总觉得有什么事情要发生。这么一想，杜克的神经又紧张起来，他干脆放弃了休假，直奔医院，他要用工作忘掉不安和恐惧。

医院像往常一样平静。突然，杜克的目光被一个熟悉的背影吸引了过去，他不禁一愣：明明说今天单位里要开会，她怎么又会来医院？而且看上去是那么匆忙？难道……她有什么事情瞒着自己？

晚上回到家时，唐希已经准备好

了晚饭，杜克望着忙前忙后的妻子，装作漫不经心地问道：“今天的会……开得怎么样？”唐希一愣，支支吾吾道：“呃，还行，挺顺利的。”但当他看到妻子眼神中藏不住的慌乱，他的心里又猛地一紧。

吃完晚饭，杜克心事重重地把唐希叫到了阳台上，然后开门见山地问道：“你今天没去开会吧？说实话，你到医院去干吗？你是不是有什么事情瞒着我？”唐希显然一愣，看着杜克怀疑的神情，她突然委屈地哭了起来：“没错，我是有事情瞒着你，你知道吗？我检查出了尿毒症，我不想让你们担心，我不想离开你和孩子啊。”

唐希这话如同晴天霹雳，震得杜克几乎厥倒，真是屋漏偏逢连夜雨，接二连三的不幸彻底把杜克击垮了。他绝望地望着妻子，欲哭无泪。

这天晚上，杜克躺在床上，翻来覆去地睡不着，他放不下妻子，也舍不得女儿，假如妻子和自己都不在了，女儿怎么办？那一夜，杜克又失眠了。

第二天，杜克一脸疲惫地走进病房。欧阳震天一眼就察觉出了杜克的反常，他警觉地问道：“杜医生，发生了什么事情？”杜克凄然微笑道：“欧阳先生，一切都很顺利，相信不久，你就可以病愈出院了。”欧阳震天也笑了笑：“杜医生，我今年已经五十八岁了，早过了该知天命的年纪了，你愿意听听我的故事吗？”听欧阳震天要讲自己的故事，杜克觉得非常诧异，但还是点了点头。

欧阳震天看了他一眼，紧接着说道：“几十年前，我讨过饭，后来为了生存，我狠心离家出走，我扛过沙包，当过小工，卖过报纸，贩过假烟，我还因此在监狱里吃了三个月的苦头。在监狱中，我心灰意冷，也曾经想到过死，我把牙刷头磨得十分锋利，只要把它往嗓子口一扎，我很快就可以解脱了。但是我最终没有那么做，我辛苦打拼，直到五十岁时，才成就了我现在的一切。”他顿了顿，接着说

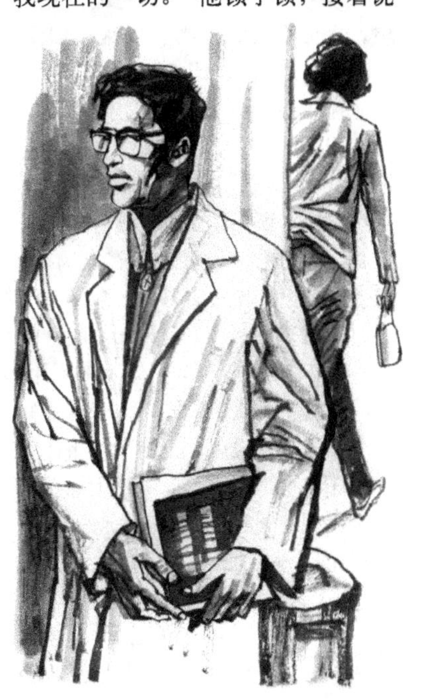

道："但是，在我的一生中，我很对不起我的家庭，我的妻子和我那可怜的小弟……假如时光可以倒流的话，我宁愿舍弃我全部的事业，来换取他们的幸福。"说完这些话，他深情地望了一眼杜克。

杜克听了愣了半天，才喃喃说道："事业算什么？如果你是位医生，为了拯救你的家人，你肯放弃别人，哪怕是病人的生命吗？"欧阳震天一愣："杜克医生，你在说什么？"杜克意识到了自己的失态，他对欧阳震天说："半个月之内，你一定能康复出院。"欧阳震天听了摆了摆手，闭上了双眼，示意自己累了，杜克不再言语，帮他轻轻盖好被子，退了出去。

出了欧阳震天的病房，杜克冷静地仔细地回味了一下欧阳震天的话，突然觉得有所感悟：自己不应该坐以待毙，不能向命运屈服，事在人为，我要改变自己的历史。

他首先去修车厂换回了自己的车，紧接着，他翻出了另外一张照片，那是一家新开张的专营店，一看便知它隶属于震天集团，这种专营店在整个临江市不下三十家。照片上显示这家专营店是三月五号开张，今天是二月二十二号，他有足够的时间去了解，去调查。

时间很快又过去了三天。这天，杜克像往常一样打开电视机，碰巧电视台正在播报当天的新闻："各位观众，经过多天的资金筹措，在一些公司企业的大力支持下，我们市准备沿堤坝建造一片防洪林，以保障坝区人民的安全，预计，此次活动大约持续半个月左右，建成之后，将会极大地促进我市防洪抗汛工作的开展……"

杜克一下子惊呆了。对于全市人民来说，这个消息应该是个天大的喜讯，但对杜克来说，又一个预言即将成真了，他的精神似乎崩溃了，他突然发疯似地把桌上的茶杯统统撸到了地上。

这天，杜克一见到凌宇，就激动地冲了过来责问道："为什么，你为什么要去赞助植树活动？"凌宇一脸纳闷："杜克医生，你怎么了？"他见杜克眼睛布满了血丝，像头发狂的豹子，就一脸无辜地说，"那也是我父亲的意思，我们震天集团向来都是热心公益事业的。"

听了这些话，杜克渐渐地恢复了理智，他愣愣地走进了院长办公室，要求休假一个月。但是，他仍然担当着欧阳震天的主治医师，并承诺半个月之内，他一定会让欧阳震天出院。

接下来的几天，杜克除了每天定时来医院看望一下欧阳震天之外，其余的时间都躲在自己的书房里。欧阳震天的身体正在一天天地好转，而杜克的心却一天天地变冷，他不想过多地抛头露面，他在等待三月五号——

照片上的专卖店开门的日子。他想，假如那家店如期开张，自己也将注定难逃“离奇死亡”的宿命安排了。

转眼到了三月五号，这天，杜克早早就开着车上路了。他不知道那家店铺会开在哪条路上？他只得漫无目的地开着。

当杜克的车开到兴国路时，他的眼光死死地盯住了街的拐角。只见一家装潢格局熟悉的专营店，明晃晃地写着：震天集团第三十六家专营店开张大吉。门前鞭炮齐鸣，军乐团奏乐嘹亮，舞狮前后翻滚，玩耍嬉戏，热闹非常。围观者人山人海，甚至唐希和她的同事们也在进进出出，忙着进行现场采访。杜克见此情景，仿佛看到魔鬼一样，他疯狂地跳下车，朝着舞狮跑去，嘴里大喊大叫着：“不许开张，不许舞狮，不许开张……”

很快，几个壮汉就拦住了他。杜克感觉周围好像出现了一个很大很大的漩涡，那漩涡很深很黑，正准备把他吸进去，而他自己却手脚无力，只能无可奈何地等待死亡。他终于两眼一黑，晕了过去……

4. 意外的发现

醒来后，杜克发现自己已经躺在了自家的床上，妻子唐希正守在自己的身边。看到他醒了过来，唐希眼含泪水埋怨道：“你一个人跑到那里干啥？你到底还准备瞒我多久？”杜克凄然地笑了笑：“不会有多久了，只剩下短短的五天了。答应我，如果我有什么不测，一定要照顾好自己和咱们的女儿。”唐希凝视着丈夫好一会儿，点了点头。

等妻子睡熟之后，杜克悄无声息地走进书房，重新翻看了那张报纸，把所有的问题从头串了一遍，得出的结论是：一切都和震天集团有关。他不由恨恨地想：假如那天不接受诊治欧阳震天，这一切就不会发生。病人出院了，医生却神秘地死亡了。这真是个天大的笑话。难道欧阳震天，真是个可恶的病人？可是，他为什么要害自己呢？杜克百思不得其解。

但是，包裹里面的一切，统统在逐一变成现实，他却无力阻止，接下来就是自己离奇死去。但杜克深爱着自己的妻子和女儿，他离不开她们。可眼下如果想成全自己家庭的美好未来，途径只有一个，那便是除掉欧阳震天，改写这段历史。

对于已经干了十几年医生的杜克来说，要让一个心脏病患者死去易如反掌，但作为医生，以救人为天职，现在要他这救人的人去杀人，杜克感到了前所未有的悲哀。

第二天，杜克刚走到病房门口，就听到凌宇和欧阳震天的吵架声。等到杜克走进去后，两个人都住了口。凌宇临走时冲欧阳震天突然冷笑了一声：“想让你死的人，说不定还不止我一个人呢。”欧阳震天愣了一下，用一种疑惑的目光看了一眼杜克。杜克没有说话，见外面阳光明媚，就走过去想把欧阳震天扶起来，到外面去欣赏一下风景，散散心。就在他弯腰时，头上的白帽子擦在欧阳震天的身上，露出了额头上小小的一个黑色伤疤。奇怪的是，一见伤疤，欧阳震天突然眼光发亮：“你，你额上的伤疤是啥时落下的，咋落下的？”杜克忙把帽子戴好，然后漫不经心地回答：“噢，那是我很小的时候落下的，咋落下的，我那时还小，记不太清楚了，我哥知道，可我哥……”

杜克说不下去了，脸上流下了泪水。欧阳震天却呆立在一旁，半天才缓过神来，他的眼神突然变得有些茫然，他轻轻地对杜克挥了挥手，说：“我累了，想好好地休息一下。”对欧阳震天的这些奇怪表现，杜克已经并不在意了。关上病房门的一瞬间，杜克心里说：“欧阳震天，对不起了，过几天你想看风景，估计也没有机会了。”

没错，从那天晚上开始，杜克为了不失去妻子和女儿，就想除掉这个潜在危险……

这天，医院传出一个惊人的消息：欧阳震天死了，诊断结果是自杀。杜克茫然地走进张院长办公室，但没等杜克开口，张院长反而先说话了：“杜医生，你说奇怪不奇怪？这欧阳震天的身体恢复得这么好，为什么会突然自杀呢？更为让人不解的是，他临死时，手里竟然握着一封信，是专门给你的。”杜克接过信，看了一眼，突然“啊”地大叫一声，瘫倒在地……

直到晚上，杜克才幽幽醒过来，嘴里喃喃叫着：“哥，哥……”正当杜克不断地呼唤着“哥”时，他的手机突然响了起来，里面传出一个男人冷冷的声音：“杜医生，谢谢你，帮我除掉了这个可恶的老东西。想知道包裹的秘密吗？请赶紧来你的办公室。”

杜克大吃一惊，他发疯似地一把推开妻子，奔到车库，发动

车子，朝医院驶去。

杜克推开办公室的门，只见椅子上端坐着一名男子，身穿黑色风衣，眼神中透露出一丝凛冽和得意，此人竟然是凌宇。

杜克呆了，他万万没想到凌宇会出现在这里。凌宇望着发呆的杜克，嘴边露出一丝阴笑:“杜医生，你一定想不到吧，哈哈，其实你的那个包裹，那张所谓的预知未来的报纸，不过是我的一个小小的障眼法而已。而你，一个高级知识分子，竟然信以为真，哈哈哈哈。”

听了凌宇的话，杜克这才明白，自己从一开始，就钻入了他的圈套。然而这一刻，杜克却显得出奇的冷静:“可是，你为什么要杀害自己的父亲呢？”凌宇恨恨地说:“父亲？他是我父亲？他凭什么做我的父亲？他充其量算是剥夺了我的母爱，抢走了我的母亲，害死我母亲的凶手！”

这一刻，杜克觉得连时间都凝固了。只听到凌宇在恨恨地诉说欧阳震天和他的恩怨。

说起来，凌宇这个人既命苦，又古怪。他的母亲不是欧阳震天的结发妻子，他也不是欧阳的亲生儿子。他四五岁时，父亲因车祸丧命，留下了孤儿寡母相依为命。小凌宇想死去的父亲想得日夜哀哭，却不许别的男人踏入他家半步。可是欧阳震天却闯入了他家，从他身边夺走了他母亲，使他成了“拖油瓶”。尽管欧阳震天视他如己出，可他却视其为敌，咒他，恨他，直到他上了大学，去美国留学，也没叫过欧阳震天一声“爸”。

凌宇自己也承认，他这个继父和母亲平时关系很好。可是他认为自从欧阳开始创办震天集团，就仿佛变成了另外一个人，整天不知疲倦地泡在公司，甚至对他母亲的病情也不管不问。等到母亲被送到医院时，已经是肝癌晚期了。他母亲撒手而去了，他说这是欧阳震天害的，他恨他，恨这个狗屁震天集团……是他们联手害死了他的母亲。

杜克说“所以，你就想借我的手除掉他，并且精心伪造了那份报纸？而且，如果我没猜错的话，你的母亲，应该就葬在清波路 73 号吧？”

凌宇嘴边又出现一丝得意:“不错，我母亲的在天之灵，终于保佑我如愿以偿，哈哈哈……”可是，他的笑声没落，门外传来一个响亮的声音:“先别高兴得太早，事情还没结束呢。”

凌宇不由得大吃一惊，抬头一看，只见门口站着一个女人。

5. 真情的碰撞

来人竟然是杜克的妻子唐希。看到她，凌宇惊诧地问:“你，你怎么会来？”

唐希微笑着回答：“我和杜克十几年夫妻，他有什么心事，怎么能瞒得了我？我早就知道了包裹的事情，并且暗中进行了调查，发现了这其中的许多疑点。只是，我并没有把我的行动告诉杜克而已。”说到这儿，唐希深情地望着杜克说，“不过我必须做到两点：一绝不能让杜克被你当枪使，成了你的替罪羊；二绝不能让他干出违法的事！”

凌宇脸色开始发白了，嘴里嘟哝着：“你怎么可能会发现？这一切我做得简直是天衣无缝。”

唐希笑道：“你不相信？那好吧，让我一个一个地给你解释。”

其实，自从那天唐希看到杜克桌上的包裹，见他匆忙把包裹塞进保险箱，以及他欲言又止的神态，她就知道，丈夫一定有事，他不讲是不想让自己担心，所以唐希便背着杜克，看了包里的东西，并悄悄展开了调查。很快，她便发现了这一切都与凌宇有关。

凌宇把包裹寄给杜克后，就按照包裹中的内容，事先安排好，并为实现那些预言创造条件，让杜克去重演。事实上，那天打电话给杜克的人，是凌宇，扎烂杜克的轮胎，卸去车上零件的人，也是凌宇，最后逼得杜克去开那辆墨绿色的本田车，这样，第一张照片便可以顺理成章地变成现实了。唐希凭借记者的身份，从修车厂的修车记录中，看到了凌宇的姓名，凭借着职业的天性，唐希敏锐地意识到，一定是凌宇在捣鬼。于是，她一方面注意凌宇的行动，一方面去一一破解那些预言。

首先，唐希从在林业局工作的同学那儿打听到由于新市长刚上任，加上适宜的天气，林业局很早便做出了公益植树的计划。而作为赞助商之一的震天集团，自然能提前一个月知道这些信息。

听到这儿，凌宇的额头渐渐地渗出了汗珠，他紧张地望着唐希，简直不相信眼前这个柔弱的女子，竟然如此轻而易举地破解了他的“智谋”。杜克似乎也被唐希讲的故事吸引了：“但那家专营店呢？那些舞狮呢？这又是怎么回事？”

唐希嗔道：“你啊你，亏你还是一名医生，竟然连这点手法都看不出来，那张照片压根就是伪造的。”

唐希说，震天集团的所有专营店都遵循着一个原则：要让顾客在任何一个店里都能享受到同样的待遇。所以，震天集团的这三十几家专营店，全部是一样的装潢，一样的门面。而且它们还有一个共同点，那就是每家专营店开张时，总会请来几只舞狮，预示着兴旺发达，蒸蒸日上。公司每家专营店开张，都要提前两个月报请总公司批准，近来凌宇全权负责震天集团的生意，自然知道在三月五号那天，公司的第三十六家专营店会开张。他只不过事先把以前的专营店开张时的照片，做了一些电脑处理，又加上了三月五号的日期，便轻松地瞒过了杜克的眼睛。

凌宇面如死灰："这些，你怎么可能知道？"

唐希摇了摇头："我当然不可能知道。但是你却犯了一个常识性的错误。在兴国路上，每家店的门口都有门牌号码。在路南，门牌号码一律要镶在门柱的左边，而路北，门牌号一律镶在门柱的右边。这样做，一是为了城市的整洁，二是便于政府管理。震天集团开的这家新店位于兴国路的路南，可是，照片上的这家专营店的门牌号码却是镶在了门柱的右边，这根本不符合兴国路的特点。相信你凌大少爷，一定忽视了这个小小的细节。"

凌宇一下子呆了，嘴里喃喃说道："一切，一切都完了……"

杜克站了起来，深情地把妻子搂在怀里："谢谢你，没有你，我可能真要闯下大祸了。"唐希嫣然一笑，突然又想起来什么似的，对着凌宇说道："对了，你还有一个很大的失误，你发现了吗？"

呆立在一旁的凌宇，木然地摇了摇头。

唐希微微笑道："你们两个大男人，果然是粗心得不得了。其实，你的那份报纸，伪造得简直天衣无缝，连我报社的朋友都难辨真假。但是可笑的是，从三月份开始，《临江晚报》已经全部改成彩版了，你所有的谣言，其实早已经不攻自破，只不过你们一个报仇心切，一个惊慌失措，却连这么明显的漏洞都没有察觉。"

杜克一愣，想笑却又笑不出来。而这个消息，对凌宇简直是个毁灭性的打击，他突然仰天大笑，眼角流下了泪水："天意……天意啊。"

这时，杜克突然又想起来什么，他不解地看着凌宇："你要你父亲死。为什么要选择我？"凌宇的眼光突然

变得冷峻可怕，他冷冷地笑道："因为……因为我查出来一个真相，我知道你是欧阳震天的亲弟弟。我要做的，就是要让整个欧阳家族家破人亡，以慰我母亲在天之灵。我要亲手毁掉这家震天集团，而这一切的前提，便是我要取得震天集团所有的权利，但你的存在，对我始终是一个威胁，所以……"

杜克望着满脸憔悴的凌宇，痛惜地说道"可你现在能得到什么？"凌宇又一阵冷笑："现在吗，欧阳震天这个老鬼终于死了，你也摆脱不掉杀人的罪责……"

可是，凌宇的话音未落，门口传来一个苍老的声音："谁说我死了？我找了几十年的小弟怎么会杀我这个哥哥？"接着，只见欧阳震天在张院长的搀扶下走了进来。

见欧阳震天还活着，凌宇的脸"刷"地白了，额头上冷汗直冒。

欧阳震天走过来，拉着杜克的手，嘴里连连唤着："小弟，小弟，想死哥了呀！"接着，他老泪纵横地说了起来。

四十多年前，一场洪水毁了欧阳震天的家，卷走了父母。当时才十五岁的欧阳震天抱着三岁的小弟弟拼命奔逃，才逃过一劫。可是，家没了，父母没了，一时间举目无亲，他只得驮着小弟，到处乞讨。可是好手好脚的大小伙子讨不到钱。饿得兄弟俩一个哇哇哀哭，一个头昏眼花。一天兄弟俩饿得摔倒在地，小弟的头撞在石头上，血流不止，幸亏一个老大妈从家里抓了一把香灰堵上才止住了血，可从此，小弟额头上就留下了一个终身难消的黑疤。

说到这儿，欧阳震天摘下杜克的白帽子，像当年那样疼爱地抚摩着那黑疤，说："几十年了，一想到小弟额头上的伤疤，我就会哭，我的心像被刀刺一样滴血！"接着他说，眼看讨饭难活命，他只得把小弟安顿在栖身的窝棚内，自己出去打工挣钱，没想到晚上回来，小弟不见了。他哭呀，喊呀，狂奔着几乎找遍全城，也没找到小弟。他绝望了，他只得一边找小弟，一边打工，拼搏了几十年，直到事业有成。但他万万没想到，失散几十年的小弟找到了，而由自己一手抚养成人的继子，居然想要自己的命，还要搭上小弟。他感激地望着唐希说："要不是唐记者，不，要不是我的这位聪明贤惠的弟媳妇暗中相助，后果不堪设想呀！"

但是，令在场的人感到诧异的是，欧阳震天既没有责骂凌宇，也没说要怎么处置他，甚至连正眼也没看他。

凌宇只是用怪异的目光瞅了唐希一眼，随后站起身，一声不吭地走了出去……

（题图、插图：杨宏富）

雅各布画的鸡

□李　华　编译

这天，美术课上布朗老师对学生们说："这节课我们要画幅蜡笔画，同学们，想画什么呢？"说到这里，他故意卖了一个关子，朝台下望去，学生们开始"画鸡、画鸭"唧唧喳喳议论起来。布朗老师因势利导，继续说："对，我们来画鸡！你们都知道鸡长得什么样子吧。好，那现在就开始动手。"

学生们立刻拿起蜡笔，画起鸡来。

雅各布也不甘示弱，铺开一张纸，然后用上蜡笔盒中所有的蜡笔，还嫌不够，又向女同学劳拉借了一支蜡笔，很尽心地画了起来：橙黄色的头，蓝色的翅膀，红色的腿……

美术课很快就结束了。同学们把各自画的画交了上去。布朗老师一边点头欣赏，一边把他们的画挂到墙上。

雅各布最后一个交画，布朗老师见了，眉头皱了皱，拿起雅各布的画，不禁责问道："你画的是什么呀？"接着向同学们做了个展示，同学们一看，不禁哄堂大笑起来。有的说是火鸡，有的说是麻雀，有的说是鹌鹑，还有的说像孔雀。

布朗老师很生气，判了个不及格，随手一扔，就把雅各布画的鸡扔到一边。

雅各布画的那只鸡，看到别人画的鸡都高高地挂在墙上，而自己却被冷落一旁，感情受到了挫伤，心里闷闷不乐的。于是，它决定不再当画了，趁同学们不注意，就悄悄地从打开的窗户中飞了出去。

鸡毕竟是鸡，飞不了多远，便落

在了学校隔壁的花园里。花园里满地都是白色的樱桃，深蓝色的茶蔗子。鸡显得很兴奋，就低头吃起茶蔗子来。可它没注意到，此刻有个人正瞪着眼盯着自己，随时准备扑过来!

这个人是花园的主人，名叫卡蓬，是位鸟类学家，已写出七部鸟类方面的著作了，现正在写第八部学术专著。今天写下最后一页时，他忽然感到有点儿疲惫，就放下笔来到花园中散散心。没想到居然碰到了那只不同寻常的鸡。

卡蓬教授揉了揉眼睛，心口怦怦狂跳：这是一只什么鸡啊，橙黄色的头，蓝色的翅膀，红色的腿；看上去像只火鸡，但又不完全是，有点像麻雀，又有点像孔雀，小得像鹌鹑，细得像燕子……

他浑身颤抖着，一下子扑了过去……

卡蓬教授把鸡带回了家，一边观察着这只鸡，一边马上把这个新发现写进书中，并用自己的名字为这只鸡命名，几天后，他将它带到动物园。

整个动物园都沸腾起来了。园长亲自指挥工人，加班加点建造一流的设施，把卡蓬鸡放了进去。卡蓬鸡看到大家如此关心它，心情一下子好了许多。

消息一传十，十传百，在本市引起了不小的轰动，不少学校纷纷组织学生专程前去动物园参观。这天，布朗先生领着同学们也来动物园参观，他抑制不住激动的心情，向同学们激情演说道："这是一个稀有的种类，叫卡蓬鸡。看上去像只火鸡，但又不完全是，既有点像麻雀又有点像孔雀，小得像鹌鹑，细得像燕子，瞧那橙黄色的头，蓝色的翅膀，那猩红的腿，多漂亮啊。"孩子们一个个看得入了神，发出阵阵的惊叹声。

突然，有个学生像被雷电击中似的，拉了拉布朗老师的衣袖，说："老师，那是雅各布画的鸡！"

布朗不耐烦了，说"你这个傻孩子，尽说些胡话，怎么能说是雅各布画的鸡呢？雅各布能画出这样的鸡吗？雅各布这会儿在哪儿？你们瞧，他又开小差了，呆在食蚁兽的笼子前，也不知道要干什么。这个怪孩子，该看卡蓬鸡的时候，他却在看食蚁兽，我真受不了。"

说到这里，他扯着嗓子朝雅各布厉声喊道："雅各布，过来！"

（**题图**：安玉民）

这招可真灵

□刘六良

小宋结婚不久，这天他向好朋友大徐诉苦，说妻子颜莉脾气大，每次吵完架一定要他道歉，否则就不让他上床睡觉，可他宁肯冷战也不会主动认错。大徐告诉小宋一个独门妙招，说完还得意地向小宋挤挤眼睛："回去试试看吧，保证管用！"

当天晚上还不到10点，小宋就在沙发上和衣躺下。颜莉自顾自在看电视，突然只见小宋翻了个身，嘴里唧哩咕噜的，她灵机一动凑上前去，断断续续的，只听见小宋嘀咕道："老婆，我错了，你别生气……"

颜莉心里一热，她推"醒"了小宋，温柔地说："去床上睡吧。"

小宋心中暗喜，但仍装着迷迷糊糊地走到床边躺下了。整晚，他都把头埋在被子里强忍住不笑出声来。

第二天下班后，颜莉特意做了几样好菜。小宋一高兴，多喝了几杯。当他醒来的时候，天已大亮，便爬起来穿好衣服坐到餐桌前等着"用餐"。

颜莉把早点端上桌，小宋伸手刚要拿，颜莉"啪"地一下把他的手拍掉，生气地问："你为什么和大徐合谋算计我？"

小宋猛地一惊，结结巴巴地问："是……是大徐跟你说的吗？"

颜莉点点头，小宋只好把事情一五一十地老实交代，心想：大徐也太不厚道了，改天要找他算账。

没想到下午大徐就打来了电话，责怪小宋泄了密："颜莉给我老婆打了电话，这下连我老婆也知道了。"

小宋大呼冤枉，却也觉得很是奇怪：颜莉到底是怎么知道的呢？回到家，小宋小心翼翼地问妻子："你到底怎么发现秘密的？"

颜莉冷笑了一声："哼，那天你喝醉了，说了句，'大徐，你这招可真灵，颜莉真的上当了！'这就叫酒后吐真言，你说说还有什么事情瞒着我？"

美女学杀猪

□翟德军

城郊有个韩屠夫，这天，他家里来了一个美女，女孩自我介绍说：“师傅，我叫顾莉莉，是慕名而来学杀猪的。”

韩屠夫摇了摇头，这么好看的女孩子，学杀猪不是吃饱了撑的，他脸一板，说：“我不教女的。”女孩一点没有打算走的意思：“师傅，你这是性别歧视，我可以去告你的。”韩屠夫一愣，这美女还真有股愣劲，为了快点打发她，韩屠夫背起双手说：“对不起，我只教大学本科毕业生。”

女孩一听乐了，拍着手说：“真是太好了，我刚好是本科毕业耶！”说着拿出了毕业证，韩屠夫傻眼了，大学生来杀猪，这事更让人提心吊胆。韩屠夫摇摇头，说：“还是不行，我招的是学徒工，不但不给工钱，你还得缴学费！”

这事根本难不住美女，只见顾莉莉打开小包包，从里面拿出了两千元钱，说：“师傅，这是我的学费，不够我还可以再拿。”韩屠夫没咒念了，他推开钱问：“孩子，你说一句实话，为什么要学杀猪，说了我才能收你。”女孩这才说：“师傅，我大学毕业了，现在工作不好找，多学一门手艺就多一层把握。”

话说到此，韩屠夫动了恻隐之心，说：“孩子，你有骨气，这年头，凭你的俏模样，不当二奶不傍大款，而是来找我学杀猪，就凭这，我教你！”

从此，韩屠夫手把手地教顾莉莉学杀猪，可是莉莉胆子实在太小，拿起刀手就哆嗦，别说是捅猪脖子，就是碰一下猪屁股都会吓出一声尖叫。韩屠夫想起以前自己学杀猪时胆子也

饭局趣话

- 世上本来只有饭没有局，吃的人多了，就有了饭局。
- 从前，生活是从一顿饭到下一顿饭；后来，生活是从一个饭局到下一个饭局。
- 饭局是享受，应酬是忍受；饭局是一种生活方式，应酬是一种生存方式。
- 应酬的三种心态：请吃的《阴谋与爱情》，吃请的《傲慢与偏见》，最终双方《理智与情感》。
- 一请就来叫爽快，三请四请才来叫摆谱，怎么请都不来叫原则，不请自来叫蹭饭，请了不来、不请自来的叫装蒜。
- 饭局的三大悲剧：想请的人没来，来的人都和你无关，结账的时候只剩下你一个清醒的。
- 一周一个饭局是正常人，一天一个饭局是大红人，一天三个饭局是交际花，一天很多饭局是餐厅服务员。
- 敬酒是一门艺术，拼酒是一门技术，耍酒疯是一门骗术，千杯不醉是一门防身术。
- 不喝酒人士的座右铭：吃自己的饭，让别人吐去吧。
- 路边摆摊饭局——犯(饭)贱，没钱非请吃——犯（饭）贫，主动埋单没人知道——犯（饭）傻，隔夜的饭局——犯（饭）酸。

（**推荐者**：张志国）

小，师傅便让他先用木头刀捅糠袋子，韩屠夫如法炮制，还真把莉莉的胆子练大了些，一刀下去，血“扑”地喷出来，喷得顾莉莉满脸是血，半个月下来，顾莉莉已经变得“心狠手辣”，脸上也多了许多冷峻。

这天早上，顾莉莉找到韩屠夫，说：“师傅，我要告辞了，您把毕业证发给我吧。”

韩屠夫傻眼了，这美女玩的是哪一出啊？“毕业证？我自己还没证呢。”顾莉莉又是一笑：“师傅，你要是没有毕业证，我也不难为你，只要你能保守这个秘密，不向任何人说起我在这里学过杀猪就行。”

韩屠夫一下子愣住了，好半天才醒悟过来，忙劝道：“孩子，你可别干傻事，杀猪能糊口，杀人可是死罪呀。”

顾莉莉跺着脚说“师傅，你想到哪去了，实话跟你说吧，我是模特专业的学生，我们老师说，现在长得甜甜蜜蜜的‘糖水’模特太多了，却惟独缺少冷峻气质的，还是我想出了这个办法，这么快就改变了自己的气质，这不，我要去参加大奖赛了……”

如意郎君

□谢元清

桃园乡有个苟乡长，平生酷爱吃狗肉，而且专吃年轻健壮的公狗。几年下来，周围十里八乡的公狗几乎都给他吃绝了。

这天，苟乡长刚上班，办公室周主任就汇报说，廖副县长中午要到乡里，叫他接待一下。见苟乡长还在思考，周主任凑上前说："乡长，要不就招待狗肉宴吧？"苟乡长面露难色：这主意好是好，可由于他喜欢吃公狗肉，现在跑遍全乡十几个村，恐怕再也找不出一只公狗来，怎么办？

周主任一拍胸脯说："乡长，您放心，我就是上天入地，也给您弄只公狗回来！"约摸一顿饭工夫，周主任回来了，苟乡长赶紧跑过去迎接，只见从卡车上卸下的铁笼内，五只又肥又壮的大黄狗正焦躁不安地狂叫着，苟乡长喜滋滋地拍了拍周主任的肩膀道："好，会办事！你赶紧叫食堂师傅挑一只最大的宰了，中午搞一桌狗肉宴！动作要快些！""您放心！"周主任应声走了。

苟乡长回到办公室，一支烟没抽完，却隐隐约约听到政府前门"汪汪汪"的狗叫声，他纳闷：不是说没狗了吗？哪来的那么多野狗呢？正想去看个究竟，周主任跌跌撞撞地跑进来，说："乡长，不好啦，乡政府被狗包围了！"

苟乡长蓦地一惊，暗骂道："岂有此理，前两天农民上访，今天狗也上访呀？"他随周主任来到大院一看，顿时傻了眼：只见政府铁栅门外的公路、街道、草坪到处是狗，四周狗山狗海，狗声鼎沸，几名乡干部正拿着棍棒与铁栅门外的狗群对峙着，更让人生气的是，院内铁笼关着的那几只大黄狗听到外面的狗叫，也"狗仗狗势"来了个里应外合，又叫又闹……把乡政府搅得乱哄哄，像个养狗场。

苟乡长火冒三丈，瞪着在场的乡干部呵斥道："你们都是吃干饭的呀！前两天农民来上访你们不敢做工作，这还情有可原，现在狗来围攻乡政府你们也手软啊！”

一旁的周主任哭丧着脸解释道：“乡长，不是我们手软，而是这些狗疯了，什么办法都用尽，就是赶不走，要不是大门关得快，我就被狗咬了！”

苟乡长挠了半天的头皮，也想不出一个退狗良策，急得团团直转。

正当他一筹莫展之际，忽然有人拍了拍他的肩膀说：“乡长，别着急，我来试试。”苟乡长扭头一看，是乡兽医站退休的王站长，顿时喜出望外，急忙说：“是王站长啊，什么好办法，快使，快使！”

王站长笑了笑说：“必须把那五只大黄狗放了。”

“放了？”王站长点了点头。苟乡长心有不甘，就在这时，只听见门外狗叫得撕心裂肺的，苟乡长一看手表，明白廖副县长马上就要驾到，这才忙不迭说：“好，听你的，快放，快放！”

王站长打开铁笼，五只大黄狗“滋溜”跑了。

说来也怪，五只大黄狗一冲出政府大门，成群结队的狗“呼啦”围了过去，簇拥着一路狂奔而去，转眼消失得无影无踪。

苟乡长惊得目瞪口呆，愣怔了好一会儿，才问：“这……这是怎么回事？难道你还通狗性？”

王站长淡然一笑，说“我学兽医的，通点狗性也不奇怪嘛！”

苟乡长觉得这事挺有趣，就问：“难道这些狗是来营救五只大黄狗的？”

王站长摇摇头：“呵呵，你只说对一半。”

苟乡长瞪大了双眼：“那另一半呢？”

王站长缓缓地叹了一口气，说：“听说乡政府有人专爱吃公狗，把方圆十里八乡的公狗都吃绝了，你想想，全乡有多少母狗为此守寡？今天这些狗寡妇听到政府里有公狗叫，还不争先恐后赶来？刚才我把它们的‘如意郎君’放了，它们自然也就欢天喜地回去了。”

苟乡长的脸“腾”地红了……

一块钱的便宜

□段海斌

有个小媳妇叫小云，要说人也不赖，可就爱占便宜，哪怕是捡着半根针，也能把她乐上半天。

这年“五一”节，小云和丈夫小虎到山上去玩。那天气真是叫热，小两口在山里转着转着，就觉得口干舌燥，嗓子眼直冒火。小虎眼尖，一眼瞧见前面一个亭子里面有家卖大碗茶的，上面还挂着一个横幅，写着“大碗茶，好喝不贵，一碗五角。”小虎一溜小跑就跑了过去。“咕咚咕咚”灌了一大碗凉茶后，小虎这才缓过劲儿，用袖头擦擦嘴，朝小云喊道：“快来喝吧，得劲着呢。”

小云也要了一碗茶喝了起来，喝完之后，掏出钱包，找出一块钱，正想结账，忽然，她发现服务员正在忙着为别的客人倒水，压根就没往他们这边瞧，小云不由动起了心眼……

趁着服务员扭身的一刹那，小云猛地站起身来，一把拽住丈夫，低声说了句：“快走——”说着，拉起小虎就走。

小虎丈二和尚摸不着头脑，刚张口要问是怎么回事，小云却悄声命令道：“别问，赶紧走！”

夫妻俩刚走了没两步，服务员突

然扯着大嗓门高声冲他们喊道："你们俩先别走！站住——"

小云装作没听见，脚下的步伐却不由地加大了频率，两步并做一步，拽着丈夫就拼命往前疾走。"喂，喊你们呢，听见了没有？"服务员也急了，放下手里的茶壶，就朝他们追来。

眼看服务员越追越近，小云慌了神，正在焦急之际，忽然看见前面有个岔路口，小云灵机一动，一把将丈夫推向左边的那条路口，叫丈夫朝那边的小道跑，自己则沿着另外一条道飞快地跑了起来。

慌乱中，小云的高跟鞋的后跟也掉了，她也顾不上捡了，只顾狼狈地往前跑去。

好不容易甩掉了服务员的跟踪追击，可小云也傻眼了，自己刚才只顾叫丈夫往那边跑，慌乱之中，却忘记告诉丈夫在哪儿会合了，这可如何是好？

小云在出山口等了又等，直等到天黑，也没见丈夫的影子。没办法，先住下，等明天再找吧。可一摸衣兜，钱包却不见了，搜遍了全身，自己兜里只剩下不到一百块钱。小云只好花十块钱，在山脚下一个农家旅店住了下来。

第二天一大早，小云就又到出山口等，一直等到天黑，还是不见丈夫小虎。

一连等了两天，连丈夫半点影子也没见到。小云这下可彻底慌了神了，只好先到派出所报了案，自己连忙用剩下的几十块钱打车回去……

小云的公公婆婆一听儿子丢了，当时就急晕了过去，小云赶忙把老人送到医院抢救。好不容易等老人脱离了危险，小云赶紧把娘家弟弟叫来替自己照顾老人。自己还得去山上找丈夫呢。

刚到家门口，忽然就见一条黑影闪出，把小云吓了个半死，定睛一看，却发现是丈夫小虎。只见小虎蓬头垢面的，小云又喜又疼，哭着问小虎咋弄成这样。

小虎气呼呼地说："咋弄的？你就给我十块钱，哪有钱买车票？我只好一路走回来了！"

小云的脑子突然一颤，猛地想起钱包是喝茶的时候丢在茶摊上了！敢情服务员喊他们，就是提醒他们丢在茶桌上的钱包呢。

小虎余气未消，厉声问道："你说说，好好地在茶摊上喝着茶，没事你瞎跑个啥？"

小云脸一红，说："喝完茶，我见服务员没注意我们，就……就……我这不是想省下那一块钱茶钱吗？"

小虎一听差点没背过气去："啥？你还以为我们是白喝那两碗茶啊？我喝茶的时候，早就把钱付过了……"

·幽默世界·

超级粉丝

□申之珉

电视台最近推出某电视剧“超级影视粉丝”选拔活动。经过层层筛选，有三名粉丝进入了决赛，为活跃气氛，电视台还特地邀请了编剧、导演、女主角来做评委，进行现场直播。

首先是才艺展示。第一位粉丝是位年轻姑娘，绝招是“模仿秀”，简直就是女主角2号。第二位上场的是个小朋友，表演的是“记忆秀”，连灯光布景赞助单位都无一遗漏。第三位老者展示的是“故事秀”……

三轮下来，三名粉丝不但分不出高下，且三位评委的意见也有了分歧。没办法，最后决定一题抢答定乾坤。只听主持人发问道：“第五集女主角跳水之后，接下来的镜头是什么？”小孩子反应快，只见他应声回答说：“我知道，是‘自从我服用了新钙中钙，嘿！腰不酸了，背也不疼了，一口气上五楼，一点都不费劲’——”

主持人强忍笑容，故作严肃地说：“不对，错了。”

“没错呀。”小朋友疑惑地挠挠头。

年轻姑娘笑吟吟站起说：“小弟弟，你是记错了，是‘你好，我好，他也好’嘛……”

“不对，”老者接上了话，“姑娘跳下水后，是一颗炮弹爆炸声！”

“哇噻！”三位评委齐声贺道，“恭喜你，答对了！”

年轻姑娘和小朋友阴着脸嘟哝说：“电视剧一到关键时刻就插播广告，谁能记得清呀？真是的……”

主持人不失时机地将话筒送到老者面前：“请问您是怎么记住的呀？”

老者接过话筒朗声说道：“俺是咱电视台的老观众了，而且还最喜欢咱电视台在剧情关键时插播广告，因为我是一个尿频尿急患者，趁插播广告时上厕所，一点都不耽误事……电视剧情节，一个都不落下。”

（**本栏题图、插图**：顾子易　王　俭）

《绝对小孩》：朱德庸20年来最好玩的一本书

最新全彩系列四格漫画

由上海故事会文化传媒有限公司隆重推出

离家出走

本期游戏难度指数：★★★☆☆

填字游戏

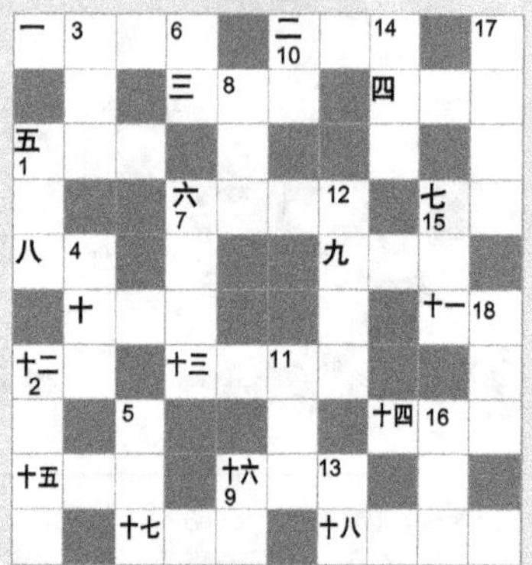

一、成语，比喻表面上好像已断了关系，实际上仍然挂牵着。多用来指男女之间情思难断。

二、在我国妇孺皆知的一位神话人物。

三、战国时游说之士的策谋和言论的汇编。

四、一种医用的、极锋利的刀具。

五、位于江苏镇江的一座古刹,《白蛇传》里白素贞为救许仙曾水淹该寺。

六、《故事会》的一个栏目。

七、指给做诗文书画的人的报酬。

八、妻子和儿女，有时专指妻子。

九、一词牌名。

十、《水浒》里梁山好汉花荣的绰号。

十一、一种用来贴在皮肤表面的中药外用药。

十二、民间文学的一种。是对民间长期流传的人和事的叙述。

十三、《故事会》的一个栏目。

十四、佛教指释迦牟尼遗体火化后结成的珠状物。

十五、口语，指完全倾向一边。

十六、一种观赏性花卉,也是唐磊演唱的一首歌的名字。

十七、香港已故女演员,83版《射雕英雄传》黄蓉的扮演者。

十八、沙特足球明星,2000年"亚洲足球先生"的得主。

1. 一种身份，一般指杰出的银行家或理财专家，尤指在国际货币市场从事经营者。

2. 指在某一个时期内，人们到处传述。

3. 李安执导的一部影片,此片曾获第63届金球奖最佳剧情片、最佳导演等奖项。

4. 一种文学体裁,也叫微型小说。

5. 一种玩具,上轻下重，按倒后能自动直立。也叫扳不倒。

6. 前中国国民党主席，曾率团访问大陆。

7. 著名军旅青年歌唱家郭春梅在广东举办的一场个人巡回演唱会。

8. 国家建立或独立的纪念日。

9. 我国著名女作家,原名蒋冰之,代表作有《太阳照在桑干河上》等。

10. 东吴国主孙权的长兄。

11. 一种原产美洲的植物,又名夜香树,夜兰香等,同时也是一首歌曲的名字。

12. 一中央电视台著名栏目。

13. 指花跟枝、茎相连的部分。

14. 一种日本著名拳术。

15. 在气候寒冷或干燥时,用来滋润唇部,防止嘴唇因缺水而干裂的化妆品。

16. 一非洲国家名。

17. 成语，意为代人出力或代写文章。

18. 指熬中药用的罐子,多用来比喻经常生病吃药的人。

（填字游戏题目由"故事中国网"www.storychina.cn提供。作者：方忆芜）

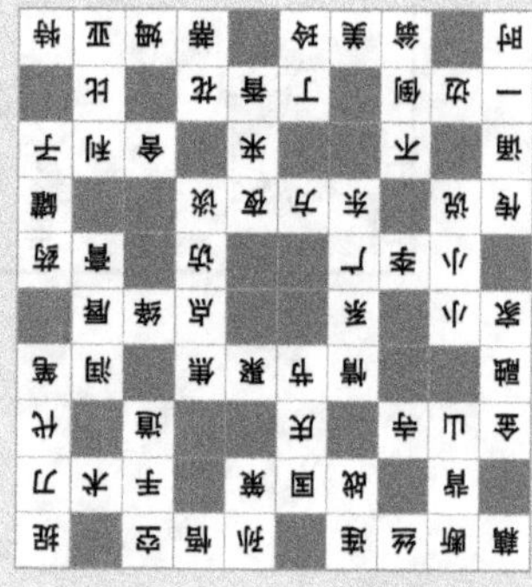

填字游戏答案

396

2007 SEMIMONTHLY 上半月版

8月

STORIES

欢迎登录本刊主办的"故事中国网"（www.storychina.cn）

故事会

STORIES

2007年8月

上半月·红版

主　编：何承伟

常务副主编：吴　伦

副主编：姚自豪（上半月·红版）

副主编：夏一鸣（下半月·绿版）

本期责任编辑：郑继文

电子邮箱：zjw002@vip.163.com

红版发稿编辑：

姚自豪　吕　佳　周　吟

特约编辑：

范大宇　崔新三　申之珉

美术编辑：李宝强

电脑制作：郭瑾玮

通　联：归依玲

本社办公室电话：021-64375030

上半月刊编辑部电话：021-64332325

下半月刊编辑部电话：021-64336469

（上海市绍兴路74号　邮编：200020）

主管、主办：上海文艺出版总社

制作、发行总监：张　凯

电话：021-64313938

广告业务：上海故事会文化传媒有限公司

广告总监：张　淮

广告业务：021-34010383

广告投诉：021-64333738

广告经营许可证

沪工商广字3100320050022号

发行：中国图书进出口上海公司

·笑话·

注：本期辑录的均为在美国流传的笑话

（本栏插图：包丰一）

预 约

有一位妇人头一次怀孕，到医院做检查。检查完毕后，医生拿出个小印章，沾上那种洗不掉的墨水，在孕妇的肚皮上盖了章。

孕妇非常好奇：医生盖这个章有什么用？她让丈夫帮着看看那个章，但那个印章上的字非常小，她丈夫也看不清楚，于是找来一个放大镜，这才看清了。

上面写着这几个字：当你能看清这些字时，请再来见我。

以防万一

妻子的预产期还没到，丈夫就接到了出海的命令，他在临走前对妻子说：“我们得准备一个男孩的名字，以防万一。”

但一直到出发，丈夫也没想好该给孩子取什么名字。

几个星期后，这位丈夫在海上接到了家里发来的电报：你的儿子“以防万一”已出生。

私人问题

商场收银柜台前排了长长的队，而且越来越长，但收银员一点也没加快进度的意思，商场也一直没有加派人手。

这时，队伍中一位男人看见商场经理正从这儿经过，便拉住商场经理，走到一个挺着大肚子的孕妇跟前，说“我得打听你一个私人问题，请你告诉这位经理 你开始排队的时候有没有怀孕？”

划掉签名

一位政府官员收到一份文件，马上随手签上名，但他发现这个文件送错了地方，于是连忙在文件上写下一行字：这份文件误送到我这里，现在我把它转送出去，我已经划掉了我的签名，并且在划掉的地方签了名。

每一样都很大

有个农民到一个度假胜地旅游，来到一家夜总会。

夜总会很大，里面还有游泳池。农民走进夜总会的餐馆，对服务员说："小姐，给我一块牛排、一杯可乐。"

服务员给他拿来一个又粗又大的杯子，并解释说："先生，在我们这里，每样东西都很大。"

过了一会儿，服务员又给农民端来一只巨大的盘子，又解释说："先生，在我们这里，每样东西都很大。"

农民喝了可乐，吃完牛排，又问服务员："厕所在哪？"

"在大厅里，向右拐第三间房。"

农民茫然地进入大厅，往右一拐，一不小心竟然掉进夜总会的游泳池，他拼命地喊："救命！救命！"

紧接着，他又想起了什么，马上大声狂叫："你们等一下再冲马桶啊！"

那是三点钟

妻子对丈夫非常佩服，因为她丈夫只要听听鸟的叫声，就能说出是哪种鸟。

丈夫很得意，决定把自己的本事传授给妻子，他买了一只小巧的闹钟，这只钟在每个正点能发出不同的鸟叫声，丈夫细心地告诉妻子每种叫声对应的鸟的名字。

这天，丈夫正和妻子坐在院子里聊天，那只闹钟里传出了一阵鸟叫声，于是，丈夫问妻子："正在叫的是什么鸟？"

妻子仔细听了会儿，回答说："那是三点钟。"

·笑话·

辩护律师

法官在审理一件刑事案时，看到被告有点儿眼熟，连忙看了下被告的记录，发现这个被告是一个职业罪犯，但奇怪的是，其中竟然有五年时间没有犯罪记录。

法官很纳闷，就问被告："你在这五年怎么没惹麻烦？"

被告说："那五年时间我在监狱里，你应该知道的，就是你把我送进去的呀。"

法官说"这不可能，那时候我还不是法官。"

"没错，你那时不是法官，但你是我的辩护律师。"

他是我儿子

这天，要登飞机的乘客正排着队检票，一位抱着婴儿的妇女眼看快排到了，她怀里的婴儿却声音响亮地哭起来，排在这位妇女前面的一位乘客不耐烦地朝婴儿看了看，马上把目光转向别处。

机场检票员接过这位乘客的机票，安慰他说："别担心，没准这孩子坐的是另一班飞机。"

这位乘客摇摇头，无可奈何地说："他肯定会和我坐同一班飞机，因为他是我儿子。"

做好准备

三个男孩正在过桥，突然听到桥下有人在喊救命，他们连忙下水，救起那个落水的人。

没想到这个落水的人是总统。总统很感激这三个男孩，答应给他们报答。

第一个男孩想要一万美元，总统给了；第二个男孩想要一辆法拉利轿车，总统也给了；第三个男孩想了想，要了一部轮椅。

总统问他"你又不是残疾人，要轮椅做什么？"

男孩说："当我爸爸知道我救的是谁后，我肯定会变成残疾人的。"

重 听

有一个老头有重听的毛病，一直没治好。后来他找到一位好医生，这医生给他配了一副助听器，老头戴上后，听得非常清楚。

过了一个月，老头又回到医生那里，医生问他：“现在你的听力非常好了，你家里人一定很高兴吧？”

老头说：“我还没告诉他们，只是坐在那里听他们说，然后修改遗嘱。我已经把遗嘱修改三次了。”

用什么钓饵

一个人准备去钓鱼，他让妻子和小姨子在院子里帮着清理钓鱼线。

这时，一个男人经过他们家门口，看见了院子里两个理钓鱼线的漂亮女人，这个男人先是愣了一下，接着讨好地问那个准备出去钓鱼的人：“哥们，你是用什么做钓饵，钓到这两个漂亮女人的？我也想买。”

拔 牙

一位妇人到牙医那里去拔牙，牙医费尽心思也无法把妇人的坏牙拔下来，最后，牙医无可奈何地说：“夫人，你的牙实在是太牢固了，想要拔掉它，除非用火车拉。”

过了几天，那位妇人又来到牙医那里，牙医却发现妇人的坏牙已经被拔掉了，于是牙医问她是怎么办到的。

妇人说：“我照你说的，找了一节火车，把牙绑在火车头上，然后——”

牙医插嘴问道：“然后火车就把你的牙拔了下来，对吗？”

“不，我一拉，把火车拉出轨了。”

“那你的牙——”

“那是被铁路工人打掉的。”

本栏欢迎来稿，读者、作者可将有新鲜感、有精彩细节的笑话佳作投寄给我们。来稿一经采用，最高稿费为一则100元。本期责任编辑电子信箱：zjw002@vip.163.com。

临终离婚

□邢竹心

我是一名律师。两天前，我接了一桩奇特的离婚案件，约好今天去办理。本来，离婚双方只要到民政局去办理就可以了，但因为这桩离婚案件很特殊，所以当事人子女才委托我代为办理。委托办理的地点在一家医院的病房里，当事人是两位八十多岁的老人。

我来到这家医院住院部一个高档病房，推开病房门，里面一片洁白素雅，一位老太太躺在病床上，戴着氧气罩，神态非常安详。病床前的小桌上，放着一束鲜艳的玫瑰花。床沿边侧身坐着一位老头，轻轻地握着老太太的手，那关切的神情像是在为老太太分担痛苦。

老头看见我，不好意思地松开老太太的手，站起身，从脸上挤出一丝笑容，说："你是邢律师吧？感谢你代表我们去办理离婚手续。"

我办理过很多离婚案件，但眼前这一桩离婚案件，竟是这样两个当事人，又是在这样一个地方，太不可思议了。老太太眼看就要离开人世，他们还有必要离婚吗？这对老太太也太残酷了吧？

老头显然看出了我的疑虑，不安地说："不好意思，邢律师……"

我没理这个老头，俯下身子，轻声问老太太："你们真的想离婚吗？"

老太太思路很清晰，断断续续地说："他……提出……离婚……我……同意……"

我又跑去问了主治医生，主治医生说，老太太的神志一直是清醒的。

老太太神志清醒，那脑子犯糊涂的就是这老头了。都这个时候了还这么折腾，真搞不懂他！

但我毕竟只是一个受委托的律师，委托人两厢情愿的事，我出于职业操守也不能多说。就直通通地问老头："你们财产分割上有什么问题吗？"

老头说"我们已经商量好了，我们的财产由几个子女共同继承，平均分配。"

我又问了其他几个小问题，但这些问题对他们这个年纪的人来说，已经都不是问题了。

只剩最后一个问题了，我压了压心里的不耐烦，问："你们感情上有问题吗？离婚的理由是什么？"

我把头转向老太太，希望她来回答，但老太太病得太重了，说起话来非常吃力，又是这老头，抢着对我说："我们感情上没有任何问题，我们的离婚也没有任何理由，我们只是……协议离婚……"

老太太点点头，脸上现出一丝笑。我看见，老太太在笑的同时，眼睛里也涌出了泪水。

我把离婚协议书交到老头手里，老头粗粗地瞄了一眼，就一笔一画很工整地在协议书上签了名字，接着，他把协议书拿到边上，把笔塞到老太太手里，把老太太的手引到协议书的签名处，对老太太说："淑英，你签字吧，签在这儿。"

老太太握住笔，哆哆嗦嗦签下自己的名字。老头仿佛完成了一件大事，舒了一口气，把协议书交到我手上，说："邢律师，麻烦你了……"

我拿着协议书出了病房，正好在走廊遇到老太太的主治医生，就停下来跟他打了声招呼，主治医生见我办好了事情，就顺口说，老太太病得很重，可能拖不了几天。

我忍不住气冲冲地说："老太太已经活不了几天，那老头还要跟她离婚，临终时还这么刺激她，真是不像话。"

主治医生看看我，说"你误会那位老先生了，这件事他们的子女倒是跟我提过。老先生和老太太是半路夫妻，老太太和前夫关系很好，前夫死前，她答应前夫一定抚养好几个孩子，但她一个人带几个孩子实在太艰难了，为了孩子才嫁给老先生。他们这半路夫妻几十年做下来，非常恩爱，但老太太一直没忘记前夫，又因为孩子不是她一个人养大的，总觉得对不起前夫，眼看要走了，她想想大半辈子在跟老先生做夫妻，就想死了跟前夫葬在一起，算是在心里对前夫有一个交代。老先生很体谅老太太，为了让老太太有一个跟前夫葬在一起的名分，这才提出跟老太太离婚。"

我听得呆了，心里涌出对那个老头深深的敬意。

（题图：安玉民）

爆破队长

□金　一

大铁和二铁是兄弟，打小父母双亡，日子穷得叮当响，两人一商量，这样下去不是个法子，就决定离开小山村，一起到外地去打工。

他们到了一座县城，才知道工作很难找。没过两天，兜里的钱便花得所剩无几。这天一大早，哥俩共着吃了一根油条，又到街上找工作。突然，二铁眼睛一亮，指着一根电线杆上的纸片惊喜地叫道："哥，有个地方在招工！"一看，原来是一个矿山在招爆破工。大铁知道这个工作很危险，但摸摸自己"咕咕"叫的肚皮，咬咬牙，说："这工作钱多，注意安全就行。我们去试试吧。"

二铁跟着也摸了摸肚皮，说："去试试吧，注意安全就行！"

两人到了矿上，矿主只瞅了兄弟俩一眼，便把他们全留下了，培训了一天，就让他俩实地操作。第一次填炸药、放雷管，两人吓得心"咚咚"直跳，手直打哆嗦，特别是点导火索时，大铁一点着便像兔子似地往后蹿，一口气逃得远远的。经过好一段时间后，兄弟俩的胆子才渐渐大起来，活儿也一步步得心应手。

排炮响过之后，经常会有哑炮。大铁胆子小，老是等了又等，但二铁不怕，遇上这种事就牙一咬，说声"俺上去"，便往硝烟尚未散尽的作业面冲，去排除哑炮。这种事连着发生了好几回，大家都对二铁佩服得不行，

称他是排炮英雄。

这事很快就传到老板的耳朵里，老板发现了人才，马上在排炮现场表扬二铁，夸二铁是条汉子，是整个爆破队的楷模，不但当众发给二铁500元奖金，还当场宣布二铁为爆破队队长。

老板一走，就到了上午放工的时间，另两个爆破工拉着大铁和二铁去了镇上，找了一个小酒馆，要二铁请客。二铁眼睛放光，从兜里掏出刚领的500元奖金，往桌子上一拍，说："今儿个高兴，都放开了喝！"

大铁急忙阻拦："不行，不能多喝，下午还要放两排炮。"

但二铁性子一上来，根本不理他哥这个茬儿，几个小菜一上，就一连喝了三杯，没多大工夫就喝成个红鸡冠。

在回去的路上，二铁悄悄对大铁说："哥，咱熬出头了，这队长当了，工资一准会跟着涨。"

下午，第一排炮放过之后，大铁数了数炮声，好像有一炮没响，他心里吃不准，又问另外两个爆破工，他们也说有一个哑炮，大铁就对二铁说："有个哑炮。"

二铁不以为然，说："你们肯定听差了，我听着刚好够数。"

三个人坚持说有一个哑炮，二铁就说："那我去瞅瞅。"他说完就站起身，大步流星朝作业面走去，到了作业面，蹲下身子没捣鼓两下，突然，"轰"地一声，哑炮响了，一阵硝烟滚起来，一下把二铁淹得没了影子。

大铁撕心裂肺地喊："二铁——"

"噌"一下从地上跳起来，冲进硝烟之中，另外两个爆破工也跟着爬起来，朝出事地点跑去。

二铁躺在大铁的怀里，嘴里不停地往外冒着血泡，看着大铁，断断续续地说："哥……俺不该喝多……这最后一炮，俺忘了不装……雷管……"

大铁的眼泪"哗哗"地往外涌，悔得直打自己的头，说："俺知道你一直留一炮不装雷管，可俺咋就没想到你刚刚得了奖，升了官，又喝了酒啊……"

（**题图、插图**：安玉民）

无间爱

□马　强

原配零件故障少，半路夫妻烦事多。用这话来形容建刚和月莲两口子，真是再贴切不过。

建刚和月莲的感情其实挺不错，问题是他俩结婚时，都带过来一个孩子，建刚的儿子叫聪聪，月莲的儿子叫康康，两个小鬼头都四岁，相差不过几个月。

建刚是名货运司机，经常跑长途，月莲一个人在家管着两个小霸王，经常按下葫芦浮起瓢，管了这个顾不了那个，渐渐的脾气就没那么好了，有时火上来，不管三七二十一就会对着小家伙的屁股来几下。虽说她没偏袒康康，但建刚回来看见聪聪屁股上的巴掌印儿，嘴上不说，心里早就起了疙瘩。这一来二去的，两口子就在嘴巴上干上了。

两个小家伙可不管你们是不是在干仗，照样欢实地闹腾。这天，康康一脚踢翻聪聪好不容易搭起的积木，聪聪哭哭啼啼前来告状，建刚才跟月莲干了一仗，正在气头上，就说："以后我们都不理他，你以后就跟爸一起玩儿。"

月莲一听这话不乐意了：这是一家子说的话吗？她把康康拉进卧室，"砰"地一声关上门。从此，建刚和月莲都不说话，月莲和康康睡一屋，建刚和聪聪睡另一屋……

冷战一直持续了好长时间，建刚心里早消气了，一直想找月莲说话，这月莲表面上看上去很平静，却不给建刚跟自己说话的机会。

这天，建刚带着聪聪正要出车，月莲突然站在门口喊住建刚，说："你进来一下，我跟你说件事儿。”

建刚把聪聪留在外面，月莲也把康康支使出去，两个人进了屋关上门，月莲的眼泪就下来了，说：“建刚，你是个好人，可是，两个小孩太小了，我和你这后爹后妈不好当……”

建刚一听，便知道月莲接下来想说什么，其实他气归气，心里还是挺怜惜月莲的，就说：“半路夫妻，哪有不磕磕碰碰的，时间长了，孩子大了，就会好的。”

月莲摇摇头，说“两个孩子都给惯坏了，谁也不肯让谁，这样闹下去，只怕摩擦越来越多，矛盾越来越大，到时候只怕亲人也要变成仇人。我和你两家合一家，啥也不图，就图能和和美美地过日子，这个样子下去，那还能叫日子呀。不如——”

建刚急得直抓自己的头发，说：“都是我不好，老是在外面跑，顾不了家。要不，我把车卖了，跟你一起在家管这两个小子。”

月莲说：“你把车卖了，你能干什么？再说了，两个小鬼哪个省心了？你以为你回来就管得好？只怕越弄越僵……”

两个人正这么说着，外面忽然又闹腾开了，康康和聪聪两个小家伙在客厅“哇哇”直哭。开门一看，建刚和月莲都给惊呆了：只见聪聪和康康光着身子，紧紧抱在一起，正哭得稀里哗啦。

建刚和月莲急忙跑上去，一齐问道：“怎么了，怎么了，到底出什么事儿了？”

聪聪和康康啥也不说，一边“哇哇”地哭着，一边用小手指着自己的肚皮，建刚一看，天啦！两个小家伙的肚皮竟然紧紧地粘在一起。建刚试着把他们分开，哪知稍稍一动，就把两个小家伙扯得“哇哇”乱叫，他们的小肚皮却仍然紧紧地粘在一起，没分开一丝一毫。

原来，两个小家伙这几天没在一起玩，都想念对方了。被爸爸妈妈放在客厅后，马上乐呵呵地玩在一起，别提有多高兴了。他们打开电视，看到电视上在播一则连体婴儿的新闻，电视上的两个婴儿肚皮粘连在一起，两个人面对面躺着，你看着我我看着你，乐呵呵地笑着，小脚丫乱蹬，真好玩。于是，他们找来绳子，也将自己捆在一起，然后躺在沙发上，学着连体婴儿的模样，胡乱蹬着腿，“嘎嘎”大笑！

两人没蹬几下，绳子就散开了。康康突然想到强力胶水粘东西很牢，要是用强力胶水把两人的肚皮粘在一起，那就再也不会散开了。这样一想，他马上跑到杂物间，找出一瓶强力胶水，然后把自己和聪聪的衣服都脱掉，把强力胶水抹在各自的肚皮上，然后紧紧抱在一起，不一会儿，果然把两个人的肚皮紧紧地粘在一起了！

刚开始两个小家伙都觉得很好玩，又是蹬又是叫的，过了一会儿，两个人都玩累了，想分开了。于是，聪聪使劲推康康，康康也使劲推聪聪，但把肚皮扯得生疼，就是推不开。两个小家伙这下怕了，急得“哇哇”大哭。

建刚急得满头是汗，东一转，西一跑，在屋里一会找来根牙刷，一会找来支筷子，一会又找来把水果刀，他每找一样都看一看，比划一下，都觉得不妥！看着两个小鬼头痛得又哭又叫的，建刚又急又恨又恼，猛地扇了自己两耳光：“这到底算哪门子事儿呀……”

月莲在一旁也是又着急又难过，“哇”地一声哭起来。这世上的事儿就是怪，两个小家伙见爸爸妈妈急成这个样子，反倒不哭了。康康说“爸爸，妈妈，你们都别难过，要是我和弟弟分不开，我们就一起吃饭，一起睡觉，一起走路，一起洗澡，一起上厕所，尿尿的时候，我让弟弟先尿，等他尿完了，我再尿……”

聪聪跟着也说：“我们天天在一起，保证不吵嘴，不打架。”

建刚一把抱住两个孩子，这边亲一下，那边亲一下，泪如泉涌……

听到动静赶过来的邻居帮着把康康和聪聪送到了医院，医院对康康和聪聪成功实施了手术，两个孩子躺在同一病房的两张病床上，月莲在病房里照料着他们，刚被康康叫过来，又被聪聪呼过去，忙得像个陀螺，却乐呵呵地合不拢嘴。

建刚出车回来，在家里做好饭，再带到医院来，喂一口康康，又喂一口聪聪，一不留神，竟把饭勺伸到了月莲的嘴边，月莲笑着打了建刚一下，红着脸张开嘴，把递过来的饭也吃下了……

（题图、插图：安玉民）

（本栏目欢迎来稿。来稿可从邮局寄发，也可从网上传递。如为电子邮件，请发以下信箱：zjw002@vip.163.com。）

说大事、小事,普通人的身边事
讲闲话、实话,老百姓的心里话

刷卡：刷出你的精彩来

民间有这么一则笑话：那时刚实行刷卡，有个农村老大娘到城里来，上了公交车，看到一个穿戴很时髦的小姐上车后没买票，只是将屁股对着车上的一个什么玩意一靠，“滴”的一声后就走进车厢了。老大娘觉得挺奇怪：怎么只要屁股往上一靠就能乘车了？于是老大娘也没买票，只是使劲地把屁股往那玩意上靠……全车人看了全乐了。老大娘不懂那是IP卡，那玩意叫刷卡机，她见司机还是要她买票，就愤愤不平地说：“你这个小伙子也太不地道了，人家漂亮姑娘跟你撅撅屁股你就让人家进去了，我老太婆跟你撅了这么多次屁股，你还让我买票？”

当然，这个笑话是在调侃农村大娘，其实，也正是这么一张小小的“卡”，见证了我们国家这二十多年来的星移斗转、沧海桑田！

·第一个故事·

当年的那张信用卡

这故事离现在有点年头了，那是发生在1985年的事。有个美国小姐，叫萨丽娜，在一家政府部门工作。她是华裔，但从小生在美国，一句汉语也不会说，但一直想到中国来看看，正巧中国有个民间组织邀请她，于是，萨丽娜飞到了北京。

事情发生在星期天，那天，接待方要萨丽娜休息休息，可萨丽娜却一刻也闲不住，她穿了件风衣，一大早就跑到了大街上，她一时兴起，上了一辆公交车。她掏钱买票，可售票员却不收，因为她掏出的是美元。她拿出信用卡要刷卡消费，车上的人都笑了，大家议论纷纷，但萨丽娜一句也听不懂，售票员做了几个动作，萨丽娜明白了，那是不收她的车票了。

一会儿，萨丽娜想下车了，她想从钱包里掏点什么东西送给售票员做个纪念，可就在她的手伸进口袋的时候，萨丽娜发现钱包丢了，她大叫："谁偷了我的钱包？"可车内的人都听不懂她的话，不知道她在说些什么，萨丽娜急了，她害怕再呆在车里还会发生什么事，于是一个劲地擂着车门大喊大叫，司机无奈，只好停车开门。萨丽娜跳下了车，她想哭，可哭不出来，在这个陌生的国家，语言又不通，真是难呀！

就在这时，萨丽娜看到刚才那辆车在前方停了，有个男人跳下车，冲着她跑了过来，还一边挥舞着手喊着。萨丽娜不知道那人喊什么，看他气势汹汹的样子，赶紧逃了。

接待方很快知道了萨丽娜的遭遇，立即向上级汇报，但这时萨丽娜已经向美国驻中国大使馆打了电话，作了丢失记录，她知道，凭她的信誉度，在24小时之内，她就会得到美国银行给她的一千美元应急款和一张免费的回程机票。

这天晚餐，接待方为萨丽娜举办了宴会，中国菜太可口了，加上好喝的茅台酒，萨丽娜喝醉了，连夜被送到了医院，就在这时，一件意想不到的事发生了——为萨丽娜救治的医生，就是白天跳下公交车追她的男人！原来，萨丽娜的钱包掉在车上，那男人发现了，于是跳下车来还给她，没想到萨丽娜跑得比兔子还快，后来他就把钱包交到了派出所。

经过联系，警察很快赶到了，他们将东西交还给萨丽娜。萨丽娜从钱包中抽出那张信用卡，对那医生说："我这张卡很贵重，因为它上面有我的信誉记录，而且，不管谁拥有了它，都可以透支，最多可以透支5万美元，当然，现在这张卡已经作废了，我们国家的银行已经给我补办了新的卡。”

当时，那医生和周围的人都不懂萨丽娜说的“透支”是什么意思，也不明白“信用卡”是什么玩意。萨丽娜出院时，她把这张信用卡送给那医生，说是留个纪念。

就这样，萨丽娜带着对中国美好的印象回到了美国。

话分两头说。那个医生姓谢，他从萨丽娜小姐那儿知道了什么是信用卡，他更没有想到，十年后，中国发生了翻天覆地的变化，银行卡也已经像当年公交车上的月票那样司空见惯了。1996年，谢医生想到美国探望一个亲戚，可是，他的签证连续两次被拒签，后来，谢医生第三次来到美国大使馆办签证，可是，他仍被拒签，谢医生火了，问为什么，那个签证官耸耸肩头，说谢医生有移民倾向。

谢医生申辩自己只是去探亲，马上就会回来，那签证官冷冷一笑，说：“我凭什么相信你？”

谢医生掏出萨丽娜送给他的那张美国信用卡，向签证官讲述了萨丽娜的故事，签证官听了后被感动了，他说要请示一下他们的主任。不一会，一个中年女人从里面走出来，谢医生做梦都想不到，那个签证处的主任居然就是萨丽娜！

萨丽娜笑吟吟地快步上前，一下子握住了谢医生的手：“谢先生，欢迎去美国！”

萨丽娜说，正是那次中国之行，让她了解了中国，也爱上了中国，遗憾的是，当初她没有问他的名字，害得她无处寻他。

这时，谢医生看到那个签证官正对萨丽娜挤眉弄眼，萨丽娜见了，笑着说：“我让他们帮着找你，说谁能找到你，我将酬谢他们三千块钱。”

谢医生指着那签证官，愤愤不平地说：“可是，他两次拒签了我，你不能给他钱。”

萨丽娜说：“不行的，不管怎么说，是他发现你的，我得讲信用。”说着，萨丽娜上前一步，一下抱住谢医生，在他的脸上重重地吻了一下。

•第二个故事•

当了一把小偷

侯德山是一个村主任，别看他官不大，脾气却不小，嘴上常说的一句话是“当官不为民做主，不如回家卖红薯”。去年，全乡大旱，田里的庄稼几乎绝收，老百姓把希望都寄托在今年，眼下，正是玉米拔节的好时机，可乡里答应资助的化肥却迟迟不到，这天，侯德山实在憋不住了，推着自行车就往乡里赶去。

侯德山到了乡政府，见大门敞开

着，连门卫室都空空的，以往，政府大院里总是人来人往的，今天不知咋的，冷冷清清的。侯德山到了乡长办公室，门虚掩着，里面没人。侯德山和李乡长平时很熟悉，所以他就推门走了进去，坐到那张黑色大转椅上，心想：哼，当官不为民做主，可惜了这张好椅子！

坐着等了一会儿，还不见李乡长回来，侯德山闲着无聊，想找几张报纸翻翻，可就在他拿报纸的时候，顺手一撩，桌子角上的一个信封掉了下去，信封里的东西散落一地，侯德山急忙去捡，就在这一刻，侯德山惊呆了：信封里放的是十几张银行卡！

侯德山想把卡放回去，却从信封里滑落出一张纸，他打开一看，里面是一张表，上面分别写着李乡长、王副乡长、张副乡长等人的姓名、卡号和密码，看到这里，侯德山顿时气得直哆嗦：好哇，怪不得总说乡里没钱，原来钱被这些蛀虫吞了！他们还真聪明，现金扎眼，一人发一张卡，真够损的！哼，今天让我碰上，我得好好治治他们！

主意打定，侯德山把卡揣进自己腰包，想了想，写下四行字：“王侯也有穷出身，道德良心是根本；东山有株向阳草，暂借赃款救百姓。”

侯德山出了乡政府大门，骑上自行车，先去农资公司打听了化肥的一些情况，然后往东一拐，去了乡工商银行营业所。

侯德山来到营业窗口，递上一张卡，说是要取款，还说有多少取多少，取款要密码，这也难不倒侯德山，他有，他一边看纸上的密码，一边往里输。这时，银行的工作人员站起身，让他稍等等，转身进了里间，好一会儿，她才出来，笑着说系统有问题，等一会儿再办。侯德山觉得很奇怪：有卡，有密码，咋还取不出钱呢？

过了一会儿，突然，身后有人拍侯德山的肩膀，回头一看，是两个警察！原来，侯德山拿了卡离开乡政府没多久李乡长就回来了，发现卡被偷，就立刻向派出所报了案，派出所通知了银行，银行的工作人员发现有人拿了卡来取钱，便立刻报了警。

警察把侯德山带到乡派出所，所长是侯德山高中时的同学，见偷卡的人是侯德山，傻了，侯德山也不隐瞒，把事情的前后经过跟他说了一遍，他还把每句话的第二个字用笔圈起来，对所长说：“你连起来读读。”所长连起来一念，是“侯德山借”。

正在这时，所长的手机响了，是李乡长打来的电话，所长赶紧把情况在电话里说了，李乡长让侯德山听电话，他在电话里对侯德山说：“德山哪，化肥的事儿，我实在是没办法了！昨天，我召集乡里干部开会，让大家为几个受灾的村捐点钱，每人两个月工资，今天早晨大家都把卡交上来了。我准备让办公室的人把钱取出来给你送去，可今天早晨乡东头的一家酒店突然着火，整个乡政府的人都去救火了，救完火，我回来一看，卡被偷了，所以我就报了案……”

侯德山听到这里，傻眼了……

•第三个故事•

两张银行卡

这天上午，银行取款机前跑来一个年轻人，后面跟着个老太太，一边跑一边嚷：“给我站住，还我的银行卡！”街上的人一听，“呼啦”一下就把年轻人围起来了。这一下小伙子没急，老太太倒急了：“大家别动手，这是我儿子。”大伙这才知道是家庭纠纷，忙住了手。

原来老太太的儿子是个“啃老族”，挺大一条汉子不找工作，整天在外面胡吃海花，没钱了就跟家里要。他爸以前上班有工资还能过得去，后来下了岗，就没钱供这个大少爷挥霍了。要不出钱来，这小子就跟他爸妈翻了脸，离开家半年多没回。上个月，他家的房子拆迁，得到一笔补偿金，听说有八万块，就又上门来要钱了。他老爸被气得够呛，一气之下把钱都存到了银行卡里，随时不离身，可就在前几天，他老爸出门竟出了车祸，当场身亡。老爸不在了，这小子便没了个怕，冷不防从老妈手里抢过这卡，奔这里取钱来了。

大家听完纷纷谴责这不孝的儿子，可这小子满不在乎，插进卡去就想取钱，可是取钱的机子提示要他输入“密码”，他回头问老太太：“密码是多少？”老太太拗不过儿子，只好说“你爸走得急，只跟我说过一句，说是用生日编的。”儿子不耐烦地说：“那他生日是多少？”这话一说，旁人全直瞪眼：看这做儿子的，连老爸生日都不知道！有人怂恿老太太别说密码，可老太太还是疼儿子，照实说了，儿子把老爸的生日输进去，但

是电脑提示：错！

儿子歪着头想了想，问老太太：“你的生日呢？说不定老头用了你的生日。”老太太照实说了，可输进去还是不对，儿子的火上来了，一把揪住老太太问：“你是不是在骗我？密码真是用生日编的？”老太太吓得直哆嗦，颤抖着身子说：“说不定你爸用的是你的生日。”儿子一阵冷笑，暗自想：老爷子宰我的心都有，还会用我的生日？不过眼下没别的办法，他将信将疑地把自己的生日输了进去，没想到这回密码竟然对了！

就在这一瞬间，儿子的心被震撼了，他久久说不出一句话来……

据说，这故事还没有完，儿子取了钱后没有乱花，他对妈说：“原来爸心里还真想着我，这钱您留着养老吧。”老太太一听眼泪就出来了，她说：“儿啊，我就实说吧，拆迁费其实是二十万，另外十二万存在另一张卡上，这卡在我这儿，密码还是你的生日。你爸说了，你要是拿走那八万，这十二万就留给我，要是不拿，这二十万就都给你成家立业。”

儿子听了，哭了……

•第四个故事•

含金量最高的卡

蔡大发这个人别的都好，就是爱虚荣。这天，儿子要吃螃蟹，蔡大发就转悠到了海鲜市场，按一般人，买就买吧，可蔡大发买蟹时那个架势，别人还以为他是家产有几千万的大老板，你看他，打开钱包，钱包里放着几十张各式各样的卡，可一大半全是饭馆、商场、洗浴城的优惠卡……

蔡大发买了蟹回家，走在路上，一个“光头”擦肩而过，等蔡大发回到家里，发现钱包没了，这钱包里装着他全部的家当，都是他挣的辛苦钱啊！其实，他只是个小职员，业余时间跑点保险，日子还算过得去，可他爱慕虚荣，总想混充大老板，这回麻烦可大了。

到了这个时候，蔡大发才想起那个擦肩而过的“光头”，一定是被他偷的。当务之急是赶紧去挂失，也就在这时，蔡大发的手机响了，是老婆打来的，她在电话里说：“大发呀，我出差了，今天你去接孩子……”听着老婆啰嗦个没完，蔡大发又不能告诉她丢钱包的事儿，赶紧打发了老婆，挂了电话，他努力调整心态：“别慌，别慌！先想想哪张卡含金量最高，对，是工商银行的那张……”工商银行的那张，里面存着这五年的工资，七万多块，要是这钱被小偷取走了，可真要命了，于是，蔡大发从家里翻出户口本，先去了工商银行。

接下来挂失的是那张建设银行的龙卡，那卡里是蔡大发磨嘴皮子跑保险挣的辛苦钱，五千多块……再下来，就是农业银行，那卡里有两千多

块私房钱……

走出农业银行，蔡大发一屁股坐在了台阶上，长长地舒了一口气：总算没损失一分钱，看看表，这时都快六点了，他这才想起接儿子，猛地跳起来，打了的士，往幼儿园赶去。

来到幼儿园，到了儿子的班，老师正在锁门，蔡大发赶忙问："老师，我儿子呢？"老师一脸疑惑地笑着说："蔡先生，你不是托朋友把孩子接走了吗？"

蔡大发心里一惊："朋友？什么朋友？"

老师笑着说："你可别吓唬我啊！你的朋友是个光头，他说你很忙，他还拿着儿童接送卡……"

蔡大发脑袋"嗡"的一下，差点没摔到地上。

这时，手机响了，里面传出阴阳怪气的声音："蔡老板，你的银行卡我一张也没动，不过，看你那么忙，我帮你把孩子接回来了，我这么辛苦，怎么也得给点跑腿费吧？多了我也不要，看你那么多卡，就给我五十万吧！对了，想不想听听你儿子的声音？"

电话里传出"啪啪" 两声，像是在打耳光，然后是儿子撕心裂肺的哭叫："啊……呜……爸爸……"

听见儿子的哭喊，蔡大发心如刀割，他恨自己太爱虚荣，弄了这么些卡显摆，现在怎么办？他怎么也拿不出绑匪要的数目呀，蔡大发急火攻心，一下昏厥了……

当然，最终还是警察把蔡大发的儿子解救了出来，从此以后，蔡大发爱虚荣的毛病就改了，而且，他碰上熟人还会说："什么卡含金量最高？记住，是幼儿园的儿童接送卡……"

"当年的那张信用卡"作者：范大宇；"当了一把小偷"作者：刘静宇；"两张银行卡"作者：於全军；"含金量最高的卡"作者：王彦民。

（本期"百姓话题"由"新北方故事沙龙"策划、提供）

（题图、插图：刘斌昆）

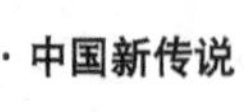

罂粟花之谜

□刘建东

陈贵田是陈家村的农民，有一手种花的好手艺，日子本来过得挺太平，哪知道，这天突然出了大事。

这天刚过晌午，一部警车开进陈家村，停在陈贵田家门口，下来两三个警察，直奔陈贵田家的后院，只见满院子盛开着灿烂的鲜花，一个警察指着这些花，对陈贵田说："你好大的胆子，竟敢在家里种植罂粟！"

陈贵田本来很紧张，听了这句话就松了一口气，连忙说："你们再细看看，看它们是不是罂粟！"

警察瞪了陈贵田一眼，说："你是说我们连罂粟也不认识？都开成这样子了，不是罂粟会是啥？"

陈贵田说："是不是罂粟，我们说了都不算，把专家请来看看不就清楚了吗？"

警察不敢大意，连忙给市局缉毒处打了电话，不一会，缉毒处派来了一位专家，蹲在花前细细观察一番，对带队的警察说："这花叫虞美人，和罂粟同属罂粟科，看上去很像罂粟花！"

警察连忙为这场误会向陈贵田道歉，陈贵田倒也大度，手挥一挥，这事就算过去了。

没想到这边没事，院子外围观的村民中却有一个人不乐意了，谁？这人叫王天保，就是他报警招来警察的。陈王两家世代不和，互不往来，前几天，王天保和几位朋友搓麻将“小来来”，竟然被派出所抓个正着，罚了一千多块钱，王天保思来想去，认定是陈贵田向派出所举报的。今天上午，他骑车路过陈贵田家，不经意朝陈贵田家的后院一瞅，吓了一跳：好家伙，满满一院子罂粟花，怪不得陈贵田日子过得这么滋润，原来是在弄这个。这还了得！就算你陈贵田没跟我结梁子，这事我王天保也不能甩手不管。他急忙赶到镇上，拨了公安局的电话……

王天保回到家，越想越觉得那陈贵田有问题，陈贵田种花成了精，那虞美人跟罂粟花长得那么像，他不会把罂粟混在虞美人里面种啊？就算不混在虞美人里，他也能用其他的法子呀！太有可能了！不行，这事我不能不管！

一转眼又过了十多天，这天一早起来，王天保看见上初中的儿子在院子里挖了几个坑，正朝坑里撒种子，便问儿子种的是啥，儿子回答说：“我向陈小军要了些虞美人的花种，在我们家的院子里也种上。”

陈小军是陈贵田的儿子，没想到父辈明里暗里斗着，陈小军却和王天保的儿子很合得来。王天保看着儿子撒了种子，盖上土，再浇上水，一直没吱声。

几个月后，公安局又接到举报，说陈家村王天保家在偷种罂粟，这回公安局的人记着了上回的教训，请了上次那位专家一起到了王天保家，警察到王天保家的院子一看：这不又是虞美人吗？还是那位专家仔细，指着其中的一株说：“这株是罂粟，其他的才是虞美人。”

事情严重了，警察马上召来王天保，王天保不惊慌，笑呵呵地说：“警察同志，我不知道这是罂粟花，我是当虞美人种的。”

警察说：“别看你只种了一株罂粟，性质严重着呢！请你马上跟我们到局里协助调查。”

这王天保到了公安局一点也不紧张，笑呵呵地对警察说：“花种是陈贵田的儿子陈小军给我儿子的，源头在陈贵田身上，你们赶紧去调查他，肯定一查一个准。”

没想到警察还没传唤陈贵田，陈贵田却自己跑到派出所来了，对警察说：“王天保肯定是无辜的，花种是王天保儿子向我儿子讨的，但我们家的花种里不可能有罂粟，希望公安局能一查到底。”

公安局上次误将陈贵田家的虞美人当成罂粟花后，又对陈贵田的社会关系和经营活动做了些调查，知道陈贵田是个本分的种花人，陈贵田不含罂粟的花种却长出罂粟来，这事情太玄乎了，背后肯定还有第三者，而那个报案者显然是知情人，现在得先找

到这个报案者。

公安局调出报案者的报案录音，虽然这个人故意捏着嗓子，但仍觉得这声音很熟悉，拿着录下的声纹一比对，吓了一跳：这个人不是别人，正是王天保自己。

警察又传唤了王天保，严肃地问他："你自己举报自己种罂粟，玩的什么花样？"

王天保一看自己的精心策划露了馅，慌了，结结巴巴地说，他一直怀疑陈贵田在种罂粟，那天见儿子种下

陈小军送的虞美人花种后，心里冒出个念头：为了让警察调查陈贵田，得使苦肉计。于是，他钻天打洞想办法、找关系，终于弄到几粒罂粟花种，挑了其中最好的一粒混在那些虞美人花种中，等这株罂粟和虞美人一起开花时，再自己举报自己，这样一来，公安局一定会顺藤摸瓜，全力调查陈贵田，陈贵田种植罂粟的非法行为便会大白于天下。

警察知道事情原委后，又是生气又觉着好笑，说："你真是挖空心思，但罂粟是能随便种的吗？你就在这儿老老实实地呆着，等候处罚吧。"

公安局又找陈贵田了解情况，陈贵田把两家的关系跟警察作了解释，再三保证王天保这个人很正直，这样做的出发点也是好的。公安局这才认定王天保没有违法的故意，且情节轻微，对王天保严厉地进行了一番教育，把他放了回来。

王天保从公安局回来后，直接来到陈贵田家，握住陈贵田的手，感激地说："大哥，如果不是心里积着对你的怨气，我就不会把你想歪，更不会做出那种糊涂事。冤家宜解不宜结，想不到我活了几十年，现在才懂这个理儿！"

（题图、插图：魏忠善）

（本栏目欢迎来稿。来稿可从邮局寄发，也可从网上传递。如为电子邮件，请发以下信箱：zjw002@vip.163.com。）

区长的绰号

□孙一农

袁局长管着城管局，丈夫李志明又当着区长，别人看着她人前人后挺风光，其实，她每天忙得脚不沾地，得了空就只想喘口气儿，根本顾不上风光。

这天，袁局长又在外面忙了一整天，下班回家时，忽然在家门前的楼道上看见一个可疑的人，这个人一张脸满是烟灰，一头乱发，手里还拎了只鼓囊囊的破袋子，他一见袁局长上来，眼神儿忽闪几下，迅速把身子挪到楼角的暗影儿里，还把脸对着墙皮，不让袁局长瞧见自己的模样。

袁局长见这人眼生，又是这副打扮，心里就有了警惕，故意提高声音喝问："你是干什么的？你找谁？"

随着她这一声喝，立刻涌出来一群邻居。

哪知道这家伙根本不怯场，连头都不抬，满不在乎地说："你们这是在干啥？我来找我们村的毛贼！"

袁局长大吃一惊，嚷道："原来你还有同伙呀！快，快去个人到我家看看，是不是还藏了人！"

就在这时，袁局长家的门开了，她丈夫李志明探出头来，困惑地望了望门外："怎么回事？我听到好像有人在找我？"

有位邻居连忙说："李区长，这个人说要找他们村的毛贼，却跑到我们这里来了！"

李志明一听就咧嘴笑了："谁找

我呀？”跟着他伸一下舌头，接着说，“毛贼是我小时候的绰号。”

邻居们一听，“哄”一下笑开了：“哈哈，李区长小时的绰号叫毛贼！”

袁局长哪里知道丈夫有这么难听的绰号，她觉得很难堪，不禁涨红了脸，扯了一把丈夫衣角：“你开什么玩笑？你怎么会有这么难听的绰号？我可是一点也不知道。”

那个站在楼道角落的人一听，嘀咕说：“这绰号能让你知道？这是他小时候跟我一块偷红薯得来的……毛贼，你说是不是？”

李志明一听那个人的声音，立即满是惊喜地扑上去，一把抱住那个人，不住地摇晃：“哎呀，正亮，原来是你呀，你什么时候来的？快，快进屋里坐。”

袁局长一听正亮这名，马上想起来了，丈夫蛮早就跟她讲过，正亮是丈夫小时在村里关系最铁的哥们，那阵子生活困难，肚子经常吃不饱，正亮没少从牙缝里省下口粮接济丈夫，丈夫好多回提起正亮，都说要报答他，可三十多年过去了，也没把正亮邀来一次。哪晓得今儿个来了，还被当成了坏人……想到这里，袁局长觉得很不好意思，她放下板着的面孔，讪讪地走上前，请正亮到家里坐。

正亮却不买袁局长的账，死活不肯离开那个楼道角，说：“你们家我就不去了，只要你们还记得我们这些穷乡下人，就行。我的事办完了，这袋红薯留给你们吃。”说着，他就把手里的袋子递给李志明。

李志明急得眼睛都湿了，说：“你为什么连我家的门都不进？总不成就为了喊我的绰号才来的吧？”

正亮“扑哧”一声笑了，说：“没错，我今儿个就是专门来喊你绰号的。你可别以为我小心眼儿，我来喊你绰号，是因为你老婆前天在后市街，大声嚷嚷着喊我的绰号！”

袁局长吃了一惊，连忙细一看正

他一说完，卡车的后车板"哗"地一下打开了，里面摆着一篮又一篮的葡萄！

校长困惑地问："你们这是——"

那位中年男子从怀中掏出一本作文簿，说："这本子是我女儿昨天卖葡萄时在公园旁边捡的，上面有钱洪明同学写他爸爸的一篇作文，我女儿给村里人看了后，好多人都哭了！这篇作文里说的钱洪明的爸爸钱刚梁，我们太熟悉了，他的腿就是在为我们村修引水渡槽时被石头砸断的呀。那引水渡槽是你们城里人捐资为我们建造的。渡槽把江水引到我们那里后，荒山全变成了良田，现在漫山遍野全是我们种的葡萄。想不到钱刚梁师傅却生活得这么困难，还有赵明明和张可可同学家，连给老人买一块钱的葡萄都不行……"

中年男子抹了把眼泪，继续说："我们不知道钱刚梁师傅家的地址，但他儿子的作文簿上有你们学校的名称，我们村子里的人都想来看看钱刚梁师傅，请你这就找个人，带我们去钱刚梁师傅家看看。这车上的葡萄，请给每位同学发一串，带回家跟父母一起品尝，算是我们对城里人的一点心意。"

全都笑起来

校长一把将躲在后面的赵明明和张可可揪出来，让他们向大家道歉。渴死牛村的乡亲们听着听着，先是惊诧，后是疑惑，后来实在忍不住，全都笑了起来！

没想到，就在大家都哈哈大笑的当口，赵明明和张可可一齐大叫一声："报告！"

校长看看两个调皮鬼，问："你们又冒出什么怪念头？"

张可可说："我们想不明白，既然渴死牛村现在很富，为什么要让一个比我们还小的小姑娘到城里卖葡萄？"

那位小姑娘一听就站出来，说："这是因为我们班在开展社会实践活动，班主任老师要求我们每个人至少参加一次活动。我的活动就是进城卖葡萄！"

张可可又问："那你昨天怎么哭着跑了？"

小姑娘说："那时我刚看了钱洪明的作文，心里怪难受的，又听你们说得那么苦，早就想哭了，被你那一嚷，再也忍不住，把葡萄塞给你们就哭着跑了回来。回到家再一看钱洪明的作文簿，才知道你们和钱洪明不光在同一个学校，还是同一个班的。我爸爸知道情况后，跟村里的大伙儿一合计，一大早就带着我们赶过来了……"

原来是这样！赵明明和张可可相互看了一眼，也跟着大家笑了起来。

（题图、插图：黄全昌）

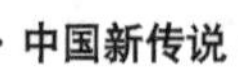

你爹还活着

□路　华

镇上有个青年叫阿海，这个人好吃懒做，高中毕业后，家里叫他学补鞋，他嫌脏；又帮他联系到县城，找了个扫街的临时工，他嫌累。这样过了几年光景，阿海在家里什么事都不想干，呆得烦了，就跑到省城打工，可他到了省城又是三天打鱼两天晒网，什么事都瞧不上眼，没找到一件自己做得下去的工作。这天，阿海在街上晃悠，忽然灵机一动，终于想到一个自己能够做得惊天动地的好活计。

他赶紧回到住处，找出父亲的一张相片，拿着相片来到市中心广场，找到在那里为游人画像的老茂叔，请老茂叔把这张相片画成一尺大小的画像，然后在画像下面写上一句话：因为父亲意外死亡，家庭困难，无奈辍学，请求各位叔叔阿姨大爷大妈给点帮助。

老茂叔是阿海父亲的好朋友，听了阿海的话大吃一惊，问：“你这是干什么？”

阿海朝老茂叔旁边一个乞丐的破碗里“当”地扔了枚硬币，说：“我想干这个！”

老茂叔看得目瞪口呆，好半天才说：“那你明天再来！”

阿海第二天兴冲冲地跑过去，老茂叔没跟阿海说那画的事，却指着身亮，嗨，这不是后市街那个卖烤红薯的吗？他一年前就在后市街摆烤炉卖烤红薯，经常占用人行道，他用的那种烤炉能推着走，见了城管执法的就推着跑，袁局长对他很头疼，撵过他好几回。前天下午，袁局长带着几个城管队员突击检查后市街，正亮一看城管来了，推起炉子就跑，袁局长追不上他，就在后面大喊："站住！有种别当'逃兵'！"围观的市民听了，全都哈哈大笑。

于是，袁局长小心翼翼地问："你的绰号叫'逃兵'？"

李志明一听又笑了："可不是嘛，那时候我们一起去偷生产队的红薯，为了掩护我们，他总是被人追，他逃得比兔子还快，谁也追不上他，守护的人气不过，就给他取了个'逃兵'的绰号，一来二去的，就叫开了……"

正亮说："我这绰号跟你一样，也是好多年没人叫，可我现在跟你不一样，我喊你'毛贼'，谁信？她一喊我'逃兵'，别人就笑弯了腰。我进城一年来，每天都像在打游击，让她手下的人追得像逃兵，咱乡下人到城里谋生，咋就没一块地儿？你毛贼不也喜欢吃烤红薯吗？"

李志明听得心里沉甸甸的，他思谋了一会，说："好，今晚我就搞个意见出来，明天一早交区上讨论，好好规整一下，让你们这些从乡下进城的人都有个固定的地儿，不让你们再被撵着逃。"

袁局长红着脸，给正亮鞠了一个躬，说："正亮哥，对不起，我不应该撵你，更不应该喊你的绰号。要不，你也喊喊我的绰号吧，以前，村上的人都喊我'丑丫头'！"

满楼道的人听得哈哈大笑。

（**题图**：**插图**：魏忠善）

· 中国新传说 ·

“调皮鬼”的恶作剧

□方赛群

吓哭小姑娘

这天下午，五（4）班的两个调皮鬼赵明明和张可可约好到公园里玩，没想到他们还没走到公园门口，便被一阵吆喝声吸引住了：“卖葡萄喽！甜甜的葡萄喽！”

顺着声音望去，卖葡萄的是一个瘦瘦的农村女孩，最多十一二岁的样子，提着个竹篮子，喊得嗓子都快哑了。

赵明明说：“她卖葡萄肯定是为了攒学费！”

张可可马上反驳“不对，肯定是为了维持生活！”

赵明明又说“你说的也不对，没准是为了给她爷爷奶奶治病……”

张可可不想争，心里却突然冒出个主意，说“唉，农村孩子就是可怜，我们把她那篮葡萄买下来好不好？班上钱洪明他老爸双腿残废，还自强不息，真了不起。我们把葡萄买下来送给钱洪明老爸吃，好不好？”

赵明明一听就跷起大拇指，说：“高，有创意！”

他们把身上的零花钱凑起来一数，有二十多块，看来是够了。

如果顺顺当当地买下那篮葡萄，这两个家伙就不是调皮鬼了。只见张可可眨巴几下小眼睛，对赵明明说：“我能先把她逗哭，然后再把她逗笑，你信不信？”

“别吹牛了！买她的葡萄她当然会笑，可好端端的，你怎么让她哭？”

“不信是不？你就瞧着吧！”

张可可说完，就朝那小姑娘喊：“喂！卖葡萄的，快到这边来！”

小姑娘听到有人叫，一溜小跑就来到赵明明和张可可跟前，笑呵呵地问：“两位哥哥，是要买我的葡萄吗？”

赵明明不接她的话，反倒问她：“你是哪个村的？”

小姑娘回答说：“青山乡渴死牛村的。”

张可可知道这是赵明明在故意搅和，连忙叹口气，说“多好的葡萄哇，可惜没钱买！”小姑娘笑着拎起一串葡萄，说：“这串葡萄一块钱够了，一块钱，你们总有吧？”

“可我们连一块钱也没有！”

小姑娘侧头看了看赵明明和张可可挂在胸前的校牌：“杨柳青小学五(4)班赵明明……张可可……你们怎么一元钱都没有呢？”

张可可说“我们两个是贫困生，爸爸妈妈都下岗了，奶奶瘫痪着躺在床上，她最喜欢吃葡萄了，可我却没钱买……”

张可可一边拖着哭腔说着，一边偷偷观察小姑娘的表情，只见小姑娘睁着大大的眼睛，也不知在想什么，但一点也没有想哭的意思，眼看一旁的赵明明忍不住快笑出来了，张可可急了，大吼一声：“你怎么一点同情心都没有？我说的全是真的！”

他这一嚷不打紧，小姑娘“哇”地一声大哭起来，把一篮葡萄往张可可手里一塞，捂着脸跑了！

开来一辆大卡车

小姑娘这一跑让赵明明和张可可好一阵没回过神来，过了许久，赵明明小声问张可可：“她……这算是被你逗哭了，还是被你吓跑了？”

张可可看看赵明明，又看看手中这篮葡萄，猛然一拍脑袋，说：“啊呀不好了！如果她是被逗哭的，那我们就是骗子；如果她是被吓跑，那我们是……抢劫？”

“啊呀！我的妈呀！”赵明明一听“抢劫”两个字就吓坏了，一下跑得远远的，“呜里哇啦”自己哭开了。

张可可更急了：“你还顾得上哭呀！这玩笑开大了，我们赶紧找到她，把买葡萄的钱付了……”

两个人马上分头到处找那个小姑娘，一直找到天黑，也不见小姑娘的身影。两个调皮鬼吓坏了，赵明明和张可可赶紧回家把这事原原本本告诉了家长，两家家长凑在一起一合计，觉得这两个小祖宗真没少惹祸，这次干脆来个小题大做，吓唬吓唬他们，让他们长长记性。于是，两家人连夜

带着孩子找到班主任，班主任一见这两个调皮鬼就头大，得，配合家长，把校长也请出来吧……

校长一看就知道家长和班主任是在演双簧，目的在于教育学生，就对赵明明和张可可说："调皮惹来大麻烦了吧？看你们下次还调皮不？我看这样好了，我们明天一起到青山乡渴死牛村找那个卖葡萄的女孩，登门道歉，把钱当面送回。另外，这么小的孩子都出来卖葡萄，估计那边比较贫困，如果真是这样，我们可以与当地小学结对帮扶……"

校长的话得到了一致赞同，大家商定，明天带着张可可和赵明明一起去渴死牛村。

第二天上午 8点不到，校长、班主任、赵明明、张可可和他们的父母就会齐了，正要出发时，学校门口突然开来一辆大卡车，跳下几个五大三粗的农民，口口声声说要找校长。

大家正纳闷时，只听那群人中传出一个尖细的声音："爸爸，我昨天碰到的就是他们！"赵明明和张可可抬头一看，大吃一惊：说话的正是昨天卖葡萄的小姑娘！糟糕，她这是带着村里人兴师问罪来了，这可怎么办呀！两个调皮鬼吓坏了，直往大人身后躲。

校长上前说："我是校长——"

一位中年男子上前一把拉住校长的手，说："我们是青山乡渴死牛村的农民，今天特意来——"

校长连忙说："昨天的事，我解释一下——"

没想到对方也是个急性子，手一挥就打断校长的话，说："别解释了，你们先看看这个——"

他一说完，卡车的后车板“哗”地一下打开了，里面摆着一篮又一篮的葡萄！

校长困惑地问：“你们这是——”

那位中年男子从怀中掏出一本作文簿，说：“这本子是我女儿昨天卖葡萄时在公园旁边捡的，上面有钱洪明同学写他爸爸的一篇作文，我女儿给村里人看了后，好多人都哭了！这篇作文里说的钱洪明的爸爸钱刚梁，我们太熟悉了，他的腿就是在为我们村修引水渡槽时被石头砸断的呀。那引水渡槽是你们城里人捐资为我们建造的。渡槽把江水引到我们那里后，荒山全变成了良田，现在漫山遍野全是我们种的葡萄。想不到钱刚梁师傅却生活得这么困难，还有赵明明和张可可同学家，连给老人买一块钱的葡萄都不行……”

中年男子抹了把眼泪，继续说：“我们不知道钱刚梁师傅家的地址，但他儿子的作文簿上有你们学校的名称，我们村子里的人都想来看看钱刚梁师傅，请你这就找个人，带我们去钱刚梁师傅家看看。这车上的葡萄，请给每位同学发一串，带回家跟父母一起品尝，算是我们对城里人的一点心意。”

全都笑起来

校长一把将躲在后面的赵明明和张可可揪出来，让他们向大家道歉。渴死牛村的乡亲们听着听着，先是惊诧，后是疑惑，后来实在忍不住，全都笑了起来！

没想到，就在大家都哈哈大笑的当口，赵明明和张可可一齐大叫一声：“报告！”

校长看看两个调皮鬼，问：“你们又冒出什么怪念头？”

张可可说“我们想不明白，既然渴死牛村现在很富，为什么要让一个比我们还小的小姑娘到城里卖葡萄？”

那位小姑娘一听就站出来，说：“这是因为我们班在开展社会实践活动，班主任老师要求我们每个人至少参加一次活动。我的活动就是进城卖葡萄！”

张可可又问：“那你昨天怎么哭着跑了？”

小姑娘说：“那时我刚看了钱洪明的作文，心里怪难受的，又听你们说得那么苦，早就想哭了，被你那一嚷，再也忍不住，把葡萄塞给你们就哭着跑了回来。回到家再一看钱洪明的作文簿，才知道你们和钱洪明不光在同一个学校，还是同一个班的。我爸爸知道情况后，跟村里的大伙儿一合计，一大早就带着我们赶过来了……”

原来是这样！赵明明和张可可相互看了一眼，也跟着大家笑了起来。

（题图、插图：黄全昌）

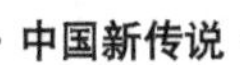

·中国新传说·

你爹还活着

□路　华

镇上有个青年叫阿海，这个人好吃懒做，高中毕业后，家里叫他学补鞋，他嫌脏；又帮他联系到县城，找了个扫街的临时工，他嫌累。这样过了几年光景，阿海在家里什么事都不想干，呆得烦了，就跑到省城打工，可他到了省城又是三天打鱼两天晒网，什么事都瞧不上眼，没找到一件自己做得下去的工作。这天，阿海在街上晃悠，忽然灵机一动，终于想到一个自己能够做得惊天动地的好活计。

他赶紧回到住处，找出父亲的一张相片，拿着相片来到市中心广场，找到在那里为游人画像的老茂叔，请老茂叔把这张相片画成一尺大小的画像，然后在画像下面写上一句话：因为父亲意外死亡，家庭困难，无奈辍学，请求各位叔叔阿姨大爷大妈给点帮助。

老茂叔是阿海父亲的好朋友，听了阿海的话大吃一惊，问："你这是干什么？"

阿海朝老茂叔旁边一个乞丐的破碗里"当"地扔了枚硬币，说："我想干这个！"

老茂叔看得目瞪口呆，好半天才说："那你明天再来！"

阿海第二天兴冲冲地跑过去，老茂叔没跟阿海说那画的事，却指着身

旁站着的一位大汉说："他是'好日子'搬家公司的老总，答应你去他的公司干活！工资不是很高，但养活你自己肯定没问题！你可以先做着，边做边找机会。"

阿海气不打一处来，三两句话就把那大汉打发走，又对老茂叔说："我要是想找工作还用得着你帮？我请你画的画呢？"

老茂叔又把阿海打量半天，摇摇头，说："要不，你明天再来？"

第二天阿海又赶了过去，人还没到就大声嚷嚷问老茂叔画好了没有，老茂叔不答阿海的话，从画夹里拿出一张本市的地图来，阿海一看，老茂叔在地图上用红笔画了很多个小圈圈，就问："你怎么在上面画这么多圈圈啊？"

老茂叔说："我画着圈圈的都是公共厕所的位置。现在省城流动人口多，好多人走在大街上，突然内急了却找不到厕所，你拿着这张图去帮人找厕所，帮一个人只收五毛钱。你不光会有不少收入，那些内急的人肯定还会一个劲地感谢你！这职业又新鲜又好玩，还能解决你的生活问题。怎么样？"

阿海哭笑不得，气得把地图往地上一丢，说："帮人找厕所能有多少钱？整天在大街上跑来跑去，还要盯着观察人家是不是在找厕所，累不累啊？哪有往那儿一蹲，人家自动往碗里扔钱来得爽快？"

老茂叔听得直摇头，说"那好，你明天过来拿画吧！"

阿海再赶过去时就直接朝老茂叔要画，老茂叔还是不答话，拿出一堆纸和笔往阿海面前一放，说："从今天开始你跟着我学画人像吧，蹲在这里哪也不用去，一天能画出二三十块钱来，饿不死你！"

阿海再也忍不住了，他火冒三丈，瞪着眼对老茂叔说："老茂叔，你哪来这么多想法？要不是你跟我爹关系好，我才不找你。你到底画不画？你不画我这就走人，找另外的人画去！"

"既然这样，我马上给你画！"

老茂叔说着，拿起碳笔就画开了，不一会儿工夫，老茂叔把一张画好的画递给阿海，说："拿去！"

阿海拿过画一看，倒抽一口凉气，说："你这画的不是我吗？"

老茂叔微微一笑，说："没错，我画的就是你！你要我画你爹，可你爹正在县城里替人补鞋子，他活得好好的，你却要我画他的遗像，我怎么画得出来？"

阿海说："那你也不能画我呀！我也活着呀，而且这么年轻，你画我干什么？"

老茂叔说："在我看来，你爹还活着，但你实际上已经死了！"

（**题图**：刘斌昆）

·情节聚焦·

见习刑警的奇遇

□石维明

跟踪目标

小成警校毕业到分局刑警队已经三个多月了，还没遇上一个案子，心里不禁有点着急。

这天是周末，到了傍晚，警长老何来了，他让小成穿上便衣，一起到步行街去走走。小成一听就知道是有情况，一下来了精神，一步不落地跟在老何后面。

老何压压头上的鸭舌帽，轻声对小成说:“看到前面那个‘爆炸头’没有?我们刚从内线得到线索，这家伙的水很深，后面可能有大鱼。”

小成顺着老何的指点看去，只见街边一间台球室里，一个留着“爆炸头”发型的青年正弓着身子打球。

两人不远不近地注视着“爆炸头”，这家伙一打就是两个小时，然后懒懒地走出台球房，混入街上川流不息的人群。突然，本来走得好好的“爆炸头”一个闪身，影子样一下闪进街边一家迪斯科舞厅，老何和小成连忙买了舞票，跟着走了进去。

舞厅里灯光昏暗，“爆炸头”搂着一个穿裙裤的小姐在飞快旋转……老何朝小成摆摆头，带着小成走到一个角落，说:“那小子看来还在泡时间，从迹象看，他的接头地点可能就在这附近。我一个人在这里盯着他就可以了，你到街对面那座7层住宅楼里，找

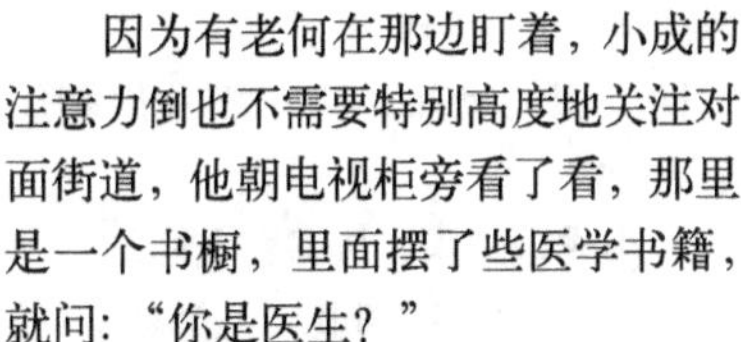

个视线最好的位置，盯住这边，没准能发现来跟他接头的人！”

小成出了迪斯科舞厅，观察了一下方位，急忙朝街对面那幢7层住宅楼走过去，按响了702室的门铃。

702室

门铃一直响了快一分钟，这户人家的房门才缓缓打开，一位戴眼镜的男人满脸困惑地看着小成，小成连忙拿出证件，说：“我是警察。”

男人说：“你走错门了吧？”

小成和气地说：“很抱歉打扰了你，我正在执行任务，需要在你家窗口观察对面街上的情况。”

男人绷紧的脸上这才露出笑容，夸张地打了个手势，把小成让进客厅。小成打量一番客厅，走到窗前，俯视着下面的迪斯科舞厅。

这时，身后传来那位男人的声音：“请喝茶。”小成道了一声谢，回身接过茶杯，顺手放在窗台上。那位男人退后几步，站在客厅中央，有点手足无措地看着小成。

小成对他说：“我可能还要呆一会儿，你把客厅的灯关了，自己看影碟吧。”

男人点点头，却没有关灯，直接到电视柜跟前开DVD，但他摸索了好半天，电视屏幕上却始终出不了图像。小成走过去一看，按了遥控器上的一个按钮，图像一下就出来了。

男人尴尬地笑了笑，说“平日都是我老婆在摆弄……”

因为有老何在那边盯着，小成的注意力倒也不需要特别高度地关注对面街道，他朝电视柜旁看了看，那里是一个书橱，里面摆了些医学书籍，就问：“你是医生？”

男人点了点头，没做声。

小成又转过头，端起刚才放在边上的茶杯，送到嘴边正要喝下去，突然一阵风吹过，卧室的房门发出“吱——”的一声响，慢慢开了，小成转过头，只觉一股热气从卧室涌出来，夹杂着一股气味，一个红外线烤火炉正发着通红的光……

那个男人迅速站起身，跑过去一把拉上了卧室的门。

小成耸耸肩：现在还是十月天，这男人开着红外线烤火炉采暖，真是怪癖！

这时男人又走过来，问小成：“你杯子里的水冷了吧？我给你换杯热的？”

小成忙说：“不用，不用。”他边说边端起杯子，正要喝，突然龇了龇牙，现出一种痛苦的表情，对这位男人说“真倒霉，我讨厌的胃又疼起来了。你有‘苯乐来’吗？这药我一吃就好。”

男人困惑地问：“‘苯乐来’？”

小成说：“‘苯乐来’就是‘扑炎

痛’。”

男人连忙说：“有的，有的。我这就找出来，你赶紧吃了吧。胃痛可不是闹着玩的。”说着，他拉开书橱中间的抽屉，手忙脚乱地翻起来。

小成走过来，从书橱上面的格子里拿出一个药瓶，问：“这个是不？”

男人抬起头，伸手来接药瓶，突然，小成变戏法似的亮出一副手铐，只听“咔咔”两声响，手铐已经牢牢地戴在男人的手腕上。

这男人的脸色顿时“刷”地一下白了，问：“你，你这是干什么？”

小成紧紧拽着这男人，走到卧室门口，一把推开房门，顿时，一阵热浪夹着股臭味涌出来，房间里，一个男人躺在血泊中……

那男人顿时目露凶光，扬着戴手铐的双手就向小成砸过来，小成侧身避开，抓住手铐往后一翻，只听那男人一声惨叫，一双手顿时给翻到背后，躺倒在地，再也不能动了。

过了不久，门口突然响起三声轻轻的叩门声，这时，死猪一样躺在地上的男子突然狂叫起来：“有‘条子’，快跑！”

小成急忙奔到门口，猛地拉开门，只见刚才盯着的那个“爆炸头”正在转头往楼下狂奔，小成大喝一声“站住”，跟着往楼下追去。

“爆炸头”像只不要命的兔子，往楼下狂奔，哪晓得刚下了两层楼，便吃了一个绊子，“咚”地一声啃在地上，紧接着被一个人狠狠地压在身下。小成赶过来，见压住“爆炸头”的正是老何，连忙上去帮着绑起“爆炸头”，对老何说“快，楼上还有一个。”

两人拖死狗一样把“爆炸头”拖到702室，那个被小成铐住的家伙正在挣扎着往外逃，刚好被堵了回去。

“爆炸头”对着那男人狂骂：“杜子玉你这个王八蛋，我按照老鬼的指令赶来给你送‘路条’，你竟然招了‘条子’来抓我！”

“我服了”

杜子玉？那不是公安部A级通缉犯吗？老何连忙搜“爆炸头”身上，很快在他身上搜出一张仿真度极高的假身份证和一本假护照，上面正是那个男子的照片，再一细看那男子，不禁哈哈大笑起来：“哈哈，鼻子垫高了点儿，眼睛弄大了点儿，下巴上还塞了一团肉。杜子玉呀杜子玉，想不到你把窝安到我们这儿了。”

杜子玉没有理会老何，而是死鱼一样翻翻白眼，对小成说：“兄弟，我流窜天南地北十余省，一路上害了八九条人命，没想到来贵地不到两天，却栽在你手上。你是怎么发现我的？”

小成哈哈一笑，说“你的第一个疑点，是不会操作DVD机，当然，有些居家男人也有这个可能，但紧接着，我发现你在十月天还在卧室开红外线烤火炉，这太违背常理了。”

“即使违背常理，又能说明什么问题？”

小成说“我当时只觉得反常，还没想透是什么问题，于是接着试探你，借口胃病发了，要服用‘苯乐来’。可你虽然承认是医生，却不晓得‘苯乐来’就是‘扑炎痛’，更不知道‘扑炎痛’是治疗关节炎的药，并不治胃病。这说明你根本不是医生，也不是这个房间的主人！接着，我想起了发生在莫斯科的一个案例，作案人故意开烤炉使室内气温升高，加速尸体腐败，使侦缉人员不能准确判断被害人的死亡时间。那阵开门时跟热浪一起涌出的异味，我判断很可能是尸臭，于是，趁你找药分神的当口，给你铐上了手铐……”

“爆炸头”听到这里又气得大骂：“杜子玉你这个王八蛋，你每个地方呆不了两天就要跑路的，你还烤尸体不让发现死亡时间干什么？你他妈完全是脱裤子放屁……”

杜子玉回应道：“你懂个屁，快给我闭嘴。”

一旁的老何这时恍然大悟，说：“怪不得各地公安机关抓捕你时总是慢一拍，你虽然不在乎被我们发现是凶手，但你掩盖了作案时间，其实就是掩盖了你的行踪。真是天网恢恢啊，你真是个聪明人，可你的跟头正好栽在你的聪明上。”

小成又笑笑，说“其实你还有一个大破绽，就是你太想让我喝下那杯水了，虽然请人喝水是人之常情，但你几件反常的事一起做下来，在最后请我喝水时还是露出一丝迫不及待的心理。好在我几年警校的饭没有白吃，嗅出了当时的危险……”

杜子玉绝望地耷拉下头，说：“兄弟，我服了……”

（**题图、插图**：刘斌昆）

对着流星许个愿

□黄　云

心愿

安桃是个打工妹，在一所大学的物理实验室做勤杂工。这天晚上，她去校医院看望好朋友宋敏。宋敏患了白血病，正在住院治疗，虽然病情很严重，但宋敏的男朋友一点也不嫌弃，用全副精力照料宋敏，四处寻找合适的骨髓捐献者，为了筹到做手术的钱，竟然偷偷地联系买主，想把自己的肾脏卖出去……

安桃被宋敏的故事感动得要哭。她想，自己二十来岁的人，还没被一个男孩子爱过，要是有个男孩子能够像爱宋敏那样爱她，就是死也值了。

这样想着，安桃走出了校医院大门。这时已是夜深人静，安桃在经过一个小树林时，突然看到小树林上空有个闪闪发亮的东西在飞快驶过，她猛地叫了声“流星”，一下想起自己刚才的愿望，于是赶紧闭上眼睛，对着那个流星许了一个愿:“上天啊，送我一个宋敏那样的爱情吧!”

哪知道安桃刚许好愿，就有一道强光在她眼前猛地一闪，紧接着，一个东西狠狠撞了她一下，安桃一下晕了过去。只见一个黑影从树后闪出来，看了看躺在地上的安桃，从身上掏出个仪器对着安桃摆弄了一通，这才抱起安桃，向校医院奔去……

安桃醒来时，出现在她眼前的是一张英气逼人的脸，正满是关切地注视着她。安桃傻了:“难道刚刚才许的愿，现在就开始实现了?”再一细看，这个人她认识，是这所大学年轻的物理教授陈明，自己经常在实验室里为他打杂。

陈明见安桃醒了，十分高兴地说："安桃，你总算醒了。我看到你昏倒在路边，就把你送到医院来了。"

校医院经过细致检查，没有发现安桃突然昏迷的原因，也没发现安桃身体有外伤痕迹，就让她继续留在医院观察。

陈明对安桃表现出少有的关心，每天好几趟跑来看安桃，问长问短聊个没完，那种仔细和关心，连安桃她妈都比不上……

横祸

但安桃想不到的是，陈明每次从她那儿回去后，都要到实验室一个隐密房间，打开一台仪器，安桃这个时期的心理活动和身体情况，一点一滴全部展现在荧屏上，不差分毫……

陈明这是在测试他的新发明。他的这个发明只要跟踪一个人，这个人的心理和身体的所有细微变化，就能全部掌握。由于这种发明只能偷偷进行，他也只能偷偷寻找被测试者，而安桃非常符合他的条件，即使被发现，对方只是个普通的打工妹，不会有严重后果。那天他把安桃击晕，在安桃头皮下置入一个微型跟踪器，用一个仪器在安桃身上一扫，连医院也看不出任何痕迹……

陈明不停地到医院观察安桃情绪和心理的变化，搜集医院对安桃身体的检查结果，再把这两方面的情况与自己仪器上的结果进行比较。他把安桃的思想、行为和身体变化全部记录在自己的仪器中。

陈明在检测中发现安桃爱上了自己，但陈明的心思全在发明上，只要这个发明成功，卖给一个秘密国际组织，他陈明就是亿万富豪，哪里还会在乎一个打工妹对自己的感情!

但安桃却坠入了爱河，她把这场突如其来的感情看成是自己向流星许愿的结果。没想到，就在她被幸福充得满满的时候，这天下午，主治医生来到安桃病房，告诉安桃，根据检测结果，安桃患上了白血病，而且是跟宋敏同一类型的白血病。

安桃"哇"地一声大哭起来："上天呀，你怎么让那个愿望这么灵呀，我只是想要宋敏那样的爱情，没让你将宋敏的病也给我啊！"

傍晚，陈明来看安桃，安桃猛一下扑到陈明怀里号啕大哭，说："我不要生病，我不要得血癌，我还要到你的实验室打杂，我爱你还远远没够，我想好好地活下去……"

陈明已经在仪器里发现安桃患上了白血病，过来一看，医院也确诊了，他很沮丧，再也没有心思跟安桃虚情假意，就一把推开安桃，把目瞪口呆的安桃扔在病房，头也不回地走了。

走出医院，陈明烦躁不安地在那

个小树林的路上走来走去，他认定是埋在安桃头皮下的跟踪器使安桃患上了白血病，又一下子想不出解决这个问题的办法，急得团团打转。正在这时，一个闪闪发亮的东西从小树林上空飞快驶过，一道强光猛地打到陈明头上，就在陈明一愣神的工夫，那个东西又不见了……

第二天，陈明发起了高烧，一连几天高烧不退，到医院一检查，天哪，他也患上了白血病！

陈明也住进了校医院，主治医生是陈明的朋友，非常坦率地对陈明说，他的病非常严重，要有心理准备，有些重要的事情，可以考虑交代一下了……

陈明就像突然从珠穆朗玛峰上跌下来，一切才开始呢，怎么就要交代后事了？后事又应该对谁交代呀？他想起了安桃，自己害了她，而她却对自己一往情深，把最真最深的情感都倾注在自己身上！

陈明这样想着的时候，安桃这个时候的思想突然像展示在荧屏上一样，清晰地展现在他的大脑里：安桃正孤独地躺在病床上，一边思念着陈明，一边流着伤心的泪水……

陈明突然感觉到，自己竟然莫名其妙地跟着安桃伤心起来。

奇缘

从此，安桃伤心的时候，陈明就会跟着伤心；安桃吐出一口浊气，陈明会感到一阵轻松；安桃思念陈明的时候，陈明会更强烈地思念安桃。两个人遥相呼应，把对方想到了骨髓里……

渐渐地，安桃成了陈明心目中最好的姑娘，这世上再没有女人能跟安桃相比。他想，就是爬，也要爬到安桃跟前，告诉安桃自己有多么爱她。说了这些再死，他会死得很幸福。

陈明走一步喘口气，哆哆嗦嗦一直走到安桃病房门口，没等他推门，

2007年《〈故事会〉最有影响力的故事》征文启事

四大奖励措施　稿酬外追加千字1000元奖金

为鼓励多出优秀作品,《故事会》杂志社决定继续举办2007年"《故事会》最有影响力的故事"征文大赛，并对优秀作品实行四大奖励措施:

1. 入选作品除在杂志上发表外，还将收入《〈故事会〉2007年最有影响力的故事》一书。2. 入选作品可得两笔稿酬：在《故事会》杂志发表的作品，首发稿酬每千字400元；获"《故事会》最有影响力的故事"优秀作品奖，再追加每千字1000元。3. 入选作品均颁发奖励证书。4. 本刊将邀请有关作者参加年底的颁奖大会,所有费用均由编辑部承担。

征稿范围：1. 具有现实感、新鲜感且可读性强的中短篇（包括超短篇）原创作品；2. 故事性强、有口传性、能引起读者兴趣的推荐作品。

超短篇（如幽默故事）的字数一般在1500字以内，短篇（如中国新传说）的字数一般在5000字以内，中篇故事的字数一般在15000字以内。

来稿方法：1. 从邮局寄发，请在信封上注明"征文大赛"字样，本刊地址：上海市绍兴路74号《故事会》杂志社，邮编：200020。

2. 从网上传递，可寄以下信箱：wulun@vip.sohu.net，请在主题上注明"征文大赛"字样；也可直接与有关责任编辑联系，本期责任编辑的信箱是：zjw002@vip.163.com。

病房的门已经自动开了，安桃正从床上坐起来，脸上涌出桃花般的红晕，她下了床，站起来，迎着陈明走过去，两个人紧紧地拥抱起来，心灵和情感也随着他们的拥抱，像电流通过一样，交融在一起……

陈明突然觉得渐渐有了力气，鲜活的血又在身体里欢快地奔流，每一个细胞又有了活力，他感到安桃也和自己一样，在迅速恢复健康。

安桃和陈明拉着手走出校医院大门时，正好碰到宋敏挽着她的男朋友一蹦三跳地走出来，宋敏兴奋地对安桃说："真是太奇妙了，我的身体刚才突然好起来，现在棒得能打死一头老虎……"

这时，他们头上突然出现一个闪闪发亮的东西，陀螺一样在上空飞速地旋转，一个声音清晰地传入四个年轻人的耳朵里——

我们来自一个遥远的星球，跟踪宋敏、安桃两位小姐有一段时间了，我们先让两位小姐患上白血病，然后了解人类在苦难面前心灵和情感的变化。她们都是很好的人，但我们从她们身边的人中发现了两种不同的情况，于是，我们又做了个实验，让陈明先生也患上白血病，跟安桃小姐一起面临死亡。我们发现，其实人类的思想并不复杂，只要抛弃贪欲，沟通心灵，就能真诚相爱。所以，你们人类是有希望的……

好好相爱吧，相爱是幸福的。

（题图、插图：谭海彦）

·东方夜谈·

消失的红叶

□韦凤新

“请您当老师”

苏老师在县五小教了30年书，很受同事和学生敬重，没想到这天上课时，她遇上一个难堪。

原来，这天苏老师给学生讲解诗人李白的《赠汪伦》，一位叫纪小山的学生突然举手要求发言，说：“老师，你说的和我在网上看到的不一样！网上说，‘踏歌’不只是在唱歌，主要是一种舞蹈，是边跳边唱的一种舞蹈，而且是汪伦带着一群人在边跳边唱，说明汪伦送别李白的时候，场面非常隆重。”接着，好几个学生都抢着发言，说电脑上就是这么说的。

小学四年级的学生竟然一个个说出这样的话来，把苏老师吓了一跳，现在的孩子真是了不得！

课后一了解，她发现班上的学生个个会用电脑，天天都上网。遇上疑难问题到网上一搜索，马上迎刃而解，而且，他们连玩游戏、聊天也在电脑上，只要不上学，每个人在电脑前一坐就是一整天，连饭都顾不上吃。

苏老师心里一阵叹息，时代发展真快，自己落伍了。

这天晚上，苏老师上街回家，发现身后跟着一个人，那个人走得不紧也不慢，但竟然和她骑着车子一样快。她骑到自己家门口刚停下，那个人就赶了上来，礼貌地问：“您就是苏老师吧？”

苏老师点点头，问他有什么事，这人很郑重地鞠了一躬，说：“我想请您去当老师。”

又是一个想“挖”她的人！苏老师笑着说：“谢谢你看得起我，但我不想离开我的这些学生。”

这人一听急了，说：“苏老师，我们知道五小需要您，可我们那里的孩子更需要您啊。您对他们来说，就像是救苦救难的菩萨，我们等着你去改变世界啊！”

苏老师见过爱吹牛的人，但真没见过把话说得如此夸张的，她摇摇头，说：“你太抬举我了，我只不过是一个小学老师，哪有这么大的能耐？”说罢，再不理会这个人，进了屋就关上了门。

第二天，苏老师加好班回到家天已经黑了，还没到门口，就看到那个人已经站在她家门口等着，没等那个人开口，苏老师就说：“你别再说了，我不会跟你走的。”这个人见她说得决绝，突然“扑通”一声跪了下来，叫道：“我替千千万万个孩子求您了，您去看一看吧。”

怎么会有这样的人！苏老师火了，不再理会这个人，径直打开家门走了进去。想不到这个人竟然跟着进了屋，叫道：“您既然不相信我说的，我只好对不起您了。”说着，掏出一个亮晶晶的东西，举在手上。苏老师吃了一惊，惊声叫道：“你想干什么？”哪知话音未落，只见那人手中的东西一闪，苏老师只觉得脑子突然一片空白，然后就什么也不知道了。

“看不清这个世界”

苏老师醒来时，发现自己躺在一张柔软的沙发上。屋子里除了这张沙发和一套桌椅，其他的什么也没有。她拿出手机想打电话，却发现根本没有信号，抬头看到桌子上有一部电话，就过去拿起话筒，可再一看，电话上竟然连一个按键也没有，她走到门口轻轻一拉门，这门倒是应声而开了。

她走到屋外，没看到一个人，悄悄走到大街，街道上倒是人来人往，但每个人穿的衣服都是灰色的，每个人都像盲人一样两眼朝天，什么都不看，却一个个健步如飞，苏老师仔细看了好一会，才发现他们脚上的鞋子都装着轮子。

她继续往前走，来到一座山上，看到一位三十来岁的女人带着几个孩子走在山间小路上，这几个孩子一个个睁着明亮的大眼睛，朝四处指指点点，苏老师舒了一口气：原来孩子们的眼睛都是好的。

这时，一个女孩指着路边一棵树，喊道：“妈妈，那棵树上的绿叶好绿啊，真好看。”

苏老师一看，吓了一跳，那是一棵枫树，叶子红得像火，哪里是绿色的？

正在这时，又有几个孩子跟着他们妈妈上来了，也指着那棵枫树叫道："妈妈，那棵树的颜色好绿啊！"

苏老师大吃一惊，忙问这些孩子："你们怎么说那些树叶都是绿色的？"

孩子们说："是啊，电脑上说，树叶是绿色的，鲜花是红色的。"

苏老师又指着路边一丛菊花，问："你们说，这花是什么颜色？"

几个孩子一齐说："它们是花，当然是红色的。"

苏老师急了，又问："你们的老师没告诉你们怎么认颜色吗？"

没想到她的话让孩子们一片茫然："老师？老师是做什么的？我们只有爸爸妈妈，没有老师。"

苏老师又问旁边带孩子的女人："你们这里没老师吗？那你们怎么学知识，学文化？"

这位女人说："我们打开电脑就什么都知道，要老师干什么？"

苏老师激动地说："可枫叶是红色的，孩子们却说成是绿色；菊花是黄色的，孩子们却说是红色！"

女人吃惊地说："是吗？枫叶真是红色的吗？菊花真是黄色的吗？就算是，可我们到后来视力会越来越弱，知道了又有什么用？"

正在这时，那个将苏老师劫来的男子赶了过来，叹息一声，说："苏老师，这些孩子现在只是分不清五颜六色，但再过几年，他们就看不清这个世界了。"

苏老师非常惊奇，问："怎么会看不清这个世界？街上那么多人不都行走自如吗？"

男子说："那是因为我们的鞋子都能自动辨别地形，自动调整角度、方向和速度，但我们长大后都会变成极度近视，眼前全是模糊一大片。"

第三届"梅陇杯"法制故事大赛征文启事

为扎实推进"五五"普法工作，深入探索群众喜闻乐见的法制宣传方式，司法部法制宣传司、上海市法制宣传教育联席会议办公室、上海市闵行区法宣办、上海《故事会》杂志社和闵行区梅陇镇人民政府决定共同举办第三届"梅陇杯"法制故事创作大赛，面向全国征集优秀法制故事作品。此次征文活动有关事项如下:

一、征文要求：围绕公民学法、用法、守法、护法，以及社会公德、家庭美德、职业道德、与违法犯罪行为作斗争等内容,以日常生活中常见的具有典型意义的涉法案例为基础创作的法制故事。要求故事法理性强，与相关法律有紧密关联；故事情节曲折生动，语言有口头文学特点；作品未在省地级以上报刊发表过，字数一般在5000字以内。

二、奖项设置：本次活动将聘请有关专家组成评委会，设一等奖1名，奖金5000元；二等奖2名，奖金各3000元；三等奖10名，奖金各1000元；创作奖50名，奖金各500元。个调税均自理。部分优秀作品将陆续在《故事会》杂志或《法制宣传资料》上发表，并结集出版。

三、征文时间：即日起至今年9月底截止，11月底评出获奖作品并专函通知获奖作者。

四、来稿方法：1. 从邮局寄发，请在信封上注明"法制故事征文"字样，地址：上海市绍兴路74号《故事会》杂志社，邮编：200020。2. 通过电子邮件发至fzhgshi@126.com，电子邮件主题请标明"法制故事征文"字样。

"指望你们了"

男子接着说，他们这个时代比苏老师生活的时代晚了一百多年，生活在这个时代的人们，一刻也离不开电脑，几乎所有的问题都是靠点鼠标来解决，每个人从生下来开始每天盯着电脑，因为用眼过度，人类的眼睛迅速发生退化，年纪稍稍大一点就变成极度近视，连分辨颜色这样的事也得靠电脑来完成。再下去，只怕连味觉、快感、关爱等基本功能都要丧失，全被电脑代替……

苏老师深感震惊，又感到无能为力，就问这个男子："你请我来，我又能做什么呢？"

这位男子说："人类要找到出路，必须摆脱电脑。摆脱电脑，只能从孩子做起。我的祖爷爷叫纪小山，是您的学生，他在笔记中说您是一位非常好的老师，我想请您来给我们的孩子当老师，让孩子们从您的言传身教上得到知识和经验，摆脱电脑！"

苏老师想了想，说："不，我不能留下来，你还是送我回去吧。我要回去教育我们那个时代的孩子们，既要会用电脑，又不能过分依赖电脑。只要我们做到了，你们这个时代的人就不会出现现在这种情况。"

男子听了苏老师的话，又"咚"地一下跪下来，说："请您转告你们那个时代的人，我们就指望你们了！"

（题图、插图：魏忠善）

·阿P系列幽默故事·

打火机和宠物狗

□张　丽

阿P“捡漏”

阿P最近迷上了收藏，不收藏别的，专门收藏打火机，妻子小兰见阿P收藏的是小玩意儿，起初以为花不了几个钱，所以还是挺支持他的，哪晓得随着阿P收藏的打火机越来越多，档次也跟着“嗖嗖”往上蹿，买一只打火机动不动就要上千块钱，这下小兰不乐意了，果断地对阿P采取了严厉的经济控制。很快，阿P口袋里只剩几块零花钱了。

星期天一大早，小兰回了娘家，阿P一个人又逛到了收藏一条街。突然，他的目光被摊位上一只银色的打火机吸住了。

阿P拿起这只打火机仔细端详起来，认出这是一个著名的牌子，这可是个好东西，而且这款式他在一个资料里见过，说是当时在全世界只发行1000只，一问价钱，只要1500元，阿P乐得差点没晕过去，看来这个摊主不懂行，自己要“捡漏”了。

阿P把打火机递还给摊主，请他把打火机给自己留着，他这就回家取钱。摊主点了点头，说：“我等你一个小时，过了时间，谁想买就是谁的。”

阿P急急忙忙跑回家，刚打开房门，小兰的宠物狗“贝壳”就摇着尾巴迎上来，阿P一脚把贝壳拨到一边，直冲卧室。

他在卧室翻箱倒柜，挖地三尺，忙了个满头大汗，也没找到小兰藏钱的地方，阿P急了，没有钱，那只名牌打火机就是别人的了。他急中生智，想，把家里的东西拿件出去卖了，不也能变成钱吗？这样一想，他的目光马上在屋里一通扫描：冰箱、彩电、空调太显眼，要是卖了小兰也饶不了他，可其他的东西又不值几个钱。正在这时，贝壳又蹭到他脚下，好像对阿P刚才给它那一脚十分不满，对着阿P“汪汪”直叫，阿P眼睛一亮，说声“有了”，抱起贝壳就出了门。

小兰的宝贝

阿P的运气还真不错，他来到宠物市场，刚把贝壳放在地上，一个中年妇女就相中了贝壳。阿P想想自己这些时没钱的苦，就咬着牙出价2000块，这位女子还到1500块，阿P一看限定的时间快到了，连忙应承下来，接过那女子的钱，抬脚便向收藏一条街跑去。

等阿P气喘吁吁跑到那个摊位时，摊主却两手一摊，说，打火机已经被人买走了。阿P急得跌脚，指责摊主不讲信用，摊主抬起手腕指指表，说：“你自己看看，你比约定的时间足足迟了三分钟，再说，别人又比你多出了500元钱。”说完，他又用手朝前边指了指，说：“打火机就是前面那个少妇买走的。”

阿P顺着摊主指的方向看去，前面挤着一大堆人，根本分不清谁是谁。阿P只得垂头丧气回了家，这时，小兰已经从娘家回来了，一见阿P就紧张地问：“贝壳到哪里去了？”

阿P早就想好了说辞，马上装出一副很自责的样子，说：“刚才我带着贝壳出去倒垃圾，哪知道倒完垃圾就找不到贝壳了，这不，满大街找了半天也没见，只好先回来……”小兰没等阿P说完，便“哇”地一声大哭起来，骂了声“该死的阿P”，捂着脸冲出了家门，阿P连忙跟了出去。

阿P装模作样地陪着小兰到处找贝壳，一直找到天黑下来，当然不可能找到贝壳。阿P连哄带劝，总算把小兰骗回了家，小兰回到家一看到贝壳用过的东西，又忍不住哭了起来。要知道贝壳就像小兰的儿子，在家里的地位比阿P高多了，这也是阿P讨厌贝壳的原因。阿P见小兰哭得好不伤心，连忙掏出手绢给她擦眼泪，没想到掏手绢时把卖贝壳的钱带了出来。小兰看着地上的一堆钱，吃惊地

问阿P这些钱哪来的？好个会撒谎的阿P，眼睛一眨，说："你的生日眼看要到了，我想给你买个礼物，就卖了一只自己收藏的打火机。"一句话把小兰感动得眼泪汪汪的，想：没了贝壳，毕竟还有阿P!

不期而至

接下来两天时间，小兰不时跑到街上寻找贝壳，阿P也三天两头跑收藏一条街，满心希望那位买走打火机的少妇后悔了，又把打火机退回来。两口子都是怀着希望出去，带着绝望回来。这天下午，两个人又没着没落地回了家，瘫坐在沙发上，小兰想着贝壳，阿P想着打火机。正在这时，门外突然传来敲门声，阿P懒洋洋站起身，走过去透过猫眼一看，吓了一大跳：好家伙，来的竟然是那天买走贝壳的女人，手里正抱着贝壳。

阿P的冷汗"刷"一下从头上冒出来，下意识把身子往门上一堵，正在琢磨接下来该怎么办时，小兰见阿P怪怪的，大声问道："你在干什么？谁来了？"阿P正要说来人敲错了门，哪知道贝壳在门外听到小兰的声音，马上"汪汪"大叫起来，小兰猛地站起来，冲过去一把拉开阿P，打开门，激动得一把从那女人手中抢过贝壳，紧紧搂在怀里……

那女人把身子靠在门框，无精打采地说："我还以为这小狗有多好玩，哪知买回去它不吃不喝也不跟我玩，太没劲了。我让这小家伙带着我找过来，没想它还真认路，总算找着了你们家。这小狗我不要了，退钱吧！"

阿P不停地给这女人打手势，请她不要多讲话，哪知道这个女人是个把不住门的，嘴一张就一口气说了个底儿透。小兰在一旁听得柳眉倒竖，揪着阿P的耳朵一把将他拽到后面，问那女人："怎么回事？我的宠物狗什么时候卖给你了？卖了多少钱？"

女人把情况一说，小兰对着阿P把头一偏，阿P就点头哈腰跑上来，将那1500元钱掏出来，原封不动地还给那女人，女人数了数，顺手放进口袋。

小兰不等那女人把钱数好，高高扬起双手，便向阿P抓去，阿P一看形势不对，拔腿就逃，小兰在后面不舍地追，两个人就这样在屋子里绕起了圈子。

这位女人也是闲得无聊，掏出一支烟用打火机点上，一边抛着手里的打火机玩着，一边乐呵呵地看着阿P和小兰在家里狗撵兔子似的跑。

阿P跑到门口，一眼看见女人拿在手上玩着的打火机，眼睛都直了，再也顾不得身后小兰那随时可能落下的利爪，指着打火机，结结巴巴地问："你——你这——打火机，哪——来——的？"原来这只打火机正是阿P上次挑好了又没买到的。

女人见阿P不顾危险停下来，就为了问这只打火机的来历，又乐了："这只打火机呀？我昨天从我妹妹家的桌子上拿来的，这玩意儿她们家一抓一大把，上万元的打火机她都送给我好几只。"

阿P讨好地问："你有那么多打火机，这只能卖给我吗？"

女人瞥了阿P一眼，不屑地说："一只打火机多大个事呀？你既然喜欢，那送你好了。"说着，随手就给阿P扔了过来。

阿P哆嗦着接过打火机，连感谢的话都不会说了，眼看那女人转身下了楼，小兰的双手这时早已抓住了他的脖颈，生生地把他拖进屋子，"砰"一下关了门，眼里喷着火，朝阿P吼道："好你个阿P，连我的'儿子'你都敢卖，我——我跟你没完！"

阿P哆哆嗦嗦举起手里的打火机，对小兰说："你——你瞧，贝壳——好好地——回来，它——长着腿——也——来了——"

阿P一边想着接下来小兰狠狠惩罚自己的惨状，一边想着不花一分钱就得到梦寐以求的宝贝，想想还是合算的，忍不住又咧开嘴乐了。

（题图、插图：顾子易）

·本刊信息传真·

《第一推荐：22则最具人气的故事B》出版

这是一本由广大读者投票推选，十余名资深编辑初评，百余名著名故事作家、评论家、故事活动组织者等审定评议，从千余篇2006年《故事会》刊发的优秀作品中，精心挑选的22则最具人气的故事。它们或写实社会，令你直面人生；或幽默诙谐，令你忍俊不禁；或情真意切，令你怦然心动；或富含哲理，令你掩卷深思，代表了2006年《故事会》的整体水平……

一个故事，一次震撼。一个好故事更是能启心明智，让人受益一生。就让我们打开这个故事的宝盒，享受故事带来的感动和欣喜！

·传闻逸事·

智歼叛匪

□吴治江

露天电影场

这年深秋的一天中午，四川南部深山中的一条羊肠小道上，行进着一支五十来人的队伍。你可别小看这支队伍，他们是由优秀的解放军战士、公安、民兵骨干优中选优组成的精兵强将。他们这是赶往五十里外的一个山村，去抓捕叛匪“大炮”。

说起“大炮”，这一带几乎无人不知。七年前，“大炮”参加了那场由国民党残余势力和奴隶主勾结发动的川南叛乱，虽然叛乱很快被剿灭，但“大炮”却仗着熟悉地形，带着几个手下逃进了川南绵绵群山中的莽莽密林。七年来，抓捕队伍甚至连他的高矮胖瘦都没搞清楚，为此，当地政府组织了这支队伍，专门负责抓捕“大炮”和他的手下。

罗力是这支抓捕队的队长，他这次得到可靠情报，“大炮”将在里古村露天电影场与其手下木沙接头，罗力一边赶路一边想，这回再也不能让“大炮”跑了！

太阳落山时，队伍到达离里古村不远的山坡隐蔽起来，罗力用望远镜观察坝子的情况，他安排侦察员小马带着五名精干的队员混入露天电影场，盯住那个将与“大炮”接头的家伙，“大炮”一露头，就马上抓捕。

但是，电影都放了一大半，仍不

见“大炮”露面，眼看电影要散场了，准备和“大炮”接头的木沙还是一个人静静地坐在一边，凭经验，罗力知道“大炮”一定混在观众里，再说，“大炮”这些年一直在东躲西藏，他急需活动经费，也急需知道外面的情况，一定不会放过放露天电影这个难得的接头机会。罗力决定临时修改行动方案，他一挥手，抓捕队悄无声息地扑过去，把放电影的坝子围了起来。

电影终于放完了，把坝子挤得满满的观众朝场外走时，突然发现坝子被围了起来，一支接一支的火把将小小的坝子照得如同白昼，村支书正站在检查卡旁，和抓捕队员一起，对观众一一辨别，然后放行。

村民们一个个通过检查卡，可人走了一大半，仍没有“大炮”的影子。

三五成群的妇女

罗力在一旁镇静地观察着坝子上剩下的观众，他让另一位村干部顶替村支书，悄悄把村支书拉过来，让他看看这些观众里面有没有陌生人，这时，小马带领的五名侦察员已经带着木沙离开了场子，村支书将场子上剩下的几十号人看了几个来回，全是自己再熟悉不过的村民……

难道这次行动又失败了？就在罗力快要陷入绝望时，一道灵光突然在他脑子里一闪，他看到场子上有不少妇女，这些妇女大都五六个人拢成一堆，静静地聚在一起。他看了好一会，将目光集中在其中一群妇女身上，一声不吭地朝这群妇女走去，但就在他快要靠近这群妇女时，这群妇女突然紧张地往中心挤了挤，罗力停下脚步，默不作声地看看这些女人，又转过身走开了。这时，侦察员小马跑过来，奇怪地问：“队长，你怎么老盯着女人看？”

罗力把小马拉过来，对着小马耳语一番，小马惊讶得差点合不拢嘴，问：“队长，这——这行吗？”

罗力严厉地说“少废话，马上执行命令！”

“是——”小马答应一声，马上带着几个队员和两名村干部，匆匆离开了坝子。罗力仍然不动声色地在几堆女人中间转来转去，坝子外围的检查卡仍然在按部就班地辨别着一个个观众，让观众一个接一个走出坝子。

就在这时，坝子外传来阵惊叫：“牛惊了，快让开——”只见一条大水牛疯狂地冲进坝子，狂牛后面紧跟着小马他们几个人，几个壮汉硬是追不上这头狂牛，眼看狂牛直对着罗力刚才察看的那群妇女冲过去，那群人毫无思想准备，顿时尖叫着四散逃开。

“砰——”一声剧烈的枪声突然在坝子上空炸开，随之是罗力炸雷般的吼声：“抓住他——抓住那个小孩！”随即，周围的队员闪电般朝着一个矮小的黑影围了上去。等场上的

村民回过神时，罗力和十几名队员正举枪围着一个十岁上下的小孩，这个小孩手提双枪，绝望地盯着眼前十几个黑洞洞的枪口。

罗力厉声命令这个被围的小孩："'大炮'，放下枪！"

"嘿嘿——"这个小孩冷笑两声，突然抬起了手。

"砰——"没等这小孩的手抬起来，罗力的枪已经响了，紧接着就是十几声"砰砰"的枪响，小孩的身子转眼间被打了一大堆窟窿，直直地倒在地上。

原来如此

站在不远处的村支书紧张地跑过来，紧张地喊道："队长，你——你们怎么打死一个孩子？"

罗力把村支书带到小孩跟前，说："孩子？你再看看。"村支书拿过一支火把，对着躺在地上的小孩一照，只见倒在血泊中的小孩有一张成人的脸，原来是个侏儒。

村支书不解地问："队长，这到底是怎么一回事儿？他就是'大炮'吗？从哪儿钻出来的？"

"我敢肯定他就是'大炮'。我们谁也没想到，抓捕了七八年的'大炮'竟然是个侏儒。'大炮'，'大炮'，一般人都会想到那是个脾气暴烈的大个子男人，哪知道这绰号竟然是这个家伙用的障眼法！"

村支书又问："你又怎么知道他是个侏儒？然后用狂牛把他逼出来？"

罗力走到一个身着百褶裙的少妇身旁，关切地说："大嫂，刚才你受惊了。"

这位身材高大的少妇仍然惊魂未定，颤声说："你们刚把坝子围住，这家伙就突然钻进我的裙子里，拿枪顶

编读聊天室：众手浇开故事花

读者朱明艳：我爷爷是个很有故事的人，他一辈子吃了不少苦，经历了好多事，随便讲讲我就听得津津有味。可他是个文盲，我也不会写故事，但我好想我爷爷的故事能通过《故事会》让更多的人知道。

编辑部：不会写故事也不要紧，你可以把你爷爷讲的故事记下来，发给我们，只要故事新鲜好看，适合在《故事会》上发表，我们可以请故事作者帮着写出来。

读者张蓓：昨天下午，我从邻居张婆婆家门前走过，看见张婆婆正在抹眼泪，旁边放着一本《故事会》。一问，原来《故事会》上有一篇叫《回家》的故事，把她看得哭了。她说，虽然这是一篇鬼故事，但她看着看着就想起了自己的哥哥，那是解放前，她哥哥本来还在县城读初中，在放暑假回家的路上，被抓了壮丁，送上战场，从此没了音信……

编辑部：感谢你告诉我们这个感人的故事。读者的喜爱和感动，是对我们最大的激励。

着我，说如果我暴露了他，他就把我打成稀巴烂，我只要站住不动，轮到我时，我再罩住他往检查卡走，只要让他通过了检查卡，他就给我重奖。他还威胁我身边的几个女人，要她们围住我，不许吱声，更不许乱动，不然，就把她们全打死……”

罗力接着说：“刚才辨认了那么多人都没‘大炮’的影子，我就想，如果他在这个坝子上，就一定还没逃出去，必然躲在某个地方，而这坝子上眼睛能看得到的地方我们差不多都搜了，他既藏在这坝子上，又在我们眼睛看不到的地方，那会是哪儿呢？我突然看到坝子上的妇女们，这里每个妇女都穿着宽大的百褶裙，虽然裙子下面藏不住一个大人，但藏一个小孩子是完全可能的。凭直觉，我感到这位大嫂的这一群与其他几群有些不一样，特别是这位个子高大的大嫂。但如果她们真的被挟持了，我们强行上去检查就可能造成伤亡，于是，我让小马弄来一条牛，让牛受惊发狂，狂牛这么一冲，妇女们出于保护自己的本能，肯定会四散跑开，这家伙就会暴露出来……”

接下来，抓捕队又进行了缜密的查证核实，证实这个被击毙的侏儒就是流窜多年的叛匪“大炮”。

紧接着，“大炮”的几名手下也相继落网。

（**题图、插图**：谭海彦）

活镖

□吴永胜

奇怪的托镖人

明朝正德年间，这天晌午，洪城最有名的镖行“天泰镖行”来了位奇怪的客人，此人自称何一钟，五十出头的样子，浑身透着一股生意人的精明，他托镖行将三十瓮酒押送到成都府。

“天泰镖行”总镖头叫陈天泰，听说何一钟托的是三十瓮酒，忍不住笑了起来：“何掌柜的，从洪城到成都得经过滴水岩那道鬼门关，这样走一趟，酬银最少也得一百两，可你这三十瓮酒最多不过值五十两银子，这样太不合算了吧？”

陈天泰说的没错，滴水岩是从洪城到成都的必经之路，那滴水岩高达数百丈，斧削刀砍般陡峭，只三尺宽一条曲折山道，夹在岩缝里直通岩顶，可谓一夫当道，万夫莫开。那里盘踞着一伙土匪，官兵清剿几次，都无功而返。所以，走这条道的商贾大多会请一家镖行护送，而洪城好几家镖行都曾在滴水岩失手，只有“天泰镖行”因为总镖头陈天泰武艺高强，圆滑机警，从未失手。

何一钟听了陈天泰的话，苦笑一声，说：“实不相瞒，我生在成都府，年少时就离开父母到渝州开酒坊，三十年没有回去，只是每年在酒坊为父亲存上一瓮酒。今年是老父八十寿辰，我得把这些酒带回去给老父祝寿。”

陈天泰听了微微一笑，嘴上没说，心里却一点也不相信。做这一行的，他当然知道一些精明的托镖人用一些普通货物掩人耳目，暗地里夹带价值昂贵的金银珠宝，他又把脚夫们挑进来摆放在院中的三十个酒瓮重新打量一番，这些酒瓮全是小半人高的青泥陶瓮，泥封上罩着红布，外兜青篾竹笼，看不出什么异样。他又按照惯例，叫人把酒瓮里外检验了，仍然没有什么异常，心里不由得纳闷了，问："何掌柜除了托保这些酒瓮，还有其他要求吗？"

何一钟摇了摇头："没有其他要求。只要贵镖行能让我与犬子小豆带着这些酒平安到达成都，酬劳是一分也不会少的。"说着，他往身后招了招手，一个一直站在脚夫堆里的年轻人有些腼腆地走了出来。

何一钟向陈天泰介绍说："这是犬子小豆。"

陈天泰打量这位叫小豆的年轻人，只见他细腰长身，穿一件青布罩袍，脸上像被黄蜂蛰过一般凹凸不平，青一块紫一块极为难看。但陈天泰只看了一眼，心里就突地一跳，笑道："好吧，这趟活我接了，不过，酬金得付二百两银子。"

何一钟像被黄蜂蛰了一下，连忙说："到成都的行价不是一百两银子吗？"

陈天泰手一摊，说"滴水岩最近又出了不少事，实在难走。要是掌柜的觉得我要价太高，洪城还有其他镖行。"

何一钟还想争辩，何小豆却用手掩住嘴，轻咳了一声。何一钟张大的嘴便立刻闭上了，不甘心地点点头，接受了陈天泰的要价。

陈天泰立刻吩咐下面的人准备明天一早出镖，又让下人准备一间客房，让何掌柜父子早点歇息。何一钟张了张嘴，像要说什么，见儿子何小豆已跟着带路的佣人走在前面，只好打住话头，一声不吭地跟了上去。

陈天泰赶紧叫来两个手下，如此这般一番吩咐，这才沏了一杯茶，一边品着茶，一边闭着眼睛养精神……

失手滴水岩

第二天一早，三十只酒瓮被装上三辆马车，陈天泰骑着高头大马走在最前面，何一钟父子和押车的镖师跟在后面，走到晌午时分，离滴水岩已经不远了，陈天泰回头一看，何一钟父子正坐在车辕上，何小豆低垂着头像是在打瞌睡，何一钟却满脸忧色，不停地打量周围的山形地势。

就在这时，只听"轰"的一声巨响，山上滚下一块巨石，挡在道路中央，几十个匪徒狂叫着从山上冲下来，转眼间便将天泰镖行一行人围了起来。陈天泰脸色一变，一抱拳，赔着笑脸说："天泰镖行与各位大爷一向井水不犯河水，还望大爷们行个方便。"

为首的匪徒五短身材，一脸凶相，嘶声叫道："本来天泰镖行押的镖，老子向来是不动的。可你们这次押的货太值钱，老子要破例了。"

何一钟提着根短棒挡在他儿子跟前，颤声说："谁、谁敢抢我的东西？我、我拼了这条老命……"

矮土匪哈哈大笑："老东西，你跟哪个拼命？"说话间，像只陀螺似的猛一旋，已站在何一钟面前，劈手一抓，将短棒夺在手中，轻轻一拗，臂粗的短棒"咔嚓"一声便断了，接着他像抓小鸡一样将何一钟提了起来，冲跃跃欲试的镖师们吼道："谁也别动，想活命的，跟咱乖乖地到山上走一遭！"

几位镖师一齐把目光投向陈天泰，陈天泰咬咬牙，挥一挥手，说"上山！"

滴水岩上，匪徒们正在杀猪烹羊，见天泰镖局和何一钟父子一干人被押着灰溜溜地上来，全都欢呼起来。一个摇着折扇的家伙迎上来，远远冲何一钟就是一揖，说"何掌柜的既送美酒又送娇娘，在下实在感激不尽。"

何一钟面如土色，问"你——这话，是什——么意思？"

这个土匪哈哈大笑，挥手叫来两个妇人："来呀，将何公子，不，将何小姐带下去好好侍候着，沐浴更衣。"

那两个妇人朝何小豆走来，何小豆挡开妇人前来拉扯的手，说"休要拉扯，前面带路。"那声音脆生生的，分明是个花样年华的少女。

过了一阵子，何小豆又被两个妇人带了回来。何小豆这一来不打紧，立时让吵吵闹闹的现场静了下来。只见那何小豆脸上再也不见任何凹凸斑痕，如同桃李般妩媚娇艳，光彩照人。

那个土匪头目好一阵才闭拢张大的嘴，走到何一钟跟前，说："恭喜何掌柜的，我们大当家要娶何小姐为妻，你的地位要高升啦！"

何一钟气得差点瘫倒在地。

还没到傍晚，土匪们便闹哄哄地将何小豆送进洞房，让那两个妇人守着，所有的匪徒齐聚大堂，划拳行令，喝酒吃肉，好不热闹。

真人不露相

快到子夜时，一个家伙醉醺醺走进洞房，喝退两个看守的妇人，一把揭开何小豆的盖头，何小豆睁眼一看，大吃一惊："你？怎么是你？"

只见陈天泰穿着一身花里胡哨的衣服，俨然新郎打扮，得意地哈哈大笑："想不到吧？这滴水岩上大当家的，就是我陈天泰！"

何小豆叹息一声："我爹真是瞎眼了，居然找你这个大土匪来护送我。"

陈天泰得意地说："何一钟是个精明人，可他的精明在我这里狗屁不值。"接着，他又指指自己的鼻头，说，"我这鼻子，十条狗也赶不上。那酒瓮一开，我就嗅出是李家沱出的'射洪春酒'，何老头却声称酒是从渝州运来，分明是在撒谎。等到你现身，我一下就嗅出你的女子体香，才明白让镖行押酒是幌子，正主儿是你。哈哈，陈某人接触过无数女人，但一见你，我却心跳不已。"

昨天陈天泰故意抬高酬金，何一钟居然接受，而手下心腹从李家沱打探回来的消息说，何一钟的确在李家沱买了三十瓮酒，又分别购买了颜料膏药等物。这让陈天泰确信何小豆是故意装丑，定有倾城之色，如今将她抓到滴水岩洗去伪装，果然姿色非凡。他越想越得意，淫笑着朝何小豆扑了过来。

哪知道何小豆身子一晃，已避在一边，喝道："我不姓何，我叫狄琼花！"

这句话像一声炸雷，把陈天泰炸晕了："成都府女捕头狄琼花？"

"不错。你嗅觉不错，能闻出我带的的确是射洪春酒，但你却没闻出我在里面加了麻药'十香软筋散'。你怎么就不到大堂上看看？你的那些手下现在全都死猪一样躺在地上。"

陈天泰暗一运力，果然浑身绵软无力，再探头往大堂一看，匪徒们全部东倒西歪躺在地上。他大叫一声："怪不得我闻不出'十香软筋散'，你们一定另外又掺了'五步倒'。我隐得这么深，你们又是如何察觉我的？"

狄琼花哈哈大笑："我们最初其实并没察觉到你，是你的贪婪暴露了自己。"

（题图、插图：黄全昌）

穷人的办法

□陶柏军

轻薄小媳妇

陈家庄有个陈员外，这人没别的本事，只靠着祖辈留下的家财吃喝嫖赌，十几年下来，家里的银子和田产其实已经让他折腾得差不多了，只剩下28间大瓦房还撑着陈家在村里的气派。

这天，陈员外在外面混了一天，快傍黑时才慢慢朝家走，快到陈家庄时，他突然看到乡间小路上走过来一位年轻女子，长得楚楚动人。这女子陈员外认识，是庄子里“豆腐乔三”的新媳妇小红。说起乔三，原来是个读书人，可十多年书读下来，连个秀才也没考中，只好放下书本，老老实实在家里做起了豆腐。

陈员外一看小红婀娜多姿的身材，心里就升起一股邪念，他看看四周无人，就上前笑嘻嘻地说:“哟，这不是乔家弟妹吗？这么漂亮的妹子，来了我们陈家庄，弄得庄上的大姑娘小媳妇就都不敢抬头了……”小红听出了陈员外话里的轻薄，不吱声，一侧身想从陈员外身边走过去，陈员外却顺势把小红揽在怀里，嬉皮笑脸地说“妹子，以后和我好吧，我家有房、有地、有银子，比卖豆腐的乔三强多了！”小红奋力挣脱出来，朝庄子跑去，陈员外还不死心，又在小红的屁股上狠狠地摸了一把。

陈员外回到家时还有点担心，但一连几天过去，乔家没一点动静，就想，那小媳妇肯定没把这事告诉乔三，这里的女人重名节，特别是刚嫁人的媳妇，有的受了欺负，宁肯上吊也不肯说出被辱的真相，怕给婆家和娘家人丢脸。再说凭他乔三那老实样，也弄不出什么名堂。渐渐地，陈员外就把这码事忘了。

来了一个贼

又过了一个来月，这天深夜，陈员外被一阵吵闹声惊醒，就披衣来到前厅，家人押着一个贼进来，说："老爷，这个贼在偷咱家房上的瓦片！"

陈员外瞅眼一看，这个贼三十来岁，像个庄户人，就问："你叫什么名字？哪里人？房上的瓦片能值几个钱？你怎么连这个都偷？"可无论陈员外怎么问，这个贼就是一言不发，最后给逼急了，还很凶地说："你又不是官府老爷，我为什么要告诉你？"

嘿，这贼比员外还横！陈员外气不打一处来："那好，我就让官府老爷来问你。看是你嘴硬还是官府的夹棍硬！"说完他就吩咐家人："看好他，明天一大早送县衙！"

第二天，陈员外带着几个家人把这个贼押到衙门，县老爷看了陈员外的状子，也觉得挺奇怪，问这个贼："你姓什名谁？快把你的所作所为从实招来，免得皮肉吃苦！"

贼这回乖了，答道："小人姓李，叫李贵，住在李家庄，正盖房子，买不起瓦，就到陈员外家偷了几片。"

李贵一说完，县官就哈哈大笑："李贵呀李贵，你连编瞎话都不会。陈家庄在城北，李家庄在城南，相距四十里地，你跑这么远就为了偷几片别人房上的瓦片？我看不吃点苦头你是不会说实话的！"说完，他吩咐衙役"给我打！"

两班衙役上来对着李贵就是一通棍棒，起初李贵还咬紧牙关挺着，十几下后他再也挺不住，大叫着求饶："大老爷，别打了，我招，我全招！"

县官一拍惊堂木："如实招来！"

李贵只好道出了事情的原委："我有一远房亲戚，早年是邯郸府的军差，专管库银。有一次，知府外出办事，领班的也告假回家，我亲戚买来酒肉，在酒里下了蒙汗药，把和他一起当值的另两个军差麻翻，然后偷了府衙的100根金条，跑了出来……"

县官一听，点头称是："早年间是有这一档子事，当时闹得沸沸扬扬，可至今仍未破案。你说，接着说！"

李贵说："我家那位亲戚带着金条逃到一家砖窑干起了苦力，他把金条偷偷烧进100片瓦片中，又把这些瓦藏在最里面的角落，时时看护。可有一天他外出办事，回来时窑场里却一片青瓦也没了，全被陈家庄的一个大户买走了。这个大户就是这位陈员外的父亲。我家那位亲戚多次到陈家庄，可要在28间房屋的屋顶上找100片瓦，谈何容易！直到他去世，也没拿回一根金条。我这位亲戚没有后人，直到临终才把这个秘密告诉我，最近我婆娘得了重病，为给她治病我已经负债累累，没办法，这才打起陈家房屋瓦片的主意。结果，一片有金条的瓦片也没找到，就让陈家的人给捉了……老爷，我说的句句是实，您饶了我吧……”

李贵的话让在场的人大吃一惊，陈员外说：“老爷，这个人疯疯癫癫的，再说他也没偷到东西，我看就把他放了吧……”说完，也不等县官回话，领着家人离开了县衙。

100根金条

陈员外回到家，把家里所有人全部召集起来，说：“你们全都给我上房，把屋顶的瓦片给我搬下来。记住，谁也不准敲碎了瓦片！”

于是，全家人一齐动手，将28间房子上的瓦片全部揭了下来，陈员外提着把锤子，瓦片一到他跟前，便是一锤子砸下去。他一直砸了两个时辰，却没有在瓦片里找到一根金条。

就在这时，县官带着一帮衙役赶来了，看到陈员外家28间房上的瓦片变成了满场的破烂，就问陈员外：“你找到的金条呢？那是国库里的东西，可不能私吞了。”

陈员外哭丧着脸，说：“大老爷，我们都被那个毛贼骗了，我把28间房子的青瓦全砸了，没找到一根金条。”

县官冷笑一声，说“你说没有就没有？你为啥不等本官结案就急匆匆赶回来？为啥要抢着砸碎你家房上所有的瓦片？你不将那些金条交出来，本官就治你私吞国库的大罪！”

县官说完，接着又大喝一声：“把姓陈的带回县衙，严加拷问！”

再说那个李贵，他从县衙回到家中，把事情前前后后都跟守候在他家的乔三说了，末了还拍拍乔三的肩膀，说：“妹夫，想不到你一个做豆腐的，还真有些鬼点子，咱们穷人斗恶人，只能用穷人的办法……”

（题图、插图：黄全昌）

吵醒全城的电话

□P·贝勒马尔J·安托尼〔法〕
华登喜　改编

奇怪的电话

故事发生在1953年，在丹麦首都哥本哈根，这天凌晨两点来钟，正在当班的见习消防队员拉斯马森听到报警电话在响，连忙拿起话筒，电话通了，但话筒里却没有声音。

拉斯马森大声问：“喂！我是消防队，你那里发生了什么事？请详细告知地点！”

电话里还是没有任何声音。

同伴忍不住打断拉斯马森，说：“你别管了，经常会有一些无聊的人打报警电话消遣人！”

拉斯马森正要挂上电话，却突然听见话筒里传出一声猫叫，虽然猫的叫声很细弱，但能听出那只猫叫得很焦急。

年轻的拉斯马森马上想到，可能是猫的主人受了重伤，刚拨通报警电话又很快昏迷过去，只剩下猫在旁边叫唤。他决定不挂电话，继续仔细聆听。果然，又过了一会，他听到话筒那边一个人的轻微喘息声。

拉斯马森用洪亮的声音朝电话那头喊道：“喂！您是谁？要是您在开玩笑，请别占这条线！要是有事就请快讲！”

终于，拉斯马森听到一个老太太的声音：“我受伤了……救命啊！”

拉斯马森非常急切地问：“您在哪里？您叫什么名字？”

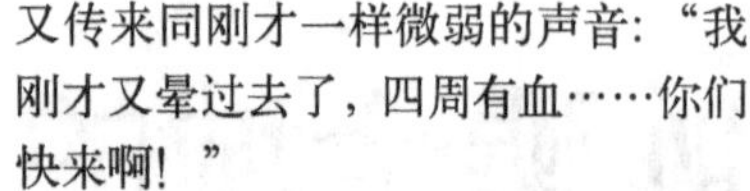

对方回答说：“我在家里，只能听到门外的车笛声，房子里没有人，只有猫咪陪着我……”

拉斯马森确信打电话的人遇到了危险，他接着问陌生人：“您家的地址？”

对方的声音却越来越微弱：“我在流血，躺在地上动不了，我忘记了家的地址……”

拉斯马森正想继续问下去，那边的电话却突然断了。

这下把值班的两个消防员急坏了，拉斯马森正要拿起电话向上级报告，另一位队员却拉住他，说：“上级并不是上帝，这个电话不能动，对方很可能再打进来……”

足足过了一刻钟，电话铃终于又响起来，拉斯马森拿起电话，听筒里又传来同刚才一样微弱的声音：“我刚才又晕过去了，四周有血……你们快来啊！”

拉斯马森大声吩咐：“请您不要挂断电话，请把话筒放在地上，我马上通过邮电局查到您的地址，然后派人来营救您！”

值班室顿时忙起来，拉斯马森通过内部线路接通了邮电局的电话，要求邮电局值班人员迅速查到那个报警电话的地址。

又等了好一阵子，邮电局值班人员报来了查询结果：那个电话号码是城市最早的一批老号码，因为老城区改建，原来的街区和住宅全部消失，当时登记的住址资料已经没有任何意义了……

学猫叫

拉斯马森的电话一直与对方保持着联系，但话筒里对方的呼吸却越来越弱。时间又过了半个小时，拉斯马森跑到休息室，把富有经验的队长叫了起来。

队长听完拉斯马森的报告后说，目前只有最后一线希望：设法继续跟老人对话，进而推测出她的位置，或唤起她的相关记忆！

接着，队长从拉斯马森手中接过话筒，柔声问道“夫人……您还在流血吗？您的房子有什么特征？”

那位老太太渐渐有了些力气，吃力地说：“我满脸都是血，我家房子的大门是三扇黑桃木门……我快没力气了……”也许是一下说得太多，她的声音又停了下来，一下子变得毫无动静。

队长又问了很多话，但都没有回音了，他突然回过头，问两个值班员：“你们谁会学猫叫？”

一个消防队员举起手，队长命令他：“你朝话筒里学猫叫，引起那边的猫叫！”

这位消防员于是朝话筒里连学了几声猫叫，那边的猫果然回应了几声。队长侧耳听了会，说：“那只猫的叫声很特别，很像是加拿大无毛猫，你们现在马上打电话给老城区的兽医诊所，问他们是否清楚哪位老年妇女养这种猫。”

拉斯马森和另一位消防队员马上行动，终于打听到老城区只有汤姆森医生能够诊疗加拿大无毛猫，队长从电话簿上找到汤姆森的电话，马上拨了过去，马上又无可奈何地放下电话，原来这个电话里只有录音：对不起，汤姆森先生已经外出度周末，有事请留言。

这个努力又成了泡影。时间在一分一秒地过去，那位老太太可能又昏过去了，一点声音也没有，只有那只猫还在焦急地叫着。

这时，拉斯马森说：“队长，我有个想法，老人说在她的房子里能听到外面的车笛声……”

在场的人听了拉斯马森的想法都大吃一惊，但队长摸了摸下巴，坚定地说：“虽然你这个办法会影响整个城市，但我决定采纳你这个办法，我这就去叫醒局长！”

放着童谣的消防车

二十分钟后，消防局局长率领十四辆消防车集中在大院门口，整装待发。拉斯马森让十四辆消防车装上十四首不同的童谣，再让每辆消防车边行驶边播放车上的童谣。

清晨五时半，十四辆消防车同时出动，开往依旧沉睡着的各个街区，警笛不断响着，每一辆车都得跑遍一个区的大小街道，同时要与指挥部保持联系。

不一会儿，整个哥本哈根城都被惊动了，居民们都不知道发生了什么事，纷纷起床，一家接一家的灯亮了起来。

值班室里，拉斯马森把电话筒贴在右边耳朵上，把与消防车联络的耳机扣在另一只耳朵上，冲着电话的百叶窗也敞开着。

时间又过去了半个小时，拉斯马森还是没有在电话筒里听到童谣声，大家都觉得没希望了，突然，拉斯马

森叫了起来："局长，听见了，我听见童谣声了！声音很低，我还没听出是哪一首童谣，但消防车一定就在离那儿不远的街上！"

队长马上给所有的消防车下达命令："所有的消防车把音量调到最大！"

拉斯马森又一次兴奋地叫了起来："听出来了，我听出来了！是《雪绒花》的曲调！"

队长冷静地命令："播放《雪绒花》的消防车注意，请马上汇报你的位置！"

很快，12号消防车传来回应："我在播放《雪绒花》，我们行驶在老城区的猎德路！"

队长继续命令："所有消防车全部开往猎德路，寻找一个大门为三扇黑桃木门的住宅！"

所有的消防车又开始搜索起来，它们把整个街区都惊动了，几乎所有住户的窗户都亮起了灯。但是，整条路上有很多三扇黑桃木门的房子。

拉斯马森思考了一下，又告诉队长一个办法，于是，队长命令消防车："你们用扩音器朝住户喊话，请所有的住户关掉房间的灯，最后还亮着灯的一定是那位受伤老太太的家！"

很快，拉斯马森左边耳机上传来清晰的扩音器的声音："请把家里的灯关上……再说一遍……请关灯，我们在寻找一位严重受伤的妇女，她家里亮着灯！"

十五分钟后，拉斯马森的脸上终于露出了微笑，他把电话筒递给队长。通过电话筒，队长清楚地听到老太太家里发出撞破房门的声响，还有许多人的脚步声，接着，话筒里传来一个响亮的声音："我是12号车的消防员，我们已经到达现场！老太太仍在昏迷中，但脉搏还在跳动，我们现在就送她去医院！"

值班室所有的人都舒了口气，拉斯马森如释重负，把耳机摘了下来。队长朝拉斯马森眨眨眼，拍了拍他的肩膀，说："小伙子，你接的这个电话吵醒了全城，可是很值得哦！"

（题图、插图：佐　夫）

有的人天生就聪明，他能把长的说成短的，扁的说成圆的。给他一张纸，没准他能捣腾出一套房子来……可你想不到，这么聪明的人，他会做出糊涂事来。那个糊涂样哪，连只小狗都不如……

做个聪明人

□范国清

1. 带金项链的狗

河坂城有一个捡破烂的老汉，姓胡，是个驼背，住在筷子巷租来的一间破房子里。这老汉脾气有点怪，总是担心别人犯糊涂，时不时就对人说：“看你挺聪明的样儿，可别犯糊涂啊！”久而久之，就给自己换来个“糊涂仙”的外号。

他靠捡拾破烂为生，每天在城里四处游走，见到的新鲜事不少，但今天他在城郊河堤上遇到的一件事，却让他惊讶得合不拢嘴巴。啥事？他看到一条京巴狗正朝自己走来，这京巴狗一身银丝般的绒毛，像一团雪球，一看就是富贵人家的宠物，而且这小狗背上还贴着一张白纸，胡老汉一瞅，上面写着几行字——

这只小狗叫贝贝，它的主人不能再养它了。遇上的君子行行好，你如果收养了贝贝，一定会得到好报的。

胡老汉蹲下身子，打量着这条叫贝贝的小狗，贝贝见了“糊涂仙”，竟然不认生，一个劲地往“糊涂仙”跟前蹭。

怎么突然就冒出一只小狗来？胡老汉朝小狗走来的方向一看，看到一个女人正走下河堤，就大喊一声：“喂！这是不是你的小狗？你的小狗丢了！”那女人却像没听见，顾自往堤下走，一会就没了影子。

胡老汉见这小狗好可爱，弯下腰正要把它抱起来，身后却突然传来一声大喝：“慢！”

胡老汉回头一看，来了个厉害角色。谁？此人名叫霍白浪，人送外号“聪明鬼”，也住在筷子巷，是巷里家喻户晓的人物。前些年，他做过贩卖宠物狗的生意，后来生意不做了，做了个闲人，每天只在街上东走走西逛逛，口袋里不装一分钱，钱却会长了脚似的往他口袋里钻。你可别以为他是小偷，他说他绝对不做那种提心吊胆的事，也没听说过他干过欺骗、敲诈之类的不法勾当，他游手好闲却能吃香的喝辣的，财源不断。这样的人实在太聪明了！

霍白浪挨着“糊涂仙”蹲下身子，说：“好家伙，这小狗能卖好价钱！”又仔细瞅了瞅狗背上的纸片，便伸手把小狗抱了过来，哪晓得这一抱不要紧，他的手像是碰着了东西，一翻弄，只见白色的狗毛里金光一闪，一条金项链从小狗的身上露了出来！

胡老汉惊讶得张大了嘴巴：“原来纸上说的好报是一根金项链！”他说罢，也伸出双手要抱小狗。

霍白浪又大喝一声：“慢！”

胡老汉一愣，说：“怎么啦？这狗是我先看到的。”

霍白浪说“狗是你先看到的，可金项链是我先发现的，道理不用我多说，你给我放聪明点！”

胡老汉瞅瞅霍白浪，说：“‘聪明鬼’，你想怎么办？瞧你长着一副聪明样儿，可别犯糊涂啊！”

霍白浪听胡老汉这一说，气得鼻子一下红起来，说“我咋犯糊涂了？你不就是想跟我抢点好处吗？”

胡老汉一见霍白浪的架势，犹豫半晌，说：“我不跟你抢，狗和金项链全归你，行了吧？不过，你可不能只收下金项链，然后把狗丢了，或是卖了。拿了金项链就得收养这条小狗，你可想清楚了！”说着，他把那张狗背上的纸揭下来，放进背上的筐里。

霍白浪摸摸金项链，伏下身拿嘴贴在狗身上咬了咬金项链，是真货！他又摸了摸小狗雪白的绒毛，自言自语地说：“这么漂亮的京巴狗，不简单，太不简单了……”这么念叨着，他的小眼睛转到了胡老汉的破烂筐子上，连忙从胡老汉的破烂筐里把那张纸拿出来，又细细地看了看，像是看到了一幅藏宝图，脸上忽然浮出一丝奸笑，说：“‘糊涂仙’，我不跟你争狗争金项链了，狗和金项链全归你，我只要这张纸头。”

胡老汉好喜欢这只狗，正担心“聪明鬼”拿了金项链却不好好养狗，听“聪明鬼”这一说，不禁松了一口气，连忙答应了。

霍白浪拿着纸站起身就走了，一边走还一边看着，像拿着一个宝，搞得胡老汉犯起了糊涂 这“聪明鬼”要这张纸头干什么?

再说霍白浪，他揣着那张从狗背上揭下的纸头回家后，泡了一杯茶，往沙发上一躺，眯缝着眼睛琢磨开了，这样子琢磨了一个来小时，他一拍大腿，坐起身，端起杯子一口气喝光杯里的茶水，就出了家门，朝一家大超市走去。

霍白浪到了超市，便直接来到总经理办公室，找到了超市的老板巴桑。两年前，霍白浪卖了一条京巴狗给巴桑，他记得很清楚，今天胡老汉捡到的名叫贝贝的京巴狗，正是自己两年前卖给巴桑的那一条。

见到巴桑，霍白浪先不提丢狗的事，而是试探性地问:“巴老板，你还想买京巴狗吗？我手里有一条很漂亮的京巴狗。”

巴桑打量一番霍白浪，终于认出这个两年前的狗贩子，连忙摆摆手，说:“我以后再也不买狗了。两年前，从你手上买了那条狗，本来是想给我老婆遛着玩散闷儿的，哪知道给税务局的陆局长瞧见了，硬是给他要走了！”

霍白浪愣了愣，马上告辞走人。“聪明鬼”就是“聪明鬼”，过了没多大一会儿，他就打听到税务局的那位陆局长去年调到发改委当了主任，更神的是，他竟然还打听到陆主任的家在城南新开发的花园别墅。于是，他又接着赶往那个别墅小区。

哪知霍白浪刚走进花园别墅，便听到不远处传来一阵凄惨的哭声。顺着声音看去，只见一幢别墅门口停了具棺材，旁边围着许多人。一个中年女子坐在门口，边哭边说:“老陆啊老陆，你咋就这样想不开啊？为什么呀？”

霍白浪听得一愣一愣的，忙向身边的一位妇女打听，这女人是陆主任的邻居，说，陆主任服毒自杀了，停了三天，按照风俗在今天出殡。霍白浪十分惊讶，又打听他家养的宠物狗，女邻居把头摇得像拨浪鼓，说:

“什么宠物狗？他们家从来没有养过狗。”

霍白浪不声不响地离开花园别墅，回了家。路过胡老汉租房门口时，见胡老汉正在给那条宠物狗喂火腿肠，他停了下来，愣了老半天，才说：“真有你的，你一年上头都舍不得吃根火腿肠，竟然买了来给狗吃！”看见胡老汉不搭理，又说：“糊涂仙，我告诉你一件奇怪事，这条狗的主人已经变成鬼了。”接着，他把刚才打听到的一五一十全都告诉了胡老汉。

胡老汉怔了半晌，连忙跑进院子的破烂堆里，翻出里面的一只破靴子，把手伸进去掏摸老半天，啥也没摸到。胡老汉急了，又将皮靴子倒过来摇了老半天，只倒出一条红蚯蚓。胡老汉跌着脚，嚷道：“那条金项链呢？我藏在这只靴子里的金项链呢？”

霍白浪见胡老汉又犯了糊涂，就不跟他再啰唆，摸了摸口袋里的那张纸头，转过身子回了家。

2. 谁丢了贝贝

过了没几天，霍白浪又去了趟花园别墅，在陆主任家门口朝里一瞅，居然看到几个穿着检察院制服的人在陆主任家里忙忙碌碌翻找东西，陆主任的老婆站在一旁哭哭啼啼。他从围观邻居的议论中听到，陆主任是听到检察院要对他立案侦查才寻的短见，看来检察院的人也没查到什么东西，不然不会连着来好几回。

霍白浪的脑袋又轱辘一样转起来。

在回家的路上，他又遇上捡破烂的胡老汉。只见胡老汉背着满满一筐破烂，牵着那条宠物狗贝贝，贝贝的腰上系了根绳子，跟在胡老汉后面左顾右盼，一步三摇地走得欢实。霍白浪连忙满脸堆笑地上前打了声招呼。

从此，霍白浪哪儿也不去，每天不远不近地跟在胡老汉后面，胡老汉走到哪，他就跟到哪，直到胡老汉天黑回到筷子巷。

这天，霍白浪又一大早就跟着胡老汉出了门，跟了老半天，见胡老汉老是往旧房子破巷子里走，他也不厌其烦，兴致勃勃地看着胡老汉牵着小狗贝贝捡破烂。这天一直跟到过了下午，眼看天又要黑了，突然，霍白浪看见贝贝蹦跳着直往街边蹿，那根拴狗绳把胡老汉拖得晃了一下，胡老汉只好转过身顺着贝贝跑。只见贝贝跑到一个穿黑裙子的女人脚下，叼住了女人黑裙子的裙摆，发出孩子啼哭一般的呜呜声。

这是个二十来岁的姑娘，长得十分俏丽，她低头看着贝贝，眼里禁不住露出一丝酸楚。她慢慢抬起头，看了眼胡老汉，说：“大叔，请您把小狗的绳子带紧些，它咬我的裙子了。”

胡老汉连忙扯住狗绳子，不停地

说:“贝贝，快松开，再不松开，我要打你啦……”胡老汉不停地拉着绳子，一阵紧拉慢拽，贝贝总算松开了姑娘的裙子，那位姑娘这才走了。可她已经走出好远，还是忍不住回头望了一眼贝贝。

贝贝望着姑娘走远，嘴里不停地发出不舍的哼唧声。

霍白浪立在街边看着这一幕，拔腿就朝那位姑娘追去，直到看见那位姑娘走进一个叫“香格里拉”的花园小区，进了一幢住宅楼。

这时天已黑了，霍白浪站在楼下，看着那位姑娘进去不久，三楼东边一套房间就亮起了灯光，不禁哈哈大笑起来……

再说那位穿黑裙子的姑娘，这时正心事重重地坐在客厅的沙发上，看着裙摆上留着的贝贝的牙印，喃喃自语:“贝贝，可怜的贝贝……”

这姑娘名叫肖春梅，是位来自四川的农家女。肖春梅的父母人到中年才有了她这个独生女，将她视作掌上之珠。肖春梅从小就心高气傲，人又聪明，学习成绩一直在班上名列前茅，眼看要高考了，哪知祸从天降，她的父亲为了给她攒大学学费，在山上砍柴时摔下山崖，生命垂危，家里到处借债为她父亲治伤，钱花了很多，但她父亲最后还是死了。过了不久，肖春梅的母亲也忧郁成疾离开了人世，肖春梅转眼间成了一个孤女，大学梦也随之破灭。为了偿还家里欠下的五万多块钱债务，她离开家乡，来到河坂城一家洗脚城打工，在那里，她认识了一个叫陆进的人。

这陆进垂涎肖春梅的年轻美貌，千方百计靠近拉拢肖春梅，又施以小恩小惠，自称是做生意的老板，帮肖春梅还了欠下的债，如愿以偿得到了肖春梅，为了长期占有肖春梅，他还专门为肖春梅在“香格里拉”花园小区买了套房子，让肖春梅辞了洗脚城的工作，住在里面，又从巴桑老板那

里要来贝贝，让肖春梅解闷。

两年来，肖春梅一直与贝贝为伴，与通人性的贝贝感情非常深。前些时，陆进得知自己东窗事发，害怕党纪国法的制裁，服毒自杀。虽然陆进平时隐瞒得很深，没有人知道他和肖春梅的关系，但肖春梅决定不再做笼中的金丝鸟，决定离开这个地方，到一个新的环境找事做，自食其力。这样，她就不能天天跟贝贝在一起，但她在这河坂城人生地不熟，担心引起别人的怀疑给自己惹上麻烦，所以不敢直接把贝贝送人，又担心贝贝沦为一条流浪狗，便在狗背上贴了一张请求过路人收养贝贝的纸条，然后在贝贝身上藏了一根金项链，带着贝贝到了城郊的河堤上。她见河堤上行人稀少，离她最近的是捡破烂的胡老汉，她看胡老汉很面善，感觉这老头会对贝贝好，便让贝贝朝胡老汉走去，看到胡老汉停下来注意贝贝了，这才急忙走下河堤……

今天贝贝在街头认出了肖春梅，咬着她的裙摆舍不得她，让她心里好生难受。她想着自己这三年来屈辱的生活，心里又愧又悔，便思谋着赶紧卖掉这套房子，搬到一个新地方，找一份工作，如果能遇上一个喜欢自己的男人，就嫁给他，死心塌地跟他过日子。

肖春梅靠在沙发上这样想着，不知不觉间迷迷糊糊地睡着了。等她睁开眼时，已是第二天一大早了。她站起来理了理睡得凌乱的衣服，正要去洗漱，突然，门铃响了。她一愣，陆进死后，再也没有其他人来过这地方，一大早谁会来摁门铃？肖春梅犹豫半晌，没有开门。

肖春梅不开门，门铃却鬼叫似的响个不停，肖春梅无法，只好走过去，打开一条门缝，一看，门外站着个送花的姑娘，这位姑娘手里捧着一束红艳艳的玫瑰花，脆生生地说："小姐，早上好！这花是一位先生叫我送给你的。"

肖春梅诧异地问："哪位先生？"

姑娘说："一位姓霍的先生。"

肖春梅忙说"对不起，我不认识这个人，这花我不能收。"

送花姑娘说"小姐，我们做点事很不容易的。还是请你收下吧。你如果实在不肯收，那就麻烦你写张条子，证明我已经把花送到了。不然，我就白跑一趟了。"

肖春梅一想也是，就顺手写了一张条子："谢谢你，但我不接受陌生人送花。"

送花姑娘接过条子就走了。肖春梅刚松了一口气，哪知刚过一会儿工夫，门铃又响了，肖春梅想，这姑娘怎么没个完啊。她不耐烦地打开门，一下愣了：门口站着一个红鼻子小眼睛的中年男人。

3. 魔鬼缠人

不用说，这男人就是霍白浪，他正一脸奸诈地朝着肖春梅笑。

肖春梅连忙关门，霍白浪跨前一步，把腿别在门框里，说："小姐，你不认识我，我可认识你，我来是有重要的事跟你说。这事情可是关系你身家性命的。"

肖春梅只得让霍白浪进了屋。

霍白浪毫不客气，一进屋就大咧咧往客厅的沙发上一坐，跷起二郎腿，抽出一支烟在嘴上叼着，一双眼睛四处乱转。

肖春梅在霍白浪对面坐下，问："先生，你有什么事？"

霍白浪见肖春梅不拿火点烟，便自己掏出打火机把烟点了，抽了几口，便往茶几上的一只烟灰缸里弹了弹烟灰，说："这个烟灰缸一定是陆主任生前用的。"

肖春梅的脸"刷"一下白了，但很快又恢复平静，冷冷地说："先生，我听不懂你的话，我很忙，你如果没事就请离开！"说罢就站了起来。

霍白浪冷冷一笑，说："小姐，你赶不走我的。我不仅现在不会走，今天晚上我还要在这里睡一觉。要想赶走我，除非陆主任活过来。"

肖春梅气得满脸通红："你——"

"贪官睡得，我为什么睡不得？"

"你……胡……胡说……"

霍白浪看着姑娘的脸色，心里暗暗一笑。一切都在按他的计划进行，这姑娘太嫩了，对付她简直像对付一只猫。他继续晃着二郎腿，说："小姐，昨天，有只狗叼了你的裙子，这只狗叫贝贝，是你丢的。我说的没错吧？"

肖春梅结结巴巴地说："我没……没丢过狗……"

霍白浪从口袋里掏出一张纸，说："你在那只狗的背上贴了一张纸，这张纸在我手里，刚才，我让花店的小姐给你送来一束花，你拒收，并写了一张条子，这纸条上的笔迹跟你贴在狗背上那张纸的笔迹一模一样！小姐，这你抵赖不掉吧？要知道，我外号就叫'聪明鬼'！"霍白浪从口袋里掏出纸条，在肖春梅眼前晃了晃。

肖春梅心里一阵惊悸，沉默半晌，说："你就算是个聪明鬼又能吓唬谁？就算那狗是我丢的，这跟你说的什么陆主任有何关系？"

霍白浪又吸了口烟，斜着眼说："这关系大了。小姐，你不知道，我从前是个狗贩子，贝贝是我卖给巴桑老板的，巴桑老板又把那只狗送给了陆主任，陆主任如果没把贝贝送到你这儿，你又怎么能跟贝贝这么熟？我这证据环环相扣，你如果还想抵赖，我就请你上一趟检察院。你应该明白，陆主任贪污受贿可不是小数目。他自己都怕得服毒自杀，可检察院的人在他家啥也没搜出，他的不义之财，只

能在你手里……”

霍白浪滴水不漏的推理让肖春梅哑口无言。半晌，肖春梅才抬头瞟了一眼霍白浪，问：“你想怎么样？”

“也不想把你怎么样，贪官的赃款嘛，大家都有份，你花得，我也花得。我看这样吧，你给我五十万，往后，咱们井水不犯河水，就是在大街上见了面，也装着不认识。至于检察院那一边，嘿，陆主任归了西，查不出个名堂，你尽管放心大胆地过你的好日子。但你要是不合作，我马上就去检察院报案，你的钱，还有这房子，都会没收，你还得去坐牢！”

霍白浪一番话让肖春梅头上冒出了冷汗，她拿起茶几上的餐巾纸擦了擦，说：“大哥，我跟那死鬼三年，他花钱给我买了这套房子，也给了我一些钱。我现在手里总共还有十万块钱，我给你五万块，行了吧？”

霍白浪一笑：“五万块？你打发叫花子呀？我现在就报警！”说着，他装模作样拿起了沙发旁的电话。

肖春梅被霍白浪吓得心惊肉跳，忙说：“大哥，别报警！我的的确确只有这么多钱。要不，十万块全给你？”

霍白浪慢慢放下话筒，说：“也行，那就先给十万。”

钱存在银行里，肖春梅拿着存折出门去取钱。霍白浪便在屋子里翻箱倒柜。他在肖春梅床头柜里找到一副金耳环和金手镯，毫不客气地放进了自己口袋。

肖春梅取钱回来时，见霍白浪正撕开她的一个枕头在找东西，不敢发火，只能压住气，说：“大哥，你看你没找到什么吧？我不骗你，真的只有这么点钱。”说着，将手提袋递给霍白浪。

霍白浪打开袋子，口朝下一倒，一堆钱就落在床上，数了数，整整十沓百元大钞！他不动声色，把钱重新装进袋子里，说：“你还欠我四十万。”

肖春梅忍无可忍，气愤地把手上的存折递到霍白浪眼皮底下，说：“你瞧瞧！

我只有这一张存折，上面只剩下八千块钱。你叫我拿什么再给你四十万？土匪也会留点粮食让人过冬呀！”

霍白浪瞅瞅肖春梅，拉拉脸皮子，又看了看房子，说：“没钱？你还有房子呀！你把这房子卖了……”

肖春梅说：“卖了房子我住哪儿？你也太黑了！”

“黑？嘿！”霍白浪瞅瞅肖春梅，一把将手摁在肖春梅的胸脯上，涎着脸一笑，“我这人好说话。你舍不得卖房子，就做我的二奶。三年后，咱们井水不犯河水。咋样？”

肖春梅猛一下打开霍白浪的手，喝道：“滚蛋！”

霍白浪如今是蚂蟥叮在伤口上，不吸个肚儿圆怎肯罢休？他“嘿嘿”冷笑着，说：“你要么卖房子，要么陪老子睡三年。两项选一项！下午我再来……”霍白浪说完，也不管肖春梅，拎着钱袋子走了出去。

肖春梅“砰”地一声关上门，背一靠在门上，就顺着门滑了下来，她身子一歪坐在地上，“呜呜”地哭了起来……

4. 自作聪明

肖春梅哭得眼泪都干了，她呆坐在地上，双目无光，越想越难过：自己的命咋就这么苦呢？爹娘死了，把她一个人扔在世上，糊里糊涂地给贪官做了三年“二奶”。现在贪官死了，她想自食其力，以后找个好男人过日子，岂料突然又跳出个霍白浪，往死里来敲竹杠！

她看着房子，想了很久，还是理不出个头绪。她不愿把房子卖掉换成钱给“聪明鬼”，更不愿为了保住房子给“聪明鬼”做三年“二奶”。怎么办呢？报警吧？房子要充公不说，自己会坐牢不说，这个“二奶”身份还会让千万人唾骂。肖春梅越想越觉得活着没意思，慢慢从地上爬起来，背着个挎包出了门。

肖春梅沿着一条大街往前走，路过一家药店就买几粒安眠药，一连走了好几家药店，一共买了几十粒安眠药，返身往回走时，却看见街对面一家酒馆里走出了歪歪倒倒的霍白浪，手里还拿着肖春梅那个装钱的手提袋，但袋子已经空了。

原来霍白浪从肖春梅家出来后，就到银行把钱存起来。他存好钱，越想越为自己的聪明得意。得意之余，就找了家酒馆大喝了一通。他醉醺醺从酒馆出来，哼着小曲往街这边走。躲在后面的肖春梅看着他这副得意样，气得肺都要炸了。她恨恨地想：就算自己死了，也不能让这个狠毒的“聪明鬼”留在世上害人！

这样一想，肖春梅又走进一家五金店，买了把短柄小铁锤，装进小挎包里。她看到霍白浪正顺着大街往“香格里拉”花园小区方向走，就不远

不近地跟在后面。

霍白浪和肖春梅一前一后走了阵子，胡老汉牵着贝贝也走了过来。

霍白浪不知为啥突然转过了身子，看到胡老汉就停了下来，眯着一双醉眼，又看了看胡老汉身后的贝贝，忍不住就开心地笑了，得意地朝胡老汉大叫："糊涂仙啊糊涂仙，你像个蠢驴一样每天沿街捡破烂，每天累得要死也捡不出二十块钱，得了人家送的一条金项链，竟然会笨得藏在一只破靴子里，你瞧我……"他晃晃手上的手提袋，还想说点什么，可话到嘴边又生生咽了回去，只把这袋子往胡老汉背上的破烂筐里一扔，说："这个袋子，送给你当破烂……"说罢，招了一辆出租车，得意地朝胡老汉摆摆手，一溜烟走了。

胡老汉从破烂筐里拿出女式手提袋，又犯起了糊涂：挺好一个手提袋，怎么就当破烂扔了呢？看来这个"聪明鬼"喝醉了。胡老汉正这么想着，贝贝突然"汪汪"叫起来，兴奋地往前面跑过去。

胡老汉跟着贝贝走了一段路，看到了站在一棵树后的肖春梅，贝贝哼哼唧唧围着肖春梅的脚边不停地转，显得十分高兴。肖春梅情不自禁地弯下身，搂起贝贝，爱怜地用手抚摸着贝贝。

胡老汉打量着肖春梅，说："姑娘，我这狗跟你好亲啊。"

肖春梅说："大叔，不瞒你说，贝贝是我养的。"

胡老汉吃惊得张大了嘴巴，说："难怪啊！姑娘，你这么喜欢它，怎么就舍得把它丢了？"

肖春梅叹了一口气，眼里闪着泪光，低下头不说话。

胡老汉瞧瞧肖春梅，又问："姑娘，你不是有什么伤心事吧？"

肖春梅抹了把脸上的泪水，勉强一笑，她又抚摸一把贝贝，说"大叔，我没有什么伤心事，我活得很好。其实那天我是看到你在，才让贝贝过去的。我知道你是个好心人。"

胡老汉这才明白那天见到的女人是肖春梅，他接着给肖春梅说了后来发生的事情。

肖春梅恨恨地说："想不到那家伙只见到一张纸，竟生出那么细密的算计来，真是太奸诈了。"接着她又低低地叹息一声，说："大叔，我要离开这里到很远的地方去，贝贝跟了我两年，我舍不得它，可也不能再养它，就拜托你老人家好好养它吧。"

肖春梅说着，从包里掏出那本存折，用笔在上面写了一串数字，说："大叔，我这折子上还有八千块钱，密码我写在上面了，你拿着吧，就算是贝贝的抚养费。"

胡老汉连忙推辞："姑娘，你已经给了一根金项链了，我不能再要你的钱，不行，不行！”

肖春梅把存折往胡老汉手上一塞，转身就走。

胡老汉看看手上的存折，心里头又嘀咕起来：“这姑娘看着挺聪明的，别是犯了什么糊涂吧……”

再说肖春梅，她人还没到家门口，就看见醉醺醺的霍白浪在拚命摁门铃，气得七窍生烟，骂道：“你眼睛是不是瞎了，没看见姑奶奶就在你身后？”

霍白浪回过头看见了肖春梅，连忙闪开身子让肖春梅开了门，扭扭歪歪地跟着肖春梅进了屋，往沙发上一靠，眯着醉眼瞟瞟肖春梅，问：“你选哪一项呀？”

肖春梅没做声，在霍白浪对面的沙发上坐了，说：“霍先生，你说的那两项我能不能都不选？我给你的十万块钱是我用青春换来的，你拿去了，也该知足了，可别人心不足蛇吞象。”

霍白浪伸伸脖子，翻翻白眼，说：“什么人心不足蛇吞象？你就是头猛犸象，我也要把你吞下去！你到底打算选哪一项？要不，就选做二奶这一项吧？”

肖春梅暗自咬咬牙，脸上挤出一丝笑，说：“我是你手掌心的一团面，你想怎么捏就怎么捏吧。”

霍白浪听得好得意，眯着小眼睛说“就是嘛，你总算是个聪明人。来，我口渴了，你给我倒杯水。”

肖春梅进了厨房，拿出早就放在口袋里的安眠药，急急地用锤子捣成粉末，放进茶杯里。不一会儿，她端着一杯橙汁走出来，递到霍白浪面前，说：“喝吧。”

霍白浪端起杯子，“咕咚咕咚”几口就将饮料喝了下去，将茶杯往茶几上一放，红着眼瞅着肖春梅，色迷迷地说：“你扶我到卧室里去……”

肖春梅说：“你先在沙发上坐一会儿，我去冲个澡。”说着，便进了卫生间，她关了卫生间的门，悄悄瞄着靠在客厅沙发上的霍白浪。只一会儿工夫，霍白浪就从沙发上栽下来，传出如雷的鼾声。她奔出卫生间，朝着霍白浪发出阵阵冷笑，阴森森地说：“姓霍的，我本来就活得窝囊憋气，你还这样来欺负我，跟我耍聪明，我这就让你做聪明鬼……”

她笑一阵，骂一阵，哭一阵，跑进厨房拿出铁锤，高高地举着，朝霍白浪扑了过去。

就在这个时候，门外传来一阵熟悉的狗叫，是贝贝！肖春梅愣了愣，将目光移向家里的防盗门。

贝贝还在门外叫个不停，肖春梅禁不住慢慢走到防盗门前，眼睛贴在“猫眼”上，看见胡老汉立在门前，手里牵着贝贝，贝贝一边叫着，一边急切地拿爪子抓着门。

胡老汉也用手拍着门，大声说：“姑娘，这儿是你的家吧？贝贝要见你，你开门吧！”

肖春梅一下从癫狂状态醒过来，放下手里的铁锤，慢慢从门前回到客厅，看着躺在地板上的霍白浪，猛地拎起霍白浪的双腿，朝卫生间拖去，这霍白浪虽然个子不高，没想到还是死沉死沉的，不过几米的距离就把肖春梅累得气喘吁吁。她掩上卫生间的门，抹了抹头上的汗，打开了房门。

贝贝竖着尾巴冲进来，围在肖春梅脚边直打转转，不停地叫唤，胡老汉也跟着进来了。

肖春梅掩饰着心里的慌乱，问：“大叔，你怎么到我家来了？”

胡老汉掏出那个存折递给肖春梅，说：“姑娘，贝贝有灵性，是这小家伙带着我来的。我会好好待贝贝，你放心好了，但这存折我不能要。”

这时，贝贝挣脱牵在胡老汉手上的绳子，朝卫生间跑去，它撞开卫生间虚掩的门，发出“汪——汪——”的叫声。

胡老汉朝卫生间一瞅，看见里面躺着一个人，吃惊地叫道：“天啦，你这是干什么呀！”

肖春梅面色惨白，站着一动不动。

胡老汉跑进去一瞧，又大叫：“咦，这不是‘聪明鬼’吗？咋躺在这儿了？”他转过头又问肖春梅：“姑娘，‘聪明鬼’怎么会倒在你的卫生间里？”

肖春梅眼里喷着火，说“他是个送上门的鬼！一个讨债鬼，催命鬼！”说着，她又想起“聪明鬼”对自己的种种恶毒，一下子血往头上直涌，又癫狂地操起地上的铁锤，大喊“我这就让他做鬼去！”

5. 千万别犯糊涂

胡老汉一看肖春梅这样，给吓坏了，连忙死死拦着肖春梅，说“姑娘，看你一副聪明样儿，咋就这么糊涂呀！你跟‘聪明鬼’到底结了什么仇，要这样？”

“大叔，我……”肖春梅泪如雨

下，把霍白浪敲诈逼迫她的事情一口气说了出来。

胡老汉怔了半晌，看了看仍在地上打着呼噜睡得香的霍白浪，一把夺下肖春梅手上的铁锤，说："姑娘，这个霍白浪的确是个该死的鬼，但他不能死在你手上，你得把他交给警察！"

肖春梅痛苦万分，摇着头大哭："大叔，我是个很脏的人，活在世上本就没意思，霍白浪还死死拿着我的短处不放过我，你就让我跟他一起去见阎王吧！"说着，冷不防又夺过胡老汉手里的铁锤。

胡老汉年纪大，又是个驼背，无力挡住愤怒和绝望的肖春梅。眼看肖春梅手里的铁锤就要砸下去了，胡老汉猛然大喝一声："慢！"

肖春梅被胡老汉这猛一喝，不禁停了下来，举着铁锤的手僵在半空。

胡老汉喘口气，说："你杀了他，自己就走上了绝路，我既然拦不住你，那你先把贝贝的'宠物证'找出来交给我！"

肖春梅一愣"什么'宠物证'？"

胡老汉说："没有'宠物证'，养贝贝就是非法的，它就会被抓走，被活活打死！你知道打狗队会怎么打死贝贝吗？他们会先用绳子勒住它的脖子，拿大脚踩住它，再用大棒子敲它的头，一下一下地敲死！"

胡老汉说着，一下抓起地上的贝贝，一只手卡住贝贝的脖子，另一只手一下一下地扬起，砸在贝贝的头上，贝贝被卡得喘不过气来，发出"呜呜"的惨叫。

贝贝的惨叫像针一样一下下扎在肖春梅心上，她一把扔下锤子，猛地坐在地上，用双手紧紧塞住耳朵，喊道："别打了！快放了贝贝！"

胡老汉一把松开贝贝，贝贝连忙跑到肖春梅跟前，用嘴一下下顶着肖春梅，像个受了委屈的孩子，在妈妈跟前撒娇……

胡老汉拿脚踢了踢地上死狗一样的霍白浪，说："你连一只小狗也舍不得它死，这家伙坏是坏，可毕竟是个人啊！再说，你要是这样毁了自己，怎么对得起你爹娘？"

肖春梅又大哭起来，说："大叔，我到底该怎么办啊？"

胡老汉说："姑娘，你把这个'聪明鬼'交给警察，把这套房子交给政府，你不就没事儿了？"他捡起地板上的铁锤，放进筐子里，说："这铁锤子嘛，就当破烂送给大叔了。"

肖春梅呆了很久，有气无力地说："大叔，麻烦你帮着打个电话。"

胡老汉走到桌边拿起电话拨了"110"，把话筒递给肖春梅，说："你把事情经过亲自告诉警察，算自首……"

胡老汉从公安局作证回来，走进筷子巷，就听到巷子里的人都在议论霍白浪被抓的事，有人看到胡老汉来了，就跑过来问："大叔，'聪明鬼'到底是怎么给抓的？"

胡老汉说："他太聪明了，是睡着的时候被抓的。"说完，他带着两位警察走进出租屋，从一条墙缝里掏摸了半天，掏出一条金项链，递给警察，朝围观的人"嘿嘿"一笑，说："金项链其实还在，并没有变成红蚯蚓，我是怕'聪明鬼'来算计它，才故意做给他看的。我才不会犯糊涂，来路不明的东西，是迟早要交出去的……"

胡老汉又蹲下来摸摸贝贝的头，说："把不干净的东西都交出去，那姑娘就一身干净了！你嘛，就跟着我好好地捡垃圾吧。"

一个月后，肖春梅从拘留所大门走出来，一出门就看到胡老汉牵着贝贝在等她。肖春梅弯下腰，把贝贝抱起来，抚摸了几下，眼泪又不自觉地流出来。

胡老汉从衣服口袋拿出张火车票，还有一张写着地址的纸条，一起交给肖春梅，说："我女儿在广州打工，昨天我跟她通了电话，她说她打工的那家厂现在还在招人……"

肖春梅"扑通"一声跪在胡老汉跟前："你是我再生的爹！"

胡老汉忙把肖春梅拉起来，说："好闺女，我认你这女儿了。你年轻，有说不完的好前程，以后无论遇上什么事，都记着别犯糊涂……"

（**题图、插图**：杨宏富）

你是谁的最爱

教授下放农村好些年，娶了个文盲老婆。后来他又回到了大学，开始风光起来，随着地位越来越高，教授渐渐对妻子厌倦起来。这天晚上，他写了一份厚厚的离婚协议书，讲了许多大道理，准备与妻子“好聚好散”。

教授第二天赶着去上课，把离婚协议书放在桌子上。家里的猫跳到书桌上，把离婚协议书碰到水盆里，全弄湿了。

教授的文盲妻子以为离婚协议书是丈夫的重要论文，便小心地把离婚协议书从水盆捞起来，一张张揭开，细心地用熨斗熨平熨干。

这时教授回家了，看见妻子那么神圣地熨着一张张离婚协议书，他突然感觉到，妻子就算不是自己的脑子，也是自己的胳膊和腿，自己少不了她!

婚姻这个东西，冷暖自知，关键是如何把握：你可以选择“谁是你的最爱”，也可以选择“你是谁的最爱”。

（**推荐者**：云　舒）

花香老人

单位请了个教授当顾问，这是个七十来岁的老人，他来后，办公室便散发阵阵花香。香味是从教授身上散发的，他上班时衣兜内都会装一束鲜花。男人爱花，而且是个老人，这也太奇怪了。久而久之，大家得出一个结论：这老头变态！于是，大家都躲他远远的。

后来教授没有再来。有一回，一位同事遇到教授，聊起他带鲜花上班的事，教授微微一笑，说：“人在不同时期，身体会发出不同的体味。儿童时身上有浓浓的奶香味，成年时就会散发出汗臭味，到了老年，身体会有一股不太好闻的味道。我带上花就是要用花香来消除身上的味道，好和你们年轻人和谐相处。”

同事听了这话，对这位老人顿生敬意。　　（**推荐者**：朱魁国）

不留念想

在儿女眼里，她是天下最温柔最慈爱的母亲。但是，她在得知自己的病无法医治后，脾气突然变得暴躁起来，不是指责这个，就是责骂那个。大女儿给她捶背，她不是嫌轻了就是嫌重了；二女儿还要照顾瘫痪的婆婆，医院婆家两头跑，辛苦不已，她却破口大骂，说二女儿只要婆婆不要亲娘了；三儿子服侍她时打了个盹，她哭着大骂他没有孝心，白养了他；一向最疼惜的小女儿来看她，也被她轰走：“滚远些，不要让我看到你，你这个只要工作不要娘的白眼狼！”

没过多久她就离开了人世，丈夫号啕大哭，几个儿女却没有流一滴泪，他们的心已经让母亲折磨得麻木了。

料理完后事，她丈夫对儿女们说：“你们不要恨妈妈，她是故意这样对你们的，她怕她走了后你们太想她，她不想让你们留念想！”

刹那间，几个儿女全都泪如雨下！ （**推荐者**：小　靴）

记住名字

他住进一家酒店，清晨出门，一名服务小姐就微笑着和他打招呼：“早，余先生。”“你怎么知道我姓余？”“我们要记住每位客人的姓名。”

他乘电梯到了一楼，门一开，又一位服务小姐站在门口，说：“早，余先生。”“你也知道我姓余？”“上面打电话说您下来了。”

服务小姐引他到餐厅，餐厅的服务人员都称他余先生。这时来了一盘点心，他问服务小姐点心的中间红红的是什么，这小姐看了一下，后退了一步，才说了答案。她后退是防止口水溅到菜里。

退房的时候，财务人员把信用卡还给他，再把收据折好放在信封里，说：“谢谢你，余先生，真希望再看到你。”

三年过去了，生日这天，他收到那家酒店寄来的一张贺卡：“自从三年前您离开后，我们酒店全体员工都想念您，有机会请一定来看看我们。”接着是祝生日快乐。

后来他又去了那座城市，又住进那座酒店，服务小姐满面春风地对他说：“余先生，欢迎您再次光临！”

（**推荐者**：赵　迅）

（**本栏插图**：安玉民）

恼人的饭票

□湛鹤霞

又要交钱了

检检是县一小五年级学生，跟爷爷住在一起，靠爷爷摆个打靶摊维持生活。

又要开学了，这回国家下政策减免学杂费，检检的学杂费由往年的五百多块降到了130块钱。哪知刚高兴没两天，学校又来了通知，要求所有学生必须在校吃早餐和中餐，一学期餐费得750块钱。

爷爷急了，家里哪有这么多钱！

过了两天，检检高兴地对爷爷说："小桂子他爸不同意交，跑到学校提了意见，现在学校说可以每个月分开交，这个月先交150块，最迟下周一交。"

小桂子是检检的同学，跟检检住在一幢楼上，他爸爸是个三轮车夫，两家人来往不多，但小桂子和检检成天形影不离，是两个铁哥们。

第二天，爷爷问检检："你们班上其他同学都同意交那150块钱吗？"

检检说："有一大半人已经交了，小桂子说他明天交。"

爷爷打开柜子，拿出钱罐，把罐里的钱倒出来数了几遍，数来数去只有90块。接下来几天，爷爷每天很早出去，很晚才回家。星期一一大早，爷爷把一包零钱放到检检的书包里，说："这是150块钱，你交到学校吧。"

检检把钱交给了班主任，但中午放学时，班主任又把大家留下来，把钱退给了每位同学，说："想在家吃饭的同学，都可以回家吃。"

检检别提多高兴了，自己家本来跟学校只隔一条马路，在家里吃饭，既对胃口又省钱。

还是为了钱

出校门时，检检被一位比他大一点的孩子拉住了。这孩子说，他是这所小学今年刚毕业的学生，手上还有一些饭票，但学校食堂不退钱，想便宜点卖给检检。

检检接过这孩子的饭票一看，上面盖着学校的公章，不禁心里一动，问："你有多少？"

这个孩子说："我有400块钱饭票，打五折，200块卖给你，行不？"

检检想，如果买下这400块饭票，就算自己不在学校吃，也能转给班上其他同学，这一转能赚不少钱，如果转不出去，自己拿着吃也不亏，就说

"我只有150块钱。"

"也成，就150块转给你。"

于是，检检把150块钱全给了这个孩子，得到400块钱的饭票。

回到家里，爷爷奇怪地问："你不是交了钱吗？怎么又回来吃饭？"检检想等赚到钱再告诉爷爷实情，就说："爷爷，学校里的饭我吃不下，还是家里的好吃。"

爷爷叹了一口气，说："唉，你正长身体，以后还是回家吃吧，钱交就交了，学校也是想赚点钱。"

下午一到校，检检就找同学卖饭票，一块钱饭票他只卖八毛，没一会就卖光了。检检摸着手里的320块钱，心怦怦直跳：乖乖，一下就赚了170块，爷爷得摆多少天摊呀！

没想到放学的时候，那些买了饭票的同学又找到检检，说"你的饭票是作废的，不能在食堂吃饭。"

检检一惊，忙问："怎么是作废的？上面盖着学校食堂的章呀。"

"食堂里的人说这是上学期的饭票，全部作废了。"

检检只好把钱一一退给同学们，刚才一把钱转眼又变成400块没用的饭票，学校退的那150块钱却再也没了影子，拿什么交给爷爷啊？他"哇"地一声哭起来。

接下来几天，检检到处找那个卖给他饭票的大孩子，可哪里还找得到？他只好每天回到家就默默地吃

饭，然后赶紧做作业，什么都不敢告诉爷爷，更怕爷爷问起那150块钱……

铁哥们

过了没几天，学校又发出通知，说是考虑到同学们学习任务紧，学校又是县里的重点小学，从下周开始，调整作息时间，中午12点下课，12点20分开始上课，12点10分学校锁大门，请回家就餐的同学抓紧时间。

从下课到学校锁大门只有10分钟，就算长着飞毛腿也来不及啊，这不是变着法子要大家在学校吃饭吗？

在学校吃饭就得交钱，检检不敢再向爷爷要，可他没有钱，中午又回不了家，只好在同学们到食堂吃饭的时候，一个人偷偷躲到厕所里。到了下午，检检肚子饿得"咕咕"叫，就在下课时到厕所灌一肚皮自来水，回到家里吃晚饭时，再狠狠吃上一顿。

小桂子好几次问检检："中午怎么老不见你？莫不是你爷爷把好东西让你带到学校，叫你躲起来吃？"

检检朝他眨巴几下眼，笑着说："你真有才，能猜！"

又过了一段时间，期中考试成绩出来了，老师批评检检说："你从上次的99分一下降到62分，这不是坐滑梯，这是直升机在垂直下降……"

检检又哭了："考得这么差，怎么向爷爷交代啊？"

放学的时候，小桂子把检检拉到一边，说："你要是真当我是哥们，就告诉我究竟是怎么回事。"

检检只好把那件事告诉小桂子。

小桂子听了，默默地跟检检一起往家走，一路上再没说一句话。

第二天上学时，小桂子偷偷把检检拉到一边，交给他150块钱，说"我把你的事跟爸爸说了，我爸爸说借你150块钱，让你先吃上饭。等你以后有钱再还。"

检检感激地点点头，说："好兄弟，我会还你的！我都想好了，寒假时我去修桥的地方捡废钢筋卖钱。"

小桂子说："好，到时我跟你一起去捡废钢筋。"

因为小桂子爸爸把钱借给了自己，检检觉得不能再瞒着爷爷了，就向爷爷说了事情经过。

爷爷没有责怪检检，吃完饭就拉着检检去小桂子家，想当面向小桂子爸爸说声感谢。哪知还没走到小桂子家门口，便听到小桂子在屋里"哇哇"惨叫，他爸爸正大发脾气，边揍边骂："兔崽子，我叫你不学好，竟敢偷家里的钱。你以为钱来得容易呀，那150块得我踩多少趟三轮呀！"

检检和爷爷站在小桂子家门口，进也不是，退也不是，脸上的泪珠子成串往下掉……

（**题图、插图**：安玉民）

·第一推荐·

他们在逗你玩

□冷　空

张三到荒山探险，看到一个野人掉到陷阱里,就把它救了出来。

野人一上来就“扑通”一声跪在张三面前，说:“你救了我的性命，以后你就是我的主人，我要永远跟随你，鞍前马后为你效劳！”

于是，张三带上野人去旅行。

他们来到一个猴子洞，和猴子一起吃果子，大家玩得非常开心，眼看果子吃完了，张三正准备带着野人离开，那些猴子却突然围上来，抓住张三，要他到悬崖上摘更多的果子来，张三吓得赶紧闭上了眼睛。就在这时，他突然听到“砰砰”几声响，还没等张三回过神来，就听野人在说:“主人别怕，我已经揍得它们半身不遂。”

张三和野人得以顺利下山。

他们经过强盗村时，又和强盗们一起喝酒，大家玩得非常高兴,眼看酒坛子见了底，张三正打算带着野人离开，强盗们突然围上来，要抢张三带着的财宝,张三吓得赶紧闭上了眼睛。就在这时，他突然听到“啪啪”几声响，还没等张三回过神来，就听野人在说“主人别怕，我已经打得他们生活不能自理了。”

张三和野人终于回到城里。

他们前往美食城，和朋友们一起吃大餐，大家玩得非常开心。眼看宴席将终，张三正要付账，朋友们却突然围上来纷纷扯住他的手，一个个表示要自己埋单,张三突然想起前两次的经历，想，完了，野人以为朋友们要和我打架，肯定要出手废了他们!

张三吓得赶紧闭上了眼睛，哪知道这回啥动静也没有，正在疑惑时，野人说话了:“主人别怕，他们全都是装的，在逗你玩呢！”

(**推荐者**：林隆敬)(**题图**：安玉民)

飞机收费站

□冯春生

县里为了加快发展，号召全县人民标新立异想办法。不久，县交通局的办法出来了：建飞机收费站。理由是：每天有几十架国际、国内航班在本县上空飞过，要开发这一资源。县长一看这个项目报告，禁不住大喜："哇塞，多么好的项目，前无古人啊！"于是抓起笔来，"刷刷"，大笔一挥，速报上级审批。

没几天，上级的批文下来了："此项目实属罕见，标新立异，同意立项，资金自筹。"县长见了批文心花怒放，但他看到"资金自筹"几个字心里又焦虑起来：一个小县，去哪里自筹建飞机收费站的资金？他忽然想起这是交通局的报批项目，于是就在报告上作了批示"将此件速转交通局，并尽快实施。"

不到两个月，县长就收到交通局的请柬，请他去为飞机收费站落成剪彩。

县长一阵惊喜，到了剪彩这天，他来到飞机收费站，只见彩旗飘扬，锣鼓喧天，三门高射炮架雄壮地直指蓝天。交通局长跑过来介绍说："这就是我们建的飞机收费站，三门高射炮的用途是这样的——前面那门是向所有过往的飞机发射'纸弹'的……"他怕县长听不懂，又解释说，"纸弹……就是向飞机递送收费单的；飞机收到了纸弹——就是收费单，就向我们空投钱币——也就是缴过路费。你看，

这后面的两门高射炮，一门是发射'泡弹'的。'泡弹'，不是'炮弹'，有的飞机可能不缴费，我们就发射'泡弹'泡住它，不让它跑了，等交警来处理，罚款或拘留……"

交通局长说得有些累了，他喘了一口气，接着又说"这最后一门高射炮是往天上发射警察用的，我们先用

·快乐辞典·

一份求职表

这是一位女生填写的求职表——

一、谈恋爱了吗?

我的智商很低，对男孩子根本没感觉。所以，5年内保证不恋爱；5年后万一不慎恋爱了，保证5年内不结婚；5年后万一不得不结婚了，保证5年内不生孩子；5年后万一不小心必须生孩子了……那应该是45岁以后的事了吧，你们可以考虑辞退我了。

二、能喝酒吗?

25年来从来没有喝过酒，不过，如果工作需要，喝；不是工作需要，但领导有要求，喝；客户有要求，喝；有酒量，喝；没酒量，创造酒量也要喝；实在喝不下去了，吃解酒药，喝!

三、希望岗位?

我是学人力资源管理的，管理学学士，英语六级，最好能在管理岗位。不能在管理岗位，做个打字收发的文书也行。

四、期望薪酬?

50万？想都不敢想；20万？痴人说梦；10万？绝不可能；6万？非常非常满意；4万？非常满意；2万？满意；1万？我知道不是月薪，是年薪，我也……满意。

五、能出差吗?

短期的，可以；长期的，也可以。短途的，可以；长途的，也可以。与女上司一起出差，可以；陪男上司单独出差，也可以。有出差补助，坐火车住旅店下馆子，最好；没出差补助，坐驴拉车住澡堂子泡方便面，也没关系。

六、你还有什么要说的?

给我一个岗位，让我养活自己吧!

（推荐者：文国珍）

纸弹，再用泡弹，最后用人弹，这样一来，哪架飞机敢不缴费？”

县长听得哈哈大笑，连声说“好”，他乐坏了，这一下他的政绩可做大了。

剪彩仪式结束了，就在这时，有一架飞机由西向东飞来，交通局长下令：“准备开炮，开始收费！”

飞机很快飞临缴费站上空，交通局长大吼：“放！”第一门高射炮“轰”地一声，一枚“纸弹”直冲飞机而去，然而，半天没有反应。交通局长又吼：“放！”第二门高射炮“轰”地一声，一枚“泡弹”飞上了天，可飞机还是不理，一旁的县长气坏了，他振臂一挥，一声大吼：“放！”第三门炮“轰”地一声，把一名警察射上了天……

可是，飞机还是飞走了，一会儿，那警察乘着降落伞下来了。只见那警察像是碰上了天崩地塌的事，吓得脸色煞白，身体直哆嗦，他跌跌撞撞走到县长跟前，报告说：“飞……飞机里的人严厉批评我们乱收费，要……要我们三天内把检查送到北京去……”

县长一听，眨巴着眼睛问：“飞机里坐的是谁呀？”

那警察还是浑身哆嗦：“你……你猜猜看……”

妙治失眠

□张维超

张科本来是公司职工医院的医生，后来因能说会写当了董事长秘书，公司破产后，他只好重操旧业，自己在外面开了一家诊所。

这天诊所刚开门，董事长夫人来了，向张科倒苦水："最近我失眠得厉害，什么药都吃了，什么法都用了，没一点效果。小张你了解情况，帮我想想，有没有好法子治治？"

张科被难住了，挠头想了好一阵子，才说："你这病真得好好想，天黑时你再过来，没准我真能想出招来。"

天黑时，董事长夫人准时来了，张科说："行了，你这失眠有治了。"说着他拿出一个大纸包，说："药引我给你找到了，药方也在这纸包里，你按着上面的法子，效果一准差不了。"

董事长夫人喜滋滋地拿着药走了，张科老婆问他："你开的是啥方子？"

张科笑着说："纸包里包的是董事长以前的几个发言稿，方子上写的是：每晚睡前聆听董事长讲话，直到睡着为止。"

老婆不屑地说："又是用讲话稿催眠，老套！我看你如何收场。"

张科哈哈笑着说："你就等着瞧吧，要不了几天，她肯定登门道谢。"

半个月后，董事长夫人没来道谢，董事长却上门了，进门就说："小张呀，你那个方子真绝……"

张科高兴地说："要不是给你当过两年秘书，我还真想不出这绝招来。当时我每次到你们家给你念发言稿，你夫人在一旁睡得可香了……"

董事长脸一沉，说"你这招绝是绝，我却被你整惨了，现在她不失眠，我却再也睡不着了……"

张科大吃一惊："为什么呀？"

"她让我专门给她作报告，我每天晚上都讲得慷慨激昂，热血沸腾，这样一激动，我还能睡吗？"

你是不是男人

□张晓枫

张奇家闹鼠灾，就买了一种强力粘鼠板粘老鼠，他把粘鼠板放在客厅，就去上夜班了。

第二天一早，张奇下班回家，傻眼了：粘鼠板上没粘着老鼠，却粘着一只球鞋。不好，来小偷了！张奇四处一打量，这小偷没偷着钱财，就偷走了张奇的电脑。可那电脑里存着张奇写了五年的书稿，还没来得及备份，比那台电脑还值钱呢！

这时，张奇的手机响了。

张奇一接，就听电话那头急急地问：“喂，你在家吗？”

张奇没好气地问：“你是谁？”

“我就是昨晚来你家的人，拿了你一台电脑，可一只鞋粘在你们家了。我打开电脑看了，知道你是个作家，怪不得还用这么破的电脑。你出五百块钱吧，我把电脑还给你。”

张奇故意说：“我那么破的电脑你竟要五百块，这不是讹诈吗？”

小偷无奈地说：“五百块不行，三百块总可以吧？”

张奇说：“我电脑里面的东西已经做了备份，那破电脑我不要了。”

小偷长叹一口气，说：“算了，我也不要你钱了，你把我的鞋子还给我，我把电脑还给你。”

张奇应承下来。

过了一会儿，那小偷真的把张奇的电脑送回来了，他接过张奇递过来的鞋子，便迫不及待地伸手往鞋底掏，三掏两掏的，竟然给他掏出几张百元大钞，一数，正好三百块钱。

小偷乐了，说：“昨天夜里被粘鼠板粘住，一急，把这茬儿给忘了。”

张奇看得眼睛都直了，问：“你把钱放鞋底干啥？”

小偷白了张奇一眼：“你还是不是男人？这是我的私房钱，懂吗？”

千里擒贼

□梅纪国

这天,阿丽在一家商店买东西,顺手把手提包放在柜台上,哪晓得不过眨眼工夫,手提包就不见了。

阿丽急了,手提包里虽然没有多少钱,可放着她的手机、信用卡和身份证,连家门的钥匙也放在包里,而她老公又在千里之外的一个城市出差,这样她连家也进不去了!

她急得像个陀螺一样转了好半天,最后只好给她老公打电话。

阿丽老公一接电话,说:“糟了,我刚才收到你的手机短信,说忘了信用卡密码,我用短信回复你了!”

信用卡里有好几千块钱呢,那小偷肯定取走了!阿丽急得哭了起来,她老公连忙说:“你别急,包里是不是还有你的身份证?”

阿丽擦了把眼泪,说“不光是身份证,连家里的钥匙都在包里……”

阿丽老公说:“你现在就去派出所报案,带警察去家里抓小偷。”

“哪有这样抓小偷的?”

“快按我说的办!”

阿丽跑到派出所去报了案,民警经不住她哭哭啼啼地哀求,就派了两个警察去看看,哪晓得到了阿丽家,真有个家伙在里面翻箱倒柜,当场一审,正是那个偷包的小偷。

阿丽欣喜若狂,马上给老公打电话:“老公,用你的法子真的把那小偷抓住了,快告诉我,你怎么想出来的?”

阿丽老公嘿嘿一笑,说:“很简单,我又给小偷发了个短信,说给你买的铂金项链就放在书桌上,让你回家后记得收起来。你的身份证上有咱家的详细地址,小偷又有咱家的钥匙,他能不去拿那条铂金项链吗?”

(**本栏题图、插图**:顾子易　包丰一)

《绝对小孩》：朱德庸20年最好玩的一本书
最新全彩系列四格漫画
由上海故事会文化传媒有限公司隆重推出

根据以上4幅画，您能编出什么更有趣的故事呢？欢迎来故事中国网(www.storychina.cn)参加有奖看图说话，优胜者将获赠《绝对小孩》一本！

397

2007

SEMIMONTHLY

下半月版

8月

STORIES

欢迎登录本刊主办的"故事中国网"（www.storychina.cn）

—STORIES—

2007 年 8 月

下半月刊 · 绿版

主　编：何承伟

常务副主编：吴　伦

副主编：姚自豪（上半月 · 红版）

副主编：夏一鸣（下半月 · 绿版）

本期责任编辑：朱　虹

电子邮箱：zhong98305@sina.com

绿版发稿编辑：

夏一鸣　邢　悦　王雅静　杭　帆（见习）

特约编辑：

范大宇　崔新三　申之珉

美术编辑：李宝强

电脑制作：郭瑾玮

通　　联：归依玲

本社办公室电话：021-64375030

上半月刊编辑部电话：021-64332325

下半月刊编辑部电话：021-64336469

（上海市绍兴路 74 号 邮编：200020）

主管、主办：上海文艺出版总社

制作、发行总监：张　凯

电话：021-64313938

广告业务：上海故事会文化传媒有限公司

广告总监：张　淮

广告业务：021-34010383

广告投诉：021-64333738

广告经营许可证

沪工商广字 3100320050022 号

发行：中国图书进出口上海公司

帽子在，人就在

某大学有个不成文的规定：如果教授上课迟到十分钟，本节课就取消。

有一天，教授赶到教室准备上九点钟的课。一看时间，还没到九点，教授就将帽子摘下放在讲台上，然后去了系办公室。

教授在办公室呆了一会儿，当他再看手表时，已经是九点十分了。他匆匆赶到教室，却发现里面空无一人。

第二天上课时，教授怒气冲冲地向学生讲道："我帽子在这里，就代表我在这里！"

第三天，教授九点钟准时到达教室，他看到28张课桌上放着28顶帽子——没有一个学生。

（湘　风）

（本栏插图：包丰一）

不敢死

张大爷患了癌症，医生说最多只能活两个月。

可三个月过去了，张大爷虽然气若游丝，但仍然坚强地活着。儿子不忍心看他整天受病痛折磨，就问他还有什么不放心的。

张大爷说："我是不敢死啊！现在火化费、公墓费都涨价了，没两万元，这丧事办不下来，你以后还怎么生活呢？"

这时，医生在旁边嘀咕了一句："您就不怕医药费也涨？"话音刚落，张大爷气绝身亡。（快乐甲虫）

追子弹

妞妞跟着当老师的小姨，去学校看运动会的田径比赛。发令员喊道："各就各位，预备，跑！"随着"啪"的一声枪响，运动员飞一样地向前跑去。

妞妞见了，一边拍手一边高声问道："小姨，他们是不是在追子弹呀？"

（姜　彬）

最糟糕的一天

尼克的工作是开飞机喷洒农药。这天晚上，杰森问他这一天过得怎么样。

尼克沮丧地答道：“这是我一生当中最糟糕的一天。”

杰森问：“为什么？”

尼克解释说：“今天上午我在飞机上喷洒农药时，飞机撞倒了电线杆，损坏了机翼。之后，老板严厉地责备了我。回家的路上，我想去酒吧喝一杯，但买来的啤酒是热的。于是，我对服务生大吼：‘没有冰啤酒吗？’服务生说‘对不起，我们已经停电快一天了！上午有个开飞机的白痴把电线杆给撞倒了。’”

（春　香）

形状不同

胖妈妈带着4岁的儿子去水上乐园玩，妈妈穿上泳装，看上去更加胖。

这时，他们看到一个苗条的女子从身边经过，碰巧也穿着和妈妈一样的泳装，看上去身材特别棒。

儿子看了看女子，又看了看妈妈，然后说：“妈妈，你看，那个阿姨和你穿的泳衣一样，不过她的泳衣形状和你的不同。”

（许　虹）

西　瓜

一位女士问卖西瓜的小贩：“西瓜甜吗？”

小贩撇撇嘴说：“甜，小姐，我卖的西瓜可都是红瓤的！不甜，我包退！”

于是，女士买了一只西瓜，骑上了自行车。可没骑多远，自行车磕到了一块石头，颠了一下，西瓜摔到地上裂开了，露出粉色的西瓜瓤。

这下女士不乐意了，带着西瓜就找上了那家西瓜摊，对小贩说：“你说西瓜是红瓤的，可为什么这西瓜瓤是粉色的？你说过不甜包退，你得赔我一个好瓜！”

小贩哪肯答应，狡辩说：“小姐，人从自行车上摔下来都吓得脸色发白，何况是西瓜呢？”（二虎子）

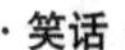

杀鸡给猴看

有一天梳头时，小何无意间发现了一根白头发。他心想：真是岁月不饶人啊，才三十多岁，头发就要给自己颜色看了。小何怀着复杂的心情将其拔下。

可俗话说，拔一根，长十根。白头发是越拔越多，到后来，小何只好请儿子帮忙。儿子倒是爽快，随手就拔了几根。

小何疼得叫了起来，再拿过来一看，见儿子拔的是黑头发，不禁生起气来。儿子解释说："您没听说过'杀鸡给猴看'吗？我先揪下来几根黑的，吓唬吓唬白的。"（李雅庄）

打赌

小王买了一套西服。回到家后，他竟意外地在内兜里发现了一张纸条，上面写着一个女人的姓名和地址，还有这么一句话："认识你是上天安排的缘分，请把你的照片寄来好吗？"

小王有些激动，他毫不犹豫地就把自己的照片寄了过去。

很快，满心期盼的小王收到了回信，上面写着："我跟朋友打赌1000元，赌你是否会寄照片过来。朋友说不可能，我说一定会。在此，我要向你表示深深的谢意，是你让我在打赌中赢了钱！"（张兰生）

人小鬼大

有个小女孩，放学后来到文具店。她走到笔类柜台跟前，停住了脚，目不转睛地看着一种自动铅笔，然后，拿起一支问店里的阿姨："这是新到的货吧？"

阿姨点点头。

小女孩说："这笔真好看，今天我买一支绿色的，明天来买红色的，后天再买黄色的，用不了几天我就能把这几种颜色买齐了。"

阿姨说："你干吗不一次买齐，还分好几次买呀？"

小女孩乐呵呵地说："我天天来买东西，不就会显得您店里的生意更红火吗？"（娜　娜）

半斤以上

有个菜贩，卖菜时总爱缺斤短两，他的儿子对此很反感，劝了父亲很多次，可父亲就是不听。

这天，儿子听人说，古人为了防止生意人卖东西时欺骗顾客，在制秤时，将秤的前三颗星定名为福、禄、寿，寓意是少给人一两缺福，少给人二两短禄，少给人三两折寿。

儿子觉得找到了规劝父亲的法宝，兴冲冲地赶到菜摊前，把这件事一五一十地告诉了父亲。

不料，父亲听了，龇牙一笑，说道："放心吧，儿子，我少给人的菜一般在半斤以上，咱把那不吉利的数字都躲过去了。"

（谢丙月）

传染源

张伯养鸡多年，他的鸡场一直没有出现过鸡病的危害。可自从他的儿子搬进鸡场帮父亲养鸡后，鸡场频频发生鸡病，大鸡小鸡成批地死亡。

张伯经过仔细检查后，对儿子说："你快把你的电脑搬离鸡场吧，你说你的电脑经常感染病毒，我想，我们鸡场的鸡肯定是被你那电脑的病毒传染了，所以频频地发病死亡。"（陆章健）

提前三天

火车马上就要启动了，列车员发现站台上还站着一对青年男女，只见他们紧紧相拥在一起，一副恋恋不舍的样子。

列车员走上去，拍了拍男青年的肩膀，提醒说："火车马上就要出发了，怎么还不上车呢？"

男青年瞥了列车员一眼说："你是第四个提醒我上车的列车员了，我俩为了不让离别的时间过于短暂，特地提前三天来到这里，我的车还早着呢。"（陈 成）

（本栏目欢迎来稿。来稿可从邮局寄发，也可从网上传递。如为电子邮件，请发以下信箱：zhong98305@sina.com）

·我的故事·

老师不走

□韦　强

大学毕业后，我到一个山区小学当支教老师。没想到，才来几天，女友就千里迢迢跑来，给我两条路选择：要么跟她回去，要么两人就此拜拜。我们关在屋里说了半天，最终各退一步，以三个月为限，到时我还不回去，女友决不等我！

送别女友，我刚回到自己的小屋，门外就有人轻轻地敲了几下门。我请他进来，等了一会儿，敲门的人才怯怯地走进屋内。我一看，原来是个学生，名叫何小山，上三年级，是这儿个头最大的男同学，长得有点憨头憨脑，我第一天来就记住了他。

我问他有什么事，何小山低着脑袋嗫嚅了一阵，一仰头大声问道："老师，你要走了吗？"

我一怔，勉强笑了笑："谁说我要走？"

何小山一指窗外说："大家都这么说的。"

我往窗外一看，只见外面空地上，几十个孩子都站在那儿，眼巴巴地盯着我的窗户呢。我心里好不惭愧，自己曾经亲口在孩子们面前许诺，要在这里教他们三年，可没几天，我就食言了。

我回过头，脸上禁不住一阵发烧，幸好何小山并没看出来。我咳了几下作掩饰，然后有些心虚地对他说："老师不会走的，老师怎么会走呢？"

何小山却一脸不相信的神色："老师，你骗人，你一定会走的。以前来的几个老师都是这样，老婆一来找，就走了！你的老婆不跟你了，你肯定会走的！”

我忍不住笑出了声，想了想，厚着脸皮对他说：“老师肯定会走的，但不会很快就走。至少，这三个月都不会走，我向你保证！”

“哦！”何小山一脸既高兴，又有点失望的表情，低着头慢慢地走了出去。

我的支教生活就这么尴尬地开始了。日子一天天过去，离三个月的期限越来越近，我恨不得每天上十八个小时的课，在有限的时间里，把自己的知识全部传授给孩子们。

晚上睡觉时我一直在苦想，我不能就这么离去，或者在离去之前，我要尽自己的能力，至少要给这里的孩子带来点什么，以此作为自己违背诺言的一点补偿。要不然，我真不知道到走的那一天，自己该如何面对这些孩子们。

这天，何小山跑到我的屋里，问我一道数学题。我给他解答完后，一低头，看见他的两只鞋子，心里不禁一酸。何小山的鞋子是一双烂得不成样子的解放鞋，而且尺寸特别大，估计是他父亲让给他穿的，整个鞋也就只剩下一个鞋帮了，露出一大截脏兮兮的脚，还被冻裂了几个口子，又是泥又是血的。

我难受得不知道说什么好：这地方实在是太穷了，天气这么冷，可孩子们脚上穿的鞋，比在垃圾堆里拣出来的还要烂，不是露出脚指头，就是露出脚后跟。几十个孩子，我就没看见有一个穿袜子的。

“小山，”我心里一热，随即涌起一阵难以抑制的冲动，转身拿出照相机，“来，我给你拍张照！”

何小山一听两眼一亮，可随即直往后躲：“别拍，别拍，我衣服太旧了！”

我眼眶一热，说道：“傻瓜，我就是想拍你这个样子，我要把你们拍出来，告诉外面大城市里的人，在这里还有这样一群穷孩子，这是他们想象不到的！”

何小山瞪着眼，半懂不懂，又低头看看自己的鞋，脸红红的。

我先给他拍了个上半身的，然后再给他的脚来了一个特写。拍完后，我把相机里的照片放给他看，他看了一下，很不好意思地转身就跑了。

到了星期六，我一大早带上相机，赶了近百里路，到了县城，然后钻进一个网吧。我在以前经常光顾的一个论坛里，发了一个帖子——《山里有这样一群孩子》。我把自己在学校里拍的照片精选了几张，贴了上去。第一张，就是何小山那双看了令人心酸的鞋。

接下来的几天，我心里一直惦记着自己发的帖子，不知道有没有人

看，看了之后会有什么反应，他们信吗？

这天，邮递员送来了一张包裹单，我一看，上面写的竟然是鞋子，寄件人自称是“一个看过帖的人”。我激动不已，这说明我那个帖子没有白发，已经引起了大家的关注和共鸣，甚至还有热心人寄来了鞋子，这是我所意料不到的。

我兴奋地拿着包裹单跑回教室，大声说道：“同学们，你们很快就有新鞋子穿了！”

第二天，我又收到两个包裹单，寄的都是鞋子。我高兴极了，马上叫上何小山和几个男同学，带领他们去邮政所把鞋领回来。

回学校的路上，何小山好像还不敢相信，问我：“老师，这鞋子真是我们的吗？”

“嗯，是真的！”我哈哈一笑，“回去你们就能穿了！”

何小山他们仍然不明白，七嘴八舌地问：“他们为什么送给我们呀？他们怎么知道我们没有鞋子穿呢？”

我乐了：“记得我给你们拍过照片吗？我把你们的鞋子拍下来了，发到了网上去，大城市里的人打开电脑，就会看到你们穿的鞋子。这个世界还是好人多呀，这些好心人看到你们的照片后，知道你们没有鞋子穿，就给你们寄鞋子来了。”

“啊，这是真的？”何小山和几个同学都惊奇地瞪大了眼睛。

借这个机会，我就给他们讲起了网络的神奇作用，告诉他们网络可以让陌生人之间相互认识、交流和帮助。我还激励他们读好书，将来去大城市上大学，把这些山里的孩子听得一愣一愣的，眼神中充满了好奇和向往。

鞋子运回了学校，每个孩子都分到了一双新鞋，那一天，孩子们就像过年一样高兴，因为他们都是头一次穿上新鞋呀！

第二天，所有的孩子都穿着新鞋来上学，我拿出相机，一个个给他们拍照，说要把相片洗出来送给他们留念。孩子们大多是头一次照相，可把他们乐坏了。拍完了，何小山说："老师，我也要给你拍一张！"

我一笑，把相机递给他，教会他摁按钮，然后站在那间破旧的教室前拍了一张。何小山眼巴巴地问道："老师，你能把你的相片送给我一张吗？我想永远都看到你！"我笑着答应了。

等到下一个星期天，我又来到县城找了间网吧上网，打开我的帖子一看，帖子被置了顶，跟帖的人至今仍络绎不绝，大部分的人都对这里的孩子表示震惊和同情，还有很多人对我的行为表示敬佩和支持。我既感动，又羞愧，看完帖子，早已泪眼模糊了。我又上传了几张孩子们穿上新鞋的照片，替孩子们感谢所有的好心人。

从网吧出来，我又去冲印了相片，特意把自己的相片印了三十多张，给每个孩子都发了一张。

一眨眼，离女友的三个月期限仅剩十天了，我的心再次激烈地摇摆起来，说真的，我舍不得这里的孩子。

这天放学后，我刚回到屋里，何小山忽然跟了进来。我问他还有什么问题没弄明白，何小山没说，只是站着一个劲儿地傻乐。再问，他才说道："老师，你不用走了！"

我一时间不知怎么回答，叹了口气道："其实老师也不想走！"

"那就好啊，老师，你永远都不用走了！"何小山高兴地跳了起来，十分肯定地说，"真的，永远都不用走！"

我一怔，忍不住奇怪地问："为什么？"

何小山一脸抑制不住的兴奋，说道："因为你很快就会有老婆了，而且会有很多很多！"

我又好笑又奇怪："你说什么呀？"

"真的！"何小山神秘兮兮地凑上来，小声说道，"我昨天拿你的照片到城里去，请一个叔叔把照片放到网上去了，很快就会有人看到啦……"

"是吗？"我的眼睛一下子湿润了，猛地把他搂进怀里，哽咽道，"谢谢……好，老师永远都不走！"

（题图、插图：安玉民）

您手中有没有得意之作？本刊辟有20多个原创性栏目，如中国新传说、悬念故事、我的故事、情感故事、幽默世界、16岁故事、海外故事和中篇故事等，总有一款适合您；读到或听到什么有趣事可以和大家一起分享吗？3分钟典藏故事、第一推荐、外国文学故事鉴赏和快乐辞典等都是本刊推荐性栏目，欢迎您拿出不平凡的真知灼见来。来稿可从邮局寄发，也可从网上传递。邮寄地址：上海绍兴路74号《故事会》杂志社，邮编：200020；如为电子邮件，请发以下信箱：zhong98305@sina.com。

10元换一命

□式　森

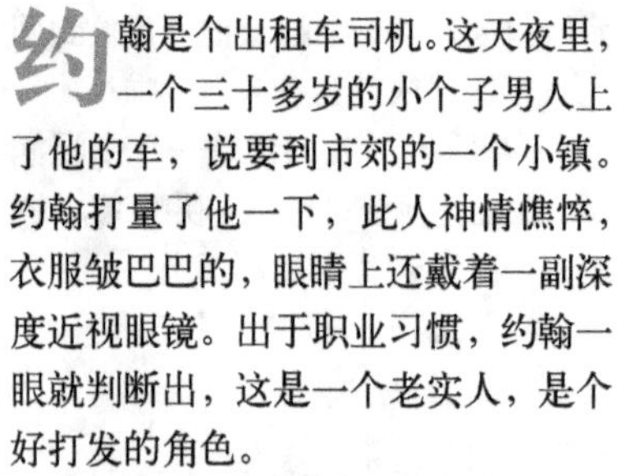

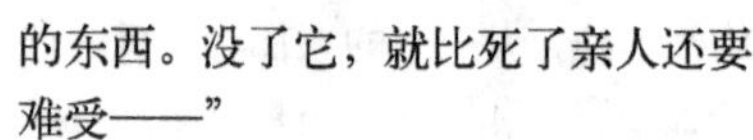

约翰是个出租车司机。这天夜里，一个三十多岁的小个子男人上了他的车，说要到市郊的一个小镇。约翰打量了他一下，此人神情憔悴，衣服皱巴巴的，眼睛上还戴着一副深度近视眼镜。出于职业习惯，约翰一眼就判断出，这是一个老实人，是个好打发的角色。

一路上，约翰没话找话，主动与“眼镜”搭讪，但对方似乎显得很冷淡，约翰问一句，他答一句，有时则干脆一言不发。不过，约翰并不在乎这些，他平时就喜欢聊天，再加上刚才多喝了两杯咖啡，说话的欲望比平时更强烈。

说着说着，约翰不知不觉就把话题扯到了金钱上，他说：“钱这东西好啊！除了金钱以外，世界上什么都靠不住！钱是什么？钱是比亲人还要亲的东西。没了它，就比死了亲人还要难受——”

“钱是婊子养的！”突然，一直沉默不语的“眼镜”大叫一声。

约翰吓了一大跳，回过头呆呆地看了他一眼。

“眼镜”似乎意识到自己的失态，忙解释道：“对不起，我刚才的意思是说，钱这玩意儿有时候是靠不住的。你如果太在乎它，迟早有一天会被它反咬一口的。”

约翰一怔：“反咬一口？”

“眼镜”连连点头道：“对，一口把你咬死！”

这下约翰乐了，心想：瞧这家伙，胡言乱语的，真是脑子有问题。这么一想，约翰便没兴趣跟他谈下去了。可他不甘寂寞，随手打开了收音机，一边听音乐，一边惬意地驾着车。忽

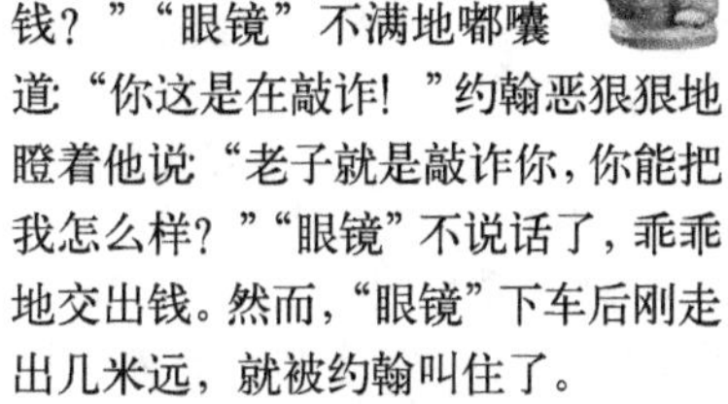

然，约翰抬头发现前方不远处停着两辆警车，正在检查过往的车辆。约翰一惊，猛踩刹车，然后迅速掉转车头，飞快地朝一条岔道上驶去。

车子在坑坑洼洼的路面上颠簸了好一阵子，才渐渐放慢了速度。约翰一只手握着方向盘，另一只手不停地擦着额头上的汗水，嘴里如释重负似的嘀咕道："好险，好险……"

突然，他意识到好像有什么地方不对劲，连忙打开车厢灯，结果吃惊地发现"眼镜"正蜷缩在后排的座位上，脸色苍白，一双惶恐不安的眼睛在镜片后闪烁不定。

约翰见状，哈哈大笑起来："伙计，你的胆子也太小了！刚才我只不过是为了躲避警察的检查，才把车子绕到这边来的。实话告诉你吧，我这车有半年没缴费了，如果被警察查到了，那我可就倒大霉了。老兄，你刚才是不是怕我有不轨之举？哈哈哈……"说着，他再次忍不住大笑起来。

大约一小时后，出租车终于抵达了目的地。"眼镜"问要多少钱，约翰说150元。"眼镜"吓了一大跳，以为听错了，又追问了一句，约翰说："不错，150元！""眼镜"小心翼翼地问："先生，你是不是收高了？我记得过去坐这趟车，一般收费不超过50元……"

约翰不耐烦地说："过去是过去，现在是现在，你到底交不交钱？""眼镜"不满地嘟囔道："你这是在敲诈！"约翰恶狠狠地瞪着他说："老子就是敲诈你，你能把我怎么样？""眼镜"不说话了，乖乖地交出钱。然而，"眼镜"下车后刚走出几米远，就被约翰叫住了。

"什么事？""眼镜"回头看着约翰，疑惑不解地问道。

约翰从车里钻出来，说："少了10元。"

"眼镜"摸了摸身上，苦笑着说道："对不起，我真的没有了。"

约翰冷冷地瞪着他，说"你少来这一套，像你这种人我见得多了！"

"眼镜"可怜巴巴地说："可我身上真的没钱了！"

约翰说："那不行，我信不过你。我得亲自搜搜看。"

"眼镜"紧张地说："不，你无权搜我的身，你这是犯法！"

约翰蛮横地说道："你少拿法律吓唬我。你越这样说，越说明你心里有鬼。"

约翰站在"眼镜"跟前，足足高出他一个脑袋。突然，约翰冷不防伸出左手揪住"眼镜"的衣襟，将"眼镜"整个人提了起来。

"眼镜"脸上没有一丝血色，汗水淋漓，看上去就像随时会哭出声一样"老哥，就算是我求你了！明天我一定加倍还你的钱，好不好？"

·快乐辞典·

新郎的结婚誓词

各位亲朋好友:

今天，是我和妻子新婚大喜的日子，历经了几年你追我赶的辛苦，今天的结合真是来之不易。所以，为了牢记这个美好时刻，珍惜这段美好姻缘，让老婆的家人放心，也让各位亲朋好友放心，现在我宣誓:

第一，坚持老婆的绝对领导。家里老婆永远是第一位，孩子第二位，小狗第三位，我第四位。

第二，认真执行“四子”原则，对老婆像孙子，对岳母像孝子，吃饭像蚊子，干活像驴子。

第三，爱护老婆，做文明丈夫，做到“打不还手，骂不还口，笑脸迎送冷面孔”。

第四，诚心接受老婆感情上的独裁，“不要和陌生人说话”，尤其不能跟陌生女人说话。当然，问路的老太太除外。

第五，坚持工资、奖金全部上缴制度。不涂改工资条，不在衣柜里藏钱。不过，每月可以申请领取1000元零花钱。括弧：韩元。

第六，积极响应“六蛋”号召。只能看老婆的脸蛋，出门前要吻脸蛋，睡觉时要贴脸蛋。我们老了，决不能喊她“丑蛋”，老婆骂“混蛋”，我就是“软蛋”。

（**推荐者**：卜黎飞）

约翰哪里理睬他，顺手就在“眼镜”身上搜索起来。突然，他像触电似的，忙把手缩了回来，说：“没错，你身上的确没钱，好了，这件事就到此为止吧！”说着，他头也不回地朝出租车走去。

“站住！这事还没完——”“眼镜”突然在他背后喊道。

约翰一愣，缓缓转过身来，只看见“眼镜”从内衣的口袋里掏出一把手枪，黑糊糊的枪口正对准他。

约翰大惊失色:“伙计，你千万别乱来！你坐出租车的钱，我都还给你，我一分钱都不收，可以吗？”

“眼镜”神经质似的摇头说道：“晚了，晚了！如果一开始你就这么爽快地放我走，那我们之间肯定是不会有事的。可现在就不同了，你已经发现了我的秘密，无论如何我是不会让你活着离开这里的。”说完，“眼镜”扣响了扳机……

不久，约翰的死就见报了。报纸上说，约翰是被一个逃犯杀死的。这个逃犯原来是一家公司的主管，贪污和挪用公款被发现后一直在外逃窜。这次，他潜逃回来，是想取出他埋藏在某个地方的赃款，没想到遇上了约翰这么个难缠的家伙，于是便发生了上面的故事。

（**题图**：安玉民）

双重考验

□翟丙军

世事难料，阴差阳错的事时有发生……

下达任务

叶青是一家连锁超市的促销员，她找了一个各方面条件都非常出色的男朋友季民。

这天早上，叶青刚上班，便接到了季民打来的电话。

季民说话的口气有点急："喂，青青啊，刚才我们家小保姆玲玲偷偷给我打电话，说我妈今天要去你们超市考查你。"

叶青一听，不由得紧张起来："什么？柳妈妈今天要来考查我？"叶青一直有块心病，因为季民的父母都是大学教授，家境也很好，而她自己学历不高，因此担心他们不能接受自己。

季民解释说"是这样的，今天早上我妈问起我跟你的事儿了。我以为她只是随便问问，可没想到她来真的。我妈现在已经出门了，她要去你们超市，假扮顾客考查你，所以考验你的时候到了。我妈喜欢温柔贤惠、善解人意的女孩子，你得注意点哦。"

听了季民的话，叶青舒了一口气。她心想，这个好办，只要在柳妈妈面前尽量表现出温柔善良的样子，不就能顺利过关吗？

"放心吧，保证没问题……"叶青刚说到这里，店长李婷婷便铁青着脸朝她走过来："上班时间煲什么电话粥，快过来，我们开个小会。"

叶青匆匆挂断电话，和其他促销

员一起朝店长围了过来。

“你们真是越来越过分了，从月初到现在，我们已经接到十几起顾客投诉了，”李婷婷阴沉着脸说，“全都是在投诉我们服务态度不好，尤其是你，叶青。”

叶青挂着一脸无辜的表情说：“我怎么了？”

“整天忙着谈恋爱，上班时间心不在焉，经常对顾客爱理不理，投诉你的人最多，”李婷婷瞪着叶青说，“害得我替你们背黑锅，昨天被公司总部新来的经理在电话里一通训，现在我把丑话说在前头，从今天起，如果你们当中谁再被顾客投诉一次，就别怪我不客气，当场炒你们鱿鱼。”

李婷婷说这话时，叶青悄悄吐了吐舌头，心想，你是店长，整天坐在办公室里什么活都不用干，一个月就能拿好几千元的工资。可我们这些做促销员的，在卖场里跟傻瓜似的一天站到晚，累得腰酸背痛腿抽筋，一个月才几百元钱，工作热情能一样吗？不过，今天叶青可不打算像平常那样，因为未来的婆婆要来店里暗访，所以她必须打起十二万分的精神，力争给未来的婆婆留下个好印象。

叶青没见过柳妈妈，不知道她长什么样。叶青想等店长训完话，赶紧给季民打个电话，问一下他妈长什么模样，自己也好有个目标，有个准备。

顺利完成

然而，叶青这个电话并没有来得及打。

店长这里刚训完话离开，叶青还没来得及掏手机，就有一位身穿浅灰色毛料职业装、五十岁左右的女人，朝叶青负责促销的蜂蜜专柜走过来。她随手从货架上取下了一罐蜂蜜，拿在手里仔细查看着生产日期。

看到这位女顾客，叶青心里暗自揣摩，柳妈妈该不会就是眼前这位吧？小心驶得万年船，不管她是不是，都要小心侍候好，先把她给打发满意再说。想到这里，叶青便用平常罕有的温柔语气说：“阿姨，这是昨天刚到的货，您看这上面的生产日期，都是非常新鲜的。”

“那可不一定，”女顾客撇了撇嘴，摆出一副故意找茬的模样说，“你们这些商家最会骗人，经常给过期食品换上新日期再摆出来卖，我可不敢信你的话。”

“放心吧，阿姨，我们可是诚信企业，”叶青耐着性子，亲切地笑着说，“您买回家要是发现有什么问题，随时都可以来退货，我保证给您退。”

“我家那么远，来回折腾不起，”女顾客摆着一副拒人于千里之外的表情说，“这样吧，老话说得好，先尝后买，我先尝尝新不新鲜，然后再决定买不买。”

叶青愣了一下，蜂蜜的包装瓶是

真空密封的，若是一打开，就没法再卖了。她卖了这么长时间的蜂蜜，还从来没见过客人提出如此无理的要求。

叶青脸上露出了一丝为难之色："这个恐怕不太好吧……"

"怎么不好了？先尝后买，天经地义。"女顾客说着，也不待叶青同意，当即便拧开了瓶盖，伸出右手食指，"噗"的一声便将真空包装纸给捅开了，叶青想要阻止也已经晚了。

女顾客将食指捅进瓶子里，蘸了一点蜂蜜放进嘴里，细细品了品，然后点点头说"是挺新鲜的。"接着，却语气一转，"新鲜是新鲜，但我不打算买了。"

"可您都已经打开了……"叶青差点儿想发火，但还是控制住了情绪，硬挤出一副可爱的笑脸说，"阿姨，您还有什么不满意的，尽管说。"

女顾客说："倒不是满意不满意的问题，而是我突然想起来，我家里还有一罐蜂蜜没喝，所以暂时不想买了。"

天下哪有这样的顾客？这不是成心在耍人吗？不过，女顾客越是这样，叶青心里越是高兴。她心想，寻常顾客根本不会这样故意捣乱，看来眼前这位必定是柳妈妈无疑了。于是，叶青笑得更甜了，说："那好吧，既然阿姨不想买了，我帮您放回去吧。"

女顾客不动声色地问："可是我已经把这个密封包装给打开了，这瓶蜂蜜你还能卖出去吗？"

"没关系，阿姨，我家正好没有蜂蜜了，这一瓶留着我买了，只要您能在这里购物满意，我就放心了。"叶青不仅脸上挂着笑容，就连肚子里也早就乐开了花。她心想，这下柳妈妈对自己的脾气没得挑了吧。

女顾客果然露出了一副满意的表情，点点头说："你这个姑娘可真好，服务质量绝对一流。这样吧，也算是咱俩有缘，我今天没带名片，就给你

留个电话吧，你要是有什么事，可以随时打电话找我。”

女顾客说着，掏出纸笔，将一个电话号码写在上面，交给了叶青。

阴差阳错

女顾客前脚刚走出超市，叶青便马上兴奋地伸出两根手指，做出一个胜利的姿势，然后迫不及待地准备发一条短信给季民：我已顺利通过考验，出色完成任务，柳妈妈对我的表现非常满意。

这时，一个十七八岁的小姑娘走了过来，随手从货架上取下一瓶蜂蜜，拿在手里扫了一眼商标和生产日期，然后问叶青：“姐姐，这瓶蜂蜜多少钱？”

叶青正在发短信，没工夫搭理她，就不冷不热地说：“货架上有标签，你自己看。”

小姑娘愣了一下，也没介意，接着又问：“这蜂蜜新鲜吗？”

叶青一边低头发短信，一边说：“当然新鲜，那上面不是有日期嘛。”

小姑娘小心翼翼地试探着问：“这上面的日期会不会是假的呀？”

“你要是害怕日期有假，那我就无话可说了，”叶青又恢复了平常对待顾客的态度，她一边按动手机的发送键，一边拔高了声音说，“从哪儿拿的，麻烦你放回哪儿去！”

小姑娘眨着大眼睛，有些不乐意地说：“我只不过是随口问问，你怎么不高兴了呢？”

“有你这么问的吗？我们这里可是正规超市。”叶青说，“你要是买不起就别买，干吗乱说我们在日期上搞鬼呢？”

小姑娘满脸憋得通红，神情古怪地说：“好吧好吧，算我错了，我买下还不行吗？”

叶青得理不饶人，阴阳怪气地说：“行，怎么不行，那就请您到收银台交钱。”

叶青这句话刚说完，忽然从货架后面转出一个五十多岁的女人来，她一脸怒容，一把从小姑娘手里夺过蜂蜜说：“玲玲，别跟她废话了，我们交钱，不就是小小一瓶蜂蜜吗？我们还买得起。”

女人说着，拉起那个小姑娘便朝收银台走，边走边赌气地说：“想不到我们家季民居然会看上这么个人，哼，我坚决不同意让这样的女孩做我的儿媳妇。”

“什么？”叶青顿时觉得血往上涌，她惊诧地张大了嘴巴，半天也合不拢。

这是怎么回事儿？原来，这个女人才是柳妈妈，那个小姑娘是他们家的小保姆玲玲。柳妈妈带着玲玲来考查叶青，玲玲讲的那套词都是柳妈妈事先编好的。玲玲就是怕叶青发火，所以才一个劲儿地挤眉弄眼，提醒叶青。可是叶青光顾着发短信了，根本就没注意玲玲的表情。

叶青好不容易才想明白到底是怎么一回事儿，她一边追着柳妈妈，一边说“阿姨，您等等，这是一个误会，您千万别生气，我错了，我向您道歉……”可为时已晚，柳妈妈匆匆付完账，拉着玲玲气冲冲地出了门，伸手招来一辆出租车，扬长而去。

再度意外

叶青傻了，她没想到事情的结果居然会变成这个样子。

说起来，全怪刚才来的第一位女顾客，正是因为她的故意刁难，给了叶青一个错觉，误以为她就是柳妈妈。顺利地将那位女顾客打发满意后，叶青被兴奋冲昏了头脑，这才酿成后来的差错。

想到这里，叶青气呼呼地从口袋里翻出那位女顾客留给她的电话，立马拨了过去。然而，这个电话刚拨过去，叶青马上便意识到有点不对劲，因为对方留给她的这个号码似乎有点眼熟。

电话里响起一个女人的声音：“喂，你是叶青吧？”

叶青犹豫地说“是……是的，这是哪儿的电话？怎么看着这么熟悉呢？”

“这是我办公室的电话号码，也就是咱们公司总部经理办公室的电话。我现在还没回到办公室，不过我用了来电转移，转移到我手机上。”电话里的声音果然就是刚才那位女顾客，只不过说话的语气要比刚才亲切和蔼多了。

叶青这才恍然大悟，难怪这个号码看着熟悉，原来她以前在店长李婷婷办公室的电话表上看到过。

“那您……您又是哪位？”叶青打这个电话，原本是想找人家兴师问罪，但现在一听这个电话居然是经理

办公室的，也就不敢造次了。

“我是公司新聘来的总经理，我姓严。”

“啊！”

“最近，你们店里经常被顾客投诉，昨天我在电话里批评了李婷婷，”严总不紧不慢地说，“可小李承认错误的态度不好，她告诉我，你们店里大部分员工是好的，只有你服务态度恶劣，所以我今天才专门过来考查一下，如果真像小李说的那样，我还准备开除你呢！不过，通过实际考查，我发现，情况跟小李说的正好相反。”

听严总说这些话时，叶青脑子里一阵阵犯迷糊，她张口结舌，一时不知该说什么才好。

“你们这个店需要整顿，”严总又说，“一会儿我回到公司总部后，要组织相关部门开个会，把我今天的所见所闻跟大家讲一讲，我有个想法，那就是决定免去小李的店长职务，由你来接替她。”

“啊！”叶青觉得好像在做梦。

严总语重心长地说“小叶，你的服务态度我亲身体会到了，我希望你好好干，用你的服务标准去严格要求你手下的店员，让他们都向你看齐，这样我也就放心了。”

跟严总讲完这通电话，叶青整个人彻底发懵了。她连想都没有想过，自己有一天会当上店长。她只是期盼，自己能找到一个好丈夫，过上衣食无忧的生活。可偏偏世事难料，她从来不敢去想的东西，竟然成了现实；而她刻意去追求的婚姻，反倒落了空。她不由得又急又悔，如果当初对待每一位顾客都笑脸相迎、一视同仁就好了……

（题图、插图：魏忠善）

□宾 炜

一起看电影

黄芳离婚半年后，热心的姑姑给她介绍了一个名叫古钟的男人，听起来还不错：四十岁，是个公务员，前妻三年前去世，没有孩子。

见了面，黄芳的感觉也挺好，古钟长相白净，待人热情。古钟还说他这人最大的优点就是善良、乐观、用情专一。认识几天后，两人第一次约会，在街上走着走着，经过一家电影院，古钟突然停下脚步，问："你喜欢看电影吗？我们进去看场电影吧？"

黄芳本来并不想看电影，可觉得这是人家第一次邀请，也就点头同意了。古钟马上兴冲冲地买了两张电影票，进去一看，里面空荡荡的没几个人，电影刚好开始，放的是一部老掉牙的爱情片。

坐下刚看了个片头，黄芳就觉得索然无味了，不过毕竟是刚认识，也抹不下脸提走，只好耐着性子往下看。古钟倒是显得兴致勃勃，两只眼睛全神贯注地盯着电影屏幕，就像从没看过电影的小孩。

这部电影的情节老得掉牙：一次美丽的邂逅，男孩与女孩相识了，恋爱了，然后不出意料地产生了误会，激烈地大吵一场，不欢而散……

可就是这样的故事，古钟也看得津津有味，当电影演到女孩当众给男孩一巴掌的时候，他不禁哎呀叫了一声，居然完全陷入了剧情之中。突然，他用手肘捅了捅黄芳的手臂，低声说道："现在，男孩晚上去找女孩解释了，可是，女孩已经睡了……"

黄芳一愣，说真的，她虽然两眼盯着屏幕，可什么都没看进去。定睛一瞧，原来电影正好演到这个情节。

她嘴上嗯了一句，心想：你看你的，跟我说干吗呢？

古钟两眼盯着前面，继续轻声说道："女孩好像在生男孩的气呢，就是不开门。男孩只好在门外打电话给女孩解释，很焦急的样子，哎呀，这是个误会，可女孩就是蒙在鼓里。"

黄芳不禁皱了一下眉：这人咋这么多嘴？扭头看了他一眼，古钟可不管她爱不爱听，仍然说个不停："哦，原来是女孩的情敌要拆散他们，故意给他们制造了一个误会……男孩在门外说得满头大汗，女孩还是不相信他……男孩没办法，把电话挂了，转身要走了……还好，女孩终于还是相信了他，把门打开了，男孩听见开门声，又惊又喜回过头来……"

黄芳有点不高兴了：这个男人实在太啰嗦了，婆婆妈妈，像个长舌妇。她不禁连连拿眼去瞪他，嘴里还使劲咳了几下。可古钟没有察觉到，电影演到哪，他依然津津乐道地说到哪。

黄芳实在忍不住了，没好气地说了句："我自己会看！"

古钟一怔，这才意识到自己的话太多了，不好意思地笑了笑，赶紧闭上了嘴巴。

过了一会儿，电影演到了男孩被查出患了绝症，古钟看着看着，老毛病又犯了，又说开了："男孩躺在病床上，脸色很白，身子十分虚弱，他叫女孩忘记他，重新去寻找幸福……女孩没有说话，一直在低头哭泣，唉……她该怎么办呢？"

黄芳忍无可忍，突然站了起来："对不起，我想上厕所！"

"哦，上厕所呀！"古钟立即也站了起来，"我陪你去！"说着，拉住了她的手。

黄芳生气地甩开他的手，提高了声音："不用，我自己会去！"

"哦……对，你自己会去……"古钟张着嘴巴，一脸的尴尬。

黄芳没理他，快步走出影院，厕所也没去，径直回了家。

过了十来分钟，古钟打来电话，有点紧张地问："你在哪儿呀？我到处找不见你！"

"我已经回家了！"黄芳不高兴地说道，"我看我们并不合适，以后请你别再给我打电话了！"

"请、请听我解释……"

没等他说完，黄芳就重重地一摁开关键，把手机关了。第二天，她找到姑姑，要她把亲事推掉。姑姑朝她瞪起了眼："哎呀，这么好的男人，你都不愿意，真不明白你是怎么想的！"

黄芳一撇嘴："好什么呀，啰啰嗦嗦，像个女人！"她把看电影的事一说，姑姑也乐了，笑着说："啰嗦是啰嗦了点，不过这也才像个好男人呀！"

经不住姑姑好言相劝，黄芳只好答应，再继续交往一段时间看看。

这天，黄芳上班时不小心摔了一

跤，伤到了一只胳膊，眼睛也受到了一点伤，做了个小手术。

从手术室出来，黄芳的眼睛蒙了纱布，加上手又有伤，就只能整天躺在病床上，她心情十分郁闷。

这天，病房里只有她一个人。突然她听到有个人走了进来，接着响起了一个男人轻柔的问候“黄芳，你好点了吗？”

黄芳听出来是古钟的声音，心里一下就烦了，就不冷不热地应了句。古钟走到床前，屁股还没碰到凳子，就一个劲地问寒问暖，问长问短，那股热乎劲真让人受不了。黄芳也懒得说话，不管他问啥，只是嗯一声。

过了会儿，她想坐起身子，没想到手碰到旁边的桌子，乒乒乓乓掉了几样东西下来。古钟忙道：“哎呀，你别动，想要什么，告诉我，我拿给你！”一边快手快脚把东西捡起来。

黄芳没好气地说：“我只想坐一下！”

古钟说“你千万别乱动，你手上还打着吊针呢，现在还有小半瓶药水。床左边是个窗户，现在外面阳光很好。你右边有个小桌子，上面放有两瓶药水，几个小药盒，口盅放在桌子边上，往里边是个花瓶。拖鞋摆在你右边的床底下，坐起来刚好穿得着，往左走三步，再往前走十步左右，右边就是卫生间……”

听着他滔滔不绝说个不停，黄芳不胜其烦，忍不住冷冷地打断他：“谢谢你的好意，可是，作为一个男人，你不觉得自己太啰嗦了吗？”

过了一会儿，才听见古钟自嘲地笑了笑：“对不起……你眼睛不方便嘛，我这个人，只有这个优点，就是不怕麻烦！”

黄芳一下子无言以对，突然从心底涌起一阵感动：虽说这个男人挺让人烦，可心地善良，待自己也真是好。这么一想，她倒有些过意不去了。

沉默了一会儿，古钟突然提出要带她去一个地方玩玩。黄芳在床上闷

了几天，也想出去散散心，就同意了。

古钟牵着她的手，小心翼翼地带着她出了病房，叫了一辆出租车坐了进去。黄芳问他带自己去哪儿，古钟却卖起了关子，只说到了就知道了。

下了车，古钟又牵着她走，似乎走进了一间大屋子，然后，两人并排坐在了椅子上。黄芳这才恍然大悟：原来又是电影院！这个男人真是太让人难以理解了！黄芳又好气又好笑："原来你让我陪你看电影呀！"

"嘘——"古钟一本正经地说道，"别说话，电影开始了！"

这时，黄芳感觉到古钟的手轻轻搭在她手背上，同时在她耳边轻声说了起来："屏幕上打出了片名，四个字，爱的滋味……"

黄芳不由自主地嗯了一句。

"故事开始了，大街上人来人往……镜头对准了一个脚步匆匆的女孩。她很漂亮，穿着白色的裙子、高跟鞋，手里拿着一个文件夹，看样子，应该是在公司里工作的……"

不知咋的，黄芳这时一点儿也不觉得耳边的声音烦了，心里是一阵阵的感动和宽慰。听着听着，她猛地想起了什么，小心翼翼地问道："你爱人……是怎么去世的？"

"车祸……"古钟的语气一下沉重起来，连叹了几口气，"都怪我，是我没照顾好她！"

黄芳的心狂跳起来："她、她眼睛看不见吗？"

"她十多年前，眼睛就看不见了。"古钟缓缓说道，"我曾经说过，要给她当一辈子的眼睛，可是……"

黄芳飞快地打断他："她喜欢看电影吗？"

古钟说："对啊，她最喜欢看电影。我今天就是想跟你解释一下那天的事，不知怎的，我忘了坐在身边的人是你，就把你当成她了。因为她看不见，以前每次看电影，都是我给她讲解电影画面的……"

黄芳怔怔地坐着，眼泪默默地淌了下来。

在古钟的讲解下，黄芳"看"完了这场电影，而且她觉得比以往任何时候都看得清楚。电影院里的人都走光了，他们还静静地坐在座位上。

过了许久，古钟轻声问："你能接受我这个啰嗦的男人吗？"

黄芳默默地想了一会儿，轻轻地摇摇头："不，因为我不配！"

几天后，黄芳一个人走到一幢老房子前，这是她曾经生活过七年的家。现在，里面只住着一个没有腿的男人——三年前在一次车祸中，他失去了双腿，两年后，他们离了婚。

黄芳在门外徘徊了好久，终于抬腿走了进去。她想好了，要给自己的爱人当一辈子的腿。

（**题图、插图**：魏忠善）

·中国新传说·

男友的隐私

□聂志红

神秘电话

肖龙和小琴是对恩爱的恋人，两人虽然想结婚，但肖龙家穷，拿不出五万元的结婚费用。为此，肖龙只得离别小琴，独自南下打工，并说好两年后赚够钱就回来娶小琴。

谁知，一晃两年过去了，肖龙一直没回来，且每次都在电话里说，钱没挣够，要再等等。可据他自己讲，在外面工资挺高的呀！时间一久，小琴心里纳闷了。恰在此时，小琴的父亲风湿病发作，她陪父亲去南方看病。看病的地方离肖龙打工的地方不远，所以看完病后，小琴把父亲送上回家的汽车，自己决定顺便去看看肖龙。

对于小琴的到来，肖龙显得很兴奋。他天天都陪着小琴，把各处都玩了个遍。有一回，小琴无意中突然问起肖龙怎么不用上班呢。

“这还用问？”肖龙耍起了贫嘴，“未来的老婆大人来了，咱还能不请假陪你玩吗？”

小琴又问他在哪个公司上班。

“咱们公司嘛，不是一般的公司……”肖龙故弄玄虚地答道，“移动公司……听说过吧？”

小琴点点头，又问：“这么大的公司，待遇也一定不错吧？”

“哪里，哪里，工资也就三四千块吧！”肖龙不无轻松地回答。

小琴听了直咂嘴，三四千块，不低呀！刚想问他工资这么高为啥还没挣够钱时，肖龙却掏出手机躲到一边打电话去了。这一点也是她这些天最疑惑的地方，因为肖龙每天都要避开她打几个神秘的电话。到底他跟谁打

呢？难道……肖龙背地里有了别的女孩？

肖龙打完电话后，她装作不经意地提出了这个问题，肖龙不太自然地笑了笑说："一个同事，谈点工作上的事。"傻瓜都听得出，他没有说实话。

晚上，肖龙把房间让给小琴睡，自己在厅里睡沙发。半夜，小琴隐约听见房门外有人在说话，但听不清说话的内容。是肖龙在说梦话吗？不像呀，莫非他又在打电话了？白天时不时地打一个也就罢了，这么晚了还在偷偷地煲电话粥，对方是什么人，答案似乎不言而喻了。

好你个肖龙，居然脚踏两只船！小琴心里急呀，正不知怎么办才好，突然，她看到了床边的电话，顿时一阵兴奋——这是个副机，如果肖龙用的是厅里的电话，那么通过这个副机就可以完全偷听他们的谈话了！

小琴激动而小心地拿起了话筒，果然，肖龙与那位神秘人物的谈话内容立即清楚地传入耳内。但令她吃惊的是，神秘人物并不是什么女孩，而是一个上了年纪的男人。

只听肖龙说："……张主任，您好，我是'健康夜话'的忠实听众，我不幸患上男性病很长时间了，为了这病，我去过很多医院，花了不少冤枉钱，一直治不好，女朋友总催我结婚，可是这种病……"

小琴心里猛地一惊，她万万没想到，肖龙一再推迟婚期，原来是有这样的苦衷啊！这些天背着她打电话，都是在想办法寻医问药啊！就连现在三更半夜，他还在向电台咨询呢。

只听对方说道："小伙子你好，你完全不必如此烦恼，我们医院在治疗男性病方面很有经验，采用的是世界上最先进的基因疗法，已成功地为很多患者找回了健康……"

"真的吗？"肖龙疑惑地问道。

对方肯定地答道："真正好的医院是靠口碑相传的！最近我们还有诊疗费减免30%的优惠，你不妨过来看看，如果治不好，我们全额退款……"

肖龙语气兴奋地说："哦，这样啊，那太好了！那我这两天就过去，你们一定要帮帮我啊！"最后肖龙还详细询问了医院的地址和电话。

小琴轻轻地搁下电话，心中久久不能平静。

接下来的两天，肖龙仍是一副若无其事的样子，显然，他没有发觉小琴窃听过他的电话，但好像也没有要去医院的打算。小琴明白，肖龙一定是不想让自己知道他的隐私，所以拖着不上医院。看来，自己还是先回去吧，留在这里反而会延误他的病情。

于是，小琴主动向肖龙告辞。肖龙很是不舍的样子，留她多玩一会儿，最后见小琴去意已决，就对她说："好吧，你先走，我很快就回来，到时候一定风风光光地把你娶进门！"

误会渐起

回到家后，小琴忍不住把肖龙患病的情况悄悄跟母亲说了。谁知母亲一听，不禁惊叫道："什么？年纪轻轻的，就染上这种病啦？看来，他在外面可不太正经啊？"

小琴连忙辩解道："妈，你不要乱猜嘛，我看他在外面挺老实的……"

"你一个姑娘家懂什么？"父亲很快得知了情况，显得更为生气，"我早就说过，那小子没什么好的！你给我趁早跟他分了。"

小琴真的为难了，父母亲这回铁了心要她离开肖龙，而她也不知道肖龙得上那种病到底是怎么回事，事到如今，只有把话对他挑明了，让他自己来给父母解释吧。

小琴给肖龙打了电话，支吾半天，总算向他讲明了意思。肖龙一听，连呼冤枉："小琴，这是误会呀，天大的误会！我发誓，我真的没做任何对不起你的事，你要相信我……"

"我也没有不相信你，"小琴说，"关键是要让我父母相信你才行啊，他们说，你要是没做坏事就不会得那种病的！"

肖龙连连答应："好，好，我来解释，但这事在电话里三言两语也说不清楚，我过些天就回来，你放心，我一定会给他们好好解释的。"

这事刚搁下，又出事了，就是父亲那老风湿病的事。上次去南方看病，找了一位据说医术很灵验的中医博士看过了，博士开了一堆中草药，花了三千多元。回来后一直按疗程服药，谁知病情不但不见好转，反而加重了。以前还只是四肢酸痛，现在竟然连站都站不起来了，走路得拄上拐棍。

小琴一看坏了，连忙护送着父亲，再度南下找那个中医博士去了。

到那儿一看，傻眼了，人去楼空，要找的那个中医博士不见了，只见许多和他们一样被骗的患者及家属在那儿哭天喊地。

一切太令人悲愤了，却又万般无奈，小琴对父亲说："爸，咱们去找肖

龙吧，看他能不能给咱们出出主意？”

“叫你别和他有什么关系，你咋就不听？”父亲语重心长地说，“这小子刚挣几个钱就……就不老实了！”

小琴说：“还是因为这个呀！肖龙说你们误会他了，他要当面向您解释呢。现在咱们反正也来了，不如就去他那儿，听他怎么说，好吗？”

父亲最后还是答应了。小琴立刻给肖龙打了电话，肖龙风风火火地赶来，把他们接了过去。

特殊行当

肖龙看见小琴父亲拄着拐棍，不由关心地问起情况来。小琴正要说，却被父亲用眼色制止了，他让肖龙先讲讲自己的事。肖龙一愣，接着便向他们解释起了他患病的事。

原来那确实是场误会，肖龙根本就没有病，至于打电话的事，他说那就是他的工作。

小琴大为不解：“啥？打电话就是工作？”

“嘿嘿，不明白吧？我的工作呀，就是每天定时往电台打电话，跟那些主持‘健康讲座’的专家交流，咨询也罢，感谢也罢，总之是让其他听众觉得像那么回事就行。至于那些专家为什么要请我们做‘托’呢？告诉你们，其实他们是什么狗屁‘专家’、‘教授’啊，全是一帮卖狗皮膏药的骗子！咱们给他打工，每打一个电话，就有30到50元钱收入。做咱们这个‘移动’业务的，已经成了一个行当。我们一天只需打三五个电话，一个月挣个三四千块，你说轻松不轻松？”

肖龙咽下一口口水，继续说道：“伯父，其实我早挣够了5万元，但为了让我跟小琴以后的生活能过好点，就一直没舍得丢掉这工作。不过，我想趁这次机会和你们一道回去，把我和小琴的婚事办了，伯父您看……”

肖龙正满怀希望地等待答复，却意外地发现小琴父亲的脸色不对。突然，他挥起手边的拐棍，劈头盖脸往肖龙头顶砸来：“我打死你这为虎作伥的骗子，你们这些没良心的……”

肖龙大惊失色，一边躲闪一边喊道：“伯父，您……听我说……”

可没等他说完，小琴就搀着父亲朝门外走去。肖龙追上去，拉住小琴，眼里满是求助的目光。

“放手啊，你！”没想到小琴不耐烦地甩开他的手，说，“咱俩的关系到此为止。”

肖龙不甘心地连连追问为什么，小琴回过头朝他吼道：“告诉你，我爸平时最喜欢听广播，他就是在电台节目中听信了你们这些骗子一唱一和的鬼把戏，才被害成这个样子的……”

肖龙不自觉地放了手，望着他们远去的背影，他彻底傻了。

（题图、插图：魏忠善）

被诅咒的

□川 子

茫茫沙漠里有神秘的诅咒，有生存的潜规则……

绝处逢生

王可名是个驴友，热衷于探险，这次他租了一匹骆驼，想独自横穿乌尔木图沙漠。可途中他迷路了，而且已经两天没水喝了。好在天无绝人之路，就在他快绝望时，竟发现了一片胡杨林，并在林中发现了一个不大的坑，坑中是清澈见底的泉水。

王可名和骆驼都放开肚子喝了个饱。喝完后，王可名才发现泉水旁边的胡杨树上挂着块牌子，上面写着一行字："你只能从这里带走一囊水，否则，你将遭到诅咒！"

王可名虽然不相信什么诅咒，但心里还是有些不安，他仔细地观察起这眼"被诅咒的泉水"，泉眼几乎看不到，坑底铺满了落叶，水坑周围有许多新鲜的动物足迹，可见沙漠中的动物也来这里喝水。

装水时，王可名犹豫了，他有三个水囊，是将三个水囊都灌满，还是按照树上"咒语"的提示，只带走一水囊的水？王可名最后作出了抉择，将三个水囊都装满！毕竟，自己现在迷了路，多一囊水，就多一份生的希望啊！而那个诅咒，也许是某个无聊的旅行者开的玩笑罢了。

装完了水，看见水坑中还剩下小半坑的水，王可名禁不住诱惑，脱下鞋子，把自己的脚丫伸了进去。最后，他干脆脱光了衣服，跳到水坑中洗起澡来。

可刚洗一会儿，王可名发现水坑里的水竟然渐渐少了，最后彻底干了。他有点着急，看来是什么东西堵住了泉眼。他赶紧穿上衣服，仔细清理坑底的落叶和碎石，可弄了半天，也没有找到泉眼。王可名有些后悔了，更有些后怕。他环顾四周，总觉得有双眼睛在瞪着自己，可除了骆驼，并没有其他动物。

诅咒显灵

王可名急急地逃离那片胡杨林，直到胡杨林已经完全看不见了，他仍然不敢停下来，因为他觉得那双眼睛依然在背后盯着自己，可当他回头张望时，却什么也没有。难道自己真的被诅咒了？

走得累了，他卸下骆驼背上的东西，准备休息一下。可骆驼也似乎感觉到了某种危险，躁动不安地挣脱了王可名的手，跑了起来。

没有了骆驼，王可名十分懊恼，只得自己扛着三个沉重的水囊上路。走了一阵，他突然发现远处的沙丘下有异样的东西，走过去一看，不由得倒吸了一口凉气，正是那匹骆驼，不过已经倒毙在地上了！骆驼的脖子上有伤口，它的血竟然被吸干了！王可名的心头不禁笼罩上了一层阴影。

王可名下意识地回头一看，发现一个黑影一闪身躲到了沙丘后面。真的有东西在跟踪自己！

王可名拔出猎刀，冲着那黑影躲藏的沙丘大叫道：“我不怕你！有种就出来和我决斗！别装神弄鬼的！”

沙漠里一片寂静。王可名又大叫了一遍。忽然，一个黑影出现在了沙丘顶部，慢慢地坐了下来，用冷冷的眼神盯着王可名，那竟是一头狼！它比普通的狼要大得多，颈上有一圈白毛。

王可名握刀的手出了汗，在沙漠里被狼跟踪可不是一件好玩的事。

和狼对峙了一阵，双方谁也奈何不了谁。王可名继续赶路，那狼仿佛知道自己已经暴露，也不再躲藏，只是远远地、不紧不慢地跟在后面。

傍晚时分，天气忽然变了。天边黑云翻滚，一场风暴即将来临。就在这时，那头狼登上了沙丘顶部，发出了一声声凄厉的狼嚎。显然，它在召唤同伴。很快，远方就传来了回音，随后，不断有别的狼加入跟踪的队伍，天快黑的时候，狼群已经扩大到十几只了。

王可名心里充满了绝望，狼群、沙暴、被吸干血的骆驼，这难道就是那个诅咒？

沙暴来了，漫天黄沙，王可名已经筋疲力尽，但他不敢停下来，狼群还在后面不紧不慢地跟着。更让他吃惊的是，狼群的后面隐隐约约多了很多东西。这些东西远比狼还要大，却都不紧不慢地跟着自己。王可名神经紧张，几乎要崩溃了！

突然，一个白色的身影挡住了王可名的去路。红了眼的王可名拔出猎刀，踉踉跄跄地扑了上去。刚扑到白影跟前，他的脑袋就被猛击了一下，随即一头栽倒在地。

神秘老人

王可名醒来的时候，发觉自己躺在一间石屋里，身旁是一个穿白色长袍的老人。

老人见王可名醒了，高兴地笑了："你醒了？刚才我见你神智不清，只好先把你打晕，拖到这里来。你那样在沙暴里乱闯，是死路一条。"王可名疑惑地问："这是什么地方？"老人说："这是一座废弃的古城堡，穿越沙漠的人常在这里躲避风暴。"

王可名向老人道了谢，他口渴得厉害，发现自己的东西放在石屋一角，便摇摇晃晃地站起来，拿起水囊喝水。

老人突然问道："我发现你带了三囊水，我想知道你的水是从哪里来的？"王可名不敢隐瞒，结结巴巴地把泉水的事说了。老人气得直喘气："作孽呀！难怪那些东西要跟踪你，你受到诅咒了！你自己去窗边看看吧！"王可名凑到窗边一看，吓得一屁股坐到了地上！

外面的风暴已经停息了，但黑暗中有无数绿莹莹的眼睛瞪视着王可名！整个石屋，已经被这些怀着敌意的眼睛包围了！这是些什么怪物？它们为什么要跟踪自己？王可名用眼神向老人询问，老人却瞪了他一眼，不屑地扭过头去。

天亮了，王可名小心翼翼地凑到窗前一看，尽管有心理准备，但外面的情景还是让他大吃一惊！原来外面蹲伏着数百头大大小小的动物，有狐狸、黄羊、狼，还有比狼大得多的野骆驼，很显然，它们都是冲着王可名来的。

王可名不敢走出石屋，只得向老人求援。老人叹了口气，说："现在我们唯有试一试了！你提上那三个水囊跟我来！"

王可名提上水囊，战战兢兢地跟着老人出了屋。外面的动物一见他们出来，"呼啦"一下全站了起来，虎视眈眈地盯着王可名，直看得他腿肚子发软。

老人用手在地上掏了一个坑，然后将王可名随身带的一块塑料布铺在了坑里，默默地祷告了片刻，对王可名说："快，把水都倒进坑里！"王可名不知老人葫芦里卖的什么药，但他只能照办。他将两个水囊里的水都倒进了坑里，每一次，老人都要他保持好倒水的姿势，让最后几滴水滴进坑里，似乎是想让动物们看见，他们没有留下一滴水。

只剩下最后一囊水了，王可名犹豫地说："咱们要不要给自己留下一点水？"老人瞪了他一眼"不行！一滴不剩地倒进去！"

倒完了最后一囊水，两人退回了石屋。只见那些动物"呼啦"一下，就围到了水坑边。老人催促道："拿上你的东西，快走！"王可名跟着老人走出了石屋，幸运的是，那些动物似乎完全被水吸引了，并没有跟来。

生命之泉

走了一段，王可名看看方向，疑惑地问"这不是往回走吗？"老人气呼呼地说"当然是往回走，你做错了事，难道不应该悔过自新吗？"

两人回到了那片胡杨林。林中那

个水坑已经完全干涸了。老人先闭目祷告了一阵，又俯下身子，用手扒开厚厚的落叶和沙子，用鼻子嗅着什么，王可名好奇地问他找什么，老人说："找水。咱们必须把那眼泉水重新找出来，才能赎清你的罪过，解除对你的诅咒。"

王可名一听，也趴在地上寻找起来。可两人忙活了好一阵，将坑底清理了一遍，还向下挖了一些，还是没找到泉眼!

突然，王可名惊恐地叫了一声："它们又来了！"原来那些动物不知什么时候又跟了上来，包围了胡杨林!

老人突然神情激动，嘴里念念有词，边喊边不停地用力向沙坑磕头，他的脑袋上沾满了沙子，被碎石磕得鲜血淋漓。王可名被他疯狂的举动吓坏了，想拉他起来，但被他推开了!

突然，老人抬起了头，目不转睛地盯着坑底，王可名凑上去一看，不由得惊喜万分，那坑底竟然出现了一个小小的泉眼，水往外冒着，不一会儿，坑底就已积了一摊水!

王可名渐渐明白了，其实刚才要是再往下掏那么一点点，就找着泉眼了，老人刚才那么一磕头，硬是把泉眼给"撞"了出来!

水坑里的水渐渐满了起来，但快到水坑边缘的时候，就不再上涨。老人拉着王可名，躲到了一棵大树后。只见那些动物慢慢地走近了水坑。

最先到坑边饮水的是狼。它们喝完了水，就快步离去，对近在咫尺、唾手可得的猎物连看也不看一眼。然后才是其他食草动物，它们绝不拥挤争抢，一拨一拨上去，仿佛是早有默契。看来，在这眼泉水周围，有某种潜规则在起着作用。

王可名被眼前的这一幕深深地感动了！他突然明白，这眼小小的泉水，是这片沙漠中动物的生命之泉啊！千百年来，沙漠里的动物和这眼泉水保持着这种依存关系，而昨天，自己却为图一时之快，差点毁了这一带的生灵！也许动物们认为自己带走了泉水，才会一路锲而不舍地跟踪；也许因为干渴难忍，狼才会吸干骆驼的血。而树上那条所谓的咒语，只是警告过往的旅客不要因贪婪而毁了这一带的生灵!

看见泉眼恢复了，老人松了口气，他告诉王可名，他就住在这片沙漠边缘。多年来，他都保持着一个习惯，就是每年都要来看看这眼泉水。只有看到泉水流淌，他才有信心继续在这片沙漠里生活下去……

临走时，王可名又仔细看了看树上的咒语，怀着虔诚的心情，他向泉水深深地鞠了一躬。这一次，他只带走了一个水囊的水。

（题图、插图：谭海彦）

·中国新传说·

泥鳅王

□刘　浪

俗话说：一招鲜，吃遍天。阳明湖畔有家古色古香的湖景大酒楼，当家大厨叫刘一手，今年五十多岁，生于烹饪世家。他有一道招牌菜泥鳅拱豆腐。凡来这里吃过的，都对这道菜赞不绝口。

这道菜的做法很特别，先得从市场上买来鲜活的泥鳅，放入玻璃缸中用鸡蛋清喂养。每天换水，待其吐故纳新、体表颜色变浅时再捞出，然后再放入有适量清水的锅里，用小火慢慢加热。泥鳅先在锅里畅游，随着温度升高，便在水里团团打转。这时，在锅边贴上几块豆腐，泥鳅出于求生本能，拼命往清凉的豆腐里拱，最后焖死在豆腐里，只在外面留一小截尾巴。稍后，加上汤调味，收拢汤汁，勾薄芡，再围边点缀即成。此菜式妙趣横生，原汁原味，清嫩爽滑，明油亮芡，做工讲究，堪称经典。

发现

这天，刘一手正在菜市场上转悠，突然手机响了，接起一听，是经常给他送水产的王麻子打来的，只听见王麻子在电话里激动地说："刘师傅，我这里发现了一个宝物！""什么宝物？""一条泥鳅王，可大哩，你要不要过来看一看？"刘一手心生好奇，赶紧带着徒弟阿强赶到了王麻子那个村。

一进村，刘一手就发现村头的大池塘边围着不少人。塘水已经抽干，只在中央低洼处还有一片水。一条黑不溜秋的大家伙正现出半截身子，在水中一动不动，警惕地注视着四周。见刘一手到了，王麻子过来用手一指，说："就是她，绝对是泥鳅！"

刘一手脱了鞋，卷起裤脚，踩着塘里的淤泥走近一看：黑溜溜的身子，小眼睛，触须老长，果真是一条硕大的泥鳅，看样子有五六斤重。凭眼光，这是一条有一定年数的泥鳅。再仔细一看，刘一手乐了，在这条泥鳅王的四周，还有数百条小泥鳅簇拥着。

王麻子先用筛网将泥鳅王打捞上来，然后吆喝众人下塘在淤泥里捉起了泥鳅。一会儿工夫，泥鳅装了两大桶。刘一手让王麻子先找人把两桶泥鳅送到酒楼，然后问："这口塘多少年了？"

王麻子告诉他，大概有五十多年了，从来没干过。旱的时候，塘里厚厚的淤泥上面始终还有一层浅水。今年要不是他承包这口塘，谁也不会想着要将塘水彻底抽干。

刘一手说："把这泥鳅送给我吧，我跟泥鳅打了一辈子交道，可这么大的泥鳅，还是头一回见到呢！"王麻子答应了。

回到酒楼，刘一手让阿强将泥鳅全部放入2号玻璃缸里养起来，接着，他又将那条泥鳅王放进桶里暂时养起来。这么大的泥鳅，他还没想好怎样处理。

疑 云

晚上，徒弟阿强对刘一手说："师傅，你快过来看看。"刘一手赶紧过去，发现玻璃缸里的泥鳅很不安分，总是在缸里烦躁地游来游去。鸡蛋清放进去，所有的泥鳅都不理不睬。后来，有个别的泥鳅刚想吞食，立马遭到其他泥鳅的攻击。刘一手这下愣了，想了想，就对阿强说："放心吧，饿了，他们自然会吃的。"

两天以后，阿强告诉刘一手，玻璃缸里的泥鳅开始出现死亡。刘一手赶紧让他将浮在水面上的死泥鳅捞出来，以免感染了别的泥鳅。刘一手觉得这批泥鳅有些反常。

突然，他想起那条泥鳅王，放在桶里不管不问这么长时间，她会不会死了？赶过去一看，那条泥鳅王正吐着黏液，伸着触须，一副神圣不可侵犯的样子。刘一手将她倒进1号玻璃缸，一到缸里，泥鳅王舒展身体，开始游来游去，特别是看到2号玻璃缸里的小泥鳅时，她一个急转身游过去，隔着一层透明的玻璃，静静地望着她的儿女们。而那只玻璃缸里的泥鳅此时也发现了泥鳅王，一阵骚动后，便密密麻麻地在水里分成上下几层，全排在缸边，一动不动地凝望着泥鳅王。

看到这一幕，刘一手灵机一动，随手摸了个鸡蛋，将蛋清慢慢地倒入泥鳅王的缸里。泥鳅王没有动静，直

到蛋清流到她面前，才用触须碰了碰。然后，她围着蛋清转了个圈，又回到玻璃边，依然和她的儿女们眼睛相对。突然，她尾巴一扭，姿势优美地在缸里翩翩起舞。她一边游，一边上下捕食在水里流淌的蛋清。2 号玻璃缸的小泥鳅们开始伸长触须，嘴唇微动。刘一手让阿强端上蛋清，果不出所料，小泥鳅们争相上前吞食起蛋清来。刘一手松了一口气。

一段时间后，这批泥鳅开始派上用场。当刘一手开始从玻璃缸里捞泥鳅时，泥鳅王在 1 号玻璃缸里急速地游动，时不时凌空蹿起，溅起阵阵水花。最后一次，她竟一跃老高，险些落到地上！

用野生池塘里的泥鳅做的菜，果然大有不同。泥鳅的躯干从豆腐中间呈拱形绽开，成形非常好。用筷子轻轻一挑，骨架和肌肉即刻分离，口味鲜美纯正。客人们都说，刘一手的这道菜已做到登峰造极的地步了。但不知怎的，面对客人的夸奖，刘一手心里却始终高兴不起来……

灵验

为了不让泥鳅王看到这悲情的一幕幕，刘一手将她移到了另一个地方。谁知，没隔几天，他又遇到了新的情况。

这天，又有客人来点“泥鳅拱豆腐”。水温上来的时候，锅里的泥鳅沿着锅边，团团打转。刘一手适时贴起豆腐，盖上锅盖。几分钟后，等他揭开锅盖一看，他惊呆了：锅里的泥鳅全都没拱豆腐，而在水里活活烫死了。刘一手做这道菜近三十年，从来没有遇到过这种情况。

他让阿强捞出一批泥鳅再试。这回，刘一手不敢有丝毫马虎，对水温和火候的估算更是慎之又慎，可等他揭锅一看，所有的泥鳅又都身体烫得发白，漂浮在水面上。刘一手后背一阵发凉。

不得已，刘一手只好又将泥鳅王搬了回来，这回，他将泥鳅王和小泥鳅们放进了同一个玻璃缸。泥鳅王和她的儿女们团圆了。小泥鳅们紧紧簇拥在泥鳅王的身边，一起快乐地游动，又一起快乐地追逐着蛋清，一副其乐融融的样子。刘一手都不忍心下手了，要求酒楼再进一批新泥鳅。

这天，王麻子来了，他见到刘一手，就问："刘师傅，那条泥鳅王做了菜没有？"刘一手一愣，说："这么长时间，还惦着这事，是不是想让我给你几个钱？"王麻子说："不是的，如果这条泥鳅王还在的话，我想把她送回去。那口塘清理完后，两台机子不停歇地往塘里灌水，可水总是浅浅的一层，灌不满。老人说，那条泥鳅王肯定是镇塘的神灵。现在泥鳅王不在了，所以塘总是喝水，镇不住邪了。"

刘一手心里忐忑起来，他赶紧说"那好吧，这泥鳅王好像是有些灵性，我没敢动她。你还是拿回去吧！"刘一手将泥鳅王捞出，装入一只塑料袋里，王麻子将袋子捆在摩托车后座上，就急着回去了。

封 手

当天，湖景大酒楼来了一批外商，陪同领导点名要刘一手做这道招牌菜。刘一手没办法，只好吩咐阿强去捞2号玻璃缸里的泥鳅。

阿强临捞的时候，像是自言自语，又像是对小泥鳅们说话："泥鳅王回家了。对付了这批客人，运气好的话，你们都可以回去了！"说话时，他闭着眼，胡乱地用筛网捞了一网，就送到厨房刘师傅那里。

泥鳅下锅时，刘一手突然有些心神不宁；等豆腐下了锅，看着一突一突的火苗，没到时间，他竟鬼使神差般地揭开锅盖。就在这时，一条热锅里的泥鳅猛地跳了起来，带着滚烫的水星"啪"地撞到他眼睛上，尖尖的下巴还在他的瞳孔里狠狠地扎了一下，痛得他半天睁不开眼。

这是泥鳅的又一次反常举动。正在他百思不得其解时，王麻子打电话来了，说他在回去的路上和一辆货车撞上了。人倒是没事，就是那条泥鳅王被车轧得皮开肉绽，肚里竟挤出许多泥鳅卵来……

刘一手听了心里一阵疼痛，想了半天，决定从此封手，再也不做"泥鳅拱豆腐"……

（题图、插图：魏忠善）

绿版编辑部各编辑邮箱：

夏一鸣：gshxym@163.com
邢　悦：simyyue@126.com
王雅静：wyjing833@sohu.com
朱　虹：zhong98305@sina.com
杭　帆：hangfan1102@126.com

□枯木老妖

单恋蝴蝶花

迷上蝴蝶女

吴一凡在下班回家途中，发现街边新开了一家店，名叫“蝴蝶屋”，他觉得有点意思，就走了进去。

这“蝴蝶屋”里面香气阵阵，一个靓丽的女子身穿彩裙端坐在柜台前。这家小店里卖的全部是蝴蝶标本，大的如同羽毛扇，小的如同指甲盖，让人如同进入梦幻的世界。

女子见有客人来，忙起身走到吴一凡面前，问：“先生也喜欢蝴蝶？”

吴一凡点点头，问：“你这里的蝴蝶，卖多少钱？”

女子说：“无论大小，一律两万元。”

这价钱也太贵了。吴一凡感到很奇怪，转过身仔细打量起眼前的女子，却发现这女子也正媚眼勾魂地盯着自己看。吴一凡顿时心猿意马，莫非眼前这位仙女般的女子看上自己了？他不敢相信自己的眼睛，伸手在自己腿上掐了一把。疼！看来这不是在做梦。

吴一凡和女子聊了几句话后，知道她叫“蝶儿”，老家是云南的，独自一人来此地做生意。吴一凡心生好感，要请蝶儿吃晚饭，蝶儿竟然爽快地答应下来。

但是，在饭店吃饭的时候，蝶儿却只是不停地喝矿泉水，不肯动一口桌上的酒菜。吴一凡感觉很奇怪，蝶儿却说她正在减肥。

从此，吴一凡成了这家小店的常客。他来这里当然不是为了看蝴蝶标本，而是为了看蝴蝶的主人蝶儿。有一次，蝶儿告诉吴一凡，大自然中的蝴蝶是没有香味的，那是因为蝴蝶采百花，沾染了各种花香，鲜花香味互相抵消。而她这里的蝴蝶之所以充满香味，是因为只迷恋一种花。

吴一凡开始大胆地追求蝶儿，没想到出奇的顺利，没过多久，两人就同居了。吴一凡解下蝶儿的裙子和纱衣，惊讶地发现蝶儿的身子竟然是香的，吴一凡感觉自己仿佛置身于百花丛中。

打那以后，吴一凡回家的次数越来越少。有一天晚上，妻子王琳终于发现了丈夫有外遇，就对吴一凡说："我和那个蝶儿之间，你必须选择一个。"此时的吴一凡才知道愁的滋味，一边是多年的结发妻子，一边是让他酥骨销魂的情人。

接下来的几天，吴一凡都没有去找蝶儿。这天，吴一凡收到了蝶儿发来的短信：如果没有露水的滋润，蝴蝶花也会枯萎。吴一凡一看完，立马就赶到了"蝴蝶屋"。蝶儿一见到吴一凡，就一头扎进他的怀里，咬着他的下巴撒娇。

吴一凡问："你会答应嫁给我么？"

蝶儿说："有爱就足够了，为什么还要结婚！"

吴一凡不说话了，只是抱着蝶儿不停地亲吻。

发现蝶女谜

就这样过了一段时间。妻子王琳知道吴一凡仍在继续出轨，她忍无可忍，将一纸离婚状递到了法院。经过法院的判决，吴一凡和王琳终于离婚了，房子归王琳，吴一凡心情复杂地离开了家。

吴一凡本以为这下自由了，今后可以和蝶儿毫无顾忌地在一起。但是，吴一凡很快就发现，和蝶儿密切来往的男人并不止他一个人。他决定跟踪蝶儿，很快，他就发现和蝶儿来往的男人很复杂，层次也不一样：有开着宝马车的大老板，也有和他一样蹬着自行车上班的上班族，甚至还有在街头做生意的小商贩……蝶儿究竟要干什么？吴一凡越来越疑惑。

于是，吴一凡找到开宝马车的大老板，说自己为了蝶儿已经离婚了，他要和蝶儿结婚。可大老板瞪了吴一凡一眼，说："蝶儿是我见过的最有风情、最有味道的女人，我也正准备和老婆离婚。我奉劝你以后离蝶儿远一点，不然别怪我对你不客气。"

吴一凡一肚子的怒火，他又分别找到了上班族和小商贩。令人难以置信的是，上班族和小商贩也都在闹离婚。不用说，他们也都是为了娶蝶儿做老婆。

终于，吴一凡忍无可忍地找到蝶儿，粗暴地冲她喊道："你究竟要干什么？"

蝶儿一脸无辜的样子："我怎么了？"

吴一凡嚷嚷道："你知道么？因为你，很多男人都在和老婆闹离婚。"

蝶儿突然笑了，说："我可从来没有说过要嫁给任何人。"

吴一凡听完，非常痛苦。他从"蝴蝶屋"出来后，找了家饭店借酒消愁。他越想越生气，跑去加油站买了一大桶汽油，决定晚上与蝶儿同归于尽。

那天夜里两点，吴一凡悄悄来到了"蝴蝶屋"，屋里还闪着灯光。他蹑手蹑脚地走到窗前，透过窗户的缝隙，他惊讶地发现屋子里所有的蝴蝶标本竟然都活了。那些蝴蝶围着蝶儿翩翩起舞，有的挥动翅膀为蝶儿扇风，还有的爬在蝶儿身上为她揉背捶肩。而蝶儿正在做面部护理，两只大蝴蝶正轻轻地揭去蝶儿脸上的面膜。待蝶儿转过身，吴一凡顿时吓得脸都青了。原来，蝶儿的脸变成了紫色的蝴蝶花瓣，蝶儿的鼻子和嘴巴竟然是花蕊变成的。吴一凡吓得扔掉汽油桶，转身就跑。

吴一凡连滚带爬地跑回家，毕竟是一夜夫妻百日恩，王琳看着惊慌失措、语无伦次的吴一凡，心疼地让他进了家门。吴一凡告诉王琳，蝶儿是个女妖，他准备联络其他上当的人，一起揭开蝶儿的阴谋。王琳听后，虽然感觉很荒诞，但还是说："不管你说什么，现在都晚啦，我们已经离婚了。但是看在夫妻一场的情分上，如果你遇到难处，我还是愿意帮助你的。"

插翅也难飞

第二天一早，吴一凡就急匆匆地离开家，准备去找大老板、上班族和小商贩，告诉他们蝶儿不是人类，是一个蝴蝶花女妖。可他刚走出家门，一辆高级小轿车就"刷"地一下子停在他面前。大老板从汽车里探出脑袋，满脸焦虑地让吴一凡快上车。

吴一凡钻进汽车，发现上班族和小商贩也坐在车里。上班族用一张大

报纸遮挡着脸，吴一凡拿开报纸一看，不禁大吃一惊。上班族的眼睛变成拳头大小，鼻子变成细长条，像蚊香一样盘在脸上，头上还长出两只长长的触角，分明就是个大蝴蝶脑袋。

还没等吴一凡开口，大老板便一脸惊恐地说："蝶儿是个妖怪！看到没有，我们现在必须马上去找蝶儿，否则我们都会变成他的样子。"

大老板的汽车刚开出去，王琳就叫了一辆出租车，悄悄地跟在后面。

很快，大老板的汽车在"蝴蝶屋"前停了下来，三个人搀扶着变成蝴蝶脑袋的上班族走进店里。

此时，蝶儿正端坐在柜台前，和吴一凡第一次见到她时的情景一模一样。蝶儿见到他们四个人一同进来，并不惊讶，反而微笑着说："既然来了，怎么还不过来？"只听见"嘶"的一声，上班族身上的衣服被撑破，一对蝴蝶翅膀从上班族的背上长出来。蝶儿伸开手掌，上班族随即变成一只拳头大小的白斑蝴蝶，飞到蝶儿的手掌中。蝶儿用手指尖在白斑蝴蝶的头上轻轻点了一下，白斑蝴蝶的身体就开始变得僵硬，成了一只蝴蝶标本。

吴一凡他们三个大惊失色，原来这满屋子的蝴蝶标本都是男人变的。

吴一凡结结巴巴地问："你，你为什么……要这么做？"

蝶儿媚笑着说："你们不是都喜欢我嘛，那么就都留在我身边好了。我说过的，这里的蝴蝶只迷恋一种花，那就是我——蝴蝶花。"

说话间，吴一凡听到身后"嘶、嘶"作响，待他转过头来，大老板已经变成一只盘子大小的黑燕尾蝴蝶，而小商贩变成了一只菜花蝴蝶。两只蝴蝶先后飞到蝶儿手掌中，也变成了标本。

突然，吴一凡感到眼前一黑，身体撕裂般的疼痛，他身不由己地向蝶儿飞过去。蝶儿对着变成青斑蝴蝶的吴一凡说："自己的老婆你不爱，偏偏要去采外面的花。都知道蝶采花，却不知道花也会采蝶。"

说完，蝶儿站了起来，把四个新的蝴蝶标本挂在了墙上。

三天以后，一个女人走进了"蝴蝶屋"。女人指着吴一凡变成的青斑蝴蝶，问蝶儿："这只蝴蝶多少钱？"

蝶儿说："无论大小，一律两万元。"

女人面无表情地把两万元钱放在柜台上，说："好，这只蝴蝶我要了。"说完，拿起青斑蝴蝶走出了小屋。

这个买蝴蝶的女人正是吴一凡的前妻王琳。虽然，出轨后的吴一凡变成了蝴蝶，但王琳还是决定把他带回家。

据说，这个"蝴蝶屋"现在还在营业，生意一直都不错。

（**题图、插图**：刘斌昆）

老实人娶菩萨

□曲凡杰

唐县郊外有个张老实，二十好几了还没有人上门提亲。有人同情他，说："媒人不找你，你就去找媒人呀！老娶不上媳妇，你不成绝户头了？"张老实想想也是，于是打听到邻村有个专门说媒的黄油嘴，这天就硬着头皮找上门去。

黄油嘴倒也是个爽快人，看张老实一副老实疙瘩的样子，张口就说："你拿十两银子来，我保证五天之内把女人给你送去。"张老实的全部积蓄不过就是十来两银子，为了娶到媳妇，他咬咬牙全掏了出来，回去之后又在屋角落里搜罗了半天，用搜剩下的角子儿置了些酒菜，就天天在家里坐等新媳妇上门。

果然，到了第五天傍晚，黄油嘴带着一干人引着一顶花轿来了。黄油嘴让跟来的伴娘把蒙着红盖头的新媳妇扶下轿，对满脸喜色的张老实说："你先别忙着跟新媳妇亲热，快弄些酒菜给我们填填肚子。"因为张老实早有准备，所以酒菜很快就上了桌，黄油嘴一干人也不客气，放开肚皮大吃起来。

等把这干人送走，已是一更天光景。张老实有些酒意，也就少了羞涩，就忙不迭地放胆掀开了新媳妇的红盖头。呀，新媳妇太漂亮了，红扑扑的脸蛋，张老实怎么看怎么喜欢，尤其是那双眼睛，充满了和善与温柔。张老实又惊又喜，忍不住就伸手朝新媳妇的脸蛋摸去。不料这一摸，着实吓出一身冷汗。为啥？新媳妇的脸蛋冰凉不说，而且木木的，一点感觉都没有。再往身上一摸，不得了，新媳妇的身子竟是一截白花花的木头。

张老实惊呆了，索性把新媳妇的衣服扯下来，端了灯烛前后左右地打量。不得了，新媳妇整个就是一截木头，只是上端被刻成了媳妇的头像。张老实觉得这个头像有点眼熟，想了半天想起来了，不就是庙里菩萨娘娘的像嘛！张老实吓得又赶紧把衣服给她披上。

张老实实在搞不懂，黄油嘴为什么要给自己送这么一尊木刻菩萨来，他甚至心想：会不会是人家原本送来的是活生生的女人，到了我家之后才变成了木菩萨？要真是这样，那不就表明是老天在告诉我不该娶媳妇啊？一想到此，张老实立刻恭恭敬敬地把木菩萨供起来，然后才上床睡觉。老实人心里不装事儿，他脑袋一挨枕头就进入了梦乡，第二天起来，还像以前一样过日子。

这天吃过晚饭，张老实正在油灯下编草鞋，突然有个姑娘找上门来。张老实摇摇头说：“我不认识你呀！”谁知那姑娘却不在乎，说：“过去不认识，现在不就认识了吗？我肚子饿了，你能不能给我弄点吃的？”

张老实于是就去厨房煮了一碗荷包蛋。等姑娘吃饱了肚子，张老实说：“你要是个男人，我就留你住宿，可你是个女的，不方便。你住在哪里？我送你回去。”

姑娘摇摇头说：“我没有家，我就住你这儿，不走了！”张老实吓了一跳：“那可不行！”

姑娘说：“你把我当成你的媳妇，不就行了？”张老实连连摆手：“那更不行了，我没下过聘礼，怎么能白捡一个媳妇呢？”

姑娘笑了：“你怎么没下聘礼？你不是已经花了十两银子了吗？”张老实愣住了：“那十两银子娶回的是一尊木菩萨。再说，这事儿你怎么知道？”

“我就是菩萨呀！”姑娘指了指张老实供奉在屋里的菩萨像，“不瞒你说，那就是我的像，我就是菩萨的真身。”张老实一听，惊讶得张大了嘴巴，这难道是真的吗？

姑娘告诉张老实，菩萨也是要嫁人的，只是一直没有遇到合适的人；现在呢，她就看中了张老实。菩萨的眼睛是雪亮的，知道心眼实不是毛病，那叫诚实，那叫高贵。诚实的人为什么一直没有人给介绍媳妇？那是凡夫俗子没眼光！姑娘这番话说得张老实心花怒放，既然菩萨要和自己成亲，那也是违背不得的，于是张老实就高高兴兴地牵起了姑娘的手……

谁知道好景不长，张老实新婚第三天，那个黄油嘴就找上门来了，说张老实拐骗了他的闺女青莲。他今天不但要带走青莲，还要张老实赔偿他的损失。张老实一听傻眼了，说："我娶媳妇不假，可我娶的是菩萨娘娘，怎么会是你闺女呢？"

话音刚落，姑娘从水塘洗衣服回来了，黄油嘴伸手就去拉她的胳膊，说她就是自己的闺女青莲。谁知姑娘把膀子一甩，沉着脸说："你认错人了，我是菩萨！"张老实接过姑娘手里的洗衣盆，一面拉着她进屋，一面扭头对黄油嘴说："我供的是菩萨，娶的也是菩萨！你回去吧，这里没你的事儿。"黄油嘴气白了脸，跺脚道："你胆敢娶菩萨做老婆，我去官府告你！"

黄油嘴果然把张老实告到了县衙。县老爷听说娶菩萨的事儿，很是惊奇，当即就让黄油嘴带路，直奔张老实家。张老实见县老爷登门，吓得话也说不出来。

县老爷对着姑娘上下打量了一阵，惊疑地问："你是菩萨？"姑娘倒挺沉着，回答说："我不是菩萨，我是民女青莲。我不过是代替菩萨守诺行善。"县老爷"哦"了一声："此话怎讲？"姑娘深叹一口气，这才把事情的缘由说了出来。

这姑娘的确是黄油嘴的闺女青莲。黄油嘴特别好赌，还常年打着媒人的旗号骗人钱财。前些日子，黄油嘴买截木头人糊弄张老实不说，后来又接了东庄一个人的十两银子，也答应五天之内给人家送个新媳妇去。可那人不是老实疙瘩，带着自家的兄弟天天在黄家门口候着。黄油嘴找不来新媳妇，却早把人家的十两银子给输了个精光，眼看五天的期限将至，没办法，他只有把青莲顶出去。万幸的是，青莲当天晚上就从这户人家逃了出来，她思来想去，干脆以菩萨的名义自己上门，做了张老实的媳妇……

县老爷听完青莲的诉说，按捺不住心中的怒火，瞪着黄油

2007年《〈故事会〉最有影响力的故事》征文启事

四大奖励措施　稿酬外追加千字1000元奖金

为鼓励多出优秀作品,《故事会》杂志社决定继续举办2007年“《故事会》最有影响力的故事”征文大赛，并对优秀作品实行四大奖励措施:

1. 入选作品除在杂志上发表外，还将收入《〈故事会〉2007年最有影响力的故事》一书。2. 入选作品可得两笔稿酬：在《故事会》杂志发表的作品，首发稿酬每千字400元；获“《故事会》最有影响力的故事”优秀作品奖，再追加每千字1000元。3. 入选作品均颁发奖励证书。4. 本刊将邀请有关作者参加年底的颁奖大会,所有费用均由编辑部承担。

征稿范围：1. 具有现实感、新鲜感且可读性强的中短篇（包括超短篇）原创作品；2. 故事性强、有口传性、能引起读者兴趣的推荐作品。

超短篇（如幽默故事）的字数一般在1500字以内，短篇（如中国新传说）的字数一般在5000字以内，中篇故事的字数一般在15000字以内。

来稿方法：1. 从邮局寄发，请在信封上注明“征文大赛”字样，本刊地址：上海市绍兴路74号《故事会》杂志社，邮编：200020。

2. 从网上传递，可寄以下信箱：wulun@vip.sohu.net，请在主题上注明“征文大赛”字样；也可直接与有关责任编辑联系，本期责任编辑的信箱是：zhong98305@sina.com。

嘴喝道:“你这个赌徒骗子,哪配为人父！本县判你千里流刑，去边关效力吧！”

黄油嘴急了：“老爷判了小民的流刑，那小民欠东庄的银子怎么办？”其实他说这话是想提醒县老爷他还有欠账，让县老爷免了他的流刑。

县老爷冷笑道:“怎么,你怕了？本县就是免了你的流刑，你也不过是挖东墙补西墙，继续指婚骗财，惹是生非！”

这时候,想不到张老实“扑通”一声给县老爷跪下了。张老实说：“老爷，黄油嘴既然成了我的岳父，我就是他的半个儿子。父债子还，天经地义，他欠下的债务，以后就由我慢慢还吧！不过，看在我岳父年纪已大的分上，恳求老爷能不能让他就近服刑，也让我们做小辈的方便照顾？”

县老爷听张老实这么一说，简直惊呆了，他长长地叹了一口气，说:“好吧,看在你们小夫妻的分上,本县就答应你的请求。不过……”他转向黄油嘴,“你可听清了,今后如再作奸犯科，本县定罚重刑不饶！”

（**题图、插图**：黄全昌）

（本栏目欢迎来稿。来稿可从邮局寄发，也可从网上传递。如为电子邮件，请发以下信箱：zhong98305@sina.com）

最后一份晚报

这天晚上9点多钟，大冯在回家的路上，被一个十来岁的小女孩拦住了。小女孩说："叔叔，你能不能帮我在那个报摊买份晚报？"小女孩边说边将一枚硬币递了过来。

大冯顺着她指的方向望去，果然，前方50米开外有个报摊。大冯有些惊讶，心想：你怎么自己不去呢？但他没好意思说出口，就拿着钱过去了，将一元钱递给那个卖报妇女，然后取了报纸，转身往回走。

那小女孩还是站在树底下，大冯笑着问："你怎么站在树底下呢？"

小女孩不好意思地说："我怕被我妈看到。瞧，就是那个卖报纸的。"

大冯更惊讶了："你怎么从你妈妈那儿买报纸呢？"

小女孩低头摩挲着手上的报纸，说："我晚上给妈妈送饭时，她还剩下一份晚报，说不卖掉，明天就没人买了。我在这里等她一个小时了。这份晚报，她肯定卖不掉的。"

大冯心里一阵感动，他再向报摊看去，发现小女孩的妈妈已在收拾摊位了。

这时，那小女孩把报纸往大冯手里一塞，说："叔叔，给你看吧，我回家了。"说完，就从树底下跑开了。

（**作者**：魏振强；**推荐者**：张志国）

永远第三

鲍勃以优异的成绩考进世界一流的名牌大学，而且，没几年就在学术上崭露头角，深得老师的厚爱。但在他的身上，却丝毫不见一些"佼佼者"身上常见的清高、孤傲、盛气凌人，相反，他为人谦和，从内心深处尊重他身边的每一个人。

一天晚上，他邀请几个朋友到他的房间里吃晚餐。在吃饭过程中，一个朋友发现了他桌子上的一个座右铭。这个座右铭只有三个字：“我第三。”三个字被镶嵌在一个精致的框架里。朋友们觉得很奇怪，就缠着鲍勃问这三个字是什么意思。

鲍勃见推脱不得，只好给大家作了一番解释：

“在离开家的前一天晚上，妈妈给了我这个精美的框架，并嘱咐我一定要将它放在我每天都能看到的地方。我希望我能永远记住这句话，记住妈妈对这句话的解释。妈妈告诉我：‘我的儿子，什么时候都不要忘记，上帝第一，别人第二，你永远只是第三。’”

（**编译者**：伊　然；**推荐者**：蒋化帅）

一颗善良的心

一位见多识广的老法官，在公园散步时碰到一个熟识的青年人保罗。

“保罗，你好！”老先生向他打招呼，“我听说你要结婚了，我很高兴，你的未婚妻是个怎样的人？”

保罗笑着答道：“她是个美丽的女孩。”

法官从口袋里掏出一个记事本，写了一个零字，然后又问：“还有呢？”

保罗想了想，说“她也很聪明。”

法官又写了一个零。

保罗接着说“秋天，她将有一个待遇相当好的工作。”

法官再写了一个零。就这样，法官一直写到九个零。

“最后，”保罗又说，“我的未婚妻有一颗善良的心，好多次我都注意到，当有人需要帮助时，她总是及时伸出援手。”

这时，法官在九个零之前写了一个一字，然后关上记事本，热情地握住保罗的手，说：“保罗，恭喜你啊。你的未婚妻值十亿元，和她在一起，你足以应付你的一生！”

（**推荐者**：杜立瑾）

200米外的支撑

那年冬天，一场突如其来的大火，把阿德夫妇赖以生存的服装厂化为灰烬。他们一下子跌入了生活的最底层。

那些日子，妻子心灰意冷，终日以泪洗面。可阿德故作轻松地安慰她："怕什么？大不了，我们从头再来。"妻子明白，他说的"从头再来"，就是像当初那样，到街上摆摊卖衣服。

没过多久，他们就在街上摆起了服装摊。不过，和以前不同的是，他们隔着二百多米，东一个西一个地摆了两个摊。阿德卖男装，而妻子卖女装。

为了相互照应，他们约定：如果谁先卖完了当天的衣服，就去给另一个人帮忙。如果卖不完的话，就在摆放衣服的木架子上，高高地挂上一件衣服，好让另一个人看见。

然而，现在街上的服装摊到处都是，她一天只能卖出几件衣服。每天晚上回家，阿德总会安慰她，让她不要着急，说他的衣服其实卖得也很艰难，每天都要等到天黑，才好不容易卖完。

妻子相信丈夫的衣服卖得也不顺利，因为每天天黑前，她都看见丈夫那边的木架子上，挂着一件用来做信号的衣服。这样她就不会因为觉得自己拖累了丈夫，而感到内疚。当然，这些她从来都没有告诉丈夫。

渐渐地，他们的服装摊有了起色。

一天下午，有一个人看中了妻子摊上的一款女式外套，预定了200件，还当场付了订金给她。

这可是她重摆服装摊后做成的第一笔大生意！

妻子想，无论如何，今天也要早些回家庆祝一番。她看着200米外、丈夫卖衣服的木架子上还挂着衣服，心想要给他一个惊喜。

妻子顺着墙根，悄悄地朝丈夫走了过去。

然而，就在离丈夫还有几米远的时候，她却一下子停住了脚步，眼睛里不断涌出大滴大滴的泪水。

妻子看到，凛冽的寒风中，丈夫只穿着贴身的毛衣，在原地不停地跳跃着，而他卖衣服的木架子上，有一件衣服高高地挂在那里。

那件衣服，是他的外套。

（**作者**：青　秋；**推荐者**：二虎子）

（**本栏插图**：安玉民）

抢道

□聂牛生

赵荣是长途客车司机，这天他头一次跑分水岭这条线路，道路非常崎岖，需要翻山越岭。途中汽油不多了，他决定到路边的分水岭加油站加点油再走。

大客车徐徐来到加油站，赵荣看见前面排起了“车龙”，他老实地依次排队等候。

好不容易，前面只剩五辆车了。突然，一辆小货车鸣着喇叭，歪来扭去地冲了上来，见两车之间有点空隙，它便一下就拐到赵荣的客车前面去了。赵荣见状很是气愤，跳下车就与横插在前面的小货车司机理论：“兄弟，谁都要赶路，谁都排着队，就你这么没礼貌，一来就冲到我的车前面去了……”可话还没说完，小货车上跳下一个男人，眉心有颗黑痣，叉着双手与赵荣叫开了：“大路朝天，各走一边，这路你出了多少钱买下来了？”

赵荣生气地说：“凡事总要讲个先来后到吧。”

黑痣男人大声嚷嚷：“先后？我从娘肚子里生下就来了，你今天才头回踏上这块地吧？”边说，边气势汹汹地挥手握拳，像要与赵荣动手。

两人争吵着，前面好几辆车都加完油走了，后面的车见他们各不相让，有些也早早掉头赶去前面的加油站加油了。赵荣年轻气盛，哪咽得下这口气，他捋了捋衣袖准备迎战。

这时，黑痣男人脱掉外套，跳上

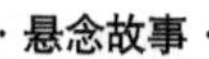

车，索性一打方向盘，将自己的车横着停在大客车前。赵荣的大客车左拐，那小货车也向左移；大客车右拐，小货车也向右移，那黑痣男人分明要与赵荣决一高下。

车上的乘客虽然忍无可忍，但纷纷劝赵荣："赵师傅，算了吧，你没听对方那一腔土话，肯定是本地人，强龙压不过地头蛇，走吧，有钱还愁没油加？这附近的加油站比米店还多。"

赵荣望着车上一双双焦虑的眼睛，也就缓和下来，说："对。走，不在这儿加油了。惹不起，咱躲得起。"说着，一百八十度掉转车头，丢下纠缠的小货车重新上路。

车子没跑多远，就见到路边有一家较小的横江加油站。这里排队的车不多，秩序也好。"退一步海阔天空。"赵荣欣慰地将大客车慢慢开了进去。

赵荣加好油正要赶路，哪料，祸不单行，这时车子却发动不起来，他只得急匆匆找路边修理工帮忙修理。正等着，赵荣突然发现一个熟悉的身影，在附近一家小商店门口一闪而过。他紧张起来："这不是那个欺人太甚的黑痣男人吗？怎么，他又跟踪到这里来捣蛋了？"于是，赵荣走进小商店买了一包香烟，借机向商店女老板打探："刚才那个眉间有颗黑痣的男人是谁呀？好像有点面熟。"

女老板说："他呀，叫黑崽，路边横江加油站的老板。前些日子投资建了这个加油站，没有生意，亏得他喊爹叫娘。不知咋的，近来生意突然火了，来加油的汽车有时还排着队呢。"

赵荣一怔：莫非这小子故意拦路抢道，目的就是为了"赶"外地车来这儿加油？

赵荣正想离开，不料，那黑崽又折回小商店买酒。黑崽显然也认出了赵荣，不过，这时黑崽变了一副面孔，满脸堆笑，主动递烟打招呼："师傅，一回生，二回熟，你是我的上帝，以后请师傅多介绍些兄弟来小站加油，照顾一点生意。"

赵荣心里还憋着一股气，哪想与他搭腔，心想：山猴子你狡猾，老子下次不上你的当，"赶"我也不来你这儿加油了……赵荣虎着脸，不接他的香烟，鼻子"哼"了一声，转身就走。

黑崽却在一边傻呵呵地笑。

修完车，赵荣开车上山。天快黑时，他突然发现路边停着一辆货车，司机跳下车围着车打转转。赵荣想起来，他是刚才在分水岭加油站遇到的同行。赵荣放慢车速，探出车窗问："咋啦，兄弟？"那司机答："不知怎么回事，开着开着，发动机自动熄火了。"这前不着村后不着店的，司机当然着急，但赵荣也没办法，车子抛锚已经耽误了好长时间，车上的乘客急着回家呢，他只得继续前行。

翻过一个山谷，赵荣又见一辆小面包车擦着路边的山脊停在那儿。赵荣一问，司机说，下坡时，突然停不住车，没法子，只得打方向盘与黄土山脊擦磨，强行停车。赵荣听了，吃惊不小——开车这一行，手摁生死牌，脚踏鬼门关，真是危险。

赵荣开着大客车终于快出连绵的大山了，拐过山脚，突然看见一辆小货车四轮朝天，钻进了山脚的水沟，一伙人正在呼天喊地地抢救，沟里满是白大褂的身影。赵荣不禁叫了起来:“出事了！”车上的乘客更是惶恐不安:“天哪，这不是排在我们前头加油的那辆货车吗？十次出事九次快，司机开得太快了。”

“是呀，还是开慢点好，特别是这陡峭的山路。平安是福哩。”

赵荣的车来到了水沟边，司机一身是血，从驾驶室里被医生抬了出来。赵荣的背脊冒出密密的冷汗!

这时，一位交警过来，凝重地叮嘱赵荣“师傅，天寒地冻，山高路滑，开慢点，安全第一，家里的亲人都盼你们回家过个团圆年哩。如果觉察到发动机自动熄火，赶紧刹车。”赵荣感激地点了点头。

长途班车总算到了终点站，赵荣坐在驾驶室里长长地舒了一口气。

赵荣第二次开长途客车进分水岭，是在一周之后。

赵荣本想在分水岭加油站加油，不料，一到站前，便见那儿贴了张盖有大红印章的封条——因卖劣质油，这儿被质检局依法查封了。赵荣正感到意外，一位穿制服的质检员上来，询问赵荣是否在此加过油。赵荣摇了摇头,问:“咋啦？”那人解释“唉，这儿的老板被钱熏黑了心，卖黑油。有人收集废油，然后用土法加工，再低价转手卖给加油站，想趁春运生意好大捞一把。这种劣质油的几项主要指标，都远远达不

到合格油的标准，开着开着发动机便会自动熄火。卖了半月，翻了两辆车，伤了三个人，死了一个人。你要加油去前面的横江站吧，那儿的油经检测还是合格货。”

赵荣惊呆了！回想一周前他亲眼所见的那三辆出事车，心里怦怦直跳：险呀，老天爷，歪打正着，我赵某人躲过一场大劫哩。

赵荣虽不情愿，但只得又来到横江加油站加油。

黑崽认出了他，赵荣心里有些纳闷，便拐弯抹角问到了分水岭加油站被查封之事。黑崽停顿了一会儿，忧伤地说：“人呀，还是不要太贪才好，害人又害己呀。其实当时我就发现了，向质检部门举报，有人怀疑我是同行生妒，不相信我。我是开车出身的，深知开车的难和险，只是没法制止别人这样做，心里急。上回，我看见你的车载着满满一车子的人，良心上实在过不去，这才不得已以抢道的形式，‘赶’你开的大客车走，不要加那种劣质的索命油。车上的打工仔都盼着回家与亲人过年啊。”

赵荣仍有些不解：“你怎么知道他们的内幕？”

黑崽低声说道：“那推销假冒伪劣油的外地贩子，曾经也找过我。”

赵荣问：“当时你为何不明说呢？”

黑崽皱着眉说：“说了你会信吗？再说了，那分水岭加油站的老板靠山硬，晓得了，还不揍扁我的骨头？”

赵荣不由得两眼湿润，朝黑崽深深鞠了一躬……

（**题图**、**插图**：刘斌昆）

·本刊信息传真·

最佳避暑“胜地”——故事中国网

赤日炎炎似火烧，快上故事中国网(www.storychina.cn)吧，我们为你准备了一个清凉的夏天!

第一“凉”：足不出户看好书。故事中国网的网上书店已开通“快钱”方式的在线支付功能，令您省去大热天跑邮局汇款的麻烦，真正做到足不出户，便可在网上以优惠价购买故事会公司最新出版的《绝对小孩》等图书。

第二“凉”：精彩纷呈读故事。在故事中国网上，无论是中国的、外国的、现代的、古代的、现实的、荒诞的，各种故事应有尽有，保管你沉浸在故事的海洋里享受一次精神度假，远离难耐的酷暑。

第三“凉”：开动脑筋玩游戏。学生朋友放暑假，整天在家是不是觉得无聊呢？故事中国网为你准备了填字游戏、故事接龙、看图说话等许多有趣、益智的游戏，不仅能从游戏中获得乐趣，还能以玩交友，认识天南地北有着相同爱好的朋友，不是乐事一件吗？

我们在故事中国网等你，不见不散!

·情感故事·

哑巴失踪

□杨金凤

医院里有个患尿毒症的乡下女孩，名叫小小，陪她来的哥哥是个哑巴，整天挂着一脸憨笑。女孩的命很苦，自小就失去了父母，是哥哥一手把她拉扯大的。家里的钱都花光了，哥哥不肯看着妹妹在家等死，就用自己做的木头小车，一路风餐露宿、披星戴月，推着妹妹来到了省城大医院。

很多医生都被他们的兄妹真情所感动，于是医院经过研究，决定免费为女孩做换肾手术。这捐肾人，自然就是她的哑巴哥哥。

医生带哑巴哥哥去做配型检查，结果一切都很顺利，手术时间也被迅速确定下来了。哑巴哥哥还不知道医生要他干啥呢，仍旧傻乎乎地一直憨笑，跟在医生后面上楼下楼。

医生把他带到办公室，比划着告诉他，要把他的肾换到妹妹的肚子里去。打了半天手势，说得满头大汗，哑巴哥哥这才明白是咋回事。顿时，他脸上的笑容一下子僵住了，吃惊地望着医生。

医生看了看他的脸色，跟他解释道:“把你的肾换给妹妹，你妹妹就能活；不换，你妹妹很快就要死了！”

这次，哑巴哥哥倒是很快就领会了。他一脸沉重地低下脑袋，似乎在犹豫不决。过了一会儿，他才抬起头，朝医生重重地点了点头。医生高兴地拍拍他的肩膀，让他回去等着手术。

可让人没想到的是，当天下午，哑巴哥哥就失踪了。

整整一晚，他也没回到医院。第二天整整一天，还是没见他回来。他的行李衣服什么的都还在，带来的钱也在，看来走得很匆忙。

医生问小小："你哥哥到底去哪儿了，走的时候，跟你说什么了吗？"

小小说："他告诉我，要回家一趟！"

医生心里咯噔一下，想起了跟哑巴哥哥说换肾的时候，他的脸色并不好看。医生不禁皱起了眉头：马上就要进行手术了，他还跑回家干什么？难道他故意躲起来了？

小小又担心又疑惑地问："我也不知道哥哥为什么回家，他不识字，又没来过省城，会不会走丢了啊？"

医生自然不敢说出心里的疑惑来，怕小小伤心啊，就安慰她说："不要紧，我们派人出去找找看，一个大活人，丢不了的！"

一切都准备妥当，就等着这个肾了，可关键时刻这个"肾"居然失踪了！而病人的病又拖不起，这可把医生急坏了。

又过了一天，哑巴哥哥还是没有出现。整个医院的医生护士都知道了这件事，大家虽然嘴上不说，可心里都猜到了，哑巴哥哥一定是跑了！过去，医院也常发生这样的事，病人送来了，一听说要做手术，要换肾换肝，要几万块、十几万块的手术费，那些亲人就会突然无缘无故地消失，把病人扔给了医生，直到病人出院，也没有露过脸。可是，这个病人的情况还是很特殊的，哥哥对妹妹那么好，而且又是自己一手带大的，谁都没想到居然也会出现这个情况。大家心里都十分感叹：人哪，毕竟是自私的！

担心小小受不了这个打击，医生和护士都没有在她面前问起哥哥。可尽管这样，小小从大家的脸上也看出来了。她一下变得沉默寡言起来，脸上再也看不见笑容了，整天只是默默地掉泪。

凑巧，医院里来了位探病的记者，听说了这件事，感觉这是个好素材，就过去找到小小采访。

记者问小小："看情况，就只有你哥哥能换肾给你，可现在他失踪了，你心里怎么想的？"

小小流着泪生气地喊起来："你们乱说，我哥哥不会丢下我不管的，他一定会回来的！”

记者不敢再刺激她，结束了采访。第二天早上，这则新闻就在报上登了出来。中午，医院里涌进来很多人，都是来向小小表达关心的，还有几个人表示愿意给小小捐肾。经过检验配对，很快就确定了一位符合条件的女孩。

手术很快就要进行了，捐肾的女孩已经穿上病服，躺到了小小旁边的床上。正在这时，一个人急匆匆地挤进了病房。一看，居然是失踪多日的哑巴哥哥。

他看了看躺在床上的女孩，不由分说，上前就把女孩拉了下来，冲女孩笑了笑，然后自己躺了上去，拉上被子。大家看到这一幕，不禁都愣住了：他怎么又回来了？

小小见到哥哥，惊喜交集，迫不及待地向他打手势问话。哑巴哥哥嘴里哇哇叫着，比划着也向妹妹打起了手势。

小小怔了怔，又飞快地用手语打出一句话。就这样，兄妹俩用只有他们能看懂的手语交流了起来。可过了一会儿，妹妹突然泪如雨下，“哇”的一声扑到床上痛哭不止。

哑巴哥哥一看，慌忙跳下床走到妹妹床前，伸手轻拍着妹妹的背。妹妹扑在哥哥怀里，哭得像个泪人似的。

在场的人都糊涂了：这到底是咋回事？不过，有一点是肯定的，手术还得再推迟。

那位记者轻轻走了进去，十分疑惑地问小小：“大家都想知道，刚才，你和哥哥到底在说什么？”

小小抹了一把泪，哽咽着说：“我问哥哥，回家干什么？医院免费给咱们做手术呢！哥哥说他知道，他这几天把家里的地都种下了庄稼；怕我做手术后看不了，家里的牛和羊也都卖了；劈了一天的柴，可以烧半年；还有，水缸里也挑满水了……”

记者惊讶地问：“你哥他……为什么？”

小小脸上又是笑又是泪，说道：“我也是这样问哥哥，哥哥说，医生要把他的肾换给我……哥哥还说、还说，等做完手术，就把他在城里火化，包点骨灰回去好了，拉回去要花很多钱……”

在场的人恍然大悟：原来哑巴哥哥并不是丢下妹妹跑了，而是回家给妹妹准备好手术后的一切——他以为把自己的肾换给妹妹，自己就要死了！

记者的眼眶顿时湿了，走过去使劲握着哑巴哥哥的手，说了一句：“你是个好哥哥！”

哑巴哥哥不知道记者说什么，只是一个劲地笑。然而此刻，谁都觉得，他的笑容是那么可爱。

（**题图、插图**：佐　夫）

这是面神奇的镜子，心地不同的人照它，会有完全不同的命运……

莫莉老太的镜子

□赵慧芸 改编

本尼是一家报社的送报员。这天，他又像往常一样，来到莫莉老太的家送报纸。

莫莉老太是一个八十多岁的老人，独自住在五角大街拐弯处的一栋旧公寓里，很少与外界来往，成天与她做伴的是一只浑身雪白的波斯猫，叫乔治。

本尼摁响了门铃，不一会儿门“吱呀”一声开了。“哦，是本尼啊，进来吧。”莫莉老太边说，边转身朝里走去。

本尼也是最近才和莫莉老太熟悉起来的，他觉得莫莉老太一个人住在这间破公寓里挺孤单寂寞的，于是每次送完报纸后，本尼常会陪她聊聊天或者帮她干些活。

这会儿，莫莉老太正坐在摇椅上，眼睛似张似闭，微微地眯着，一只布满老年斑的手，有节奏地抚摸着她的波斯猫乔治。乔治正懒洋洋地趴在她的大腿上打着哈欠，时不时地发出舒服的“咕噜”声。

本尼正在帮莫莉老太往她的壁炉里添柴火，莫莉老太突然问道：“本尼，近来是不是有什么烦心事啊？”本尼有些惊讶，莫莉老太虽然足不出户，又很少与外界联系，却好像什么事情都知道一样。

本尼叹口气说：“莫莉太太，我是在为兰姆大叔担心，他前天不幸遇到了车祸，脚被撞断了，而他的儿子又丢下他不管，真不知道该怎么办。我想帮忙，可是……”

莫莉老太边听边点头，忽然起身从身后的柜子中取出了一面小镜子，递给本尼，说:“本尼，收下这面镜子吧，它可以帮助人实现任何愿望。”

本尼望着那面镜子，上面有着漂亮的金色镂空花纹，连边框也是金的，做工十分精致，看得出它是个古董。本尼慌忙说:“这东西太贵重了，我不能要。”

“收下它吧! 如果把镜面涂成红色，它照到的人就会幸运；如果把镜面涂成黑色，它照到的人就会倒霉。我想，这个镜子能帮助你。”说完，莫莉老太把镜子塞给了本尼，自己走进了里屋。

于是，本尼拿着镜子回到了家。他仔细端详着，在灯光下，镜子发出暖暖的金色光芒。本尼想，我应该把镜子送给兰姆大叔，他比我更需要它。本尼找来红色彩笔把镜子涂成红色，然后把它送给了兰姆大叔。

过了几天，兰姆大叔兴冲冲地跑来找本尼，嚷嚷道:“本尼，太谢谢你了，这面镜子果然给我带来了好运。你看，我的脚没几天就好了。还有，我的儿子娶了个好姑娘，在那姑娘的劝说下，打算把我接去他那里住呢。呵呵，这面镜子我现在没用了，你把它拿去送给别人吧，希望能帮到其他人。”

本尼收下镜子，不禁为兰姆大叔感到高兴，看来这镜子真的能实现人的愿望。

就在兰姆大叔走后的第三天，本尼收到了一封信，打开一看，里面有一张房契，还有一张小纸条，上面写着：本尼，为了谢谢你，我决定把我以前居住的那幢房子送给你。兰姆大叔。

这件事不知怎的被本尼的邻居迪克知道了。他来到本尼的家，对本尼说:“亲爱的本尼，我妈妈生了重病，你的镜子借我一下吧。”本尼二话没说，就把镜子给了迪克。

其实迪克的母亲并没有生什么病，这只是迪克为了得到镜子而找的借口。他想把镜子涂成黑色，然后送给他公司的老板史密斯先生。前天，史密斯先生因为迪克上班迟到而扣了

他的奖金，于是迪克怀恨在心，一直想找机会报复史密斯先生。

在昏暗的灯光下，迪克拿着黑色的笔在镜子上使劲地涂着，他边涂边想象着史密斯先生倒霉的样子，不禁歪着嘴笑起来。

接着，迪克把涂成黑色的镜子当作圣诞礼物送给了史密斯先生。史密斯先生拿着镜子看了看，说声谢谢后收下了。接下来的几天，迪克怀着紧张而又兴奋的心情，等待着可能发生的事情。

终于，一个星期后，迪克等来了期待已久的消息：史密斯先生在下班途中遭匪徒抢劫了。迪克听到这个消息时，心里一阵狂喜，哈哈，史密斯你这老东西，真是活该啊。

然而，事情并没有这么简单地结束，由于史密斯先生当时被抢走的包里有一份同希尔公司的合作合同，结果造成不能按时履行合约，赔给了希尔公司一大笔违约金。公司因此债台高筑，股票也开始狂跌，公司内部起内讧，很多人纷纷辞职离开。不久，史密斯先生的公司倒闭了，迪克也因此丢掉了工作。

迪克气愤地找到本尼，冲他怒吼道："什么破镜子，说什么可以实现愿望，现在我却失业了！"本尼也不知道是怎么回事，于是带着迪克去找莫莉老太。

莫莉老太用冷冷的眼光看着迪克，缓缓地说："迪克先生，难道你没听过这么一句话吗？'害人反害己'，当你涂那面镜子时，它第一个照到的人，就——是——你！"

迪克听了，顿时脸色苍白，直冒冷汗："可本尼为什么没事？"

莫莉老太说："因为他心地善良，拿镜子去帮助别人，他给镜子涂的是红色，所以他得到的是幸运。"

"哦，不……天啊，怎么会是这样？"迪克嘴里念叨着，摇摇晃晃地离开了。

莫莉老太看着迪克离去的背影，把重新拿回来并擦拭过的镜子递给本尼，说："这镜子还是应该回到它最好的主人那儿。"

（题图、插图：佐　夫）

·传闻逸事·

要命的剽窃

□范　杰

江宁城外有个长安村，据说是盛唐诗人王昌龄的故乡，村里文风昌盛，几乎代代都有通过科考入仕做官的。到了明朝末年，村里出了个叫“王秦关”的人，自打识字起就整天埋在书堆里，15岁中了秀才，乡人都说这神童前途无量。然而世事莫测，王秦关年年赶考年年落空，一直考到45岁，却连个举人也没考中。

眼见年近半百，王秦关为科考拖累得家徒四壁，只好忍痛放弃学业，另寻出路，为一家人挣口饭吃。可他除了读书，再无一技之长，凭什么挣钱？思来想去，自己有一肚子墨水，何不著书立说，卖文养家？于是他决定为老祖宗王昌龄写一本传。王秦关从小就对王昌龄顶礼膜拜，名字也是入学以后自己取的，暗含了王昌龄《出塞》诗首句“秦时明月汉时关”之首尾两字。平时读书，只要碰到有关王昌龄的资料，不管出自正史野史，哪怕只有只言片语，他都随手记录下来，所以为王昌龄立传对他来说，应该不是太难的事。

果然，王秦关很快就进入了物我两忘的状态，不管室内饥寒交迫，更不管窗外春秋更迭，呕心沥血，历时三载，硬是拿出了一部洋洋十万言的书稿。

然而光有书稿还不行，还要把它送到坊间印刷，成书上市卖了才能换来银子，王秦关家里早已一贫如洗，哪来这么多银子？这时候，他想起了一个人。谁？本家京官王加爵。

王加爵与王秦关曾在一个书馆读

书。王秦关赶考年年落空的时候，王加爵的科考之路却异常顺利，中了秀才中举人，中了举人中进士，中了进士之后就被留在了翰林院。即便后来满人入主中原，他也没有受到多大影响，依然在翰林院供职。眼下，王加爵正回乡省亲，何不利用这个机会和他说说？想到这里，王秦关携了书稿就去登门求援。

但是王秦关有所不知，王加爵向来从骨子里看不起他，认为他是死读书的呆子，所以当王秦关憋红着脸说明来意之后，他根本不相信王秦关能承担得起这样的大作来，鼻子里“哼”了一声，话中有话地说：“为老祖宗立传，可是慎之又慎的事啊！”

王秦关连连点头：“所以才恳请大哥拨冗一阅。如果大哥认为小弟考证有据，写之有理，就请为小弟的拙作作个序，并请族中赞助一些银两，尽早付梓面市。谁都知道，大哥在老族长面前说话是有分量的……”

王加爵一听，忍不住鼻子里又“哼”了一声，心说：你这呆子倒挺会拨拉算盘，又想名利双收，又舍不得花银子，天下有这么便宜的事吗？于是，他敷衍着对王秦关说：“你把书稿留下，我看看再说吧。”

然而，王加爵一打开这部书稿，就再也放不下了。他没有想到王秦关的笔头还真有些功夫，写王昌龄一生的行迹脉络清楚，写王昌龄与朋友的交往活灵活现。赞叹之余，王加爵当即决定把书稿带回北京，立即付梓上市。

时间很快就过去了一年。

王秦关天天抬着头盼啊盼，可是盼了一年也不见王加爵那里有什么动静。正心急如焚的时候，王加爵回来了，不过不是专门为这本书来，而是因为族里要重修家谱，他这个京官是被老族长特地请回来商讨家谱重修大计的。

商讨会开始前，王加爵给在座的每一位送了一本新书《王昌龄年谱》，嘴里还连连说着：“请指教！请指教！”正在这时，王秦关来了。王秦关在族里好歹也算是个落第秀才，老族长认为他抄抄写写还不错，可以为重修家谱出些力，就把他也请了来。王加爵没料到王秦关也会来，愣了愣，脸上的表情有些不自然。

王秦关起初还没在意，忽然瞥到别人手里正在翻看的新书，凑上去一看，竟然就是自己的心血之作，印制装帧十分考究。新书终于出来了？他激动万分，正要朝王加爵磕头谢恩，却突然从旁边一位族人刚合上的书皮封面上发现，署名处竟印着“王加爵”三个字。啊？这家伙居然把自己的心血之作窃了去？王秦关顿时怒火攻心，冲上去一把扯住王加爵的衣服，要他说个明白。

参与家谱重修的都是族里的头面人物，他们怎么能容忍一个落第秀才在祠堂里撒泼，对京官如此粗暴无礼？于是根本不由他分说，老族长就把他赶出了祠堂，并宣布从此不得再参与重修家谱之事。可怜王秦关有冤无处诉，出了祠堂就吐血，回家后一病不起。

眼见王秦关被赶出了祠堂，为了永绝后患，王加爵故意对老族长说："这样的败类，辱没了先人，也辱没了全族，留他何用？依我看，不如把他清出家族，还族里一个清白！"以王加爵的地位，他在族里说话自然是一言九鼎，于是趁着重修家谱的时机，王秦关就被永远开除出了这个王氏家族。

时间又过去了半年，王加爵剽窃王秦关而来的《王昌龄年谱》，终于被送到了大清皇帝顺治的手中。不过，这可不是他要去邀功请赏，而是有人要借此弹劾他。他们说王加爵居心叵测，居然明目张胆地要反清复明，证据就是印在《王昌龄年谱》上的那首《出塞》诗："秦时明月汉时关，万里长征人未还。但使龙城飞将在，不教胡马度阴山。"他们说，秦朝、汉朝都是汉人统治的盛世，秦始皇、汉武帝更是汉人皇帝的佼佼者，而"胡"指的是胡人，当然也包括满人，是自古以来中原汉人对北方少数民族的蔑称；王加爵在清朝开国之初就为王昌龄这个边塞诗人写传，又把这首诗印在醒目位置，其用意十分明显，那就是怀念汉家天下，号召汉人推翻满清统治——"不教胡马度阴山"。

顺治皇帝对此自然是龙颜大怒，挥笔就写下"灭九族、斩立决"的御批，拿王加爵的脑袋开了清初文字狱的先河。王加爵万万没有想到，这次

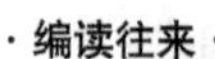

编读往来：你的问题我来答

辽宁读者陈原： 7月下《揭画》讲了一个字画收藏的故事，我很感兴趣，请问真有“揭画”这样的事吗？

绿版编辑部： 有这样的说法，可参见《红楼梦》。《红楼梦》有一回说道：……只见那画笔墨停匀，线条飘逸，且以精绢折边，上等的四连纸覆背，牙轴玉签，十分光洁可爱。据说此画出自唐寅之手，众人听了啧啧称羡，只是惜春不以为然，她认为这是一幅“揭画”。宝玉也趁机解释道，他从前也听说过“揭画”的行当，说是用比绣花针还细的针尖儿挑开丝薄的一层，重新用同色的绢纸托墨覆背，便可再造一幅一模一样的画儿出来。惜春说：“正是功夫都用在装潢上了。你们细看这纸的毛边儿，这印章，都轻薄虚浮，底气不足，所以才要费尽了力气去矫饰，炫人眼目，这覆背裱纸倒是原先的，因此我知道他是揭了表皮，再重新熏过出色的。”虽说是文学作品，可能有虚构的成分，但里面毕竟有社会现实的反映。

浙江读者艾莳沐： 我非常喜欢贵刊的“游戏空间”栏目，可以在看故事的同时锻炼一下自己的思维。在6月下“世界500强面试题”中有道“饮料促销”的题目，你们给出的答案是19瓶，但是我觉得只要18瓶就可以了。方法是：18瓶饮料喝完以后可以再换6瓶，6瓶还能再换2瓶，这样一共是26瓶外加2个空瓶，然后问店老板借1瓶，喝完以后就集齐了3个空瓶，这样又可以换一瓶，然后把借的那瓶还给店老板。这样一共只需要买18瓶就可以了。

绿版编辑部： 谢谢您。这道题目刊出后，有很多读者来信来电和我们探讨这道题目的答案。实话说，在最初刊登这道题时，这样的答案我们也考虑过，可是从老板追求“利润最大化”的角度来看，借1瓶饮料似乎有难度。但这毕竟是一道智力题，正如有的读者朋友所说的“智力题要用智力的方式来解决”，我们现在还是比较认可“18瓶”这个答案。因此，特将您的来信刊登出来，供大家参考，并借此机会向所有关心“游戏空间”的读者朋友表示感谢，欢迎大家继续关注这个栏目。

（本栏目欢迎读者提供新鲜活泼、有代表性的问题，一经采用，即致薄酬。）

剽窃会给自己带来灭顶之灾，事已至此，也只有引颈受戮了。

受命执行灭族任务的满人官员，带兵包围长安村之后就把老族长带到祠堂，逼他按《家谱》上的人挨个点名，点一个杀一个。杀到最后，村里只剩下王秦关一家了，因为当年重修家谱的时候被开除，所以家谱上根本没有他的名字。王秦关因祸得福，一家人的性命就此保住。那满人官员看看空空荡荡的村子，又看看村外大片的土地，想了想，竟信口将病恹恹的王秦关委任为长安村的村长，让他招募流民，管理耕作，负责为朝廷完粮纳税。

王秦关死里逃生，终身不敢再提自己《王昌龄年谱》书稿被剽窃之事，一心一意打理土地，最终富甲一方……

（题图、插图：黄全昌）

剁你的指头

□叶林生

在永昌菜场，肉摊的阿春和鱼摊的文文既是隔壁邻居，又是一对小情人，他们经常开玩笑。

有一天闲着的时候，文文蹭在肉摊前瞪大两眼，盯着阿春那十根健实而灵巧的手指，看得出了神。忽然，她伸手要阿春手里的斧头刀。阿春问："你要它干啥呀？"

文文把手往砧板上一放，歪着脑袋笑笑说："我呀，想拿它剁你根手指头。你敢不敢放上去？"

"剁我手指头？"阿春抬起头也乐了，"行，你剁吧。"他满不在乎地将刀给了文文，顺手还捋了捋砧板上的杂物，然后笑着伸出右手的食指就往上面一按："来，你剁呀？"

文文调皮地举起刀子："哼，那我剁啦？"阿春昂首挺胸："剁吧，我看你舍得？"

文文说"你可别缩手哇，我真的剁啦？"阿春朝她眨眨眼："你剁，我保证不缩手。"

"好！"文文笑了一笑，锋利的刀子就"嚓"地落了下去。待阿春的手巴掌抬起时，右手那根食指已经落在了砧板上，像是一截抖动着的蚯蚓！

阿春傻了："你、你当真砍下来了？"文文吓得脸刷白，一把扔掉刀子，结结巴巴地说："我，我以为你会……你为什么不缩手呀？"阿春痛得捂着手直抽凉气："我以为你、你不会真的剁下来的呢。"

唉，啥也不用说了，文文赶紧包好那根断指，陪着阿春叫车直奔医院。好在大夫的断指再植技术很高明，由于处理及时，手术很成功，那断指给接活了。半年后，阿春又在卖肉摊上抄起了刀，那根指头居然跟从

前没什么两样。

这一天，文文忙完了活儿来到阿春的肉摊前，两人又提起那回剁了手指的事儿。说着说着，不知咋的阿春忽然心血来潮，对文文眨眨眼道：“哎，我这根手指头，现在要是再给你剁，你还敢不敢剁了？”文文几乎连想都没想，说道：“敢！”她坏坏地盯着阿春反问：“嘿，你呢？你还敢不敢再伸出手指来了？”

“哼，我怎么不敢？”阿春说着就将手里的刀子朝文文跟前一丢，依旧捋捋杂物，伸出右手那根食指按在了砧板上：“来，我看你再剁，你再剁呀？”“真的？”文文抓起刀子晃了晃，“嚓”地往下一砍，阿春惊得抬起手，那根食指又像上次一样落在了砧板上！

“你……”文文懵了，“你怎么还是不缩手呀？”阿春抖着右手直跺脚：“我以为这次，你肯定只是吓唬吓唬我的……”文文心疼地抹着泪珠儿：“我还以为，这次你肯定要吸取上次的教训哩……”

哲学先生评曰：阿春的手指为什么两次被剁？有人说阿春傻、文文呆，有人说是青年人开玩笑没掌握好“度”……好像都有道理，又好像没说到点子上。仔细想来，我认为根本问题是爱情哲学在作怪。为什么？因为一方面，爱情能使人盲目，使人重复“犯错误”；另一方面，爱情也能教人学会宽容，让人用超常心态抚慰痛苦。（**题图**：谭海彦）

在麻坛上，最低级的作弊者，称为赖子；技术高的，称为老千；技术更高一点的，称为大老千；作弊达到出神入化的最高境界之人，便会被大家称为“麻仙”……

赌场无间道

□清 明

1. 夜救

赵清源喜欢打麻将，也爱作弊，只是作弊的手法拙劣，无非也就是偷牌换张，装作东西掉地下，弯腰去捡，趁机偷看别人手里的牌等等，经常被人发现。所以，像他这种人，只能算是个赖子。

这天晚上，赵清源和往常一样，又在家附近的麻将馆里输了个口袋溜光，正垂头丧气地往家走。突然，他发现前面地上有一团黑影，赶紧走近一看，原来有个人脸朝下躺在地上。

这个人莫非是喝醉了酒？赵清源一边想着，一边伸手去翻这个人的身子。这一翻开身子，把赵清源吓了一大跳。这是一个看上去六十来岁的老人，脸色乌紫，嘴边还挂着一长串白沫。

赵清源虽然嗜赌如命，但心地还算善良。他当即背起昏迷着的老人，一溜小跑地将老人送进了医院。

送进医院得交医疗费，可赵清源翻遍了老人的口袋，除了找到一包香烟、一把零钱和两张银行卡，便别无他物了。联系不上老人的家属，老人又昏迷不醒，银行卡里的钱取不出

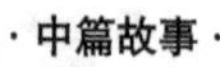

来，最后实在没招了，赵清源只好给妻子江晓蕾打电话，让她把明天进货用的三千块钱送来救急。

江晓蕾这人，对丈夫打麻将管不住，但良心特好，听了赵清源的诉说，便匆匆起床，奔向了医院。

十多分钟后，江晓蕾替老人交上住院费，老人推进了急救室。

抢救手术一直进行到凌晨，一位大夫从急救室里出来，说“病人已经被抢救过来了，患的是脑溢血，要是再晚抢救几分钟，后果不堪设想。现在刚进行完手术，病人过些时候才能清醒。”

赵清源两口子折腾了大半夜，到这时才松了口气。他家开了一间烟酒店，江晓蕾先要去开门做生意了，留下赵清源一个人守在医院里。这时，护士又来催促赵清源去交医疗费。

赵清源以为护士搞错了，理直气壮地说：“昨天晚上不是刚交了三千块吗？”

护士说“用完了，抢救时用的全是好药，那三千块早就没了，你得再交三千块。”

“什么？还得交三千？”赵清源吃了一惊，说，“是这样的，护士小姐，这老头儿跟我非亲非故，我都已经替他交三千了，剩下的医疗费，你们能不能等他醒了，让他来交？”

护士冷冰冰地说“我们不管，如果你不替他交钱，我们就停药。”

赵清源有些火了：“你们医院怎么这样呢？这不是救死扶伤的地方吗？你们怎么能说出这种话来呢？”

护士也提高了嗓门，说“我们怎么啦？医院又不是慈善机构，病人不交钱，我们总不能拿自己的工资往里垫呀！”

两个人正争执着，躺在病床上的老人痛苦地哼了一声，醒了。

赵清源赶紧说道“哎哟，我的老爷子！你可总算醒了，人家正要钱呢，卡里有钱没，快交出来。”

老人刚醒，还没明白怎么回事，只是盯着赵清源看。

看到老人没明白什么意思，赵清源便从头到尾将昨晚发生的事情详细讲述了一遍。

老人听后，说：“小伙子，谢谢你救了我的命，我兜里有银行卡，你帮我拿过来好吗？”

赵清源帮老人找出银行卡，老人伸出微微颤抖的双手，抽出一张交给赵清源，说：“小伙子你再帮个忙，这卡里有一万块钱，我把密码告诉你，你去帮我取出来，行不行？”

赵清源爽快地答应了。

中午，江晓蕾到医院送饭。在服侍老人吃饭的时候，江晓蕾得知，老人孤苦伶仃，没有什么亲人，昨晚睡到半夜，觉得胸口发闷，便想出来散散步，谁知，刚走了一小段路，便摔倒在地，不省人事了。听了老人的话，江晓蕾动了恻隐之心，便劝慰老人说：“大爷您放心养病，我们两口子也不太忙，可以轮流过来照顾您。”

后来，赵清源两口子又得知，这位老人姓萧，名叫萧环山，老家在东北，年轻时来到了南方，便一直没有回过老家。萧大爷年轻时结过一次婚，可后来妻子因病去世，萧大爷没有再续弦，孤身一人度过了半生。

老人在医院里住了一个多月，赵清源夫妇耐心地侍候了老人一个多月。后来，老人身体康复了。办理完出院手续，走出医院大门的时候，老人突然停下脚步，对赵清源夫妇说：“小赵、小江，你俩跟我非亲非故，我不能白白让你俩侍候我这个糟老头子一个多月，我得报答你们。”

赵清源一听萧大爷的话，怀里像揣了只兔子似的怦怦乱跳。他想，萧大爷一定是要给自己些钱，不知能给多少呢？

“大爷，千万别说这种客气话，什么报答不报答的，我们可不是冲着这个才照顾您的。”江晓蕾接口说，“咱们能认识，这就叫缘分，我们两口子不缺钱花，您的钱留着养老用吧！”

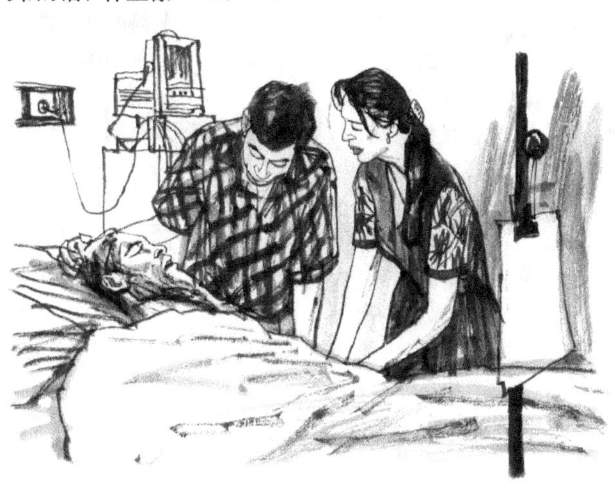

赵清源见妻子这样说了，尽管心里不情愿，但也只好顺着妻子的话说：“是啊，萧大爷，我们不缺钱，不需要您的报答。”

“谁说要给你们钱了？”萧环山笑着说，“赠人千金不如教人一技，千金总有花光的时候，可是只要有一技在手，便可以一生一世吃喝不愁。”

赵清源一听老人不是要给自己钱，顿时大失所望。

不过，江晓蕾倒是来了精神，说“那敢情好，我们家清源呀整天游手好闲，我正巴不得让他学门技术，好干点正经事儿呢！”

萧环山笑了：“我这门技术呀，说起来还只有游手好闲的人才能学得会。”

赵清源被萧环山的话给逗乐了："什么技术？"

萧环山笑眯眯地说："打麻将。"

"大爷您开什么玩笑，现在我都管不了他了，天天打麻将，不把钱输光都不肯回家，"江晓蕾急了，"他学啥都行，就是不能学打麻将。"

赵清源边笑边说："大爷真是会开玩笑，打麻将还用得着学？一看就会的玩意儿。"

"我没有开玩笑，"萧环山很认真地说，"你打麻将总是输，那是因为你不会打麻将，你要真正学会了，情况可就不一样了。"

赵清源一听，眼睛顿时亮了，试探着问道："莫非……莫非您老人家就是传说中的麻仙？"

萧环山笑而不答。

2. 学艺

赵清源开始拜师学艺了。

江晓蕾虽然反对，但架不住赵清源的软磨硬泡，再加上听萧环山把打麻将说得神乎其神，心里也有些好奇，于是索性由着这一老一少去胡闹，不再管他们。

学艺之前，萧环山首先告诫赵清源两条戒律：第一条是不可恃技自傲，山外有山，天外有天，越是身怀绝技，越是要低调，否则后患无穷；第二条是不可贪心过重，见好就收，贪念过重必定会引火烧身。

对于这两条戒律，赵清源自然是满口答应，萧环山这才开始教他打麻将的技艺。

所谓打麻将的技艺，说一千道一万，无非还是个作弊。但是，萧环山教给赵清源的作弊手段却远不是偷牌换张、钻桌子看牌等下三滥的招数。

一副麻将牌，除去花牌，总共一百三十六张。这一百三十六张牌的码放过程中，可以演变出若干种变化来，但只要用心观察和计算，便会从中发现一定的规律来，这就是所谓的"牌性"。打麻将的最高境界，就是计算"牌性"。

如果能掌握"牌性"，在码牌、掷色子之时，只要稍作技术练习，便可以做到想要什么牌，就来什么牌。

当然，要算清这一百三十六张麻将牌的"牌性"的确是桩苦差事，幸好赵清源在这方面天生就有灵性，一学就会，一教就懂。就这样，过了一段时间，赵清源打麻将的技术也可以算得上是略有名堂了。

这一天，赵清源决定到附近的麻将馆里小试一下牛刀。跟赵清源同桌竞技的三位麻友都是"大牯牛"，对作弊的技巧一点都不懂。赵清源心想，好歹自己跟着师父学了半年多，要赢这三头"大牯牛"还不是小菜一碟？

可是，真下了场子，情况远没有赵清源想的那么简单。跟师父学艺时，师父在洗牌、码牌、掷色子等环节上动作做得很慢，并且一边做一边跟赵清源讲解，所以赵清源才能做到心中有数，手到牌来。但现在真到了牌桌上，这三头“大牯牛”洗牌时稀里哗啦一阵乱推、乱搓，赵清源别说算“牌性”了，连眼睛都不够用了，看都看不过来，哪儿还有心思去算计？

如此几圈打下来，萧环山传授的麻将技术，赵清源愣是一招都没用上，最后输得急了眼，赵清源只好又用起了过去常用的下三滥招数。结果，赵清源作弊不成，被牌友发现，三个牌友当场将赵清源按倒在地，要不是新近认识的一个叫陈四的麻友，在旁边全力劝阻，赵清源这次非头破血流不可。

经过这场大败之后，赵清源不由对萧环山的“麻仙”身份产生了怀疑，便去找萧环山，埋怨他教的麻将技术全是花拳绣腿，中看不中用。对此，萧环山微微一笑，也不解释，而是带着赵清源又去了附近那家麻将馆。

说来也凑巧，萧环山领着赵清源一进麻将馆，便又遇到了那三头“大牯牛”。那三人见赵清源又来打麻将，便对他冷嘲热讽。赵清源想要还嘴，却被萧环山摇手制止。

“三位朋友，我这个小徒弟不懂牌场上的规矩，前几天来这里丢人现眼了，”萧环山笑眯眯地说，“今天我带他来，一是向各位赔礼道歉，二是想跟各位再到麻将桌上切磋一下。”

赵清源不知道，这三个人原来并不是“大牯牛”，而是一伙儿的。打麻将之时，他们互相使眼色、打手势，合起伙来作弊，专骗赵清源这样的冤大头。此时，这三人一听萧环山主动送上门来，要跟他们较量牌技，不由心头暗喜，互相一使眼色，便乐呵呵地答应下来。

行家一出手，便知有没有。萧环山一下场子，情形便与赵清源截然不同了。只见萧环山气定神闲，掐指默算，谈笑之间有如神助，想要什么牌，

伸手便能摸来。一时间是连连坐庄，使得三位同桌愁眉苦脸，一个劲儿骂娘。

在一旁观战的赵清源，心里那叫一个美。

一圈牌还没有打完，三位同桌口袋里的钱便被萧环山赢了个精光。身上没了钱，这三人只好连声骂着“邪门”，无可奈何地摇头认输。

直到此时，赵清源才算是真正见识到了“麻仙”的手段，从此心悦诚服，安心跟着萧环山苦练麻将技艺。

话说赵清源跟着萧环山学艺整整一年之后，这天，萧环山突然告诉赵清源，他可以学成出山了，从今以后，不用再来找自己学习打麻将了。最后还特意告诫赵清源:“小赵，你只要牢记我曾经说过的那两条戒律，便不会惹出什么麻烦，还可保你吃喝不愁、一生平安。”

赵清源认真地点头答应，这才恋恋不舍地离开了萧环山的家。

自从学成出山之后，赵清源夫妻的生活渐渐宽裕起来。赵清源赢的钱越来越多，夫妻俩便卖掉了原先居住的小房子，在市中心买了一套大房子。这时，江晓蕾便劝赵清源收手:“打麻将终究不是个正经事，趁咱们手里还有些积蓄，不如拿出来开个饭店，只要咱好好干，还愁赚不来大钱？”

但是此时，赵清源正享受着打麻将所带来的快感，江晓蕾的话他哪里能听得进去？

3. 大庄

刚开始出来打麻将的时候，赵清源还谨记着萧环山的嘱咐，始终未触犯那两条戒律。但随着时日渐久，赵清源的打麻将技术日渐成熟，他不免滋长出一些骄傲的情绪来。渐渐的，萧环山嘱咐的那两条戒律便被赵清源抛在了脑后。此时的赵清源已经没有了在小麻将馆里打牌的兴致，一晚上大不了千八百块的输赢，实在提不起劲来。这一天，他听麻友陈四说，附近有一家地下黑赌场，那里面赌得很大，一把就是几万块钱的输赢。

赵清源听了，顿时来了兴趣，马上缠着陈四替他牵线，他要去大赌场里试试水。陈四答应了。

赌场的地点很神秘，只有在每天晚上才开放。参赌的人，首先要经过严格的身份检查，其次要在晚上八点钟之前，赶到百乐门大舞厅的后门会合，坐上一辆窗帘紧闭、没有牌照的大巴车，并且还要戴上特制的眼罩，然后司机才会开车带他们去赌场。

汽车弯弯曲曲一路颠簸，开了一个多小时，才到达了这所地下大赌场。

赌场里的装修非常简陋，但是地方很大，大厅足有一千多平方米，还有大大小小的包间。

赵清源头一次来到这里时，还比

较谨慎，打牌的时候故意有输有赢，一晚上下来，只不过才赢了一万多块钱，丝毫没有引起别人的注意。

来过几次之后，赵清源发现这里虽然赌得极大，但并没有什么高手，想来都是些有钱没处花的大款。赵清源想，遇到这种“菜鸟”，不狠狠地宰他们一把，简直就是犯罪。于是，赵清源渐渐地开始放开手脚，大把大把地赢钱。最厉害的一个晚上，竟然赢了十多万。

赵清源终于引起了大庄的注意。大庄也就是赌场里的老板，是个神秘人物，没有人知道他的出身来历，就连赌场里的工作人员都不知道。

他年纪不大，看上去顶多也不过四十岁。他长得很清秀，文质彬彬，经常穿着一件很随意的夹克衫，戴一副很普通的宽边近视眼镜，乍看上去，就像是一位中学教师一样。

在赌场里一个隐蔽的房间里，大庄面对着监视屏，问身边的人：“你们看清他的手法了吗？”

站在大庄身旁一位穿了一身黑西服的人犹豫不决地说：“看……看不大出来，好像是这小子运气特别好。”

大庄冷冷地说：“你相信一个人的赌运会一直这么好吗？”

黑西服吞吞吐吐地说：“这个……这个好像不太可能，不过……如果他是出老千，手上一定有动作，可是我们观察了他好几天，始终没发现他手上有什么特别的动作。”

“笨蛋，”大庄冷冷地说，“你要是观察他的手，你一辈子也休想看出诀窍来。”

黑西服不解地问：“那……那诀窍在什么地方呢，老板？”

“在他脑子里，”大庄缓缓地说，“出老千的最高境界就是算‘牌性’，他现在用的就是这一招，一百三十六张麻将牌，全都印在了他脑子里。”

“妈的，这小子是什么来路？竟然敢到咱们场子里来捣乱，”黑西服说，“老板，我找几个兄弟，把他给做了，怎么样？”

“扯淡，敢开赌场就不能怕人家出老千，牌桌上的事情只能通过牌桌来解决，”大庄若有所思地说，“况且，这个人所使的这种招数，一般人根本不会用，除非……除非他跟传说中的那个东北麻仙有什么关连。”

4. 设局

这天，赵清源正摸着牌，忽然一个穿黑西服的人走过来跟他搭讪：“朋友，我看你手气挺顺，想不想玩点儿更大的？”

赵清源不动声色地反问：“你们这里还有更大的？”

黑西服说“当然，我们这里专门设有贵宾室，那里边玩儿可比这些大多了。”

“是吗？”赵清源有点动心了，说，“玩不玩再说，先过去看看也行。”

黑西服彬彬有礼地说：“非常欢迎。”

贵宾室里的装修明显要比外边豪华气派得多，墙上挂着洁白的阿富汗壁毯，屋顶悬挂着菲律宾水晶吊灯，欧式的落地窗紧闭着，遮了一层厚厚的白色天鹅绒窗帘。

贵宾室的麻将桌前，坐着两个肥头大耳、一脸蠢相的胖子，加上这个带他来的黑西服，一共是四个人，正好凑够一桌。

赵清源并没有急着坐下来，而是略怀戒心地问：“玩多大的？”

黑西服说：“五毛钱一张，行吗？”赵清源知道，在赌场上，通常所说的一毛就是一万。

赵清源满不在乎地说“好哇，这才够刺激。”

“是啊，是啊，输赢无所谓，最重要的是够刺激才行。”肥胖子傻笑说。

漂亮的服务小姐端着金灿灿的托盘，将各色筹码均匀地分送到了四个人的面前。接下来，牌局开始了。

一开始，赵清源打得还算顺利，一切都在掌控之中。其他三个人手里的筹码越来越少，而赵清源面前的筹码堆成了小山。赵清源在心里粗略地估算了一下，至少赢了一百多万。

打到第四圈的时候，黑西服抬腕看了一下手表，说：“已经三点了，咱们再打最后一圈，这样吧，反正手里还有这么多筹码没输完，索性全都输给赵兄得了，咱们再加大一倍筹码，怎么样？”

两个胖子也全都答应，说“反正输赢也无所谓，越刺激越好。”

赵清源犹豫了一下，也答应了。赵清源之所以敢答应，那是因为几圈打下来，他已经发现，同桌的这三个麻友虽然出手大方，但打起麻将来全是“菜鸟”。跟这种人打牌，赌注再大也不用怕。

可是，第四圈一开打，赵清源便发现自己上当了。

这三个人的牌路一下全变了，坐在他上家的黑西服突然开始憋他，赵清源出什么牌，黑西服便喂他什么牌，而坐在赵清源下家的胖子又拼命地用好张去喂另一个胖子。于是，牌局的形势开始急转直下，坐在赵清源对面的胖子开始把把和牌。

直到此时，赵清源才一下子明白过来。原来，这三个人是一伙儿的，这是联合起来要整他。

赵清源把面前的麻将牌一推，说："朋友，你们要是这样，咱们可就没法玩儿了。"

"你什么意思？我们怎样了？"黑西服的脸色一下变得极其难看，说，"打牌随心意，我们想怎么出牌就怎么出，你管得着吗？"

赵清源愤愤地说："好，我管不着，我不玩儿了总行吧？"

"不行，必须打完这一圈才能起身，这是牌桌上的规矩。"坐在赵清源对面的胖子阴森森地说。

赵清源无奈，只好又坐了下来。

这一坐不要紧，赵清源对面的胖子竟然连坐二十多把庄，赵清源面前的筹码输了个干干净净。

赵清源铁青着脸说："按照牌桌上的规矩，筹码输光了，这下总可以不玩了吧！"

"好，可以，"黑西服微笑着指挥一个胖子，说，"把兑换筹码的小姐喊来，让这位赵兄掏钱。"

赵清源粗略估算了一下，这一晚上，大约输了一百多万元。赵清源不由有些懊恼，暗骂自己糊涂，中了人家的暗算。

这时，服务小姐进来了，只听她轻声细语地对赵清源说："先生，您输掉的筹码一共是一千两百万元。"

赵清源仿佛是听到了一声惊雷似的，吓得一下就从椅子里蹦了起来。"什么，多少？"赵清源一脸惊骇地说，"不是五毛钱一张吗？"

"是五毛呀，"服务小姐笑眯眯地说，"贵宾室里的五毛跟外面大厅里的五毛不一样，外面一毛是一万，贵宾室里一毛是十万。"

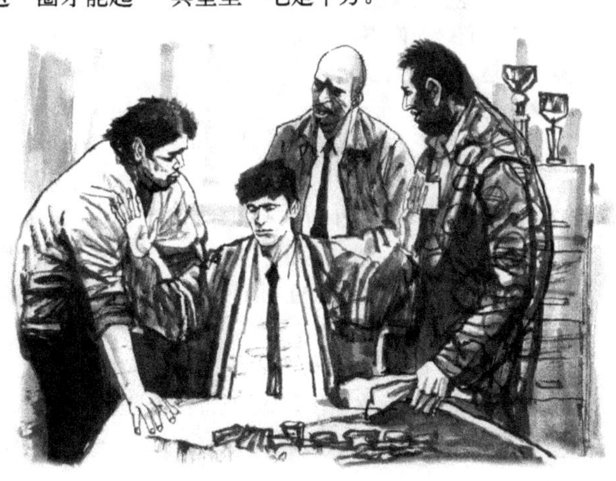

赵清源急了，开口就骂："妈的，你们摆明了要玩儿我！"

黑西服阴沉着脸说："嘴巴放干净点，谁玩儿你了，这是这里的规矩，不信你找外面那些老顾客打听打听，他们全都知道。"

5. 圈套

天刚蒙蒙亮，江晓蕾便接到了赵清源的求救电话："喂，媳妇快救救我。"

江晓蕾一头雾水地问："怎么了清源，出什么事了？"

"我赌钱输了，现在被人扣押起来了，他们让我打电话给你，"赵清源在一间黑漆漆的小屋子里，拿着手机，垂头丧气地说，"你去请萧大爷来，只有他能救我。"

江晓蕾焦急地问："你输了多少钱，咱们给他们不就得了？"

赵清源结巴着说："给不起，我……我输了一千多万。"

"天呐，"江晓蕾发出一声惊叫，"你疯啦！"

"不是的媳妇，他们……他们合起伙来骗我。"赵清源压低了声音说。

在一旁监视赵清源的黑西服突然恶声说："少废话，谁骗你，再这么说小心老子打掉你的狗牙。"

"是是是，不敢了，"赵清源忙说，"媳妇，你别问了，快去请萧大爷吧，可千万别报警，他们说你要是敢报警，就会杀了我。他们只是想跟萧大爷赌一把，无论输赢，都会放我走的。你请来萧大爷后，去找陈四，他知道什么时间，到哪里坐车。"

放下赵清源的电话，江晓蕾不敢怠慢，直奔萧环山的住处。

"萧大爷，这一次你一定要救赵清源的命，否则……否则便没人能救他了。"一见到萧环山，江晓蕾便流出泪来。

萧环山问："到底发生了什么事？慢慢说。"

接着，江晓蕾便把赵清源打电话说的事情详细地描述了一遍。

萧环山听完，拧紧了眉头，半天不语。

江晓蕾哀求道："萧大爷，你可一定要救救清源呀！"

"我早告诫过他不可恃技自傲，不可贪心不足，可是显然他根本就没放在心上，所以才会惹出这么大的麻烦，"萧环山拧着眉头说，"现在人家是来者不善，即便我出面，也未必能救得了他。"

"您可千万不能不管呀，当初，我就不同意他跟您学打麻将，可是你们两个，一个执意要教，一个执意要学，现在学出了麻烦，您可不能不管。"

萧环山摇着头，叹着气说："放心吧，你们两口子救过我的命，这个事我一定会管。"

陈四很快便联系上了。但陈四有个要求，让萧环山带他一块儿去赌场，他要亲眼见识一下这场难得一见的赌神大战。

入夜的时候，陈四已经替萧环山跟赌场接上了头，按照赌场的指示，陈四带着萧环山来到百乐门大舞厅后门，有一辆黑色奔驰轿车早就在那里恭候他们了。萧环山与陈四上了车，戴上眼罩，便直奔地下赌场而去。

牌局依然设在贵宾室里，不过牌桌上的人却换了一半。那两个胖子还在，不过黑西服的位置上却换成了穿夹克衫的中年人。黑西服垂着手，小心翼翼地站在夹克衫的身后。

赵清源精神委靡、满脸惊恐地缩在墙角，看到萧环山进来，仿佛见到了救苦救难的观世音菩萨一样，眼里流露出兴奋的光芒。

“坐吧。”夹克衫文质彬彬地一伸手，示意萧环山坐下。

萧环山人还没有入坐，先问规矩：“怎么赌？”

夹克衫胸有成竹地说：“这里你年纪最大，规矩由你定，怎么样？”

“好，那我就不客气了，咱们就玩推倒和，不论大小牌，一把定输赢，好吗？”萧环山知道宴无好宴，局无好局，如果能够速战速决那是最好，否则时间一长，难免会有闪失。

“爽快，麻仙果然不愧是麻仙，一把定输赢，有气魄，就这么定了，”夹克衫不动声色地说，“不过，规矩你定，赌注要由我来定，你要是赢了，你就可以带着赵清源平安离开这里；但你要是输了，赵清源可以走，你却得留下一双手。”

萧环山沉吟了一下，沉声说：“好，我赌了。”

萧环山坐下，开始缓慢地洗牌。萧环山虽然老了，但是他的那双手却依然干净、稳定。

牌已经码好，色子也已掷出。这一把，由萧环山做庄。萧环山抓牌的手，伸出去很缓慢，但非常坚定有力，仿佛他要去抓的不是麻将牌，而是敌人的咽喉。

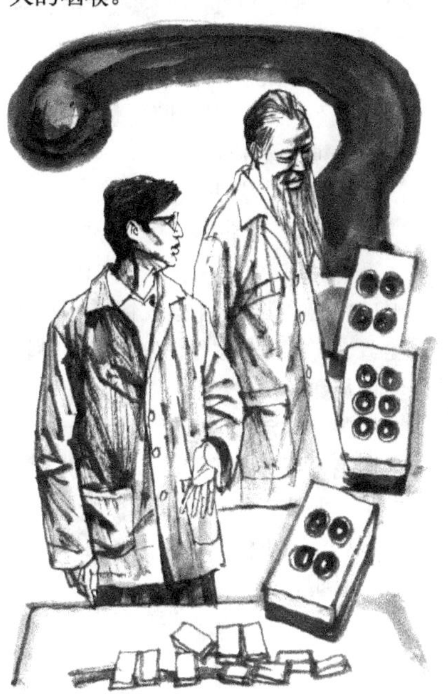

十四张麻将牌抓完了，萧环山却迟迟不肯出牌。坐在萧环山下家的胖子忍不住了，便催促说："你还打不打？赶快出牌呀。"

萧环山笑了，说："我好像是抓了一把天和牌，不用再出了。"说着，萧环山缓缓地将手中的麻将牌一齐推倒。只见萧环山手里这把牌分别是四五六筒、五六七条、七八九万、三个红中、一对二万。

贵宾室里发出一片啧啧惊叹声，除了大庄，其他人不由全都看直了眼，就连赵清源也在心中惊叹："麻仙不愧是麻仙，就凭这一手，恐怕自己一辈子都学不会。"

萧环山缓缓地说"不好意思，虽然是把小屁和，但终归还是和牌了，人，我可就要带走了。"

"慢着。"大庄一摆手说。

"怎么？莫非你想反悔？"

"男子汉大丈夫，一诺值千金，说出口的话，我当然不会反悔，"大庄微笑着说，"可是，你看仔细了，这把牌，你可是诈和。"

"不可能……"萧环山这句话还未说完，便张大了嘴巴，再也说不下去了。那是因为，他忽然看到了一件不可思议的事情，在他推倒的这副牌里，明明有一张四筒、一张五筒、一张六筒，可是现在那张五筒竟然不翼而飞了，而是变成了一对四筒加一张六筒。

"按照牌桌上的规矩，诈和要赔三家，"大庄得意地笑着说，"所以，这把牌输的不是我们，而是你！"

6．真相

萧环山的脸色顿时变成了一片死灰。"愿赌服输，我输了，这双手你可以随时拿走，"萧环山一脸戚色地说，"不过，我还是想知道，我的那张五筒为什么会变成四筒，不知可否相告？"

大庄得意地大笑道："说穿了很简单，那是因为在这副麻将牌上，我想把哪张牌变掉就随时可以变掉。"大庄说着，手腕一翻，掌心里露出一个烟盒般大小的遥控器来。

只见大庄轻轻一按遥控器，萧环山面前的那两张四筒的中心部位突然便多出一个圆圈来，于是四筒变成了五筒，大庄再一按遥控器，萧环山面前那一对二万牌上方突然多出了一杠，于是二万变成了三万。

赵清源扑过来说："你……你耍赖，这把不算。"

"退下，"萧环山阴沉着脸说，"既是赌博，又有几个不耍赖的，我们不也是一样吗？人家技高一筹，萧某人今天输得心服口服。"萧环山说着，将双手缓缓地放到桌子上，说，"手在这里，拿去吧！"

大庄的脸色变了，不再是得意的

神情，而是变得有些怪异，既像是有些兴奋，又像是有些痛苦，还有一些迷茫和无助。

“刀！”大庄从牙缝里冷冷地挤出了一个字。

站在大庄身后的黑西服马上从怀里掏出一把又窄又锋利的西瓜刀来，交给大庄。

赵清源闭上眼，流出泪来，祸是他惹出来的，现在他实在无颜去看这残忍的一幕。

“等待这一天，我已等了三十八年，”大庄眼睛里闪出深邃的痛苦之色，仿佛是在喃喃自语地说，“你终于也有了今天。”

“你是谁？”萧环山诧异地问，“三十八年？你我之间难道曾经有什么过节？”

“你当然不会认识我，”大庄发出了一串近乎疯狂的笑声，“因为我一出生，你便抛弃了我和我母亲。这些年来，为了找到你，我遍访天下赌场，练就了一身的赌艺，也闯出了一个赌王的名号，我练赌术、开赌场，目的就是为了找到你，替我死去的母亲报仇。”

“你……你是麟儿？”萧环山的声音有些颤抖了。

“你总算想起我来了。”

萧环山一下站起来，眼里涌出了两行老泪：“你真的是我的麟儿？”

大庄狠狠地说：“我不是你的麟儿，从三十八年前你抛弃了我们母子那天起，我便不再是你的儿子。”

“你错了，孩子，我根本就没想过要抛弃你们母子俩，”萧环山流着泪，摇着头说，“是你母亲……她不想再见我了，因为……因为我伤透了她的心。”

大庄愣了。

“她一直反对我打麻将，可是……可是我始终无法戒掉麻将瘾，”萧环山喃喃地说，“就在你出生的那天晚上，我还是没肯在家陪陪你妈，而是跟着几个牌友，烂赌了一夜，从那一天起，你母亲便对我彻底绝望

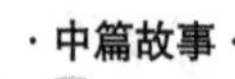

了，在你刚刚满月的时候，她便抱着你不辞而别。直到那时，我才突然明白，在我的生命里，最珍贵的根本不是什么麻将，也不是什么麻仙的名头，而是你们母子。此后的三十八年里，我走遍天涯海角，想找寻你们母子，可始终也没能找到。你知道吗？孩子，这三十八年来，我无时无刻不生活在痛苦的回忆里，除了你的母亲，我这一生再也没有碰过任何女人，那是因为我始终都深爱着你们。”

大庄喃喃地说：“我……我不信。”

“信也好，不信也好，”萧环山含着泪、笑着说，“我的身体一天不如一天了，不过在我死之前，还能亲眼看到你，即便死我也瞑目了。”

大庄握刀的手开始发抖。

“我能证明，这些年，萧大爷真的是独自生活，”赵清源急忙证明说，“他老人家身边真的没有别的女人，现在既然都解释清楚了，大家都是一家人，何必还要动刀动枪的呢？”

大庄的脸色开始变得苍白起来，握刀的手抖动得更加厉害了。然而就在这时，突然有一把枪顶住了大庄的脑袋。

握枪的不是别人，居然是毫不起眼的小角色陈四。

“放下你的刀，赌王萧麟，”陈四冷冷地说，“你的赌场现在已经被我们包围了。”

赵清源急忙说“陈四，你开什么玩笑？大家都是自己人，快放下枪。”

“谁有空跟你们开玩笑，我是一名卧底警察，为了找出狡猾的赌王萧麟，我们可真是费了不少工夫，”陈四盯着大庄的眼睛说，“他隐藏得很深，我们几次抓捕，都被他狡猾地溜掉了，所以我才会把赵清源推荐到这里来。因为我知道，赵清源的赌技很高，并且在赵清源背后还有一位麻仙在撑腰，要对付这两个人，必须得赌王亲自出马。”

陈四正说着，外面突然闯进一个赌场的马仔：“老板，不好了，外面全是警察……”马仔说到这里时，才看到了顶在大庄脑袋上的那把手枪，于是，后面的话再也说不下去了。

一辆辆闪动着警灯的警车密密麻麻地停在了赌场周围，一个个赌徒被警察押解着，垂头丧气地从赌场里走了出来。

“孩子，是我害了你，我罪该万死。”萧环山被一名警察押着走向一辆警车的时候，突然扭回头，冲萧麟狂喊了一句。然后，他便像疯了一样，挣脱警察的手臂，一头向警车撞去。

萧环山倒在了地上，鲜血顺着他的额头流了下来。

“爸爸……”萧麟的嘴唇哆嗦了几下，终于发出一声嘶哑的吼叫声。

（题图、插图：杨宏富）

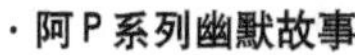

阿P打工记

□木　马

那年，阿P只身来南方打工，进了一家外资企业。

进厂没几天，阿P就发现厂里有两个食堂，一个是工人食堂，一个是老外和领导层的食堂，两个食堂天差地别，这边是牛料猪食，那边是山珍海味。

阿P想着想着就来气了，同是为公司服务，凭什么你老外吃好的，咱们吃差的？这不明摆着欺负咱中国人吗？这天，他不管三七二十一，径直到老外窗口去打饭。

里面的人瞅了阿P一眼，"扑哧"笑出声来："小兄弟，新来的吧，回去拿镜子照照，你这张脸也配在这里打饭！"

阿P见身后已站着几个老外，他可更不能服软了，声音也大了许多："我这张脸怎么啦，还不是和你一样，你想当汉奸呀……"阿P话没说完，过来一个保安，二话不说像拎小鸡一样把他拎出队伍，惹得那几个老外一阵大笑。

阿P憋了一肚子气。工友们都笑他太天真了，这是老外开的工厂，还能不向着他们自己人？再说人家是高层，难道你指望跟他们平起平坐？

"老外有啥了不起？工人就不是人啦？"阿P拍着胸脯说，"我阿P看不惯的事，我一定要管到底！"

阿P当天便直接上了五楼的董事长办公室，因为董事长霍华德一年难得来公司几次，阿P只能找到董事长的秘书兼翻译丽塔小姐。

丽塔小姐是个中国通，中文说得确实流利。听了阿P的陈述，她竟意外地表示赞同："阿P先生，看得出你是一个正义、有胆识的中国人，我很欣赏你，你放心，我一定会把你的意见转达给董事长！"

自从阿P当了出头鸟后，没过几天，阿P进食堂吃饭时发现了奇迹：他们的伙食改善了，改善得和那些老外吃的一样了，不光如此，每人额外还有加餐——一只香喷喷的炸鸡腿。

阿P一边大口嚼着鸡腿，一边向同事吹嘘“看见了吧，要不是我阿P，你们能吃到鸡腿吗？这天下事就得大家一起管。”

旁边有人“嘻嘻”笑出声来：“胡吹什么？董事长来公司了，你还真当自己是救世主呀？”阿P闻言一怔，很快他就更得意了：“兄弟们，你们知道不，丽塔小姐已经把我的意见转达给董事长了，董事长是听了我的建议，才下令改善伙食的哟……”

“阿P呀，你就别自作多情了！”

没料到几位老员工又笑他，“每次董事长来的时候，都会让咱们吃两顿人饭，等他拍拍屁股一走，你就别再做美梦了！”

阿P被迎头浇了盆冷水，当天下午他在车间见到了董事长，是个又矮又瘦的老头，阿P真想上去问个明白，但听说这小老头是个中文盲，除非自己说外语，可是……自己在学校里学到的几个单词都忘得差不多了。

两天后，董事长回国了。果然，大家的伙食又恢复到了原来的样子，阿P这才相信工友们说的是真的，不由得在心里把董事长的祖宗十八代都骂遍了。

时间过得挺快，转眼间一年过去了。年底前，霍华德董事长又一次来到中国，同以往一样，大家又可以享用几顿“人饭”了。

第二天，是例行的员工大会。霍华德发言以后，照例征询大家，有什么意见可以当场提出来。当然，一切都是有人翻译的。但每每这个时候，场面都显得格外安静。反正提了也白提，谁愿意当出头鸟？

嘛，你还别说，有人站起来了。大伙一瞧，又是阿P！上次董事长召开员工大会时，他不就提过关于伙食的问题么？这次他要提什么呢？

阿P依然是老调重弹。待他讲完后，丽塔小姐将他的意见翻译给了董事长。董事长笑眯眯地点着头，作了简短的答复。

“董事长说，这个意见提得好，他一定会好好考虑的，希望大家不要着急！”丽塔小姐翻译道。记得上次，霍华德也是这样答复的。

就在这时，令人始料未及的事发生了，阿P突然发威，指着台上大喊起来：“骗子，你这个骗子！”

顿时全场哗然，阿P这下娄子可捅大了，竟敢骂董事长是骗子，工友们无不为他暗捏一把冷汗。

“住口，竟敢这样辱骂董事长，简直太放肆了！”丽塔小姐朝阿P厉声喝道，“你……被除名了！”

“不，你错了，”阿P却从容不迫地说，“我骂的不是董事长，我骂的是——你！你这个无耻的大骗子，别以为没人能识破你的把戏……”

丽塔小姐的脸都气得变形了，她立即挥手叫场外的保安。两个保安跑过来准备押走阿P。就在这时，阿P话锋一转，面向董事长，用外语结结巴巴讲了起来，而董事长被吸引了，当即挥手制止住保安，专心地听阿P讲起来。

阿P怎么突然间会讲外语呢？原来，阿P早就意识到，没有一技之长打工，很难有出息，他看到这里有很多外资企业，如果能掌握一门外语，那就不怕找不到好工作了。于是阿P利用业余时间报读了外语培训学校，通过半年多的刻苦学习，虽谈不上精通，但阿P现在至少能马虎应付了。就在刚才丽塔小姐将他的意见翻译给董事长的时候，他吃惊地发现，她转述的竟是完全相反的内容，她说“我们对公司各方面都很满意，谢谢董事长的关心！”

会后，董事长单独留下阿P作了一番交谈，真相终于大白于天下。

原来，这家公司是霍华德去年才收购的，当时他从本国调派了部分管理人员过来，替换了公司高层重要职位，但包括丽塔小姐在内的这部分管理人员，竟利用霍华德对他们的信任，干起了瞒天过海的勾当。本来公司提供给大家的伙食标准都是一样的，但中国员工的伙食却被他们降到了最低，剩下的钱自然被他们吞了。仅一年时间，最后统计出来的，却是一个惊人的数字。

很快，公司管理层开始第二次重大调整。新管理层的第一把火就是把两个食堂合并。

工友们乐坏了，大家把阿P捧上了天：“阿P，要不是有你，我们还要继续吃狗食呢。”“阿P，好样的，我们选你当工会主席……”

阿P被捧得飘飘然，分不清东南西北：“嘿嘿，好说，好说，我真要当上工会主席，我一定帮你们说话，你们有什么事，尽管找我！”阿P说完，背着手，昂首挺胸地回家了。

（**题图、插图**：顾子易）

袜子难买

□谢元清

大明是个大孝子，经常回家看望父亲，还时不时给老人带点东西。

这天，大明路过一家商店，就听老板娘吆喝："袜子大甩卖，5块一双！"他凑近一瞧，这袜子看上去不错，便给父亲买了几双送去。

过了没几天，大明又去看父亲。两人坐在炕上喝酒，大明突然闻到一股呛人的怪味，寻摸了半天，发现这怪味竟然来自父亲的脚丫。大明打来一盆水，对父亲说："爸，您洗洗脚吧！"父亲愣了愣，涨红着脸说："没用的，你前两天买这袜子，天天换、天天洗，都是臭烘烘的。"原来，便宜没好货，这甩卖的袜子是化纤的，一出汗就臭不可闻。

大明知道自己上了当，第二天，就去找商家理论。哪知，老板娘一听，笑嘻嘻地说："5块一双的袜子，哪能保证不臭？想要不臭，得买全棉的，喏，这种，10块钱一双，保证不臭。"说着拿出一款新袜子。大明想了想，也就10块钱的事，于是又掏钱给父亲买了两双全棉袜子。

转眼过了冬至，大明回家，看见父亲光着脚杆，忙问："爸，大冷天的，你怎么不穿袜子？"

父亲乐了："谁说我没穿袜子？"随即一屁股坐到板凳上，脱下鞋子，从鞋肚里掏呀掏，老半天掏出一只袜子来。原来，这次买的袜子口太松，穿上后没走几步路，就掉了。

大明看着喇叭筒似的袜子，好不气恼，又去找那商家理论。老板娘听罢，解释说："全棉的袜子都这样，袜头松，没弹性，再说了，我只保证你不会臭，没保证不会掉呀。"说着又拿出一双新袜子，热情地介绍说，"这双

老师的男朋友

□吴军辉

吴克最近谈了个女朋友叫丽丽，在一所盲童学校当特教老师。

这天，他去学校找丽丽，见她正在给学生上课，就悄悄坐在了教室的后面。突然，丽丽调皮地笑了一下，问学生："大家仔细听一下，我们教室里来了什么？"

学生们马上来了兴致，都竖起耳朵仔细听。结果有的学生说来了一只小猫，有的学生说来了一只小狗，把吴克气得够呛。

突然，有个女生说："老师，是你的男朋友来了。"丽丽问那个女生是怎么知道的。女生说，她闻到了一股烟草味。学生们顿时哄堂大笑，弄得吴克面红耳赤。

弹性袜子是新产品，15块一双，保证你穿了既不会臭，也不会掉。"大明想了想，人家说的也没错，只怪自己太粗心，只好强忍着气，又给父亲买了两双弹性袜子。

没过多久，大明回家过年，这时已是隆冬腊月。第二天大明起床发现父亲仍然光着脚板，便有些责怪地问："爸，这么冷的天，上次给你买的弹性袜子，怎么不穿啊？"

父亲摸了摸口袋里揣着的袜子，不紧不慢地说："嘿嘿，穿是要穿的，不过要等吃完饭再穿！"

大明一听很纳闷："为什么？天气这么冷，你这样会感冒的！"

父亲白了大明一眼，没好气地说："谁不知道会感冒啊？可是，这次的袜子那么紧，要费好大劲才能把脚挤进去，我没吃饱饭，哪有力气穿啊！"

放学后，吴克对丽丽说，那个女生的嗅觉还挺灵敏，丽丽却说："这算不了什么，你别看盲童们眼睛看不见，但耳朵和鼻子都很灵。每次咱俩接吻后，我的学生都能知道。"

吴克一听就傻了，他说什么也不相信丽丽的学生能有这本事。

丽丽说："我和你接吻以后，学生就能闻到我嘴里面的烟味。"

吴克听完哭笑不得，他决定戒烟，不能让丽丽老跟着自己"抽"二手烟呀！

刚开始戒烟的日子那可真叫难受。于是，吴克买来大包口香糖，一到烟瘾上来了，就猛嚼口香糖。

过了没几天，丽丽对吴克说"学生们都以为我换了男朋友。"吴克奇怪地问："这是为什么啊？"丽丽说："学生们知道我是不吃口香糖的，可现在他们闻到我嘴里有口香糖味。"吴克听完哈哈大笑，决定今后连口香糖也不嚼了，倒要看看那些学生还有什么本事。

一天，吴克跟几个哥儿们吃过午饭，又去学校找丽丽。两人在一起呆了会儿，丽丽就要去上课，让吴克在办公室里等她。

没想到，下课后丽丽满面怒容地回到办公室。吴克疑惑不解地问："你这又是怎么啦？"丽丽委屈地说"你闻一下你身上都是些什么味，全熏到我身上了。学生们都在私下里说我，又换了抽烟喝酒的男朋友，还说我经常换男朋友，不是个好老师。"吴克一听，忙凑到自己的衣服上一闻。可不是吗，中午吃饭时，几个哥儿们吞云吐雾的，烟酒味染了吴克一身，要多难闻有多难闻。

丽丽告诉吴克，盲童学生内心都特别纯洁，如果让学生误会了老师，今后课就没办法上了。吴克一听也急了，不过他眼珠子一转，主意就来了，拉起丽丽就往教室跑。

在教室门口，吴克拉住一群学生，问："你们丽丽老师的男朋友以前来过吗？"学生们都说："来过。"吴克接着问："你们能听得出他的声音吗？""能。"吴克松了口气，问："那你们仔细听听我是谁？"这下可热闹了，学生的回答五花八门，有的说是学校食堂的马师傅，有的说是器材室的赵老师，还有的竟然说是学校门口卖糖葫芦的大老王……

这下子，吴克气不打一处来，冲着丽丽说道："你还夸你的学生听觉好，这都是些什么古怪耳朵？"

丽丽挠着头皮想了一会儿，突然明白过来，说"你以前吸烟的时候声音沙哑，现在戒烟了声音清亮，学生们自然就听不出你的声音来了。"

(本栏目欢迎来稿。来稿可从邮局寄发，也可从网上传递。如为电子邮件，请发以下信箱：zhong98305@sina.com)

总有一天用到我

□张春风

胡大海分到实验中学教书的第一天，就有人叮嘱他："这是全市有名的贵族学校，学生家长都是各行各业的精英，从此啥也不用愁了！"一开始，胡大海并没将这话放在心上。

有一天，胡大海无意间闯了红灯，眼睁睁地看着助动车被交警推走，心情很郁闷，连上课也心不在焉。

快下课的时候，胡大海也不知怎的说了一句："你们家长有在交警大队工作的吗？"话音未落，有四五个学生同时举手。巧的是，其中一个男生的家长是交警大队的一把手。课后，胡大海将这个男生单独留了下来："能帮胡老师一个忙吗？一早，老师不小心闯了红灯，被交警推走了助动车……"

那男生相当老练，当下给他爸爸打电话。三分钟后，男生朝胡大海摆了一个胜利的手势："胡老师，事情办妥了，中午12点，我爸爸派专人将车子送到学校！"

这让胡大海倍感意外。想不到，这里真是藏龙卧虎啊。胡大海开始仔细研究起学生的档案。不翻不知道，一翻吓一跳：学生的家长遍布餐饮、电子、地产等各大领域，头衔不是科长就是处长，不是经理就是总裁……

半年后，胡大海想买一辆轿车，他很快锁定了一个学生，那学生的爸爸是某品牌汽车的代理商。胡大海故伎重施，那学生二话没说，很快又传来捷报："胡老师，我爸爸说了，改天亲自带你去挑选。"胡大海喜上眉梢。这家长果然服务周到，不仅帮助胡大海以低价购得一辆新车，而且，在他的特别"关照"下，胡大海连考试都没参加，就成功获得驾照。

这之后，胡大海再没了以前的羞涩。每次遇上麻烦，他就直接向学生下达命令。那些看似棘手的事，总能

寂寞的夜晚怎么过

□老 谢

小方和小王到一个边远的乡村搞省道测量，他俩被安排住在村民小组长吴老汉家。吴老汉对人热情，吃住都没说的。只是这里太偏僻，电视信号收不到，手机也只能到山顶上打，两人一到晚上，站也不是，坐也不是，唯一能干的事就是大眼瞪小眼，几天下来眼睛大了一圈。

这天，两人刚吃完晚饭回到房间，小方就噔噔噔跑下楼，找到吴老汉问："大伯，您这里熟，能不能去帮我们买两瓶钙片？"

吴老汉纳闷了，问："买钙片？你们是不是生病啦？"

小方笑了笑，说："没，没有，你看我们下午还外出测量呢，哪像生病。我们是买……买来玩的！"

吴老汉更不明白了，瞪大双眼说："买来玩？这药有什么好玩的。而且咱们村没有卫生所，要到十几里外去买呢。"

"咳，那……那就算了。"小方叹

很快轻松解决。

可三个月后，胡大海突然锒铛入狱了。原来，胡大海车技不过关，却又爱飙车。那天，他躲闪不及，撞飞了一个马路清洁工。胡大海在仓皇逃逸三天三夜后，被警察抓获。关在牢房里，胡大海简直度日如年。

这天，警卫突然传话，有人来探访。隔离窗的那头，竟是他的学生周强。胡大海清楚地记得，这是唯一一个没有让他占便宜的学生。

周强微笑地朝胡大海招手，说："胡老师，我就知道，总有一天你会用到我！只是，我没想到会这么快！"胡大海耷拉着脑袋问："难道，现在你还能给老师一个优惠？"周强骄傲地点头说："那当然，我爸爸是这里的监狱长，他会好好照顾你的！"

了一口气，回房间去了。

哪知，他刚回房间不久，又噔噔噔跑下楼来，小声问吴老汉："大伯，你们家有没有荷包豆？"

"荷包豆？"吴老汉拧着眉头想了想，恍然大悟道，"你是说荷包蛋吧，我这就给你们煎两个去……"

"不不，大伯，是荷包豆。"小方一边说，一边比划，"一种豆子，像拇指头这么大小，扁的，有红的，有白的，能用来做豆沙馅的。"

吴老汉这下明白了："哦，那个啊，我们都叫它硬壳豆！有，有，你要硬壳豆做什么？"

小方挠挠头皮："这个……咳，跟你说，你也听不明白！你如果有的话，就红、白各抓一大把来吧！"

吴老汉惊诧道："哟，这红白豆子都是混在一起的呀。"

小方爽快地说："没关系，那也行！"

吴老汉回房间舀了一碗荷包豆出来，小方小心翼翼地捧着豆子，又问老汉要了张牛皮纸，乐呵呵地回去了。

吴老汉挠了半天头皮，怎么也猜不透这两个人在搞什么名堂。他蹑手蹑脚地来到楼上，只看到房间门紧闭着，想透过窗户望望，可自家窗户装了花玻璃，看不见，侧耳听听，里头好像有抓豆子的声音……这两个年轻人到底在做什么呢？

转眼七八天过去，测量任务完成了，两人打点行装打算向吴老汉告辞。他俩来到吴老汉家后院，只见吴老汉在教小孙子走围棋，眼睛立即凸出了三尺长："大伯，你……你也会下围棋？"

吴老汉淡淡一笑，说："我当兵时在部队学的，后来觉得这玩意儿蛮好玩，就买了一副。不瞒你们说，去年我们县农民运动会，我还拿了围棋冠军呢。看来你们也会围棋？"

两个年轻人满脸涨得通红，吞吞吐吐地说："嗯，嗯……不，不……"

送走两位年轻人，吴老汉回到楼上房间一看，禁不住"扑哧"一声笑了：茶几上摆着一盘围棋残局，棋盘是牛皮纸，棋子就是那碗荷包豆。

露露脸

□刘克升

县体育局的王主任带队，到市里参加乒乓球比赛。临行前，局长交代，一定要想办法帮他的小舅子侯三弄个第一名，好让侯三在全市人民面前美美地露露脸。王主任虽然拍胸脯答应了，但心里还是有些打鼓。

比赛开始后，侯三超常发挥，一路过关斩将，最后与一个大高个争夺冠军，王主任松了一口气。

可没想到，决赛进行得异常激烈。头六局，侯三与大高个打成三比三。第七局是决胜局，大高个突然调整了发球姿势，越打越勇。侯三一时不能适应，渐落下风。王主任急出一身冷汗，连连摇头，退出了人群。

眼看比赛要结束了，突然从四周涌过来一群记者，他们“哧溜”一下穿过人群，挤到内场，纷纷举起手中的相机，对准大家一致看好的大高个，“咔嚓”、“咔嚓”就是一通狂拍。

说来也怪，大高个一下变得手忙脚乱，失误多了起来。侯三一看，顿时来了精神，抓住这个机会，奋勇反击，最终力挽狂澜，一举拿下了第七局。

侯三从领奖台上下来，得意地对王主任说:“对付市里这些选手，小菜一碟！下个月我要去省里拿第一！”

王主任大吃一惊，小心翼翼地劝道:“这省里的情况啊，比较复杂，要不回去以后再说？”

侯三一听，很不高兴地撇了撇嘴，这时却听大高个垂头丧气地嘟哝道:“真倒霉！原本比得好好的，没想到被闪光灯照得头晕眼花，影响了发挥……”

等大高个走远了，王主任嘿嘿一笑，斜视着侯三说:“事到如今，我也不瞒你了！打第七局那会儿，我偷偷溜出去，给每位记者塞了个红包，告诉他们：大高个是我们县代表队的，请他们务必给大高个多拍几张照，好让他在明天的报纸上露露脸……”

自然钟

□漂流瓶

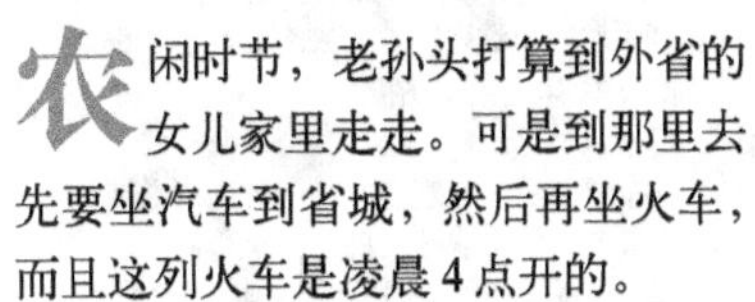

农闲时节，老孙头打算到外省的女儿家里走走。可是到那里去先要坐汽车到省城，然后再坐火车，而且这列火车是凌晨4点开的。

于是这天晚上，老孙头带着大包小包的家乡特产，住进了省城火车站不远处的一个小旅馆。洗漱完毕，老孙头往床上一躺，正准备美美地睡一觉呢，忽然，一激灵从床上坐起来。咋回事？原来，他忽然想到，火车是凌晨4点的，他知道自己的德行，一年到头，从来都是往床上一躺就睡着，一睡就是到天亮，4点这个时候，自己是万万不可能醒的！一旦睡过了头，那火车可是不等人的，一百多块钱的火车票不就打了水漂吗？怎么办？

老孙头刚开始想用闹铃，正巧自己身上也揣着一个旧手机，那是儿子淘汰下来给他的。闹铃当然可以用，但老孙头立马就摇头了：本来自己就睡得沉，再加上前一阵子在山上炸山采石时，耳朵震坏了，一直耳背，所以，别说一个手机，就是十个手机闹铃，恐怕也难叫醒自己！

老孙头又想，要不就别睡了，坐到4点钟。不过，他还是觉得不妥：自己从来没有熬过夜，要是熬不住，打瞌睡了，还不是照样误点？

正寻思着，老孙头忽然一拍脑门，眼睛发亮，喜形于色：“有招了！”

第二天凌晨3点多钟，老孙头果然自己就醒过来了。由于心里觉得很笃定，一夜睡得特香。

老孙头想的是什么招儿？呵呵，原来临睡前，他将满满的一大瓶凉开水咕咚咕咚灌下去，结果一到下半夜，依靠着“自然”的力量就把自己给憋醒了！

（**本栏绘图**：顾子易 王 俭）

本期游戏难度指数：
★★★☆☆

填字游戏

一、已故著名学者，“燕园三老”之一。
二、指我国五一、十一、春节各为期一周的节假日。
三、唐代著名诗人，被称为“诗仙”。
四、道教称天上最高的神。
五、太阳系八大行星之一。
六、朝鲜已故国家主席。
七、才能勇武过人的人。也是张艺谋执导，李连杰、梁朝伟、张曼玉等主演的一部影片名。
八、一种交通运输工具。
九、一国家名，位于北美洲。
十、陈子昂《登幽州台歌》中的一句，下句为“后不见来者”。
十一、某些水生植物的通称。
十二、指根据已知数通过数学方法求得未知数的行为，也指暗中谋划损害别人。
十三、温瑞安武侠小说中的一位高手。
十四、电视剧《还珠格格》第一、二部中紫薇的扮演者。
十五、中国神话传说中开天辟地的人。
十六、广阔的沙地，多指战场。
十七、一份杂志。
十八、电视剧《亮剑》中的主人公。
十九、著名快餐连锁店。

1. 现代作家，《金粉世家》的作者。
2. 我国神话传说中的人物，“八仙”之一。
3. 根据左联作家叶紫所作的《星》、《火》、《丰收》改编而成的一部电视剧。
4. 船舶上负责舱面工作的普通船员；也是郑智化演唱的一首歌的名字。
5. 指出门时带的包裹、箱子、袋子等物品。
6. 一味中药，性味甘寒，具有利水、清热、明目、祛痰的功效。
7. 十七、十八世纪法国巴黎文人和艺术家接受贵族妇女的招待，在客厅谈论文艺的社交集会。
8. 一种贵金属的俗称，广泛用于工业和首饰制品，学名为“铂”。
9. 从事培育、管理、采伐森林等工作的单位。
10. 指相处时间长了，便可看出人心的好坏真假。
11. 敬辞，意为成全。
12. 一种供玩赏的象征吉祥的器物，多用玉、竹、骨等制成。这个词现在常用来表示称心，顺心。
13. 传说中华民族的始祖之一。
14. 三十六计之一。
15. 颁布《解放黑奴宣言》的一位美国总统。
16. 国家名，位于欧洲西部不列颠群岛上。
17. 我国古代发明的一种计算工具，至今仍在使用。
18. 台湾著名男歌手，曾用“小刚”作为艺名。
19. 一位香港著名歌手。

（填字游戏题目由“故事中国网”www.storychina.cn 提供。作者：方忆芄）

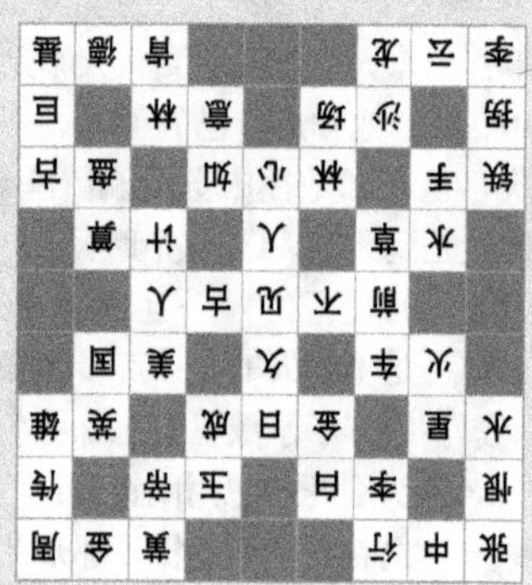

填字游戏答案

www.ingramcontent.com/pod-product-compliance
Lightning Source LLC
Chambersburg PA
CBHW051932220626
47052CB00004B/654
* 9 7 8 7 8 0 6 8 5 8 6 3 9 *